新典社研究叢書296

袖中抄の研究

紙　宏行　著

新典社刊行

目　次

はじめに……9

序　章　『袖中抄』の構成と成立

一　『袖中抄』成立説　25
二　『古今集注』から『袖中抄』へ　26
三　『袖中抄』の叙述構成と成立過程　34
四　顕昭の意図したこと　38
五　項目執筆の順序　40

第一章　顕昭歌学の形成

第一節　俊頼と顕昭……45

一　俊頼の自称「歌ツクリ」の問題　45
二　「歌ツクリ」批判　48

三 「トリアツメテキリクム」の詠法　51
四 『袖中抄』における俊頼　57
第二節　顕輔と顕昭……65
一 顕輔猶子としての顕昭　65
二 顕昭歌学書の中の顕輔の注釈説　68
三 顕輔が伝えた歌人の逸話　74
四 歌学一般にかかわって伝えたこと　77
五 顕昭歌学の方法へ　80
第三節　俊成と顕昭……83
一 『袖中抄』の俊成　83
二 『六百番歌合』以前の俊成と顕昭　87
三 『六百番歌合』と『六百番陳状』　91
四 『六百番陳状』の門流意識　97
五 『六百番歌合』以後　99
第四節　歌林苑の歌学論議
――登蓮法師の逸話から……104
一 「ますほの薄」をめぐる逸話と俊頼歌の「まそほ」　104
二 「ますほの薄」の諸説と登蓮の〈今案〉　106

三　登蓮の人物像　112
四　歌林苑における歌学論議　115

第二章　顕昭歌学の展開

第一節　文献引用の諸相……125
一『袖中抄』歌学の基盤としての書物群　125
二『袖中抄』の引用書目と『和歌現在書目録』　126
三「或書」「或抄」と『口伝和歌釈抄』　133
四「或書」「或抄」と『疑開抄』　136
五「或書」「或抄」のいくつかの特徴　138
六『和語抄』について　142
七「髄脳」という名の通説群　147
八　多くの書を引用する意味　150

第二節「あらまし事」の注釈……155
一「正義」がない　155
二「今案」について　159
三「実義」と「あらまし事」　161
四「あらまし事」の注釈　164

第三節　『袖中抄』の万葉学……173
一　『袖中抄』の万葉歌　173
二　重出引用歌の漢字本文の問題　175
三　重出引用歌の訓の問題　179
四　顕昭の創訓はあるのか　183
五　万葉語の釈義を求めて　188
第四節　物語の生成と歌学……195
一　「歌につきて物語を作る」　195
二　「しぢのはしがき」　198
三　「しるしのすぎ」「あさもよひ」　205
四　「もずの草ぐき」「宇治の橋姫」　209
五　「このてがしは」　212
第五節　『袖中抄』と『六百番歌合』……216
一　『六百番歌合』の難義語詠　216
二　「かひやがした」をめぐる顕昭と寂蓮　222
三　「もずの草ぐき」「筒井筒」と隆信・顕昭・寂蓮　228
四　「かはやしろ」をめぐる俊成と顕昭　231
五　季経・有家の難義語詠　233
六　『六百番歌合』の位相　237

第三章　歌ことばと歌学の周辺

第一節　「くものはたて」の注釈と実作……243

一　「雲のはたて」と「雲のはて」　243
二　「蜘蛛の機手」と「雲の機手」　246
三　「くものはたて」の諸説と実作（１）　247
四　「くものはたて」の諸説と実作（２）　252
五　歌学と実作、再考　256

第二節　歌語誌の試み
――「うたかた」の考察……259

一　「うたかた」の歌語誌　259
二　初期の歌学の問題性　260
三　副詞から名詞へ　263
四　実作への影響　267
五　釈義の収斂　269

第三節　歌学における東国と陸奥……273

一　実方中将の「あこやの松」探訪説話　273

二　みちのくの不可知性　280
三　「珍しき節」の源泉としての東国　284
四　土民説・現地情報の問題性　287

第四節　俊成『古今問答』考……293
一　『古今問答』の問題　293
二　仮名序注　295
三　歌注と定家注釈　298
四　俊成説の特徴　304
五　揺籃期としての俊成説　308

第五節　俊成『古今問答』続考
——「不力及」から見えること……311
一　『古今問答』注釈における「不力及」　311
二　「不力及」の具体相　313
三　清輔・顕昭らの「不力及」　318
四　歌学の課題　320

あとがき……323
索　引……334

はじめに

『袖中抄』は顕昭による難義語注釈書である。二百九十八の釈義不明、不定のことばを取りあげ、多種多様な文献を駆使して、それらの釈義を追究した、詳細な注釈である。文治三年（一一八七）三月成立とするのが通説であるが、三年ほど後の成立とする説もある。

引用文献は、歌書・歌学書はもちろん、和漢に亙る、字書・辞典、物語、史書、地誌、故実書から仏典、医書、本草まで、誠に種々の領域に広がっていて、『袖中抄』は、和歌研究のみならず、説話研究、物語研究、歌謡研究、さらには日本語学、日本史学、民俗学、書誌学などの多方面の分野から注目されてきた。ただ、各分野の参照資料として断片的、便宜的に利用されるのみで、総体として『袖中抄』を研究対象としているものは皆無であるように思う。本稿は、顕昭の注釈へ向かう問題意識や注釈方法と内容の特質を明らかにしつつ、顕昭歌学の和歌史や歌学史における位置づけばかりでなく、そこから派生するいくつかの課題について考察したものである。『袖中抄の研究』と銘打ちながらも、むしろそこに留まらない志向性を持つことを心がけたつもりである。

顕昭は、大治五年（一一三〇）頃の生まれという。(1)出自は一切不明であるが、幼くして僧籍に入り、六条家との何らかの縁で顕輔の養子となった。若年から和歌を詠み、歌林苑の末席にも連ねたが、全く評価されなかった。六条家の中では養子筋であることから、家学の伝受と継承の系譜から疎外され、歌界に名をなすための手がかりさえなかった。しかし、寿永の頃仁和寺に入ったことが大きな転機となる。(2) 同寺の守覚法親王の膨大な蔵書に接しそれを活用して、かねてより少しずつ手を染めていた歌学に本格的に没頭し、精力的に注釈作業を進めていった。法親王に研究の深まりを認められて『古今集』以下の注釈書の執筆を依頼され、大部の注釈書を次々にものし、彼の学識は一気に世に認められるようになる。顕昭の著作群は、今日においてもなお評価が高い。晩年には、歌学の泰斗としてようやく一目置かれる存在となった。

顕昭は、文献のみならず多くの先達に接して、学問を形成していった。『袖中抄』各項目の論述構成からは、文献引用を整理しながら自説を述べていく叙述方針が明確化されたとともに、各項目の冒頭付近に、比較的若い頃の顕昭歌学の萌芽的な部分が反映されているだろうことがうかがえる（序章）。

二人の先達、俊頼と顕輔の所説や談話の継承と反発のありさまには、顕昭の屈折した複雑な思いが沈み込んでいる。俊頼が自らの詠歌姿勢を述べたとする「我ハ歌ヨミニハアラズ。歌ツクリナリ。カクイフコヽロハ風情ハツギニテ、エモイハヌ詞ドモヲトリアツメテキリクムナリ」（『古今集注』）という有名な発言は、顕昭の俊頼批判をくぐったことばであった。顕昭の俊頼批判は、「僻事」を生成、流布させる根源としての俊頼の態度に向けられていた。しかし、俊頼の存在は越えがたく、彼の名声によって「僻事」が「先例証歌」となってゆく状況に対し、自身の精緻な実証歌学の無力を思い知らされたのである（第一章第一節）。養父顕輔からはさまざまの逸話や歌学を伝えられていたが、顕輔説を尊重しつつも、独自に吟味して自説を立てていこうとしていた。しかし、「たのむのかり」についてはあえて自説を曲げて顕輔説に従い、顕輔説を継承していることを誇示しようとする。とはいえ、顕昭が顕輔から継承した説は質・量ともに乏しく、また六条家内部での立場も微妙であり、顕昭歌学の特徴である文献に基づく実証主義も、採りうる唯一の方法なのであった（第二節）。

『六百番歌合』で火花を散らした俊成との対立関係は、以前には全くうかがえず、『六百番歌合』においてのみ見られることであった。それは、顕昭の対抗意識というよりは、俊成からの挑発によるところが大きいが、急速に頭角を現してきた顕昭を叩いておこうとしたのだろうか。しかし、所詮は顕昭は俊成の相手にはならなかった（第三節）。

若い頃に歌学論議に接していた歌林苑からも多くを学んだ。歌林苑会衆のひとり登蓮は、『無名抄』「ますほの薄」や延慶本『平家物語』所載の逸話にあるように、僻事を次々放っては論議を撹乱して楽しんでいる「咄の者」のような人物である。顕昭は、そのような登蓮を苦々しく思っていたが、顕昭自身も歌学論議を楽しんでいた（第四節）。顕昭は、このように諸先達の学恩に接しながら、学識を深めていったのである。

深い学識にもかかわらず、顕昭が下手な歌よみであることは有名だったようである。鴨長明の新奇な表現を剽窃した逸話[3]はよく知られているが（『無名抄』「瀬見の小川の事」）、その程度の技量しかなかったのであろう。

寂蓮は「幽玄のさま」を論ずるに関連して、

「我等がよむやうによめ」といはんに、季経卿・顕昭法師など、幾日案ずともえこそよまざらめ、われはかの人々のよまんやうには、ただ筆さし濡らしていとよく書きてむ。（『無名抄』「近代古体」）

と言い放っている。寂蓮の自讃談ではあるが、むしろ六条家の季経と顕昭の詠歌に対する意識の低さがよく伝わってくる。寂蓮は、顕昭とは比較的友好関係にあったといわれているが[4]、詠歌の評価は誠に手厳しい。あるいは、定家も、

顕昭こそ才学だてゆゆしかりしかども、歌見えぬ者なれ。新古今の時、京極中納言、尾上の宮にひれふるやたれとよめりしを撰歌に入れられたりしかば、何かはよからむと申ししかば、今御覧ぜよ、顕昭が歌の中にこれらに

まさるものやあると申されしかば、まことになかりき。才学はなくとも歌だによくよまばさてありなむ。たれなどよめる、歌にこひねがはぬ様なり。（『京極中納言相語』）

と言う。定家の発言も実に辛辣だが、ある意味正当な評価といえる。歌会や歌合に盛んに出詠したにもかかわらず、『新古今集』入集歌数はわずか二首にとどまるのである。

顕昭もその点は自覚していたようだ。『六百番歌合』では、『袖中抄』の成果に基づく多彩な和歌を披露して、寂蓮や判者俊成らと正面から渡り合った。自身の作を俊成から批判されて憤慨し、『六百番陳状』を威勢良く叩きつけてはみたものの、

歌ざまによらば力及侍らず。（『陳状』元日宴）

同詞なれど、人によりてわろくなるは、定事なれば、始て可ㇾ申に非ず。（『陳状』春曙）

題にそむきはてぬる歌にてこそ侍めれ。かたぐ〵とり所なかるべし。（『陳状』冬朝）

などと言う。詠歌のできばえには自信がなかったようである。「歌だによく」詠めない顕昭は、「才学」のみによって和歌の世界を生き延びていた。

顕昭の人となりを表したものとしてしばしば引かれるのは、次の定家の評が有名である。

三帖の注、はからざるほどにつたへ見侍りぬ。もとよりおろかなる心、いはむやたしなみこのむおもひなくして、わづかに昔きゝ今思事をも一紙にかきのぶるべしともおもひより侍らぬに、かむがへみられける所もまことにひろく、思つらねけむ心のたくみなるほども、これにこそあらはれて、いまさらにやむごとなく見たまふれ。存生の時、和歌評定の座、歌合判詞などに申されし事は、ひがく〵しきまでこのむすぢをたて、我心得ぬるかたをいひつよるやうなる人と見侍しに、今しるされたる事は、奥義集をうつしながら、いりたちたる今案はかの説にし

たがはず、そのかみ聞ならひ侍しにも、いくばくかはらず侍けり。かきのせられたる詞も、いとよろしくこそみえ侍れ。これをつゐでにてわづかに聞及し事、いさゝかたがへる所は、かたばかりかきつけ侍ぬ。（中略）此道の勤学博覧、これより後たれかはいでき侍らん。まことの逸物にこそ侍しか。又ならはぬいふかひなしと申ながら、かたばかりも、此集の説を三代受つたへたる人だに、ありがたくこそ侍れ。猶々ちらされ侍べからず。

（『顕注密勘』識語）

この長文の人物評には、顕昭の古今集注釈を披見した当時の衝撃と注釈内容への敬意にあふれていて、定家は「此道の勤学博覧、これより後たれかはいでき侍らん。まことの逸物にこそ侍しか」と絶讃している。しかし、その性格については「ひが〱しきまでこのむすぢをたて、我心得ぬるかたをいひつよるやうなる人」と酷評した。顕昭が「存生の時」に演じた醜態を実見してしまったのであろうか、狷介、偏狭、強情さに辟易しているようでもある。むろんこの論評は的確である。しかし、定家とて他人のことは言えないはずである（『後鳥羽院御口伝』ほか）。清輔や俊成も似たような「ともに偏頗ある判者」（『無名抄』「俊成清輔が歌判皆有二偏頗一事」）であると顕昭によって見抜かれている。この時代の歌人たちはみな偏狭な性格の持ち主であって、そんな彼らが激しく交錯しながら、和歌表現を極限まで練り上げ、歌学を高い水準にまで究めていったのである。

博学にして狷介な顕昭ではあるが、その学問は完成度が高い。あらゆる分野の文献を博捜すること、それらを正当に評価し、引用する場合にはもとの本文に忠実であり、かつ引用元の文献名を明記すること、用例を徹底して収集し、帰納的、実証的に論証すること、強引なこじつけは少ないこと（そういうものもあるが）、諸説分かれているものは正誤をただし論議の決着をつけようとしたこと、そして何より、提示する説の内容は妥当性が高く、今日の水準に照らしても通用するものが多いことなど、あまたの特長を挙げることができる。

顕昭の注釈には、和歌史、歌学史におけるさまざまな課題が内在している。『袖中抄』には多くの歌学書が引用されているが、引用に際して引用元の書名を明記するものと伏すものがあるなど、先行歌学書への評価はさまざまである。「髄脳」と呼ぶ、僻事ばかりの書物群も無視できなかった。顕昭の難義語研究史への評価と僻事をただそうという注釈意図がうかがえる（第二章第一節）。しかし、その注釈には陥穽があった。顕昭注釈は僻事を虱潰しにする注釈であるが、僻事の対概念となる、正しい説を意味する術語は見あたらない。和歌とは「実義をたゞさぬ事おほ」く「あらまし事」を詠むものであると述べるが（『六百番陳状』）、そもそも、注釈とは「実義をたゞ」すことにあるはずで、これは、注釈を否定しかねないことばである。顕昭は、難義語注釈の不確定性、不可知性を自覚していたようで、注釈の闇にさまようしかなかった（第二節）。

『万葉集』歌を引用する場合、漢字本文や訓の混乱が見られ、万葉語には、釈義を求めても、明快な釈義を見いだせないものも多い。『万葉集』はそのような厄介な歌集であるが、あえて注釈を加えて釈義と訓を確定して、多様な歌句を王朝の歌ことばの体系の中に組み入れようとしたのである（第三節）。また、『袖中抄』には「哥ニツキテツクリイデタル物語也」などと、和歌から物語を作り出すことが常の事であると批判する言説がある。『古今集』歌本文を意図的に「書きなし」て作り上げられた物語があることを顕昭は見抜いていた。作られた物語の話型は、神婚説話ふうの物語となっていて、神話ふうの正統性を持つ「フルキ物語」を装っていたことを批判し警戒していた（第四節）。『袖中抄』で取り上げられた難義語を顕昭が『六百番歌合』の歌に詠み込む作例とそれへの批判のさまから、顕昭の挑発や探り、隆信の論議誘発、俊成のいなし、季経や有家の詠歌姿勢など、各歌人の詠歌の作意や評定に臨む意識と態度の違いが浮かび上がってくる。『六百番歌合』は、歌学論議の時代の最後ともいえるはなばなしい催事であった

（第五節）。

歌ことばの変化、拡散と歌学との関わりは、錯綜した様相を見せている。『古今集』歌の中の「くものはたて」ということばは、歌学書によってさまざまな釈義があり、定説を見なかった。このことばを実作に詠み込む場合も、俊頼、清輔、顕昭、定家らは、さまざまな説に拠って実作を詠んでいた。和歌史と歌学史とは、微妙に接点を持ちつつも、別個の道を歩んでいたのである（第三章第一節）。また、「うたかた」は、実は多義的なことばであった。『喜撰式』などの初期の歌学に見える、忘れざるもの、また船の意とする珍説・奇説の類は、解釈の蓄積がない中で真摯に解釈した結果であろう。この珍説・奇説も一部の実作には利用されていた。「うたかた」の泡沫の意は、平安初中期頃に出現し、しだいにこの意に収斂していく（第二節）。実態不明のもの（ことば）はやがて東国・陸奥のものとして歌に詠まれていくが、「珍しき節」（『俊頼髄脳』）が、まだ東国や陸奥には残っていると考えたからである。また、意味不明の歌ことばを地名として理解しておくことは、歌ことばを王権の体系の中に取り込み、秩序化してゆくことであり、和歌の表現領域を拡大してゆくことでもある。しかし、院政期になって豊富にもたらされるようになる現地情報は、顕昭の文献主義的歌学をも相対化し、限界をつきつけてしまうことにもなる（第三節）。

俊成の古今集注釈書『古今問答』の注釈内容と他書の俊成説を比較してみると、俊成は治承年間の短期間に自説を変更して定家に授けたことがわかる。『古今問答』の俊成説は、いずれも古い説を支持していることを特徴としている（第四節）。また、『古今問答』の俊成の回答には、「不力及」などと注釈行為を投げ出すものがある。顕昭は答えを出しているものもあって、俊成は学識不足を自覚しそれを吐露したものであるが、歌学的詮索が和歌の大事なところを見失わせるとも認識していた（第五節）。

顕昭は、晩年、『日本紀歌注』を後鳥羽院に奉り、法橋位にたどり着いた。没時は不明だが、顕昭最後の事跡である承元三年（一二〇九）の『長尾社歌合』に出詠した後まもなくであろう。およそ八十年に及ぶ生涯であった。顕昭が残した膨大な著作や蔵書は、弟子であった石清水社系の印雅、さらに幸清に託されたが、しかし、その後は散り散りになってしまったようである。(5)

注釈を加えたことばが実作に供されれば注釈も生きてくるのだが、顕昭は必ずしもそれにはこだわっていない。確かに、『袖中抄』の成果を『六百番歌合』に試してみることもあったが、それがすべての目的ではないようだ。実作に再利用できそうにないことばも、注釈の対象として取りあげている。純粋な学問的な関心によって記述された、注釈のための注釈であるといえよう。厚い和歌史の中に実作ではとうてい参画できない顕昭は、重層してきた注釈の歴史の中に自らも身を置き、先達に名を連ねようとしたのではないか。学問・注釈に真摯に向き合い、自身の生を懸けたのである。

顕昭の注釈とは、多様多彩なことばを王朝の歌ことばの体系の中に組み入れることである。院政期は歌のことばが野放図に拡散する時代である。釈義不明のことばは和歌の規範を無化しかねない。僻事は逐一否定されなければならなかった。万葉語の多くは、既に訓も釈義もわからなくなっていたが、正確な訓を確定し釈義を明確にすれば、平安朝の和歌の中に再生できるだろう。陸奥から到来したことばも、由来や釈義が明らかになってこそはじめて安定し、王朝の和歌の中に収拾する。そうして、規範からはみ出しかねない歌ことばを古代以来の王権の秩序の中に組み入れ、和歌の可能性を追求したのである。

最後に『袖中抄』の伝本についてもふれておかねばならないのだが、この重要な課題を再検証する材料は持ち合わせていない。歴博本（旧高松宮本）と冷泉家時雨亭本の二本が二条家で書写されたことも、テキスト伝来史上の重要な問題性を含むが、[6]検証しえなかった。『袖中抄』（『顕秘抄』）の古筆切も近年発見されつつある。[7]『袖中抄』の聖護院道興書写になる抄出本も近時紹介されたが、[8]貴重な発見であると思う。

『袖中抄』の四十一項目をのみを載せた『顕秘抄』なる本が伝来していることも知られている。久曾神氏は、『顕秘抄』を初稿本とし、それに追補したのが現存『袖中抄』であると考証した。[9]これに対し、日比野氏は、『顕秘抄』の本文と『袖中抄』の中でも四類本の本文に近いことを根拠に、逆に『顕秘抄』は『袖中抄』から抄出したものとし、抄出した人物を藤原定家とする興味深い説を提唱している。[10]しかし、定家が抄出を行う意図や理由、抄出基準などが明らかにならなければならないであろう。

『袖中抄』の伝来への定家の関与という点では、さらに大きな問題を藤田百合子氏が提起している。『袖中抄』「アマノマテカタ」（69）の顕昭説が『六百番陳状』の説と異なり、御子左家説に近いことを指摘し、

この部分は、御子左家の手が入って、改変されているものと、筆者は考える。『袖中抄』は、たいそう扱い方のむずかしい書である。（中略）同書は、いわば御子左家の手垢にまみれており、偽書という性格のものではないが、顕昭の著作としての純一性という点からは問題のある書であると考える。

と論じられた。[11]稿者は、『袖中抄』と『六百番陳状』とで所説が異なるところは、「君子豹変の例」[12]と考えておいた（第二章第五節参照）。所説の内容の相違を根拠として、ただちに後人の手が入っていると判定することもできないであろう。稿者としては、ごく一部の本文を除き、顕昭の著作であると考えて矛盾するところはないと考えている。しかしながら、氏の「たいそう扱い方のむずかしい書である」という警鐘は誠に厳しい。稿者も肝に銘じつつ、慎重にこの書を読み進めてきたつもりである。本文の流伝と顕昭注釈の受容については、なおも今後の課題として残ることと

なった。

注

（1）顕昭の伝記に関しては、久曾神昇『顕昭・寂蓮』（三省堂、一九四二・九）、川上新一郎『六条藤家歌学の研究』「付論・三顕昭略年譜」（汲古書院、一九九九・八）などに拠る。

（2）仁和寺入寺の年次については、西澤誠人「顕昭攷――仁和寺入寺をめぐって――」（『和歌文学研究』二八号、一九七二・六）、西村加代子『平安後期歌学の研究』「第三章・仁和寺和歌圏と顕昭――覚性法親王時代における――」「仁和寺移住前後の顕昭」（和泉書院、一九九七・九）に再検討がなされているが、いま注（1）の通説に従った。

（3）小林一彦「長明伝を読みなおす――祐兼・顕昭・寂蓮らをめぐって――」（『中世文学』四二号、一九九七・六）は、顕昭に対する長明の「敵愾心」を指摘している。

（4）安井重雄『藤原俊成――判詞と歌語の研究――』「Ⅰ・第二章寂連と顕昭」（笠間書院、二〇〇六・一）に拠る。

（5）注（2）西村著書「第三章・顕昭の古今伝授と和歌文書」に拠る。

（6）冷泉家時雨亭文庫編『袖中抄』（冷泉家時雨亭叢書三六巻、朝日新聞社、二〇〇三・六）「解題」（後藤祥子、藤本孝一）に拠る。同『袖中抄冊子本　無名抄　君臣僧俗詠歌　短冊手鑑』（同九七巻、二〇一七・六）も刊行されたが、十分に活用できなかった。

（7）日比野浩信「『袖中抄』（『顕秘抄』）の古筆切について」（『岡崎女子短期大学研究紀要』三〇号、二〇〇〇・三）など参照。

（8）聖護院道興書写『袖中最要抄』という『袖中抄』の抄出本が紹介された（吉野朋美「東京大学国文学研究室所蔵『袖中最要抄』について」『東京大学国文学論集』二号、二〇〇七・五、「〈翻〉聖護院道興筆『袖中最要抄』翻刻と略注（一）（二）」『中央大学文学部紀要（言語・文学・文化）』一〇五、一一一号、二〇一〇・三、二〇一三・三）。

（9）『日本歌学大系』別巻二および別巻五解題（久曾神昇）参照。

（10）　日比野浩信「『顕秘抄』と『袖中抄』――その先後関係――」（『中古文学』六三号、一九九九・五）に拠る。

（11）　藤田百合子「『新勅撰集』と定家歌学――『六百番歌合』の「かひや」と「あまのまてかた」を中心に――」（桑原博史編『日本古典文学の諸相』勉誠社、一九九七・一）に拠る。

（12）　久保田淳『中世和歌史の研究』「院政期の歌学と和歌の実作」（明治書院、一九九三・五）に拠る。

※本書が使用したテキストは次のとおり。

袖中抄＝歴史民俗博物館蔵、高松宮旧蔵本を底本とする、国立歴史民俗博物館館蔵史料編集会編『歌学書一〜三』（貴重典籍叢書文学篇一二〜一四、臨川書店、一九九九・九〜二〇〇一・九）に拠る。私意によって濁点・句読点を付し、明らかな誤写は他本により校訂を加えた。また、注釈本文は行頭を三段に書き分ける書式を採用しているが、一貫して厳密に行われているとはいいがたいので、これも私意によって行頭を揃え、適宜改行を試みた。その際、橋本不美男・後藤祥子『袖中抄の校本と研究』（笠間書院、一九八五・二）、『歌論歌学集成』四、五巻（三弥井書店、二〇〇〇・三、八）所収本（川上新一郎校注）を参照した。上記二書（それぞれ『校本と研究』『歌論歌学集成』と略称した）には多大の学恩を受けている。謝意を表したい。なお、冷泉家本を底本とする冷泉家時雨亭文庫編『袖中抄』（冷泉家時雨亭叢書三六巻、朝日新聞社、二〇〇三・六）、『日本歌学大系』別巻二（風間書房）所収本も参照した。

俊頼髄脳＝顕昭本を底本とする、俊頼髄脳研究会編『顕昭本俊頼髄脳』（私家版、一九九六・三）に拠る。なお、定家本を底本とする『歌論集』（新編日本古典文学全集八七巻、小学館、二〇〇二・一）所収本（橋本不美男校注・訳）も参照した。

奥義抄＝上中下巻は『磯馴帖　松風篇』（和泉書院、二〇〇二・七）所収本に拠る。下巻余は『平安時代歌論集』（天理図書館善本叢書和書之部三五巻、八木書店、一九七七・五）所収本に拠る。

袋草紙＝藤岡忠美校注『袋草紙』（新日本古典文学大系二九巻、岩波書店、一九九五・一〇）所収本に拠る。

古来風体抄＝初撰本を底本とする、『歌論集』（新編日本古典文学全集八七巻、小学館、二〇〇二・一）所収本（藤平春男校注・訳）に拠る。

古今問答＝『和歌物語古註続集』（天理図書館善本叢書和書之部五八巻、八木書店、一九八二・一二）所収本に拠る。

無名抄＝『歌論歌学集成』七巻（三弥井書店、二〇〇六・一〇）所収本（小林一彦校注）に拠る。

その他の歌学書＝本文中に注記したが、それ以外のものは『日本歌学大系』（風間書房）所収本に拠る。

万葉集＝佐竹昭広・山田英雄・工藤力男・大谷雅夫・山崎福之校注『萬葉集一〜四』（新日本古典文学大系一〜四巻、岩波書店、一九九九・五〜二〇〇三・一〇）所収本に拠る。歌番号は、旧『国歌大観』の番号に拠る。

類聚古集＝秋本守英責任編集『類聚古集　影印・翻刻篇上、下、索引篇』龍谷大学善本叢書（思文閣出版、二〇〇〇・三）に拠る。

六百番歌合＝久保田淳・山口秋穂校注『六百番歌合』（新日本古典文学大系三八巻、岩波書店、一九九八・一二）所収本に拠る。

六百番陳状＝右所収本に拠る。

その他の歌集＝『新編国歌大観』（角川書店）所収本に拠り、歌番号も同書に拠る。

その他＝本文中に注記したが、それ以外のものは、「新日本古典文学大系」（岩波書店）「新編日本古典文学全集」（小学館）など通行の活字本に拠る。


本文には私意によって濁点・句読点などを付した。また、明らかな誤写・誤植などには最低限の校訂を加えたところもある。

序章　『袖中抄』の構成と成立

一　『袖中抄』成立説

『袖中抄』をめぐる考察を進めていくために、まずは基礎的事項を確認しておきたい。従来説を出るものではないが、稿者なりに再検証してみることとする。

『袖中抄』の成立については、橋本進吉、岡田希雄、久曽神昇氏らによる考証がある。今日定説となっているのは、顕昭の他歌学書との注釈内容の精粗や引用文献の多様性の程度差から、『古今集注』以後『六百番陳状』以前、すなわち文治元年（一一八五）十一月以後、建久四年（一一九三）以前の成立と考えられ、内部徴証からさらに絞って文治三年三月以前の成立というものである。[1]この成立期間について、『歌論歌学集成』四巻解題に、

　これに従えば『袖中抄』は一年四ケ月の間に完成したことになり、顕昭の博学ぶりと集中度を充分に窺わせるに足ろう。

と評されている。[2]「顕昭の博学ぶりと集中度」というのは、稿者にとっては非常に興味深いところであるが、それはともかく、一方では、右の定説には古くから疑義が呈されている。

文治三年三月以前の成立とする内部徴証は、「先年ニ民部卿成範卿、左京大夫修範卿ナドニイザナハレテ」（「シノブモヂズリ」（246））の一節の「成範卿」に「故」の字が冠せられていない点で、すると、この記述は成範生前になされていたこととなり、従って、『袖中抄』はかの没年の文治三年三月以前であるというのである。

しかし、これについては、古く岡田希雄氏によって、「故」が必ずしも厳密に記されていないことが指摘され、同氏は「袖中抄の完成は六百番歌合よりは前、古今集註の完成した文治元年十一月よりは後、しかも余り後の事では無く、或ひは文治末年ぐらゐのところではなかつたらうかと想像しようとするのである」と述べている。[3]文治は六年四

月までだから、文治三年三月以前成立説よりは完成が三年余り後になることになり、執筆期間が四年五か月ほどとなって、妥当なところであろうかとも思うが、もとより根拠はない。

そもそも『袖中抄』のような大部の書が短時日に成ったとは考えにくい。岡田氏は、『拾遺抄注』の「別歌註申也」という記述から、『袖中抄』以前に「部分的原稿」が存在をしていたことを想定し、『袖中抄』は「書きためてあった難歌解釈の原稿を整理したものであるらしい」と論じている。

本稿では、成立について、右の先行説に変更を加えようという材料を持つわけではないが、叙述構成に注目しながら若干の考察を試みることとしたい。

二　『古今集注』から『袖中抄』へ

岡田氏は、『袖中抄』の成立を考証するために、『古今集注』との注釈内容の比較を試みている。おおむね『袖中抄』の方が「顕昭の研究が深まり」「詳細であり、学術的であり、決定的である」と結論づけている。そのとおりであり、『古今集注』の成立が『袖中抄』成立の上限となっている。

所説を大幅に変更しているものも多々見られる。たとえば、「かひやがした」について、『袖中抄』から『六百番歌合』へ所説を大幅変更し、それについて「君子豹変の例」などと評されている。(4)『古今集注』から『袖中抄』へ、自説を変更することも少なくない。顕昭説は、日々発展していたのである。顕昭がきわめて狷介な性格であったとは定家が証言しているが（『顕注密勘』識語）、改むるに憚るところがないのは、むしろ興味深いところではないか。

それはともかく、両書の注釈方法の相違について、もう少し詳細に検討してみたい。

歴博本（旧高松宮本）および冷泉家本の書式は、各注釈の行頭を三段に書き分けるという整然たる形式となっている。この書式について、歴博編『歌学書一～三』（「貴重本典籍叢書」）の「解題」に、各巻内題（「袖中抄第一」）は最上段より、表題（被注歌語項目）は最上段に○印を付して二段目より、標出和歌（項目名の出典となる和歌）はまた最上段より、次に顕昭説を二段目、考証資料（先行歌書の抜き書き）を三段目よりという具合に、自説と先行説とが一目で弁別される工夫がある。

と解説され、「より本源的な形式だと考えられる」と論じられている。(5) すなわち、自他の説の区別を明確にして提示する形式は顕昭自身の企てであったというのである。これをまとめてみると次のようになる（各項に番号を付した）。

①項目名（被注歌語）

②出典歌

③顕昭云（自説）

④無名抄云、奥義抄云など（他歌学書・資料からの引用）

⑤今云、私云など（顕昭の他歌学書・資料の説に対するコメント）

先行研究の多い項目では④⑤を繰り返し、逆に記述内容の短い項目には④や⑤を欠くものがあるが、ほぼ全ての項目が同じような構成を採っている。ただし、項目歌語の用例を示す際にも一字下げをするので、自他の説の区別というより他書からの引用部分を字下げして明示する書式というべきであろう。また、③④の区分と行頭の書き分けは、一貫して厳密に行われているとはいいがたい。そのような状況ではあっても、注釈学に向かう顕昭の意識の高さを示しているとはいえよう。この自他の説を弁別しようとする姿勢は、『袖中抄』の叙述構成にも現れている。

『袖中抄』巻頭の難義語の第一「ひをりの日」を取り上げ、叙述構成について検討したい。以前に『古今集注』（四七七）では次のように詳細に論じている。叙述の順序を見るため、注釈文の多くを省略し、適宜改行し、符号を付して示す。

A詞ノヒヲリノ日ハ、天下第一ノ難義ヲ、随身下野武忠ナニゴヽロナクイヒイダシテ侍キトゾ、左京大夫顕輔卿申侍シ。其義ハ左近ノマ手結ハ、五月五日也。右近マ手結ハ、同六日也。

B件日ハ褐ノ尻ヲヒキヲリタレバ、ヒキヲリノ日トハイフナリトゾマウシケル。然而アラテツガヒノ日モ、ヒキヲレリ、オボツカナシ。清輔朝臣ガ奥義抄ノ古今釈同此義。

C教長卿云、五月三日ハ左近ノ荒手結、四日ハ右近ノ荒手結、コノアラテツガヒノ日ハ、イテドモノ近衛舎人ミナ水干袴ニクヽリアゲテ、カチヲキタルガ、…

D但、イヅレノ日モサコソハスメレバ、コレヒガゴトニヤ。アルヤムゴトナキ人ノアリケルハ、左近馬場ノ南、洞院ヨリハ東ニ、ヒキイリタルトコロアリ。ソコヲヒヲリト云也。…

E顕昭云、人々ノサマ〴〵ノ義、イヅレトワキガタシ。

F俊頼朝臣法性寺入道殿下ノ許ニテ、五月五日ノ心ヲヨメル、

ナガキネモハナノタモトニカヲルナリケフヤマユミノヒヲリナルラム

此日道経ノビアガリテ、古今ノ難義キヽ侍ヌヤト申ケレバ、…

G但、道経ガ申ストコロモイハレナキニハアラネド、…

H又伊勢物語ノ中ニハ、事外ニ歌次第モカハリ広略ハベル中ニ、…

I又俊頼ガ無名集ニ、カヘシトモオボエヌカヘシアル歌トテ、此贈答ヲカキテ、…

（下略）

右のAからIの符号の意味は次のとおりである。

A＝顕輔の談話

B＝清輔『奥義抄』より引用
C＝教長『古今集註』より引用
D＝範兼『和歌童蒙抄』より引用
E＝顕昭の自説
F＝道経歌と俊頼、顕季の談話
G＝顕昭のコメント
H＝『伊勢物語』の諸本
I＝『俊頼髄脳』より引用

引用部分と自説を述べるところの順序には必ずしも統一的基準はなさそうだ。

これらが、『袖中抄』「ヒヲリノ日」（1）にどのように継承されているか、対応する項目を小文字符号で記すと次のようになる（これも適宜改行し各項目の冒頭のみ記す。行頭三段の書き分けはここでは一段に揃えた）。

a顕昭云、故六条左京兆〈顕輔卿〉申サレシハ、左近馬場ノヒヲリノ日ハ、天下第一ノ難義也云々。…

c五月三日ハ左近ノ荒手結也。四日ハ右近ノ荒手結也。五日ハ左近ノ真手結也。六日ハ右近真手結也。…

e真手結ノ日ハ、紅ノ下袴、織物ノ指貫ニク〻リモアゲズ、ソバヲハサミテ褐ノ尻ヲ腰ヨリ前ザマニ引タウサギテ前ニハサメリ。サレバ此真手番ノ日ヲヒヲリノ日トハ云也。…

f俊頼朝臣、法性寺入道殿ニテ、五月五日ノ心ヲヨミケルニ、…

g私云、俊頼義ニテハイカサマニモ真手番ノ日ヲヒヲリトハイフトキコエタリ。…

x綺語抄〈仲実朝臣〉、ヒヲリノ日ハ右近馬場ノ手結ノ日ヲ云也云々。…

b奥義抄〈清輔朝臣〉、ヒヲリノ日ハマユミノマテツガヒノ日也。五月五日ナリ。コノ日褐ノ尻ヲ引折タレバ、ヒヲリノ日トハイフナリトゾ、下野武忠ハ申ケレドモ荒手番ノ日モ引折レリ。オボツカナシ云々。

x私云、此義モ引折ト云詞ハタガハネド、アラテツガヒノ日モヒキオレリトイヘバ、ナヲアラテツガヒマテツガヒノオリ様ヲワキマヘヌニナリヌ。

d童蒙抄云〈範兼卿撰〉、ヒヲリノ日ト云ハ、秦兼久ハマユミイムトスル時ニ、褐ノ尻ヲウチザマニヒキオリテハサムヲイフ也トゾ申ケル。但イヅレノ日モサコソスメレバ、…

h業平ガテヅカラカミヤ紙ニカケル伊勢物語ノ朱雀院ノヌリゴメニアリケルニハ、…

x私云、此兼久ガ説モアヤシクモキコエヌヲ、イヅレノ日モサコソハスメレバ、コレヒガ事ニヤカケルカ。コヽロエヌ也。…

h又業平ガ自筆ノ本ニヒヲリノ日トハカヽヌコト、此モ世人申スコトナリ。…

f故左京兆モ随身武忠カバカリノ難義ヲナニ心ナクイヒイダシタリキトハベリキ。

x荒手ツガヒマテツガヒノカハリメヲバクハシク申ザリケルニヤ、オボツカナシ。

（下略）

なお、xは『古今集注』には見られない記述を示している。

顕昭が自説を展開するところが顕昭注釈の中心になるはずであるが、『古今集注』では、E「人々ノサマ〴〵ノ義、イヅレトワキガタシ」と諸説乱立する状況に自説をまだうち立てられない段階であった。ところが、『袖中抄』では、cで教長の説の一部を用いながら、eで自身の考証を展開し「左近ノムバマノヒヲリノ日ト云ハ、五月五日也。右近ノ馬場ノヒヲリノ日トイフハ、五月六日也」とみごとに結論を導き出している。確かに、顕昭の研究は深まり決定的となり、ひとつの自説を立てる段階に達したといえよう。岡田氏の指摘が確認される。

ここで注目しておきたいのは、諸書からの引用である。『古今集注』では、叙述の流れにまかせ、引用部分は散在していたのに対し、『袖中抄』では冒頭付近に自説を述べ（ａｃｅ）、その後に『綺語抄』以下の先行歌学書からの引用をおおむね成立順にまとめ（ｆｇｂｄｈ）、その後にそれらに対して顕昭がそれぞれ評価を付ける（ｘ）という構成になっている。両書における叙述の順序の違いを図式化してみると、次の図のようになる。

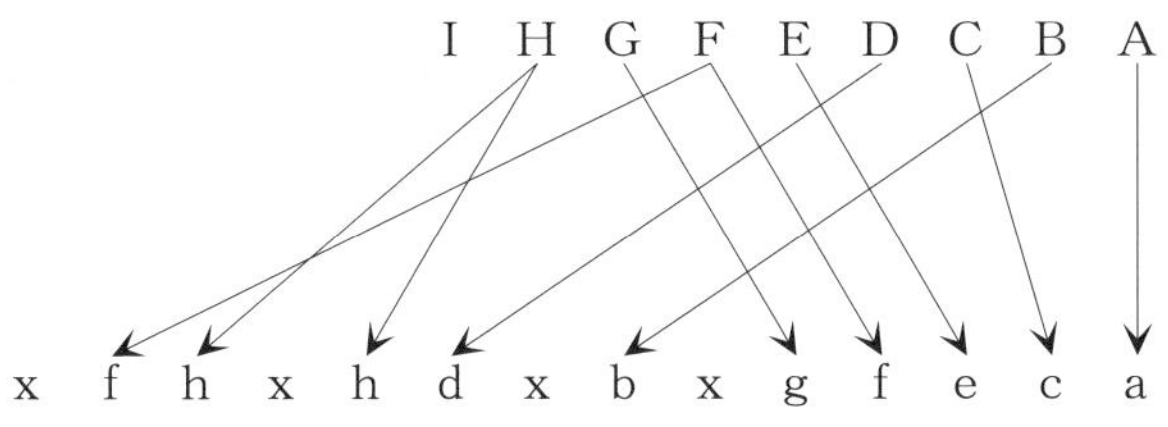

つまり、『古今集注』にはなかったが、『袖中抄』に至って、自説と他説とを明快に区別しようとする叙述方針を確立したといえるのではないか。その方針のもと、叙述の順序を整序し、また行頭三段を書き分ける書式を採用したといえる。

叙述方針の違いは、書式と構成方法だけではない。たとえば、「さや（よ）のなかやま」についてであるが、『古今集注』（一〇九七）では、教長の「さやの長山」説を引用した後、

又フルクアヅマヂノサヤノナカヤマナカ〳〵ニトヨミタレバ、中山トイフベシ。キビノ中山、キサノ中山ナドイヒテ、カヽル名ノ中ニ、長山トイフコトハキコエヌナリ。但頼政ゾ関東ヘ下向シタルモノニテ、長山トイフト申侍シカド、土民ハナカ〳〵カタコトヲシテ、サヨノ中山トモマウスナレバ、カヘリテ信ジガタシ。遠江国佐野郡也。又サヤノナカヤマハ、コヽロナクカヒガネヲヘダテタリトコソヨメルトキコユルヲ、カノ山ニテカヒガネヲミムトアル、オボツカナシ。又此歌事、依ㇾ有ㇾ便一巻委注申了。

と、自説としては中山説を提示するのだが、頼政の長山説もとりあげてこれを批判する。「さや（よ）のなかやま」の釈義に絞って論述を展開している。

一方、『袖中抄』では、

サヤノナカヤマトハ遠江ノクニヽアリ。付此山テ二ノ不審アリ。一ニハ師仲卿云、彼土民等サヨノ中山トイヘリ。其後俊成卿モサヨトヨメリ。然而証本等皆サヤトカケリ。又遠江ニサヤト云郡アリ。又サヤニミベキトイヒヲケルモ、末ニサヤノ中山トイハンズル料ト聞タリ。古歌ノフルマヒ也。土民等ガ説ハ、和哥ニハカナハズトミユル事ヲオシ。二ニハ頼政卿云、下総ヘ下向之時彼土民等ノ申シヽハ、サヤノ長山トイヘリ。コレ又イカヾト聞ユ。如此キビノナカ山、キサノナカヤマナドイヘルハ皆中山也。長山トイヘル事ハナシ。

後撰哥云、

アヅマヂノサヤノナカ山中〳〵ニミズハコヒシトオモハマシヤハ

中山ナレバコソ中〳〵ニトハイヘ、古今ニイソノカミフルノナカミチ中〳〵ニトイヘル歌ヲコソ、俊恵ハ長ミチトヨミテ侍シカ。中〳〵ニト云詞ニテ難ジ侍シカバ閉口仕リキ。コノ長山モ其体也。教長卿モ四郡ワタリタル山ナレバ長山ト云也ト釈セリ。諸国ニ二三ケ国ニワタル山アレド長山ト云事ナシ。又此哥ヲ釈スルニ、タカキトコロニテヨクミユルモノナレバ、如此ヨメリトイヘリ、イカヾトキコユ。此哥ニハタヾサヤノナカ山ノカヒノシラネヲカクシタル心ヲヨメリ。ミム人ノタチドコロハイヅコトモキコヱヌヲヤ。此卿モ常陸国へ下向人也。而師仲卿ハサヤヲサヨト読テ中山ハ常ノ如シ。俊成卿同之。教長頼政両人ハサヤハ常定ニテ長山トイヘリ。然バ士民説ニモ不同アレバ不可信之歟。

（「ヨコホリコセル〈ケヽレナク　サヤノナカヤマ〉」(108)）

と、情報量が格段に大きくなっているが、それは頼政説に加え、『古今集注』には見えない俊恵や師仲、俊成の説までとりあげ、「さや（よ）のなかやま」について詳述しているのである。

このような「さや（よ）のなかやま」の釈義について論議がかわされた、少なくとも情報交換が行われたのは、発言者の顔ぶれからみて、歌林苑などの場が想定される（第一章第四節参照）。『袖中抄』執筆に際しそれを想起して書きとどめたものであろう。すなわち、『古今集注』脱稿後に新たな情報を得たということではなく、『古今集注』はあくまで『古今集』歌の注釈であるので、「さや（よ）のなかやま」の釈義は簡略に記述して一首の解釈に絞ってまとめようとしたのに対し、『袖中抄』は、語句の注釈であるので「さや（よ）のなかやま」の釈義をめぐって多くの説が展開されてきたことに触れたのであろう。『袖中抄』に書かれているような、歌林苑の場が想定される議論は、『古今集注』以前に行われていたはずである。『古今集注』から『袖中抄』へと顕昭の研究が大幅に発展したとは、この

「さや（よ）のなかやま」に関してはいえない。いわば両書の執筆方針の違いである。

他の項目についてはここではとりあげないが、多くの場合、自説を変更、または深化させたものばかりではなく、自説の変更をしないものでも、『古今集注』の記述をそのまま継承するのではなく、大幅に書きかえている。そのまま使えそうなものも、手を抜かないで見直しているのである。

このように、『古今集注』と『袖中抄』との違いは、研究の深化ばかりではなく、叙述方針を大幅に変えているのである。『古今集注』は、次の奥書によると、

大略釈二奥義外歌一。先レ是宰相入道〈俗名教長、法名観蓮〉被二注献一。賜二件本一加二披閲一糺二邪正一。仍多引二載彼抄一而已。

とあるように、『奥義抄』の補完と『教長古今集註』への批判、修正を執筆方針とした、『古今集』歌の一首解釈であるのに対し、『袖中抄』は、難義語注釈という語句注釈であるという違いを強く意識したものであろう。顕昭は、『袖中抄』を執筆するに際し、前著作とは異なる新たな構想を立てて、難義語注釈という難事業に取り組んだものと思われる。

三　『袖中抄』の叙述構成と成立過程

『袖中抄』の叙述構成から、顕昭注釈の成立過程について考察を試みたい。前にとりあげた注釈叙述の書式と構成を再び次に示す。

①項目名

②出典歌

③顕昭云（自説の主張）
④無名抄云、奥義抄云など（他歌学書・資料からの引用）
⑤今云、私云など（顕昭の他歌学書・資料の説に対するコメント）

吉永登氏は、このような『袖中抄』の叙述構成について、

> 恐らく見出しにつづく「顕昭云云々」の結論のみが、主要部であつたものと思はれる。もとよりこの結論のみが袖中抄本来の姿であると速断することは当を得ないにしても、諸説とその批判の如き第二義的のものであつたらう。

と述べている。[6] ③「顕昭云」を「主要部」とし④⑤を「第二義的のもの」とするのは、いかにも直感的な判断だが、成立過程を反映しているという見通しがあったのだろうか。ともかく氏によれば「主要部」という③部分から検討したい。

まず注目したいのは、顕昭が若い頃に親しくしていた隆縁の名は『袖中抄』の六項目に見えるが、それらが③「顕昭云」に集中して登場することである。隆縁は、生没年未詳だが、六条家一族の僧で、顕輔らとも親しかった。[7] まず、「ヨリベノミヅ〈付カミヨリイタ〉」（46）の項では、「かみよりいた」という難義語について、

> 故左京兆ハヨリベノ水トゾ侍シ。コノ水ノコトヲクハシクシリテ、ヨリベトイフコトノ義ヲタヽウガミニカキテ顕昭ニアヅケテ、隆縁ト申僧ニイカニトイフコトゾトタヅネラレシカバ、ソノ申シ義京兆ノ義ニアヒテ侍シカバ感テ絹ヲトリイデヽ纏頭ニセラレシカバ、名利キハマリヌトコソヨロコビタマヘリシカ。

とあり、顕輔を感心させて「纏頭ニセラレ」たという。次項の「カチ人ノワタレドヌレヌエ」（47）にも、隆縁は「エニ」をみごとに釈してまた顕輔の「纏頭ニアヅカ」ったとある。いずれも隆縁の自讃談である。

そのほかは、隆縁の唱えた説に顕昭が批判を加えているものである。「うぢのはしひめ」について、

隆縁ト申侍ベリシ僧ハ、住吉ノ明神ノ宇治ノハシ姫ヲ妻トシテカヨヒ給シ間ノ哥也ト申キ。イカヾトヲボユ。宇治橋ハ孝徳天皇御時大化二年ニ道昭和尚始造云々。住吉ハ神代ヨリヲハシマス。年久ナリテ後始テ宇治ノハシ姫ニカヨヒ給ト申サンコトモヲボツカナシ。

（「宇治ノハシヒメ」（82））

と、住吉明神が宇治の橋姫を妻として通ったとする隆縁の説に対し、顕昭は史実に合わず「イカヾトヲボユ」と批判する。ほかにも、「いざここに」歌は「伏見仙人ガ歌」という隆縁説に対し「然而無証拠歟」と批判する（「スガハラヤフシミ」（121））、「ほのぼのと」歌の「アカシノ浦」をめぐる隆縁の発言への顕昭の批判（「アカシノウラノシマ」（127））、「ゆたのたゆた」についての隆縁の奇妙な妄説「船ニイル水ヲバ湯トイフ、フナユ是也」とそれに対する顕昭の批判（「ユタノタユタ」（165））、などいずれも隆縁の奇矯な説への批判である。

これらは、いくつかの難義語の釈義について、隆縁から奇妙な説を伝授された、あるいは隆縁と顕昭が何らかの論議をかわしたことがあって、それを想起して記したものであろう。その対話は隆縁の在世中であろうから、顕昭のかなり若い頃である。顕昭が、難義語の釈義に強い関心を持つきっかけのひとつが、この隆縁の自慢話、あるいは彼が放つ思いつきの妄説に触発されたものだったのではないか。それらが③「顕昭云」部に集中しているのである。

逆に、前にとりあげたように「ヨコホリコセル〈ケヽレナク　サヤノナカヤマ〉」（108）の項目では、③「顕昭云」部が長く、さまざまな人の発言が引用されている。すなわち、教長、師仲、俊成、頼政、俊恵さらに土民の説も出てくるのである。これらは歌林苑において披露され論議されたであろうことが推測されるのだが、それが『袖中抄』の③部分に取り込まれている。

このように見てくると、一部項目の③部分は、隆縁、あるいは歌林苑など、顕昭が若い頃に関わった歌人たちの談

話や歌学論議が反映していて、比較的早い段階で顕昭歌学の萌芽が成っていたものではないかと推測されるのである。

ただし、隆縁ら以外の人物に注目すると必ずしも③部分に集中しているわけではない。養父顕輔の発言は数多く引用しているが、③「顕昭云」部に見られるものもあれば、④他書引用の後の⑤顕昭のコメント部分で付加的に引用するものもあり、必ずしも③部分にばかり見えているわけではない。奇説を放ち続ける登蓮の名もしばしば出てくるが、これも③あるいは⑤の一方に偏って登場するわけではない。単純な成立過程を想定することはできないのである。

ここでは、顕昭の歌学の第一歩は、隆縁やそのほかの人物が恣意的に放つ妄説、奇説に触発され、難義語への関心を持つようになったことではないかという推測にとどめておきたい。

顕昭は、『万葉集』に見える三つの難義語について、

年来間をしはかりに、万葉集を伺見侍る事度々に成ぬる中に、「山鳥のおろのはつおに鏡かけ」と申歌、「鵙の草茎みえずとも」と申歌、「鬼志古草名にこそ有けれ」と申歌、此歌どもは古髄脳にさま〴〵つくして侍めるを、愚なる心に、此三首、聊料簡仕たる様の侍れば、一切人にも習不レ侍、片端も抄物などに沙汰仕たる事もみえ侍らねば、人しれず秘蔵仕て罷過侍しところに、此両首しも被レ番て侍る。

（『六百番陳状』寄鳥恋）

と述べている。三難義語については自身の「料簡」があって、何らかの原稿にまとめていたのであろうが、「人しれず秘蔵仕て罷過侍し」ものであったという。その「秘蔵」の「料簡」は、この三難義語に限らず、他にもあったろうが、どの程度の規模のものであったかはわからない。公表するによい機会をうかがっていたのであろうか。

「サホヒメ」（34）の項には、「さほひめ」のアクセントをめぐって、

此事ハ院ニテ康頼入道ガ棹姫トウタヒケルニ、人々被相尋之時出顕昭之説云々。

という逸話を自慢げに書き残している。「院ニテ」とは後白河院歌会をさし、平康頼が出家して鬼界が島から帰還し

た以後の歌会でのできごとであろうが、康頼入道は『袖中抄』以前から顕昭説を知っていて後白河院の歌会に持ち出したのである。(8) 康頼入道は口頭で顕昭から伝えられたもののようで、何らかの文書に拠って顕昭説を知ったものではないだろう。

岡田希男氏のいうように、『袖中抄』以前に何らかの形で顕昭説は確かに存し、一部にも流布していた。しかし、やはり萌芽的な、未熟な段階であったろうし、量的にも現存『袖中抄』全項目のうちのごく一部にとどまるであろう。現存の『袖中抄』に直結するようなものではなかったはずである。それらを『袖中抄』にまとめる時に大幅に整序して記述していったはずである。現存の③部分からは、顕昭歌学の萌芽的なものの一部分がわずかにうかがえるのみである。

四　顕昭の意図したこと

③に続く④以下は、吉永氏によれば「二義的のもの」という位置づけになるが、稿者はそうは思わない。④は、「無名抄」「奥義抄」以下先行歌学書を中心に多くの資料からの引用から成る。ある難義語について言及している歌学書、特に『無名抄』『綺語抄』『奥義抄』『和歌童蒙抄』を中心におおむね網羅し、まとまった分量を原文に比較的忠実にかつ成立順に引用する。その意味では、あたかも諸注集成のような様相を呈している。このような諸注集成的な注釈言説のありようは院政期を特徴付けるものであるというが、(9) あるいは、守覚法親王の要請に応じたものかもしれない。その際、大量の蔵書を披見する機会を得たのであろう（第二章第一節）。しかし、諸注集成的な構想を顕昭のがわから捉え直してみると、研究史の概観にもなっているといえる。

それに続く⑤で顕昭のコメントを付す。先行歌学書の所説に賛同する場合は何も付言しないが、批判的意見を持つ場合には自身の批判説を述べていくのである。

第二章第一節でも指摘したことであるが、

ヨロヅノフミニ、キヾスハキジノ異名トイヘリ。僻事也。此事ヲシラセム料ニ注付也。（「キヾス」(36)）

と「僻事」が「僻事」であることを知らせるために「注付」したという。先行諸説に見られる「僻事」を逐一指摘し批判していくのも、執筆意図のひとつであると自らいう。先行説を批判しつつ自説を展開して、先行説を凌駕しようとしたのである。

一方、先行研究のない多くの語句にも顕昭は注釈を加えている。

奥義抄ニ此哥ヲバ書出ナカラ不釈之。心エガタキ歌歟。他書ニモ釈シタル事モ見エズ。サレドヲシハカリニ今案云、（「ワガナモミナト」(10)）

というように、『奥義抄』以下他書にも釈したところがないことを理由に「ヲシハカリニ」注釈を加えていくものだが、このように先行研究のない語句を加注する項目に選ぶという例もまた多い。あるいは、

無名抄、綺語抄、奥義抄、童蒙抄等ニ、此ソホブネノ事アカサズ。可秘蔵事歟。（「アケノソホブネ」(9)）

といって、先行諸歌学書に見えない語句に新たに注釈を加え、それを「可秘蔵」と誇示してもいる。

先行研究のある語句には、研究史を丹念にふりかえり批判を加え、先行研究のない語句に対しては新たに研究に着手する。先行研究の不備を補完しつつ、さらに難義語研究を充実させようという意図がうかがえる。顕昭の注釈は、研究史を強く意識した叙述となっていて、自身の研究を研究史に位置づけようとしている。そうして、自身が先達に連なることを誇示しつつ、さらに先達を乗り越えようとしたのである。

このように見ると、④⑤の各項目は、「一義的なもの」とはいえないだろう。顕昭の自説の主張という観点からみ

れば、③が中心であるが、④と⑤部分も、顕昭の意図としては不可欠である。前に「ひをりの日」では『古今集注』から『袖中抄』へ改稿するに際し、自説を固めるとともに、先行諸説を後半部にまとめていった意図も指摘した。③自説と④⑤他説の引用と批判とが双方相まって、『袖中抄』注釈たりえているのである。

五　項目執筆の順序

項目執筆の順序についても明確にはできないが、おおむね巻一の冒頭から巻二十末尾まで、項目の順に執筆していったとしてよいと思う。冒頭「ヒヲリノ日」（1）に、

顕昭云、故六条左京兆〈顕輔卿〉申サレシハ、左近馬場ノヒヲリノ日ハ、天下第一ノ難義也云々。然者ニヤ、此事ヲ注セル髄脳等ニハカ〲シクアキラカニモイヒキラネバ、一番ニ注申也。

と、「天下第一ノ難義」である「ヒヲリノ日」を「一番ニ注申也」という。項目執筆の順序を知る唯一の徴証であるが、以下、「オニノシコグサ」（2）、「アヂムラコマ」（3）、「ヒヂカサアメ」（4）、「モズノクサグキ」（5）、「カヒヤガシタ」（6）、と有名難義語が続いていく。『袖中抄』冒頭部は、重要な難義語の注釈から第一に取り組もうとした意欲がうかがえよう。前節に引いた、『六百番陳状』に顕昭の言う、『万葉集』の三難義語のうちの二つが巻一に入っている。

巻一末尾の項目「アケノソホブネ」（9）の項の末尾には、前にとりあげたとおりに付記し、先行歌学書を補完しようという意欲を表明している。これに続く巻二は、冒頭の「ワガナモミナト」（11）から、「イソノマユ」（14）まで、「他書ニモ釈シタル事モミエズ。サレドヲシハカリニ今案云」（「ワガナモミナト」（11））などとあり、巻一末尾を受け、巻二冒頭から五項目は、他書には釈義が示されていない難義語について、新たに自説を提示してここに並べて

いる。このあたりは、他書、特に『奥義抄』の補完を意図し、自身の新説を誇示しようとしたものと考えられる。

ほかにも、項目ごとにいくつかのまとまりが指摘できる。たとえば、巻十五「タラシヒメ」(174)から「ホガラく」(190)まで、他歌学書にはあまり注釈が見られない万葉語を取り上げた短い項目が連続している。ただし、それらは何らかの成立上の経緯を意味しているのであろうが、今ただちにわからない。後半に進むに従って、他書に取り上げられていない語句や、短い項目が多くなる傾向にはある。しかし、全般的に項目の配列にはどうしても明確な基準が見当たらないのである。思いつくままなのか、もとの資料に何らかの制約を受けたのか、さらに考究が必要であろう。

『袖中抄』の成立過程や項目執筆の経緯がさらに明らかになれば、顕昭の歌学の深まりや広がり、思惟の変化も見えてくるはずであるが、今のところは以上にとどまる。

注

(1) 橋本新吉「法橋顕昭の著作と守覚法親王」(『史学雑誌』三三編三号、一九二〇・三、「著作集」一二、一九七二・三)、岡田希雄「袖中抄の著述年代に関する疑問」(『国語国文』二巻四号、一九三二・四)、「袖中抄の著述年代に関する疑問(二)」(『国語国文』二巻五号、一九三二・五)、「袖中抄の著述年代に関する疑問(下)」(『国語国文』二巻八号、一九三二・八)、久曾神昇『顕昭・寂蓮』(三省堂、一九四二・九)、『日本歌学大系』別巻二「解題」(久曾神昇)など。

(2) 『歌論歌学集成』四巻「解題」(川村晃生)に拠る。

(3) 岡田注(1)論文に拠る。

(4) 久保田淳『中世和歌史の研究』「院政期の歌学と和歌の実作」(明治書院、一九九三・五)に拠る。

(5) 国立歴史民俗博物館館蔵史料編集会編『歌学書一~三』(貴重典籍叢書文学篇一二~一四、臨川書店、一九九九・九~二〇〇一・九)「解題」(後藤祥子)に拠る。

（6）吉永登「袖中抄における萬葉語の研究——特にその方法論的考察——」（『国文学』関西大学、一号、一九五〇・一）に拠る。

（7）竹下豊「平安後期の万葉研究——『万葉集抄』をめぐって——」（『講座　平安文学論究』十輯、風間書房、一九九四・一二）は、隆縁について詳細に論じ、「歌学についても、一家言を持っていたようである」と指摘している。

（8）顕昭と康頼との交友関係については、今井ちとせ「『宝物集』の成立背景をめぐって——顕昭歌論との関連から——」（『中世文学論叢』六号、一九八五・二）に詳しい。

（9）小峯和明『院政期文学論』「Ⅰ・一　院政期文学史の構想」（笠間書院、二〇〇六・一）に拠る。

第一章　顕昭歌学の形成

第一節　俊頼と顕昭

一　俊頼の自称「歌ツクリ」の問題

俊頼が自身の詠歌姿勢について自ら「歌ヨミ」ではなく「歌ツクリ」であると称した有名な発言は、俊頼自身や同時代の人物が記録していたのではなく、顕昭の『古今集注』に記載されたものである。それは、おそらく俊頼↓顕季↓顕輔↓顕昭という口伝を経て、俊頼没後数十年ののちに書き留められたのである。とすれば、俊頼自身の発言かどうかの事実性は問わないこととしても、俊頼の発言の真意がどの程度正しく伝えられているのか、大いに疑問が残るのではないだろうか。顕昭は『古今集』の一首の歌の注釈作業の過程でこの口伝を想起して記したものであり、俊頼の発言もその文脈において再検証すべきではなかろうか。『袖中抄』における俊頼の影響を考察するにあたって、まずこの口伝を記載するに至った顕昭の意識を考えてみたい。

引用がたいへん長くなるが、それは、次のような注釈の中でふれられたものである。

五条ノキサイノ宮ノニシノタイニスミケル人ニ、ホニハアラデモノイヒワタリケルヲ、ムツキノトウカアマリバカリニナム、ホカヘカクレニケル、アリドコロハキヽケレドエモノモイハデ、マタノトシノ、ムメノハナザカリニ月ノオモシロカリケルヨ、コゾヲコヒテカノニシノタイニイキテ、月ノカタブクマデ、アバラナルイタジキニフセリテヨメル

業平朝臣

ツキヤアラヌハルヤムカシノハルナラヌワガミヒトツハモトノミニシテ

コレハコノトコロニテ、コゾアヒシヒトノコヽニモナクテ、コヨヒエアハヌコトヲオモヒテ、月モアラヌ月ニテアルカ、又春モムカシノハルニハアラヌカ、ワガミヒトツバカリハモトノミニテアレド、アヒシヒトモナキハトヨメルナリ。貫之ガ歌ナドノヤウニ、タシカニヨマバ、アヒシ人ニアハヌヨシヲイヒアラハスベシ。又カヤウニイヒソラシタルヲ業平ガ歌ノ幽玄ナルコトニイヒテ、ソノヤウヲマネバムトオモヘル人モアレド、ソレハマタコヽロモコトバモオヨバズ、ヨモクダリテイトヾコヽロエガタクナムアル。サレバ古今序ニモ、在原ノナリヒラ、ソノ心アマリテコトバタラズ、シボメル花ノイロナクテニホヒノコレルガゴトシトイヘリ。上代ニダニソレヲトガトイヘリ。マシテ末代ヲヤ。凡ハコノヤウヲコヽロエテ、業平ガ歌ヲモ、又ソレナラヌムカシノウタノコヽロコトバカスカナラムヲバオモフベキナリ。

顕輔卿語云、顕季卿ノ許ニテ和歌会ノツイデニ、俊頼朝臣云、業平中将ノ秀歌トオボシキハイヅレゾ。世中ニタエテサクラノサカザラバト云歌許歟。此程ノ歌ハコノオハスル人々ミナ読給ラムモノヲト申侍シカバ、顕季卿驚テ、コハイカニカヽル事ヲバノ給フゾ。ヨモコノ人々ヨマレナムトハオボサジ。我ハ五郎中将ヲオモヒカケマウシ給ヘルガト申ケレバ、俊頼ハイカデヨミ侍ラムゾ。コノ人々ハ一定ヨミ給ラムト、マメヤカゲニ申ツヨリシカバ、顕季卿ハ別事ナリケリ。物申サジ。此定ニオボスニテハ、ヨモ此道ニ冥加オハセジ。希有事承ヌルモノカナト申ケレバ、俊頼アシゲニ思テコソ侍シカトゾ語侍シ。

今案ニ、俊頼ガ歌ハ、キハメタルクチギヽニテ、ワリナクオモシロクハヨミタレド、サビケダカク幽玄ナルスガタハミエネバ、業平歌ヲモ我ネガフサマナラネバ、サヤウニ思トリテ侍ケルニヤ。基俊ハ、俊頼ハ歌ヨムヤウモシラヌモノトナム常ニ申侍ケル。ソレモヒタオモムキナリ。和歌ノタケナシト思ケルニヤ。顕季卿ハ、俊頼ハ読口ハ無二左右一トコソユルシ侍ケレ。ウタヨミトイフハ、人ノクチヨリ歌ヲヨミイヅルヲイフ也。俊頼ハ歌ノヱボウシヲシタルナリトコソ感ジハベリケレ。又俊頼自云、我ハ歌ヨミニハアラズ。歌ツクリナリ。カクイフコヽロハ風情ハツギニテ、エモイハヌ詞ドモヲトリアツメテキリクムナリトゾ申ケル。サモイハレテ侍事歟。

此条ヨシナシ事ニ侍ド、歌ノスガタニツキテ、其モコヽロエラルル事ニテ侍バ、事ノツイデニ注申也。詞ニ、ホニハアラデトイフハ、アラハニハアラデト云也。ホニイヅト云詞ノゴトシ。五条后ノ西台ニスム人ノ事、前委注了。

（『古今集注』七四七）

この注釈中の俊頼の「歌ツクリ」の発言がさまざまな問題を提供していて、多くの論者にとりあげられてきた。[1] ここでは、書き留めた顕昭の意識に即することに絞って行文をたどっていきたい。

まず、この文が示されたのは、業平の「月やあらぬ」歌の注釈に関連してであることに注意しておきたい。この歌は、業平の代表歌として今では知られているが、この歌に最初に注目したのは俊成であり、それ以前は業平歌の中ではあまり高い評価を得ていなかったことが指摘されている。[2] 顕昭は、業平の「月やあらぬ」の歌の解釈をひととおり記したあと、「カヤウニイヒソラシタル」業平の歌を「幽玄ナルコト」と称揚し「ソノヤウヲマネバムトオモヘル人」もあることに言及、「ソレハマタコヽロモコトバモオヨバズ、ヨモクダリテイトヾコヽロエガタクナムアル」と批判する。業平歌を「幽玄」と評価する人は、俊成らのことをさしているものと考えられている[3]（第三節にもふれた）。

この「幽玄」批判からの連想で、顕昭は、業平「月やあらぬ」歌への俊頼の低評価と顕季の反論を紹介し、続けて基俊、顕季の俊頼歌に関する批判的発言を書き留める。このうち顕季の俊頼歌評は、俊頼の歌は「歌ノヱボウシヲシタルナリ」と感じた、すなわち、心からの真率な表現ではなく、烏帽子のごとくうわべだけのことばの操作にすぎないというのであろう。そうして、この隠微な批判を受けて、顕昭が、「俊頼自云」として「我ハ歌ヨミニハアラズ。歌ツクリナリ。カクイフコ丶ロハ風情ハツギニテ、エモイハヌ詞ドモヲトリアツメテキリクムナリ」という有名な発言を想起して書き結ぶという論旨の運びである。とすれば、「歌ツクリ」とする自称は、ここから俊頼の詠歌の方法と姿勢をうかがう以前に、まずは顕季ら、さらには顕昭の俊頼批判の文脈の中で再検証されるべきものであろう。

二　「歌ツクリ」批判

「歌ヨミ」という語で歌を詠む人を表す用法は、遅くとも平安中期頃から認められる（『亭子院歌合』など）が、「歌ツクリ」は、顕昭『古今集注』の用例が初出例であろう。特に、「歌ヨミ」の対立概念として「歌ツクリ」を措定し、かつ「歌ツクリ」を下位に置く価値観を表明するのは、この例が最初である。

「詠む」と「作る」とを対概念と位置づける発想は、

秋のをばなの雪とよみたる古うたこそえみいではべらね、あしの花をぞからのうたには雪によそへてつくりてはべるかし、

（『関白右大臣歌合　保安二年』基俊判詞）

或る人いはく、「基俊は俊頼をば、蚊虻の人とて、『さはいふとも、駒の道行にてこそあらめ』といはれければ、俊頼返り聞きて、『文時・朝綱よみたる秀歌なし。躬恒・貫之作りたる秀句なし』とぞいはれける」。

（『無名抄』「俊頼・基俊いどむ事」）

などという例が基俊、俊頼に見られる。漢詩を作るといい、歌を詠むという用例は、少なくとも平安初期から見られ（『土佐日記』など）、特別な用法ではないが、両者を一対とする概念規定は、基俊、俊頼の時代から顕著になると見られる。

このように、詩は作るものであり、歌は詠むものであった。(4) 詩を作るというのは、「作詩」の和語化ではあるが、本来外国語の文字である漢字を用いての不自由な創作過程において、ことさらに作為的なことばの操作や熟練の表現技術を要求される感覚に発するのであろうか。これを歌に適用し、歌を作るという時には、詩作のようにことさらに作為的に歌を詠む詠法を衝いたものであろう。

歌を「作る」と表した初出例は実は俊頼にある。(5)

六番　雪　左　香雲房

ふるゆきに山のほそみちうづもれてまれにとひこし人もかよはず

右　慈光房

あしたつるみわのひばらにゆきふかみみやぎひくをのかよひぢもなし

左、よまむともせず、ただ事もなしたるなめり。おいらかにていうなり。右、わりなくおもひよりてつくりいだしたるうたなめり。これもちからいりたり、かれもおいらかなり。持とやまうさまほしき。作者いかばかりはらだちて、ようもしらぬことしりがほにいひつづけたりと、まうされむ。たれにか。

（『永縁奈良房歌合』俊頼判）

右歌について、「わりなく思ひよりて」「力入」れて「作り出だしたる歌」であるという。いいかえれば、歌を「作り出」すとは、「わりなくおもひよりて」珍奇な趣向を設け「力入」れた強引なことばづかいによって詠み出すことであろう。俊頼自身が称したという「歌ツクリ」の詠法に近い。ただし、俊頼の場合は、歌を作ることと詠むこととを対立的に措定しているのではない。右の判詞では、左歌は「詠まむとも」しなかった結果、「おいらか」な「ただ事」すなわち散文のごとき歌になったという。歌はやはりある程度は「詠まむ」と、すなわち明確な構想なり方法なりをもって自覚的に詠じなければならないというのであって、右歌のごとく、それが過剰になれば（＝わりなく思ひよりて）「作る」ことに到りそうである。俊頼自身は、歌を「詠む」ことを自覚的に推し進め、歌を「作る」ことを究めていったのではないか。その意味で、「詠む」の下位に「作る」を置く『古今集注』にいう「歌ツクリ」の価値観とは異なっている。

歌を「作る」ことと「詠む」ことを対比的に措定した問題意識としては、『古今集注』以後になるが、比較的早いものとして、鴨長明に例がある。

　さて、彼の式部が歌にとりて劣り勝りは、公任卿の理のいはれぬにもあらず。今の不審の僻事なるにもあらず、是はよく心して思ひ分くべき事なり。歌は作りたてたる風情・巧みはゆゆしけれど、歌の品を定むる時さしもなき事もあり。又、思ひ寄れる所は及び難くもあらねど、打ち聞くにたけもあり、艶にも聞えて、景気浮ぶ歌も侍るぞかし。されば詮は、歌よみの程を正しく定めんには、「こやとも人を」といふ歌を取るとも、「式部が秀歌はいづれぞ」と選むには、「遙かに照らせ」といふ歌の勝るべきにこそ。たとへば、道のほとりになほざりに見つけたりとも、金は宝なるべし。いみじく工み作りたてたれども、櫛・針の類は更に宝とするに足らず。心ばせをいはんには、金求めたる、更に主の高名にあらず。針の類宝にあらねど、是をものの上手のしわざとは定むべきがごとくなり。しかれば大納言の、其の心を会釈せらるるにや。もし又、歌の善悪も世々に変るものなれば、その世に「こやとも人を」といふ歌の勝る方もありけるを、なべて人の心得ざりけるにや、後人定むべし。

（『無名抄』「式部と赤染の勝劣の事」）

和泉式部の秀歌をめぐる論評である。「たけもあり、艶にも聞えて、景気浮ぶ」「遙かに照らせ」の歌と、「いみじく工み作りたて」られた「こやとも人を」の歌とを対比しているが、これは、『古今集注』にいう「歌ヨミ」と「歌ツクリ」の対比に共通している。歌を「詠むこと」を心の真率な発露とするのに対し、歌を「作る」ことを趣向をこらした巧緻な作為的な詠法とを対立的に措定する問題意識が明確に見て取れる。しかし、『古今集注』では、前者を上位に置く価値観を持つのに対し、長明は、歌を「作る」ことも「上手のしわざ」として評価し、「詠む」ことと「作る」ことをともに肯定して、統合、止揚し、「歌の善悪」を見極めようとする。[6]やはり「歌ヨミ」を「歌ツクリ」の上位に置くのは、『古今集注』独自の価値観といえるのではないか。

ちなみに、引用は省略するが、『井蛙抄』に見える、定家が父俊成を「歌よみ」と呼び、自身を「歌作り」と評して卑下したという有名な発言も、[7]『古今集注』のこの問題意識を継承したもののように見える。ただし、『古今集注』の価値観と、定家、あるいは頓阿の評価が、時代を隔ててどのように重なり合うのか、ここで軽々に論じることは避けておきたい。

三　「トリアツメテキリクム」の詠法

俊頼が「歌ツクリ」としての自身の詠歌方法を解説して、「カクイフコ丶ロハ風情ハツギニテ、エモイハヌ詞ドモヲトリアツメテキリクムナリ」と述べたという発言をとりあげてみたい。

まず「風情ハツギニテ」とは、風情を構成することに一義的に専心しない詠歌態度を批判する一節である。「風情」については、『俊頼髄脳』で「風情あまりすぎたるやうなる哥」として三首の歌をあげて批判し、その行き過ぎは批判しているが、俊頼自身が「風情」を標榜、重視していたことはうかがえない。一方、顕昭は、「和歌は風情にひかれてよりくるところをば、ともかくもよみ侍れば、かならずしも其詞のすぢをよみとほさぬ事のみおほく侍り」（『六百番陳状』元日宴）、「やまとうたのならひ、風情をさきとして実義をたださぬ事おほし」（同、雲雀）というように、風情を重視する考え方であり、(8)「風情ハツギニテ」という評価は、その秀歌観に則った、顕昭の俊頼歌批判ではないだろうか。

次に、「エモイハヌ詞ドモヲトリアツメテキリクムナリ」について検討する。「とりあつむ」や「きりくむ」なる語が、歌学書や歌合判詞において和歌表現の分析や批評に用いられている例を、俊頼から顕昭・俊成のころまでで調査してみると、右の顕昭『古今集注』以外に、「とりあつむ」は承安三年（一一七三）頃成った『三井寺山家歌合』判詞（判者教長）に見られるほかは顕昭に二例、「きりくむ」も顕昭に二例見られるのみである。「とりあつむ」も「きりくむ」も、歌の批評としては珍しいことばで、顕昭独自の用語であるといえそうである。

「とりあつむ」の二例について、まず、『六百番陳状』（鶉）に、

今は、万葉集歌に、

鶉なくいはれの野べの秋萩をおもふ人ともみつるけふかな

とよめるより事発りて、鶉をば大和歌に事の外にもて興じよみ侍り。故郷の浅茅生、野辺の萩原、もしは深草の里などになかせつれば、なににもまさりて哀れをもよほし、身にしめ、心すむよしを、古人をもながめおけり。

近くは俊頼朝臣の秀歌に、

鶉なくまのの入江の浜風に尾花なみよる秋の夕暮

とよめるも、勝れたる事どもをとりあつめたる心なり。これすなはち、万葉の「いはれの野べ」の歌の体也。

と、俊頼の歌を批評する術語として使用される。ここに引く「鶉なく」歌（『金葉集』秋・二三九）について、顕昭は、『万葉集』の「鶉なく」歌（実は現存本『万葉集』にはなく、『和漢朗詠集』秋興の歌）をもとにして、「勝れたる事どもをとりあつめ」て作られたと指摘している。「勝れたる事ども」とは、新日本古典文学大系『金葉和歌集』（川村晃生・柏木由夫校注）が指摘する、

　浜風になびく尾花は朝ぼらけまがきに寄する波かとぞ見る　（『為頼集』八五）

のほか、

　きみなくてあれたるやどのあさぢふにうづらなくなり秋のゆふぐれ　（『後拾遺集』秋上・三〇二、源時綱）

のような先行歌の語句や表現をさしているのであろう。俊頼の歌は代表的な秀歌でさえも、このような先行歌の優れた語句や表現を集めてきて組み合わせて詠み出されたものにすぎないと評する。このような表現方法を「勝れたる事どもをとりあつめたる」というのであるが、俊頼の自身の詠歌方法についての発言「エモイハヌ詞ドモヲトリアツメテキリクム」とみごとに重なっている。むしろ、「エモイハヌ詞ドモヲトリアツメテキリクム」とは、この代表作を念頭に置いたことばであるとすら思われる。

また、二例目は、

　　田上にてさゝふのたけにのぼりてあそびけるに、まゆみのもみぢをみてよめる

　もゝつてのいそしのさゝふ時雨してそつひこまゆみ紅葉しにけり

万葉云、もゝつてのやそのしまわ、又云、もゝつてのいはれのいけ、又云、やまのへのいそしの三井、此歌等をとり集めて百伝の五十のさゝふと読歟。又云、

　葛木の其津彦真弓荒木にもたのめやきみがわがな告げけむ

とよめり。今案に、そつひこまゆみ名所名歟。とひこともよめり。たとひ真弓の名にても葛木によめり。田上にて五十しのさゝふとよみ、そつひこまゆみと詠、頗以任意歟。可レ思レ之。

（『散木集注』五七七）

というものである。初・二句「ももてのいそしのささふ」は、『万葉集』の次の三首の歌から「とり集め」て作り出したものとする指摘である（この三首は『万葉集』の現在通行の訓とは異なるので、『類聚古集』の訓によって次に示す）。

もゝつての（現訓＝ももづたふ）やそのしまわ（現訓＝しまみ）をこきくれとあはのこしまはみれとあかぬかも

（『万葉集』九・一七一一）

もゝつての（現訓＝ももづたふ）いはれのいけになくかもをけふのみゝてやくもかくれなん

（『万葉集』三・四一六、大津皇子）

やまのへのいそしのみゐは（現訓＝いしのみゐは）おのつからをれる（現訓＝なれる）にしきをはれるやまかも

（『万葉集』十三・三二三五）

第四句に「そつひこまゆみ」（『袖中抄』（286））にも注釈あり）という珍奇な語を詠み込んだことも合わせて、「頗以任意歟」と評する。「任意」とは、新しい表現の追求というより、必然性のない恣意的な表現の創出に向けられた評語のようである。(9)特にこの例では、『万葉集』のいわゆる難義語を「とり集めて」作られていることに注意しておきたい。「エモイハヌ詞」には難義語も含むのである。

類似の評語に「とり合わせ」というのがあり、これは顕昭以外の評者によっても用いられてはいるが、顕昭の俊頼批評に対しては、

梨花を見て

さくらあさのをふの浦浪たちかへりみれどもあかぬ山梨の花

さくらあさのをふのうらとは、万葉・古今両集の歌をとり合せて読なり。万葉集に、さくらあさのをふのしたくさとよめり。古今歌に、

　をふのうらにかたえさしおほひなる梨のなりもならずもねてかたらはむ

とよめり。をふの浦は伊勢国にあり。斎宮和李《梨子》たてまつる所といへり。万葉の歌のこゝろは、苧のおひたるところをばをふといふ。瓜生、芝生などいふがごとし。さくらあさとは、麻の中に桜にたるあさありと、ふるきものにいへり。花の色の桜のていににたるとかや。さて桜あさのをふのうらとつゞけたるなり。あまりに任意にや。如レ此事はたゞ本歌につくべきなり。（『散木集注』一八二）

という用例がある。俊頼歌は、『万葉集』と『古今集』の二首の歌のことばを「とり合せて」詠出されたものにすぎないと指摘し、やはり前例と同様、「あまりに任意にや」と「任意」の語を適用して批判している。「とりあつめ」「とり合せ」というのは、顕昭が俊頼の詠歌方法を言い表すためのことばのようである。

「きりくむ」について、その一例目に、

此申状、事新しく侍れど、和漢のかはりめにまどひ、詩歌の風体を不レ弁罷成ぬる口惜、陳申侍也。和歌はあまり慥にきりくみてぞ、心たくみなれ、しなもおくれ、長もなしとこそは申伝て侍めれば、以二優艶花麗一を為レ先と、以二比興幽玄一為レ本云々。（『六百番陳状』寄二遊女一恋）

とある。「あまり慥にきりく」むとは、表現を過剰に彫琢することであろうか。しかし、心は巧みになるが歌の品格が下がり、「優艶花麗」や「比興幽玄」を具現した秀歌と対極にあるという。

二例目は、歌合判詞中にある、

（左歌略）

右　　　　　　　　　　　　　　　　　　　　越前

秋風におもひみだれてくやしきは君をならしのをかのかるかや

（中略）右歌は、ふるさとのならしのをかの郭公と侍る歌につきて、ならしのをかのかるかや秋風におもひみだれてくやしとは、よくこそよみくだされて侍れ、あまりたくみにきりくまれて、をかのかるかやなども、しなやおくれてきこえ侍らん、やまと歌は、はかなきさまにておもへるところみえたるはいみじきしなに侍ればﾞ、左かちにこそはべるめれ。　　（『千五百番歌合』千二百三十二番、顕昭判）

という例である。越前の歌は、

ふるさとのならしの岡のほととぎす言告げやりしいかに告げきや　　（『万葉集』八・一五〇六、坂上田村大嬢）

の歌をふまえ、「ならしのをかの」「かるかや」「秋風におもひみだれてくやし」と、複数のことばを巧妙に組み込んでいく方法を「きりくむ」と評しているが、それは「しなやおくれて」聞こえ、逆に、和歌はさりげなく「おもへるところを」表現するほうが「いみじきしな」になると述べる。前者が「歌ツクリ」であり、後者が「歌ヨミ」に当てはまることには、ただちに思い至るであろう。

俊頼が「歌ツクリ」と自称し自らの歌の詠法を「エモイハヌ詞ドモヲトリアツメテキリクム」と評したとする発言は、実は顕昭の用語と価値観によって表されていて、顕昭の俊頼歌の方法に対する批評と正確に重なっている。俊頼の方法を巧妙に言い得ているとしても、それは顕昭の評価をくぐったことばである。とすると、俊頼の自称「歌ツクリ」とその詠法解説は、どこまで俊頼の発言をそのまま伝えているのか、慎重にならざるをえないのではないか。俊頼本人の何らかの発言をもとにしたものであったとしても、俊頼批判の文脈の中で、顕昭によって敷衍されて書き記されたものであることは確認しておかなければならない。「歌ツクリ」ということばが、俊頼和歌の顕著な一面を端的に表すとしてしばしば言及されてきたのは、顕昭の俊頼理解が実に正鵠を射たものであることを示している。

四　『袖中抄』における俊頼

『袖中抄』における俊頼の影響力の大きさのほどを考察してゆきたい。それは、俊頼の歌と歌学説（『俊頼髄脳』）との両方からの影響があるが、いま『袖中抄』において、俊頼歌を引用したり『俊頼髄脳』を引用したりして、俊頼に何らかの形で言及している項目を数えてみると次のようになる。歌自体の引用はないが俊頼歌に用例があるという項目も含めたが、顕昭には俊頼歌に用例があることも知っているはずで、それも俊頼からの影響下にあるものと考えられるからである。

『俊頼髄脳』を引用する項目数	56
俊頼歌を出典歌とする項目数	9
俊頼歌を引用する項目数	30
引用しないが俊頼歌の実作例がある項目数	54

これらを、重複を除いて計数すると項目数は百十四となり、これは『袖中抄』全二百九十八項目のうちの三八・三パーセントを数える。『俊頼髄脳』引用の見える項目数五十六は、『奥義抄』を引用する項目数八十より少ないが、清輔歌を引用することは少ないので、俊頼の影響はむしろ清輔のそれよりも大きいといえるのではないか。

次に、右にあげた『袖中抄』の『俊頼髄脳』を引用する五十六項目のうち、俊頼説を肯定しているか否定しているかを数えてみると次のようになる。

肯定している項目	24

否定している項目　32

顕昭は、俊頼説の半数以上を否定している。西村加代子氏によれば、清輔と顕昭の学説を比較し、『奥義抄』と『袖中抄』の共通歌語百二十一のうち、『袖中抄』が『奥義抄』を否定し、異説を立てるものが四十六例にのぼるという。[10] これに比べてみると、俊頼の学説を否定する比率は、清輔の場合より高く、当然のことかもしれないが、俊頼に対してより批判的であることがわかる。

俊頼学説に対する批判は多数あり逐一検討するのは省略するが、そこから特徴的に見えてくるのは、俊頼学説の内容に対する批判ではなく、むしろ和歌本文に即さずに恣意的に解釈する俊頼の注釈態度に対する批判である。

たとえば、次のような例がある。

オモヒキヤヒナノワカレニオトロヘテアマノナハタキイサリセムトハ

顕昭云、アマノナハタキトハアマノ縄手クルト云詞也。タクナハトイフモタグルナハト云也。日本紀万葉集ニモ栲縄トカケリ。（中略）

無名抄云、ヒナトハヰナカヲイフ也。アマノナハタクトハ、アマノスムワタリニヨリテ物モトメクハムトハ思ハザリキトヨメルナリ。

私云、ヒナハヰナカヲイフトハベル、アシカラズ。サレドチカキトコロヲバイフベキニアラズ。（中略）又無名抄ノアマノナハタクノ釈アラジ。哥ノ詞ニ付テコソ釈スレ、タヾアマノスムワタリニヨリテ物モトメクハムトハオモハザリキトハイカヾイフベキ。此詞ヲ沙汰セラレザリケルコトヽキコユ。ヒナノワカレトハ、トホキヰナカノワカレトイフベシ。スナハチ夷《エビス》ヘユク別也。又日本紀ニ華夷トカキテミヤコヒナトヨメバ、ヰナカトイフベシ。（下略）

『袖中抄』「アマノナハタキ〈ヒナノワカレ〉」（157）

『俊頼髄脳』が珍妙な解釈を施したのに対して、『袖中抄』では「アラジ」と否定している。俊頼の解釈は、作者小野篁の境遇に基づく放恣な解釈であって、「(「なはたき」の)哥ノ詞ニ付テコソ釈ス」れば、そのような解釈が出てくるはずはなく、ことばそのものに即して「沙汰セラレザリケル」注釈態度の杜撰さを鋭く衝く。このような注釈態度への批判は、数多く見られる。用例を博捜して釈義を実証的に追究する自身の注釈方法とは異なっていて、顕昭が俊頼の注釈を批判する根本的理由はこのことに尽きるといえよう。

また次のような、実作と注釈との矛盾を指摘した批判もある。

又無名抄ニハ、マコトノカヾミノコトヲノミイヒテ、尾ニカゲウツルコトヲバイハズ。俊頼哥ニ、

ヤマドリノハツヲノカヾミカゲフレテカゲヲダニミヌヒトゾコヒシキ

此哥ノコヽロハ、尾ニカゲウツルコヽロカ。無名抄ノヽチニ此義ヲキヽタリケルニヤ。又愚案ノゴトク、マコトノカヾミヲカケタルニタガハヌコヽロヲ存ゼルカ、オボツカナシ。(『袖中抄』「ヲロノハツヲニカヾミカケ」(126))

俊頼の「ヤマドリノ」歌は「尾ニカゲウツルコヽロ」を詠んだもので、『俊頼髄脳』の「マコトノカヾミ」説と矛盾するという指摘である。「無名抄ノヽチニ此義ヲキヽタリケルニヤ」と少しばかり皮肉を放ちつつ、「オボツカナシ」と俊頼が矛盾を犯した理由を測りかねてはいるが、これは俊頼を弁護したというより、実作と自説とが齟齬することに頓着しない、俊頼の態度を批判したものであろう。清輔も顕昭も、その点は厳格である。

『散木集注』には、俊頼歌の注釈と詠歌態度への批判を契機として、自身の注釈態度を端的に述べている部分がある。(11)

花薄まそほの糸をくりかけてたえずも人をまねきつるかな

まそほのいと、おぼつかなし。人々たづぬれど、たしかにいひきたれることなし。(中略)和歌の難義といふ

は、日本紀、万葉、三代集、諸家集、伊勢・大和両物語、諸家歌合、神楽、催馬楽、風俗等の詞などにある詞をぞ、むねと尋ね勘ふることにてあるに、このまそほの糸は件等書にまたく見えず。たゞ俊頼計よみたれば、とてもかくてもありぬべし。非二大事一歟。　（『散木集注』四一七）

「和歌の難義」というのも、「日本紀」以下の権威と信頼性のある諸書の用例を根拠として意味・用法が証明されるもののみが、その使用を認定されるべきであると、自身の実証主義歌学の立場を表明する。むしろ、俊頼の歌語の根拠なき使用に触発されて、自身の歌学的論証のために依拠すべき範囲を限定、厳格化したということではないか（第四節にもふれた）。

しかし、顕昭は、こうして俊頼を批判しながらも、「たゞ俊頼計よみたれば、とてもかくてもありぬべし。非大事歟」とも述べている。俊頼が詠んだ難義語が「やがて先例証歌」となる機制については、山田洋嗣氏が論じている[12]のでここではふれない。顕昭の意識に即していえば、俊頼という名声によって、無批判に僻事が流布してしまうことへの悲憤とともに、俊頼の名声と学識に敬意を表して、俊頼が詠んだことにそれなりの根拠や見識を認め、非難するような「大事」ではないと自らに言い聞かせているかのようである。この裏には、自身がいくら自説を主張しても「僻事」が流布する現実があった。実作者の名声と和歌詠作史の趨勢には実証歌学は無力、無意味であった。注釈家顕昭の思いは、諦念にも似て複雑である。

約十年後の『六百番歌合』（恋九・寄衣恋・十九番）において、俊成は、「俊頼朝臣の書たる物」（『俊頼髄脳』）の記述を持ち出して顕昭を痛烈に批判したことがあった。これに対して顕昭は、

「俊頼朝臣の書たる物」と侍るは、世に人のあまた持て侍る和歌髄脳と申双紙にてや侍らん。件の書は、不審おほかるよし、承置て侍る。おぼつかなしと云々。人不レ知とみえたる事も、他之人慥に勘知事もあり、又能知に

て委注載たることも、本説に違へる事多かるよしうけ給れば、後彼朝臣の「無二知人一」と書たらんによりて、強に手を引、舌をまくべきにあらず。先達の委沙汰せぬをも、後の人の勘出したる事おほかるよしをなん、故人も申侍り。それをばとかく申べきにあらず。　（『六百番陳状』寄レ衣恋）

と反論したのである。この部分は、俊頼への高い評価に基づく俊成の批判に対する反批判であるから、割り引いて考えなければならないだろうが、それでも「不審おほ」く「おぼつかな」く、「本説に違へる事」が多いと顕輔から「承置」いたことを述べて、『俊頼髄脳』への不審を露わにしている。

注意したいのは次に続く文脈である。俊頼が「無知人」と書いた難義語の釈義でも拱手してはならず、先達が解釈できなかったことも、後人が「勘出」した例は多くあると顕輔に激励されたという。顕昭の学問への意気込みと俊頼への強烈な対抗意識が窺われるが、ここに、注釈に挑む意欲、あるいは『袖中抄』はじめ濃密な歌学書を書き上げてきた自負がうかがえよう。そもそも、俊頼の学説と特に注釈の方法に対する不審が、『袖中抄』などの難義語注釈書執筆の動機のひとつだったのではないか。

最後に、本節をまとめるにあたり、冒頭にふれた「歌ツクリ」の詠法にかかわらせて、俊頼が顕季に贈った興味深い次の贈答歌を取り上げてみたい。

伊勢に侍りけるころたよりにつけて修理大夫のもとにつかはしける

とへかしなたまくしのはにみがくれてもずの草ぐきめぢならずとも

返し

しらずやは伊勢のはまをぎ風ふけばをりふしごとにこひわたるとは　（『散木奇歌集』雑上、一四〇三、四）

この歌については、顕昭には深い印象が残っていたのか、二人の先達歌人の逸話とともに、再三とりあげている。

俊頼の意図としては、「たまくし」「みがくる」「もずの草ぐき」という三つの難義語を詠み入れた歌を伊勢から送って、顕季を挑発したものでもあろうか。

まず、「もずの草ぐき」について、『袖中抄』「モズノクサグキ」（5）にて、ひととおり自説を述べたあと、右の俊頼の贈歌を引用、

匠作、コレヲミテ、モズノ草グキヲバイカニシテヨメルニカトカタブカレケリ。

と、この歌を贈られた顕季の不審の表明を紹介したあと、

無名抄云、モズノクサグキハ霞トゾ申。ミエタル事モナシ。ヲシハカリゴトニヤ。

と『俊頼髄脳』説を引用し、やはり根拠なき「ヲシハカリゴト」として批判する。

「みがくる」と「たまくし」については、

而此俊頼哥ハ身ガクルトヨメリ。サカキノハニカクルトヨメル也。其証可尋考也。（中略）堀河院百首顕仲朝臣哥ニゾ、水ナラデヨメル事侍。然而ソレヲバ不可用。又大神宮ニ賢木ヲ串ニサスコトノアレバ玉クシトイフニテコソアレ、ヲシナベテサカキノ名ヲ玉クシトイハムコトイカヾトゾオモヒタマヘル。

（『袖中抄』「タマクシ〈ミガクル〉」（163））

と、いずれのことばにも俊頼の用法に批判を加える。また、ここでも、顕仲が「水ナラデヨメル事」を歌に詠んだ例(13)が発生したと指摘、俊頼の安易な表現がすぐに模倣され、やがてそれがひとつの定説として定着してゆく様相を確かめている。

「歌ツクリ」の詠法「エモイハヌ詞ドモヲトリアツメテキリクム」のうちの「エモイハヌ詞」とは、秀句ばかりではなく、新奇な語句や難義語も含むことを前に確認したのを振り返っておきたい。右の俊頼歌は、「たまくし」「みが

くる」「もずの草ぐき」の三つの難義語を、あたかも「トリアツメテキリク」んで作った歌のごとくである。顕昭の「歌ツクリ」批判は、難義語を根拠なき解釈に基づいて安易に歌に詠み込む詠作態度にも向けられたものでもあろう。

注

（1）近時の例として、岡﨑真紀子氏は「俊頼の言葉に対する考え方」の「独自性は「歌ツクリ」なる語で批評されてもおかしくないような一面があった」と述べている（『やまとことば表現論――源俊頼へ』「序論」笠間書院、二〇〇八・一二）。また、小川豊生「〈文狂〉の時代――院政期の宗教言説と偽書の創出――」（『院政期文化論集』一巻、二〇〇一・九）、小峯和明『院政期文学論』「Ⅰ一院政期文学史の構想」（笠間書院、二〇〇六・一）に大江匡房の「文狂」と絡めての文学史論がある。ほかに、竹下豊「晩年の顕昭――『六百番歌合』を中心として――」（『国語国文』一九七六・五）や藤平春男『新古今とその前後』（一九八三・一）「第二章・第二節・Ⅰ源俊頼の歌論と作品」、『歌論の研究』「Ⅱ・一・俊頼髄脳――源俊頼」（一九八八・一）、内藤まりこ「ジャンルの横断――異なるものたちとの出会い　歌つくりの方法論」（ハルオ・シラネ・藤井貞和・松井健児編『日本文学からの批評理論　アンチエディプス／物語社会／ジャンル横断』笠間書院、二〇〇九・八）などにも、俊頼の詠歌姿勢を象徴的に表したことばとして言及されている。

（2）谷山茂『藤原俊成――人と作品――』「第三章・業平と俊成」（谷山茂著作集二巻、角川書店、一九八二・七）による。

（3）谷山注（2）論文に指摘されているが、俊成自身の発言との時間的懸隔があって断定的ではない。安井重雄「表現・思想の基盤としての注釈――顕昭――」（山本一編『中世歌人の心――転換期の和歌観――』世界思潮社、一九九二・九）にも指摘がある。なお、本注釈文の「幽玄」の用例は比較的早い例として注目されていて、谷山論文のほか、近時は、山本一『藤原俊成　思索する歌びと』「Ⅱ・第十二章最晩年の「幽玄」用例――和歌史の動向の中で――」（三弥井書店、二〇一四・七）に、周到な諸説整理のうえ精緻に論じられている。

（4）兵藤裕己『王権と物語』「第Ⅵ章和歌と天皇――〝日本〟的共同性の回路」（青弓社、一九八九・九）は、「和歌はヨムもので、たとえばツクルものではなかった」と述べ、ヨムことの共同性について論じる。

（5）内藤まりこ注（1）論文他、「和歌と作庭――石をめぐる叙景歌について――」（『言語情報科学』二号、二〇〇四・三）に、作歌と作庭との連関について、独自の興味深い視点から論じている。
（6）木下華子『鴨長明の研究――表現の基層へ』「第一部・第二章鴨長明の和歌観――「式部赤染勝劣事」「近体歌躰」から――」（勉誠出版、二〇一五・三）には、長明の論評から「歌に関する二つの対立的認識」を読み取っているが、本稿と通じる論点があろう。同論は、さらにここから長明の和歌観へと論を展開してゆく。
（7）荒木尚「「歌つくり」ということ」（『和歌史研究会会報』一〇〇号、一九九二・一二）は、幽斎らの用法に触れている。
（8）安井重雄注（3）論文、および「顕昭の新風に対する認識と姿勢」（『中世文芸論稿』一二号、一九八九・三）参照。
（9）山田洋嗣「源俊頼の位置――平安後期注釈を座標として――」（『古典研究』一号、一九九二・一二）も俊頼の「俊頼の歌学と実作の緊密な関係」において「任意」に注目し、「これが「本」の機制と本質的に乖離するものである」と論じている。
（10）西村加代子『平安後期歌学の研究』「第三章・顕昭と清輔――学説の継承と対立をめぐって――」（和泉書院、一九九七・九）参照。
（11）『散木集注』については、山田洋嗣「院政期の「新しい詞」についての断章――詞の受容をめぐって――」（小町谷照彦・三角洋一責任編集『歌ことばの歴史』笠間書院、一九九八・五）に、「俊頼の「詞」、あるいは、その「詞」についての「説」に対する不審と批判とは『散木集注』の基調をなしている」という論がある。また、兼築信行「『俊頼髄脳』（『解釈と鑑賞』一九八三・三）も『散木集注』に言及し慧眼を発揮する。
（12）山田注（9）論文に「やがて先例証歌になりて用」いられる様相を、定家が『顕注密勘』に示す「さくらあさのをふのうらなし」を例に辿り、それは「俊頼詠への強烈な関心にから」んでいると述べている。
（13）これに該当する顕仲歌は「みこもりて穂にはいでねど花薄風にはえこそすまはざりけれ」（『堀河百首』薄）になろうが、初句に「みがくれて」の異文はなく、顕昭の勘違いか（『歌論歌学集成』五巻、頭注による）。

第二節　顕輔と顕昭

一　顕輔猶子としての顕昭

養父顕輔の『詞花集』撰集時（仁平元年（一一五一）撰進）、顕昭は二十二歳[1]で、「若者」であった上、比叡山にて「修学」中で撰集作業には関わることができなかったという。

読人不知

ワビヌレバシヒテワスレムトオモヘドモコヽロヨワクモオツルナミダカ

古今歌云、

ワビヌレバシヒテワスレムト思ヘドモ夢テフモノゾ人ダノメナル

又云、

ツレナキヲイマハコヒジトオモヘドモコヽロヨワクモオツルナミダカ

此両歌ノ上下句トリアハセタル歟。忠兼・隆縁等、子息ニハ顕方・清輔等、古歌ナドヲバオノ〳〵検《カンガヘ》申侍シ

ニ、イカニ此歌ノ沙汰ハ、ヽベラザリケルニカ。顕昭ナドハ其時有二若者一之上、住レ山修学之間、不レ及二沙汰一
候キ。（『詞花集注』二〇三）

「ワビヌレバ」歌は古歌二首の上下句を「トリアハセタル」歌であるが、忠兼以下四名らが古歌の検討を加えたにもかかわらず、そのことを指摘しなかったのを憤慨し、自分が参加できなかったことを、「不及沙汰」といかにも悔しそうに記している。忠兼・隆縁とも顕輔の従兄弟、顕方・清輔は「子息」（実子）で、四人とも顕昭と同族である。[2]才学への自負と深い疎外感が滲み出ている一節である。

しかし、同時期に顕昭は顕輔のもとを訪れて、『詞花集』入集歌について、あれこれ話を聞いたことがあったとも書いている。

ユフグレハマタレシモノヲ今ハタヾ行ラン方ヲ思ヒコソヤレ
是ハ大江公資ニワスラレテ相模ガヨメル歌也。公資大外記所望者也。僉議時、諸卿皆定下可二拝任一之由上、而小野宮右大臣云、懐二抱相模一案二秀歌一之間、公事闕如歟。万人解レ頤。依二此詞一不レ任云々。是主計頭師安之物語也。詞華集撰之時、参二故顕輔卿之許一語二此事一。然者一道者可二用意一事也。而師安已為二大外記一。於レ今者雖レ入二撰集一何為二其妨一乎云々。（『詞花集注』二七〇）

相模の「ユフグレハ」歌をめぐる大江公資の逸話と『詞花集』撰入の経緯について、「詞華集撰之時、参故顕輔卿之許語此事」という事情を想起している。ここには明確に「詞華集撰之時」とあるので、前に引用した「住山修学之間、不及沙汰候キ」と矛盾している。撰集作業の古歌の沙汰には助力できなくとも、時折山を下りて、顕輔らの話を聞くことはあったということだろうか。事実、その二年前の久安五年（一一四九）七月には山を下りて『山路歌合』に参加してもいる。

また、『詞花集』撰進後であろうが、僧都清胤の「キミスマバ」（八三）歌の詞書の矛盾について顕輔が忠兼に尋ねたところ、忠兼の回答が示されたが、顕昭は忠兼による詞書の記載が誤りであり、

サカシラゴトニテカクハカケル也。サテハ歌ノ心モヤサシカラズ、贈答も相違也。（中略）人ノサカシラニツキヌレバ、委ク歌ノ心モタヅネラレヌ事也。此条他人不二覚悟一、尤可レ有二秘蔵一事也。為二撰者一無レ由歟。

（『詞花集注』八三）

と、憤慨している。忠兼の失考を強く批判するとともに撰集に助力できなかった悔しさを、ここでも匂わせている。

その後久寿二年（一一五五）に顕輔は死去するが、その年顕昭は二十六歳、どのくらい顕輔の教えを受けていたのであろうか。自身では、

顕昭陳申云、左は山鳥のはつおの鏡をつかうまつれり。右は鵙の草茎を被レ詠たり。此番こそ殊に有レ興て侍れ。其故は、年来間をしはかりに、万葉集を伺見侍る事度々に成ぬる中に、「山鳥のおろのはつおに鏡かけ」と申歌、「鵙の草茎みえずとも」と申歌、「鬼志古草名にこそ有けれ」と申歌、此歌どもは古髄脳にさま〴〵つくして侍めるを、愚なる心に、此三首、聊料簡仕たる様の侍れば、一切人にも習不レ侍、片端も抄物などに沙汰仕たる事もみえ侍らねば、人しれず秘蔵仕て罷過侍しところに、此両首しも被レ番て侍る。

（『六百番陳状』寄鳥恋）

と、「山鳥のおろのはつおに鏡かけ」以下の三つの難義語について「一切人にも習不侍」と、誰の教えも受けず全くの独学で「料簡」し「秘蔵」していたと書き記しているのである。もっとも、判者俊成の批判に対する挑戦的な発言でもあり、「一切人にも習不侍」というのは、額面通りには受け取ることはできないであろう。

ただ、そうであるにしても、右の「一切人にも習不侍」というのは、右の三つの難義語に限らず、やはり自身の学問形成の実状でもあったのではないか。それゆえ、「古髄脳にさま〴〵つくして」あること（諸資料の記述）を検討し、

「愚なる心に」（独学で）、「料簡」（考証、理解）してゆくという、文献資料に基づく実証主義の方法によって自身の学問を積み重ねていったというのである（実をいえば、これが本節の結論なのであるが、「一切人にも習不侍」の内実について、もう少し迂遠な考察を続けたい）。

一方で、顕昭は、諸著作の中で「故六条左京兆云」などと顕輔の発言の引用であることを明示して書きとどめているところが数多く見られる。これらの引用の存在から、顕輔からの何らかの歌説の「伝受」があったと考えられるが、自身の意識としては、「一切人にも習不侍」というのが実感であったのだろう。このように、顕昭は、養父顕輔からの「伝受」の有無について、矛盾した記述をしている。相手や状況に応じて発言を変えていたのかもしれないが（事実、そんなこともやりかねないのだが）、むしろ、顕輔および清輔らの同族に対する微妙な距離感と深い疎外感とを読み取るべきではないだろうか。

顕昭に引用された顕輔発言は、確かに顕輔の説であろうから、それらと清輔や顕昭の説と対照してみると、六条家内での歌学の継承と断絶の様相が浮かび上がってくるのではないだろうか。顕昭は、養父顕輔と二十六歳年長の義兄清輔との確執を横に見ながら、猶子としての自身の複雑、微妙な立場を思い、六条家内における微妙な位置関係と距離感覚を測って自身の著作をものしていたはずである。それは、顕昭の歌学の方法の形成にもつながるところがあると思われる。

二　顕昭歌学書の中の顕輔の注釈説

顕昭の歌学書に引用されている顕輔の発言は、のべ三十五箇所（重複三箇所）を数えることができる。顕昭は、短い期間の中で、むしろ精力的に顕輔に面談し話を聞いていたといえるし、顕輔も若い顕昭に積極的に話を聞かせていたようである。

これらにはさまざまな内容があるが、難義語注釈、歌人の逸話、歌学一般、の三つに分け、それぞれ、清輔の所説と対照しながら、一覧表にまとめてみた。清輔の説は、『奥義抄』『和歌初学抄』『袋草紙』に見られるもののほか、顕昭が自分の歌学書に引用しているものも含む。まず、難義語の注釈からとりあげる（次ページ表1）。

顕輔説と顕昭説との異同状況をまとめてみると、

Ⅰ顕輔説と顕昭説とが一致する　七項目　②⑥、③、④⑩、⑨、⑪、⑭、⑯
Ⅱ顕輔説と顕昭説とが一致しない　五項目　⑤（①）、⑦、⑧、⑬、⑰
Ⅲどちらともいえない　三項目　⑫、⑮、⑱

となり、やはり顕輔説と顕昭説とが一致しているのが多い（Ⅰ）。顕昭は、基本的には、顕輔説に従おうとしているとはいえる。

Ⅱ「一致しない」に分類したもののうち、「かげさへ／かずさへ」の本文については、顕昭は、当初は両説採用の顕輔説に従いながら（①『古今集注』）、後に「浅香山かげさへ見ゆる」の用例を根拠に「かげさへ」を採る説に変更し、顕輔説から離れている（⑤『顕注密勘』）。また、⑦「梓弓真弓槻弓」の歌について、顕輔が「イカニヨメルニカ、アマタノ人タヅヌレドタシカニイヒ丶ラク人ナシ。オボツカナシ」と言いつつ「人ノメノ弓ニナリテ、又白鳥ニナリニケルタメシカ。物シリタラム人ニ問べシ」という、伝承をふまえた試解を示したのに対し、顕昭は、「今案」として『古今集』の歌例を示して「メヲトコノナカラヒヲユミニタトヘテ」と比喩に解する自説を提示している（『袖中抄』「ワガセシガゴトウルハシミセヨ」(27)）。顕輔説に対しても再検証して、顕昭は、独自に用例を検索し考証を加えて

顕輔・清輔・顕昭　所説対照表1（難義語の注釈）

項目	顕輔説	清輔説	顕昭説	備考
①かげ／かずさへ	両説を認める[古]	（ナシ）	両説を認める	[俊]かげ
②ひをりの日	真手番＝五日六日不定[古]	左近の真手結＝五月五日[奥]	真手番＝五日六日不定	
③かりのつかひ	狩の使[古]	（ナシ）	狩の使	
④かつみ	こも[古]	こも[奥]	こも	
⑤かげ／かずさへ	両説を認める[顕]	（ナシ）	影さへ	
⑥ひをりの日	真手番＝五日六日不定[袖]	まゆみのまてつがひ＝五月五日[奥]	真手番＝五日六日不定	
⑦梓弓真弓槻弓	おぼつかなし[袖]	（ナシ）	男女の仲を弓にたとえ、引くに従って寄ることをいう	[俊]誇張表現
⑧入りぬる磯の草	多くの草についていう[袖]	一本の草についていう[奥]	隠れる日数をいう	[俊]誇張表現
⑨都のてぶり	（詠歌から）ふるまい[袖]	[奥]にあるが「不釈」	ふるまい	[綺]馬のはなむけ
⑩かつみ	こも[袖]	こも[奥]	こも	
⑪飛火ののもり	（詠歌から）飛火の野守[袖]	飛火の野守[奥]	飛火の野守	（異説）飛火野の杜
⑫ゆふかづら	（上句の異文）[袖]	（ナシ）	山かづらに同（顕輔説追認）	
⑬おぼろの清水	逢坂にあり[袖]	（ナシ）	大原にあり	顕輔説は顕季説の引用
⑭たのむのかり	頼むの狩[袖]	田の面の雁[奥]	頼むの狩	[俊]田の面の雁
⑮にほの浮き巣	鳰は陸に上がらぬ[袖]	（ナシ）	波上に作る（顕輔説追認）	
⑯あらひとがみ	住吉三社[袖]	地祇・地神[奥]	現人神（住吉神）	
⑰くもで	すぢかへ[袖]	（ナシ）	水のとかく流る	
⑱ほやのすすき	（ほやのすすきの用法）[袖]	（ナシ）	地名（顕輔談話を引く）	

[古]＝古今集注　[顕]＝顕注密勘　[袖]＝袖中抄　[奥]＝奥義抄　[俊]＝俊頼髄脳

独自説を導き出しているのである。

顕輔、清輔、顕昭の三者が一致しない、⑧「イリヌルイソノクサ」（『袖中抄』（49））の釈義についてとりあげてみる。顕昭は、「浜成之式云」「無名抄云」「六条左京兆云」「奥義抄云」と典拠を提示して順次引用し、結論として、

今云、俊頼義ハ、イソノクサノシホニカクレアラハル、ホドハオナジケレド、心ザシノフカサニミルハスクナク、ミヌコトハオホカリトヨメルナリトイヘリ。ミツニハクサミナミエズ、ヒルニハミナミユベシ。左京兆ハ水ニトリテ、タカキハミユ、ミジカキハ見エズトアリ。清輔ハクサヒトクキニトリテ、ミユルスヱハスクナク、カクレタルモノハオホシトイヘリ。ミツニハスヘバカリミユトイヘバ、ミツトイヒテハミエズトイフニタガヘリ。浜成式ニハミツトキハミナミエズトイヒ、オツルトキハワヅカニミルトイヘバ、此三義ミナ浜成式ニタガヒタレバ、モチヰルベカラズ。

と述べている。所説内容の是非はともかくとして、顕昭は「浜成式」（『歌経標式』）の記述を根拠に、三人の先達歌人の所説を周到に批判してゆき、最後に「モチヰルベカラズ」と判断する。顕昭が自説を導き出す時の論拠として重視したのは、顕輔ら先人の説ではなく、「浜成式」という文献資料であった。なお、現行通説も「浜成式」説（顕昭説）に近い。

顕昭は、顕輔説を盲目的に受容しているのではなく、先人の説として尊重はしつつも、所説の内容を批判的に吟味し、再検証して自説を打ち立てようとしているといえよう。

というのは、顕昭の兄清輔の歌学の継承のありようについて西村加代子氏の論じたことが、ここでもあてはまろうと考えるからである。氏は、『奥義抄』と顕昭歌学書に共通して注釈を加える語句の注釈内容を比較し、ほぼ半数に意見の異なるものが見られることを指摘、「顕昭が奥義抄の説を参考としながらも、あくまで自身の説を打ち立てよ

うとした、強い意欲を感じさせる」「顕昭こそ清輔のもっともすぐれた後継者であるとともに、もっとも目敏く峻烈な批判者でもあった」と結論づけている。[4] 明晰な指摘だと思う。そのことは、顕輔説に対する顕昭の態度にもあてはめてもよいのではないか。

清輔の、顕輔説に対する態度は、父顕輔との確執もあり、どの程度顕輔から所説を伝授されていたか、わからない。少なくとも、『奥義抄』には、「顕輔云」「六条左京兆云」などと顕輔の発言であることを明示して引用されているところは一箇所もない。右の表に示しておいたように、顕輔と清輔とが共通に注釈を加えているものの一致度は、

一致する　二項目　④⑩、⑪
一致しない　四項目　②⑥、⑧、⑭、⑯
どちらともいえない　一項目　⑨

となり、清輔の説は、顕昭以上に顕輔説に一致しない。顕輔の説が伝えられていたかどうかはともかくとしても、清輔も独自に考証を加えて自説を打ち立てていたといえよう。

清輔・顕昭の顕輔説に対する態度、顕昭の清輔説に対する態度は、いずれも、先人の説として尊重しつつも、批判的に再考証して独自説を打ち立てようとするものであった。

ここで想起されるのは、近い時代に行われた、基俊から俊成への『古今集』注釈伝授である。[5] 六条、御子左両家の先人説を継承する態度の相違についても、既に西村加代子氏の指摘があることである。[6] もちろん、俊成、定家とも、先人説を吟味、再検討しながらの受容ではあるが、それでも、先人説を保存、祖述して継承してゆこうとする態度は、清輔や顕昭のそれと比べて顕著である。

基俊から俊成への『古今集』注釈伝授は、全歌に亙るものなのかわからないが、定家著作から見てかなり規模も大

きいものだったのではないか。それに対して、顕輔の歌説の伝授は、量的にも乏しいように思われる。もちろん、顕昭が引用する以外のものも数多くあったではあろうが、やはり基俊から俊成へのそれよりかなり小規模と見てよいのではないか。

ところが、顕昭は次のような興味深い注釈態度も見せている。

今案ニ、此両説ニツキテ、無名抄、綺語抄、奥義抄、童蒙抄等オナジク二ノ義ヲイヒノベテ、鹿狩ハイハレズ。田ノ面トイフヲヨキ義ニモチヰタリ。然ヲ故左京兆ノ被申シハ、タノムノカリトイヘバシヽガリトモイハレタリ。ナクトヨミタルハ、カリトイフ詞ニツキテヨママム、クルシカルマジトアリシヲ、イカヾトオモフタマヘシニ、ヨク〱オモヒアハスレバ、サモトモオボエハベリ。田ノ面トイハムニハミヨシノヽトツヾクベカラズ。野ニカナラズシモ田アルベカラズ。サラバミヨシノヽサトヽゾヨムベキ。ミヨシノヽトイフニ、鹿狩トハキコエタリ。タノムトイヒ、キミガヽタニヨルトイフニ、タノモシノカリトハヨセラレタリ。タノモシハコトバノオホカレバ、タノムトハイヘルナリ。マコトニモタノムノカリトイフコトノアレバコソ、ミヨシノヽタノムノカリトハヨミケメ。ソレニカリトイフコトバノ雁ニカヨヒタレバ、ナクトハソヘヨムナルベシ。コレヲ雁金トイフヒトハシヽガリヲステ、鹿ガリトイフヒトハ雁ヲオモヒハナツニヨリテ、コヽロハエラレヌナリ。ミヨシノヽタノムノカリトイフハ鹿狩ナリ。ソノ狩ヲ雁ニヨソヘテ鳴トハヨムナリトコヽロウルニ、タガフベカラズ。古歌ハカヤウニソヘヨメル、常事也。（『袖中抄』「タノムノカリ」(11)）

「たのむのかり」の二つの解釈説について、俊頼、仲実、清輔、範兼らが支持する「田の面の雁」説に対し、顕輔は「頼むの狩り」説を主張していた。顕昭は、初めは「イカヾ」と不審に思っていたが、「ヨク〱オモヒアハ」せて、顕輔説を支持するに至ったと述べる。顕昭は、通説を捨て異説である顕輔説をあえて支持することとしたのである。続けてその根拠を、「ミヨシノ」だから「鹿狩」というのだといい、「狩」は「雁」を掛けている、などと論証してゆくのだが、「田の面の雁」と解する通説から見れば、苦しい論述の運びであるといわざるをえない。

顕昭は、当初説を捨てて異説ともいうべき顕輔説にあえて付き従ったのは、俊頼、清輔らと異なる独自性を求め、顕輔説の継承者でもあることを誇示しようとしたためであろうか。というより、清輔への対抗心を読み取るべきであろうか。顕輔と清輔の実の父子の確執を横目で睨みながら、独自の立場と学識を主張しようとしたと見てよいであろう。その自己主張を、自説をねじ曲げてでも、あえて行ったものと考えておきたい。

三　顕輔が伝えた歌人の逸話

次に、顕昭が顕輔から伝えられた歌人の逸話についてとりあげる（次ページ表2）。

先達歌人が栄誉を得たり、逆に恥をかいたり、さまざまな逸話が引かれている。それぞれの逸話の伝承経路によって分けてみると、

Ⅰ『詞花集』撰進時の逸話　㉔、㉕、㉖、㉗
Ⅱ顕季から聞いた、俊頼にまつわる話　⑳、㉑、㉙
Ⅲ顕輔自身の体験談　㉓、㉘、㉚、㉜
Ⅳその他　⑲、㉒、㉛

となる。顕昭が顕輔からどのような場においてこれらの話を聞いたのか、憶測するしかないが、まず、Ⅰ『詞花集』撰進時の逸話としてあげた四項目は、撰歌過程あるいは撰進後に顕輔から聞いた撰歌にまつわる話を、『詞花集注』

顕輔・清輔・顕昭　所説対照表2（歌人の逸話）

項目	顕輔談話	清輔記載の有無	顕昭の反応	備考
⑲素性「手向けには」の歌	天神歌に劣らない[古]	（ナシ）	（顕輔談話を引くのみ）	
⑳ひをりの日	俊頼歌に道経が批判、俊頼反批判、顕季の批評[古]	（ナシ）	（顕輔談話を引くのみ）	顕輔談話は顕季談話の引用
㉑月やあらぬ	俊頼の業平評と顕季の反応[古]	（ナシ）	（顕輔談話を引くのみ）	顕輔談話は顕季談話の引用
㉒望月の駒	時文の失敗談[拾]	[袋]あり、顕輔談であることにはふれず	（顕輔談話を引くのみ）	
㉓ひつぎ	顕輔歌と伊通の反応[拾]	（ナシ）	（顕輔談話を引くのみ）	
㉔いにしへの	伊勢大輔の栄誉と輔親の喜び[詞]	[袋]あり、顕輔談であることにはふれず	（顕輔談話を引くのみ）	
㉕きみすまば	清胤歌の詠歌事情[詞]	（ナシ）	（顕輔談話を引き）忠兼の考証を批判	顕輔談話は忠兼談話の引用
㉖あまの川	自歌の栄誉（自讃）[詞]	（ナシ）	（顕輔談話を引くのみ）	
㉗ゆふぐれは	相模歌をめぐる公資と実資の逸話[詞]	[袋]あり、顕輔談であることにはふれず	（顕輔談話を引くのみ）	
㉘くきら	俊頼へ質問したこと[散]	（ナシ）	（顕輔談話を引くのみ）	
㉙ひをりの日	俊頼歌に道経が批判、俊頼反批判、顕季の批評[袖]	（ナシ）	（顕輔談話を引くのみ）	顕輔談話は顕季談話の引用
㉚よりべの水	隆縁が纏頭を得たこと[袖]	（ナシ）	（顕輔談話を引くのみ）	
㉛明石の浦の島	公任三年間不案得[袖]	[袋]あり（或先達云とする）	（顕輔談話を引き）公任の疑問に不審	
㉜しのぶもぢずり	顕輔、清綱へ贈歌[袖]	（ナシ）	（顕輔談話を引き）称賛す	

執筆時に想起して記したものである（一部は本節冒頭に引用した）。顕輔自讃談も含む。Ⅱ俊頼にまつわる話は、顕季からの伝聞をさらに顕昭に聞かせたもので、Ⅰとは、話をした場が異なっていよう。Ⅲ体験談は、顕輔の自讃（㉜）や顕昭も同席する場で隆縁が纏頭に与る話（㉚）もあり、それぞれ別の機会に語り出されたものであろう。さまざまな機会にさまざまな逸話が、顕輔によって語り出されたのである。古くからの重要な伝承というよりは、顕輔自身が身近に伝聞したり体験したりした話が多いことも特徴としてあげられるだろう。

一方、清輔が顕輔から話を親しく聞く機会があったかどうかについては、顕輔談話と『袋草紙』とが共通する話（㉒、㉔、㉗、㉛）があることから、その可能性が指摘されている。[7] しかし、このうち、㉛は、『袋草紙』には「或先達云」として引いているが、もし顕輔から伝えられたものであれば、そのように明記するであろうから、伝聞の経路が異なる話であろう。㉔は、顕輔は、伊勢大輔の一条院の御前での栄誉と大中臣輔親が自ら包丁を持って娘を饗応したという父親としての喜びを中心として語っているが、『袋草紙』には、上東門院・道長の御前での伊勢大輔の栄誉話としてのみ書いていて、これも、顕輔からの伝聞ではないであろう。[8] ㉒と㉗は、顕昭の引く顕輔談話と『袋草紙』の記述が近似しているので、清輔も顕輔から聞いた話である可能性もある。

要するに、ここで確かめようとしたのは、さまざまな機会に、顕輔の比較的近いところで起こったさまざまな逸話が、顕輔によって、清輔に対しても顕昭に対しても語り出されていたことである。顕昭は、各種の注釈を書き記している折々に、それらを想起して書き加えているのである。逆に言えば、厳粛に設定された伝受の場における言談ではなかったのである。日常の折々に、興に乗って若い顕昭らに語って聞かせたものであろう。

ここで念頭に置いているのは、いうまでもなく、数十年前に行われた、大江匡房から藤原実兼へ問答を交えた談話と筆録という言談の場である。[9] それは、「道の秘事」「史書、全経の秘説」（『江談抄』巻五・73「都督自讃の事」[10]）などという漢学の家の故実・秘事を中心とした語りであり、『江談抄』という一書にまとめられたのであった。それに比して、顕輔からの語りは、量的にも乏しく、何より内容的には、匡房の「秘事」「秘説」とは異なる、顕輔の身辺の体験と伝聞であるにすぎない。同じような、師から弟子（父から子・養子）への伝授ではあろうが、量においても、質においても、さらに場の緊張感においても、両者の伝受は、決定的に異なっていたといえよう。

四　歌学一般にかかわって伝えたこと

歌学一般にかかわるものに分類したのは次の三項目である（表3）。

顕輔・清輔・顕昭　所説対照表3（歌学一般）

項目	顕輔説	清輔説	顕昭説	備考
㉝業平の贈答歌	返歌に三様あり[古]	[袋]あり、一部ふれる	（顕輔説を引くのみ）	顕輔談話は顕季説の引用、[俊]あり
㉞伊勢物語の狩の使の章段	伊勢物語の名義は、斎宮のことを旨と書くゆえ[古]	[袋]二説（斎宮のことを正義とする）	三説（いずれと定めがたし）	
㉟鈴鹿山の秀句	和歌の秀句の詠みかた[拾]	[初]あり	（顕輔談話を引くのみ）	顕輔談話は顕季談話の引用

顕輔が顕昭に伝えたもののうち、内容的には本格的な歌学・歌論として注目すべきものである。

㉝返歌の三体は、顕輔が「先達（顕季か）申セシ」として「和歌ノカヘシニハ三様アリ」といって披露するのであるが、既に『俊頼髄脳』にも見えている説であって、特に顕輔（あるいは顕季）の独自説ではない。

㉞は『伊勢物語』の題号の由来を考証する最初期の説であり、『伊勢物語』研究史上重要視されてきたものである。(11)

又コノ斎宮ノコトヲ、ムネトカクユヱニ伊勢物語トナヅクルトハ、大外記師安ガ顕輔卿之許ニ来テ申侍シ、此定也。其上伊勢物語一本モテ来テ侍キ。小式部内侍ガ書写也。普通ノ本ニハ、春日野ノ若紫ノ摺衣トイフ歌ヲコソ、ハジメニハカキテハベルニ、此ハ証本ニテ、此君ヤコシ我ヤユキケムノ歌ヲハジメニカケル、伊勢物語トナヅクルユヱトゾ申侍シ。サレド初ニカヽズトモ、其事ヲタマシヒニセバ同事也。又業平ハ二条后ノ間ノ事コソ始終ワリナキオモヒトミエ侍レ。始ニヌスミイダシテウバヒカヘサレ、又カクサレ、又カヨフミチヲフタガレ、後ニハ人ノクニヘツカハサレナドシタリ。伊勢物語ノ名ニモツケ、古今恋部ノマナコト、此斎宮ノコトヲスベシトモオボエズ如何。伊勢物語ト云事ハ、密事ヲアラヌサマニ書ナセバ、伊勢ハヒガノ義ニテツケタリト申人モアリ。又伊勢ノ御ガ書集タルト申人モハベレド、イヅレトサダメガタシ。

（『古今集注』六四五、六）

顕輔の情報は非常に重要なものであった。顕輔は、大外記師安が持参したという「小式部内侍本」の存在を語り、「此君ヤコシ我ヤユキケムノ歌ヲハジメニカケル、伊勢物語トナヅクルユヱ」に『伊勢物語』というと述べる。しかし、顕昭は、「サレド初ニカヽズトモ、其事ヲタマシヒニセバ同事也」と疑義を呈している。さらに、当時の流布説を含めて三説あることを紹介し、「イヅレトサダメガタシ」という。

清輔は、顕昭と同説で、

またその名目に二義有り。密事有るの故、僻事と称せんとするの由にて、伊勢物語と号す。諺に伊勢は僻と云ふ故なり。一は、斎宮の事を詮となるが故に伊勢と号す。これ正義か。泉式部本は、斎宮の事をもつて最先に書く。

（『袋草紙』）

と述べ、末尾に「小式部内侍本」（「泉式部本」）の構成を付記する。この本の存在については、顕輔から聞いたものであろう。ただし、諸説の検証に確信が持てなかったのか、曖昧な記述に終始している。

清輔、顕昭とも、顕輔から重要事を語り伝えられながら不審がぬぐえなかったのだが、といって自説を確立するに至らなかったというところであろうか。

㉟秀句についても、安易に用いてはならないという戒めは、
六条修理大夫顕季卿被レ申ケルハ、和歌ニ秀句ヨムハ次ゴトナリ。タトヒ読トモ可レ随レ便ナリ。タトヘバ路ヲユカムニ、ソバヨリ秀句ノ来テトリツカムヲヨムベシ。ワザト秀句モトメニトテ、藪ヘヨコ入コトアルベカラズ。秀句ハ此歌ノ様ニヨムベシトテ、此鈴鹿ヤマノ歌ヲゾ被レ出之由、故左京兆顕輔卿常語ラレ侍シ。
（『拾遺抄注』四五二・四九五）

と、顕季の談話として顕輔は語るが、清輔の『和歌初学抄』にも、
かならず義はかなはねど、その物にかゝりたることをいひつれば、おのづから秀句にてある也。たゞしあながちにもとめたるはわろし。よりくることをよむべき也。

とあり、前者「ソバヨリ秀句ノ来テトリツカムヲヨムベシ」と後者「よりくることをよむべき也」とはよく類似している。自然な秀句表現を求めているのである。清輔は顕季からの教えをここに書き留めたのであろう（顕輔から聞いた可能性もあるが考えにくい）。ただし、俊成も「秀句によりて勝侍らば、歌の道見ぐるしくもやまかりなり侍らん」（『六百番歌合』野遊・三番判詞）と、秀句の乱用を戒めている。むしろ、このような安易な秀句を詠む戒めは、六条家の「家説」などというものではなく、当時常識的なことだったのではないか。

以上のように、顕輔から顕昭に伝えられたことは、不審の多い学説であったり当時の通説であったりで、確たる歌論ではなかった。むしろ、顕昭は、それをことさらに顕輔から伝授されたこととして記すことに意義を感じていたというべきであろう。

五　顕昭歌学の方法へ

迂遠な考察を重ねてきたが、顕輔は清輔へ顕昭へと、確かに和歌に関する教えを伝えようとした。それはどのような質の伝受であったのか、同時期に行われた伝受の場と比べてみても、少なくとも、特別に設定された場において行われたものではなく、量的にも乏しく、質においても薄いものでしかなかったことは確実である。院政期の言説の様態でいえば、〈雑談〉に連なってゆく類のものであろう。[12]顕輔の語りの一部が、清輔によって『袋草紙』「雑談」の項に採り入れられていくのは示唆的である。

確かに、顕昭は、限られた時間の中で、意欲的に顕輔の話を聞き出し、また顕輔も若い顕昭にさまざまなことがらを話して聞かせていたとはいえる。しかし、顕輔はもともと伝えていかなければならない、歌学上の故実をどれほど持っていたのだろうか。[13]顕昭は、顕輔から教えを受けたという意識はあり、それを強調して諸書に書き留めたのであるが、ことごとく再考証の俎上に載せていて、歌道の重要な故実や注釈説を伝授されたという自覚はなかったであろう。

顕昭は、前に引いたように、顕輔からなど「一切人にも習不侍」、「古髄脳にさまぐつくして侍める」諸資料の所説を、「愚なる心に…聊料簡して」、自身の歌学を形成していったと述べている。清輔ら「子息」らの六条家の中心からはずれ、何も譲渡されなかった自身の立場からは、[14]諸資料を博捜して子細に考証してゆく実証主義が唯一の方法だったともいえる。逆にいえば、顕昭の実証主義的歌学は、彼の微妙な立場と疎外感がもたらしたものであった。顕昭の微妙で不安定な人間関係（清輔にも同様のことがいえるだろう）は、歌の家としての興隆には結びつかなかったが、自身の歌学の豊かな発展、展開をもたらしたのである。

注

（1）顕昭の年譜は、久曾神昇『顕昭・寂蓮』（三省堂、一九四二・九）、川上新一郎『六条藤家歌学の研究』「付論・三顕昭略年譜」（汲古書院、一九九九・八）などによる。

（2）顕昭の出自や顕輔猶子となった経緯はわからないが、藤田百合子「『新勅撰集』と定家歌学――『六百番歌合』の「かひや」と「あまのまてかた」を中心に――」（桑原博史編『日本古典文学の諸相』勉誠社、一九九七・一）に、「顕昭はこちら（忠兼＝引用者）の血筋に連なる人なのかもしれない」という説が示されている。顕昭は、血縁上も同族であろうか。

（3）井上宗雄『平安後期歌人伝の研究　増補版』「第二章・三顕輔」（笠間書院、一九八八・一〇）『和歌　典籍　俳句』「第Ⅰ部・8和歌の家が出現したのはなぜか」（笠間書院、二〇〇九・二）では「歌説を講じた」、西村加代子『平安後期歌学の研究』「第三章・六条家歌学の形成と清輔」（和泉書院、一九九七・九）では「庭訓」、山田洋嗣「古歌のありかた――歌学書の向こう側――」（『国語と国文学』二〇〇一・五）では「家説の伝達」、という。諸氏、用語にはきわめて慎重である。ここでは仮に「伝受」としたが、本稿は「伝受」などという内実はなく、「雑談」にすぎないことを論じようとしている。

（4）西村注（3）著書「第三章・顕昭と清輔――学説の継承と対立をめぐって――」に拠る。

（5）『無名抄』によれば、俊成二五歳、保延四年（一一三八）のことという。『古今集』注釈伝受は、その年から基俊死去の康治元年（一一四二）の間に行われたことになる。

（6）西村注（3）著書による。また、顕輔から清輔への継承についてはふれるところは少ないが、竹下豊「六条藤家をめぐって――歌道家の成立と展開――」（『女子大文学』三〇号、一九七九・三）に、主に顕季と清輔に関して、歌道家としての六条家の形成についてふれている。なお、御子左家の歌学の継承態度については、川平ひとし『中世和歌テキスト論――定家へのまなざし』「Ⅰ・1『三代集之間事』読解」（笠間書院、二〇〇八・五）、上野順子「御子左家歌学の形成――『顕注密勘』攷――」（『和歌の伝統と享受』和歌文学論集一〇、風間書房、一九九六・三）、「『僻案抄』攷――御子左家「家説」の改変――」（『国文学研究』一二一集、一九九七・二）に拠る。

（7）西村注（3）著書には、「袋草紙にも同じ形に見える」ので「顕輔が語ったものであろう」というが、同話であっても、必ずしも、顕輔からの語りではないと思われる。すなわち、「実際に父が清輔に語り教えたところは少なくなかった」と述べているのには疑義を呈しておく。

（8）芦田耕一『六条藤家清輔の研究』「第一章・『袋草紙』にみられる大中臣家」（和泉書院、二〇〇四・二）に、大中臣家に対する清輔の「好意と親近感」を指摘するが、輔親の喜びを記さないのは、この伝聞経路の相違を証している。

（9）『江談抄』の場と問答の特質については、小峯和明『院政期文学論』「Ⅰ・一院政期文学史の構想」「Ⅱ・七『江談抄』の語りと筆録――言談の文芸」（笠間書院、二〇〇六・一）に詳述されている。これを参照しても、顕輔の語りとの落差は歴然としている。

（10）『江談抄』本文は、山根対助・後藤昭雄校注の「新日本古典文学大系」（岩波書店、一九九七・六）に拠る。

（11）福井貞助『伊勢物語生成論　増補再版』「第一章序論」（パルトス社、一九九七・一二）に諸説整理があり、片桐洋一『伊勢物語の研究〔研究篇〕』「第七篇・第一章平安時代の伊勢物語」（明治書院、一九六八・二）に詳論。後著は、「小式部内侍本」は『伊勢物語』の題号に合わせ後人によって作られたもので、定家は六条家の所為であると疑っているという。

（12）概念規定は、小峯和明『説話の言説――中世の表現と歴史叙述――』「第Ⅰ部・第3章〈雑談〉の時代」（森話社、二〇〇二・六）、猿田知之「雑談・咄」菊地仁「口伝と聞書き」（『説話の言説――口承・書承・媒体――』説話の講座2、勉誠社、一九九一・九）を参照した。

（13）竹下注（6）論文に「顕季の歌説は、歌学と呼び得るほど体系化されたものではない」とあるが、顕輔に至っても同様であったと思われる。

（14）六条家の歌書類や所領の伝流については、佐々木孝浩「六条家から九条家へ――人麿影供と大嘗会和歌――」（『芸文研究』五三号、一九八八・七）、「人麿影の伝流――影供料里海庄をめぐって――」（『和歌文学研究』六〇号、一九九〇・四）参照。

第三節　俊成と顕昭

一　『袖中抄』の俊成

前々節にも引用した部分であるが、顕昭が業平の「月やあらぬ」の歌の注釈に関連して、次のような発言をしている。

又カヤウニイヒソラシタルヲ業平ガ歌ノ幽玄ナルコトニイヒテ、ソノヤウヲマネバムトオモヘル人モアレド、ソレハマタコヽロモコトバモオヨバズ、ヨモクダリテイトヾコヽロエガタクナムアル。サレバ古今序ニモ、在原ノナリヒラ、ソノ心アマリテコトバタラズ、シボメル花ノイロナクテニホヒノコレルガゴトシトイヘリ。上代ニダニソレヲトガトイヘリ。マシテ末代ヲヤ。凡ハコノヤウヲコヽロエテ、業平ガ歌ヲモ、又ソレナラヌムカシノウタノコヽロコトバカスカナラムヲバオモフベキナリ。

（『古今集注』七四七）

「ソノヤウヲマネバムトオモヘル人」は、俊成のことをさすのであろうと指摘されている。[1] 業平歌を詠歌の規範とする、いわゆる新古今新風を理論的に支えた思想の一端がここに開陳されている。『古今集注』が撰進されたのは文治元年（一一八五）のことであるが、俊成が自分のことばでこの思想を書き記すのは建久六年（一一九五）の『民部卿経房家歌合』判詞であるから、顕昭はその十年も前に俊成の思想を知っていたことになる。定家らの新風の歌が「自二文治・建久一以来、称二新儀非拠達磨歌一、為二天下貴賤一被レ悪」（『拾遺愚草員外』）と非難された、そのごく初期のこととなり、俊成が新風以前から早くもこのような思想を持っていたと明確にいえるのかはなお断定できないだろうが、ここでは、顕昭が、俊成と親しく会談する機会を持ち、しかも詠歌方法の基本的思想について話し合う（あるいは教えを請う）経験があったことは押さえておきたい。顕昭は、「業平ガ歌ノ幽玄ナルコト」を称揚し規範とする俊成の思想に対して「イトヾコ、ロエガタクナムアル」と批判的ではあるが、強く反論するには慎重でもあり、俊成に対立的とまでいえるかどうかは、何ともいえない。

『袖中抄』に顕昭が俊成の談話や実作を引用している箇所は、六箇所見られる（ほかに、他の注釈書に合わせて二箇所ある）。また、俊成説を「或人」と名を伏せて引用するところは、少なくとも二箇所ある。この数字は、顕輔の十三箇所には及ばないものの、清輔五箇所、隆縁五箇所、登蓮四箇所よりも多く、文献引用を除いた他者の談話の引用としては意外に多いといえるのではないだろうか。

俊成引用六箇所の内訳は、

談話の直接引用　一箇所
逸話などの引用　二箇所
実作歌の引用　　三箇所

となっている。このうち、談話の引用は、

又俊成卿語云、行基菩薩詞ハ哥ナリ。

マブクダガ修行ニ出シフヂバカマ我コソヌヒシソノカタバカマ

（「セリツミシムカシノヒト」(66)）

という、いわゆる芹摘み説話を記したところにある。「マブクダガ…」という行基のことばは、『俊頼髄脳』や『奥義抄』では歌の形になっていないのに対し、俊成は短歌形式としている伝承を知っていて（『古来風体抄』にも書き載せている）、それを顕昭に披露したもののようである。この談話がいつ行われたのか知るよしもないが、直接会って会話を交わす機会が相当あったことは、ここでも推測できる。

俊成の逸話を引用する部分は二箇所あるが、いずれも批判的に引用するものである。

五条三品入道ハナニトハシラズ、只サヲヒメト上声ニマウシツケタリト。慥不沙汰。人々ハ大様如此云歟。

（「サホヒメ」(34)）

依之二条院殿上御会ニ有此沙汰。範兼俊成等皆存基俊之説。而清輔出証云、（証歌略）天河ニテ尚如此書ケリ。況他山哉。其時諸人閉口畢。

（「コノモカノモ」(167)）

前者は「さほ（を）ひめ」のアクセントの間違いを指摘したもの、後者は、『袋草紙』にも載せる、いわゆる「このもかのも」論争における範兼・俊成の失敗と清輔の自讃談の一部である。

俊成の実作歌の引用では、

一ニハ師仲卿云、彼土民等サヨノ中山トイヘリ。其後俊成卿モサヨトヨメリ。然而証本等皆サヤトカケリ。

（「ヨコホリコセル〈ケヽレナク、サヤノナカヤマ〉」(108)）

而俊成卿哥云、

トキカヘシヰデノシタオビユキメグリアフセウレシキタマガハノ水

トヨマレタルハ、此大和物語ノコヽロトミエタリ。サレド此物語ハカキサシタレバ、ユキメグリテモアフヨシモナキヲ、サモアリヌベキコトナレバアヒタル定ニヨミナシタルニヤ。又タマガハノ水トアルモイカヾトキコユ。
ヰデノカハナミトヨミ、ヰデノタマ水トヨメル哥ドモヲトリアハセテヨメルニヤ、イカヾトキコユ。
（「ヰデノタマミヅ」（146））

夜戸出ヲヨコデトヨミタル類聚古集ノ本ニ付テ、清輔朝臣ヨコデトヨマレキ。又俊成卿モヨコデト百首ニヨマレタリキ、如何。
（「ヨトデノスガタ」（183））

とあるように、いずれも俊成の失考とそれに拠る実作歌を発表したことに批判を加えるために、さらにはあげつらうかのようにあえてとりあげているという印象である。

俊成の名を伏せ「或人」として引用するもののうち、一つは、「富士の鳴沢」を、

コレヲ或人、フジノナルサトヨマレタリキ。
（「フジノナルサハ」（74））

というもので、『無名抄』「無㆑名大将事」に、

五条三位入道は、この道の長者にています、しかれど、富士のなるさはを「富士のなるさ」とよみて、なるさの入道と名無しの大将と、番ひて人に笑はれ給しかば、いみじき此の道の遺恨にてなん侍し。

とあることから俊成であることがわかる。俊成の有名な失敗談ゆえ、あえて名を伏したものか。

次は、「山かづら」について、

或人云、カノヤマカヅラスル人ハ、夜ノアクルホドニソノカヅラヲトリノクレバ、ヤマカヅラハナルトイフハ、ソノトキト云也。
（「ヤマカヅラ」（88））

という記事がある。「山かづら」を夜明けの時間帯の比喩とする説は、『顕注密勘』（一〇六七）の定家注に、

あけぼのを山かづらと申ことを、この山より出たる事とき〻侍、不㆓委注㆒。

とあるのに符合する。定家は「きゝ侍」といっているので、かつて口伝を受けた時の俊成説を指すのであろう。顕昭の反応は、「イカヾハベルラム、タヅヌベシ」というのみである。「或人云」と名を伏せて引用するもののうち、いくつかが俊成の発言であるものもあるとすれば、俊成の発言の引用は意外に多い可能性もある。

以上のごとく、俊成の逸話を引用する時も歌の実作を引用する時も、いずれもその所説に批判を加えるために引用している。これらから顕昭の俊成に対する批判的感情を見て取ることができるように思われるが、必ずしもそうとはいえない。顕昭が他者の説を引用する時は、文献の引用の場合も含めて、ほとんどの場合批判を加えるためのものであって、俊成の場合もその例外ではないだろう。むしろ、隆縁や登蓮に対しては嫌悪感を籠めているのに比べてみると、悪意の感情はそれほどでもないように見える。(2) とはいえ、感情となると何とでもいえるので、むしろ微妙な感情が押し隠されているのかもしれないし、そう推測するほうが自然なのかもしれない。何とも歯切れが悪いのだが、少なくとも、『六百番歌合』や『六百番陳状』におけるほどの、強い敵対意識はうかがえないとはいえよう。

俊成にしても、顕昭の歌学の影響を受けていることを『古今問答』において確認してみた（第三章第四節）。俊成歌学における顕昭歌学の影響については、なおも十分な考察が必要であるが、思いのほか、両者の交流は、直接的にも間接的にも、盛んになされていたのではないだろうか。

二　『六百番歌合』以前の俊成と顕昭

俊成は永久二年（一一一四）生まれ、顕昭は大治五年（一一三〇）生まれとされていて、十六年の差がある。俊成の清輔に対する対抗意識には相当のものがあるが、(3) 顕昭に対してはどうだろうか。顕昭は、六条家の一員とはいえ、重家や季経ら顕昭に年齢の近い顕輔の実子が居並ぶ中で、顕輔の養子にすぎず、俊成としては対抗心を燃やすほどの相手にはならなかったのではないか。

次に二人が同席した歌会・歌合をあげておく。(4)
仁安二（一一六七）　中宮亮重家歌合（俊成判）
嘉応元（一一七〇）　成範卿家歌合（俊成判）＝証本ナシ
嘉応二（一一七一）　俊成卿家十首会
治承二（一一七八）　賀茂重保別雷社歌合（俊成判）
或所歌合（顕昭判）
日吉社恋五首歌合（俊成判か）＝証本ナシ

治承三（一一七九）　右大臣家歌合（俊成判）
文治元（一一八五）　『古今集注』撰進
文治三（一一八七）　『袖中抄』成るか（通説）
建久四（一一九三）　俊成室没、顕昭、弔問歌を贈る

六百番歌合（俊成判）

建久五（一一九四）　六百番陳状
建久六（一一九五）　民部卿経房歌合（俊成判）
正治二（一二〇〇）　御室撰歌合（俊成判）
建仁元（一二〇一）　千五百番歌合

俊成と顕昭とが初めて同席した歌の会は、仁安二年（一一六七）の『中宮亮重家歌合』である。顕昭としては、義

兄重家主催の歌合で、彼なりに意気込み、緊張していたではあろう。俊成は判者としての参加であった。同歌合は五題ひとり五首で、顕昭は一勝四持の成績でまずまずというところか。俊成の判詞は、丁寧であるが、当たり障りのないもので、顕昭に対する特筆するような意識や態度はうかがえない。

顕昭の最初の歌「花」題十番、

をちこちにほふさくらや春ごとに人のこころにかかるしらくも

に対する俊成判は、

右はすがたなどいますこし優には見ゆるを、ちかくもかやうなること、見たまへしここちぞすれど、たしかならず。

というもので、公平ではあるが平凡な評である。

このうち「ちかくもかやうなること、見たまへしここちぞすれど」という、模倣的、剽窃的であるとする指摘は、他番にも見られる。たとえば、「またききなれたる心ちもすれば」（郭公・十番）、「もし此比の歌のをかしきことばなどにやあらん」（月・十番）、「上句はちかくかやうのこと、ききし心地する」（雪・十番）とあるごとくである。この種の指摘は、以後の歌合判詞にも見られるところであって、剽窃的詠みぶりは、顕昭詠歌の特徴といえよう。鴨長明『無名抄』「瀬見の小川の事」にも、長明の「瀬見の小川」の歌句を顕昭が盗み詠んだ話が載せられている。先行歌を方法的に引用して自歌に構造化するのではなく、稚拙で無神経な詠みぶりである。

顕昭の方も、『六百番歌合』に見られる、万葉語に由来する難義語を詠み込み、相手方人や判者を挑発するような作も見られない。俊成と顕昭の出会いは、きわめて平板で印象の稀薄なものであった。このような、顕昭の歌の低調な詠みぶりと俊成の平板な判詞は、以後の歌合でも変わらない。

興味深い例に、『別雷社歌合』「花」十九番に、

桜咲くをりにしなれば初せ山ただ一さかりこゆる白なみ

と顕昭が「ひとさかり」を詠み込んだ歌がある。「ひとさかり」とは『古今和歌集』春下・七七番歌の第三句で、「いとさかり」との本文異同をめぐって、「いとさかり」に作る六条家の説に対し、定家が対抗心を剝き出しにして「ひとさかり」の優位性を論じていることばである（『顕注密勘』七七）。しかし、俊成は、

ただ一さかりこゆる波などみるばかりにて、ことにはなをおもへる心はなきやうにや侍るらん。

と評するばかりであった。しかし、そもそも、顕昭自身が六条家本の「いとさかり」とは異なる御子左家の「ひとさかり」の本文に依拠して詠んでいたのである。これでは、俊成も口出しのしようがない。顕昭は、清輔から譲られた証本に保元二年に加注しているので、清輔本『古今集』は丹念に確認していたはずであるが、それを実作に生かそうという意欲的発想はまだなかったのである。

また、同歌合「述懐」十九番に、

ねぎかくるしるしたがへてわが方にかみよりいたの名をたのむかな

と顕昭は、「かみよりいた」を詠み込んだ。これも、のちに『袖中抄』「ヨリベノミヅ〈付カミヨリイタ〉」(46)で取り上げる難義語のひとつであるが、「神依り板」自体は論議のあったことばではない。俊成は「初の句より神よりいたのなどいへるすがた、不被庶幾や侍らん」と批判を加えるのみである。顕昭の詠作意図はわからないが、互いに挑発的な姿勢は見えない。

これ以上の煩瑣な挙例は繰り返しになるのでひかえることとするが、『六百番歌合』以前の歌合においては、俊成と顕昭の関係性は通じて淡泊である。『古今集注』や『袖中抄』においても強い対抗意識はうかがえない。ところが、

『六百番歌合』に至ってにわかに、俊成は顕昭に対し敵対意識を持って苛烈な判を加え、顕昭も自分の歌学的知識をひけらかして挑戦的になるのである。『六百番歌合』といえば、二人の過激な論争、あるいは寂蓮と顕昭との白熱した応酬が即座に想起されるが、その前に、この俊成と顕昭の態度の落差にこそまずは注目すべきではないだろうか。

三　『六百番歌合』と『六百番陳状』

ここから『六百番歌合』をとりあげるが、その前に『六百番陳状』にふれておきたい。

『六百番陳状』（以下、適宜『陳状』と略す）については、「顕昭が俊成の判に不満を叩きつけたのは、六条家断末魔の苦しみに喘ぐ衒学的な反抗であり、いかんともしがたい立場の相違から来る最後的な抗議である[5]」などという評価が定着しているようである。そのような図式は近年は相対化されてもいるが[6]、のちの新古今歌壇における御子左家の圧倒的な優位から逆算した見取りではないか。これを顕昭の側から読み直してみれば、また違った構図が見えてくるのではないかというのが、本節の目論見である。ただし、『六百番歌合』については後（第二章第五節）にも取り上げるので、ここでは俊成と顕昭の関係性に絞って考察する。まずは、顕昭の『陳状』跋文から見直してみたい。

冒頭、歌合の歌席に選入された栄誉を述べ、続けて、「判者の難」に対して「作者」が「陳状」を提出する「先例」を二例ほどあげ、その上で、

然者、愚僧者、童稚十二歳之春始自レ綴二和語之拙什一、長者六旬余之今、至下釣二好事之虚名一、重二斯道一専仰中先達上。依レ之出二和歌一、一方触レ事、以有二冥加一過レ分、以播二於面目一。設有二非拠之難一、何出二披陳之詞一乎。然間、有二存旨一者、可二陳申一之由、再三承レ仰、進退惟谷。有レ憚二陳申一、有レ恐二固辞一之故也。憖注二愚詠之謬説一、弥欲レ栄二判者之実義一云々。

と、今回陳状を提出するに至った経緯について述べる。顕昭は、この陳状は自発的に提出したのではなく、主催者良経の「再三」の「仰せ」を承り「固辞」するに「恐れ」があり、「進退惟谷」って、「愚詠之謬説」を提出したのだと主張する。こうして提出された「陳状」は、おそらく良経の手を経て俊成のもとに回付されたことであろう。「陳状」は顕昭のいうように、判者に対して提出されるものだからである。もっとも、そこに至るまでに「存旨」を処々で開陳していたのが良経の耳に入ったのではあろうが、顕昭としては当初から事を構えようとしていたわけではなかったことを強調している。ここでは、顕昭の主張に即して、「存旨」を含み持つに至ったのはどのような経緯だったか、冒頭の判詞から辿ってみたい。

　歌合は、披講、評定が終わってから、俊成の判詞が書き記された後、一括して各方人に提示されたと推定されている。[7] 各方人は判詞全体をまとめて読んでいったのである。すると顕昭は、歌合の冒頭から、「元日宴」題の自分の最初の歌に対する俊成は手厳しい批判を読むことになった。顕昭歌と関係する評定、判詞のみ掲げる。

五番　左　　　　顕昭

むつき立つけふのまとゐや百敷の豊明のはじめなるらん

右方申云、「む月たつ」、聞き馴れず覚ゆ。左方陳云、この五文字、万葉集より出たり。右又申云、「豊の明」、おぼつかなし。左陳云、諸節会を豊の明と申之由、宣命にみえたり。（中略）

判云、左歌、「む月立つ」と置けるは、右方殊に咎め申べしとも、まことに覚え侍らず。万葉集にもまことに「む月立」などよめるやうに覚侍り。但、万葉集より出たりとも、歌合の時は無㆓左右㆒証拠とすべしとも覚侍らず。万葉集には優なることを取るべきなりとぞ、故人申侍し。これ、彼集には聞きにくき歌も多かるが故也。「山田朝臣の鼻の上を掘れ」ともいひ、「酒飲みて酔ひなきするにあにしかめやも」と申などは、取り出でがたかるべし。されば又、彼集の時までは、歌の病をさらず。しからば、必しも歌合の時は不レ可レ為レ例歟。これはこの歌の事にしもあらず。凡を申置き侍也。又、豊明宣命に、「豊明」「豊楽」と書たりとは見え侍めり。歌の風体におきてぞ、左右侍べき。歌の意趣、一方ばかりはさにこそはと聞え侍り。歌の常のならひは、「まとゐ」といひては、「梓弓」を引き寄せ、「豊の明」など詠まむ時は、「曇りなき世」などぞ常に詠みならひて侍るめれ。毎事拠り所なきに侍べし。（下略）

という長文の辛辣な判詞である。顕昭歌の「むつき立つ」について「聞き馴れず」と批判する右方の難に対し、判者は『万葉集』にも見えることばで「咎め」るべきほどのことではないと判断する。歌の用語そのものに対して非難していない。

しかし、俊成は、ここから話頭を大きく転回し、歌合の時には『万葉集』歌はすべて証歌とはならず、「優なること」のみ取るべきであると、『万葉集』由来の歌ことばの使用について原則論に及ぶ。そうして、例として引き合いに出すのが、「山田朝臣の鼻の上を掘れ」「酒飲みて酔ひなきするにあにしかめやも」などという歌である。このうち前者について『古来風体抄』では、

また万葉集にあればとて、詠まむことはいかがと見ゆることも多く侍るなり。第三の巻にや、大宰帥大伴卿酒を讃めたる歌ども十三首まで入れり。また、第十六巻にや池田朝臣、大神朝臣などやうの者どもの、かたみに戯れ罵りかはしたる歌などは、学ぶべしとも見えざるべし。かつは、これらはこの集にとりての誹諧歌と申す歌にこそ侍るめれ。また、まことに証歌にもなりぬべく、文字遣ひも証になりぬべき歌どもも多く、おもしろくも侍ればかたはしとは思うたまへながら、多くなるにて侍るなり。

と、「かたみに戯れ罵りかはしたる…この集にとりての誹諧歌」であるという。「万葉集には優なることを取るべきな

り」「万葉集にあればとて、詠まむことはいかがと見ゆることも多く侍るなり」というのは、繰り返し主張する俊成の持論であるが、俊頼や顕輔らも主張する、この時代の一般的な通念でもある。『古来風体抄』の右の記述は、『六百番歌合』の顕昭歌への判詞、および『陳状』における顕昭の反論が念頭にあったのではないか。ここでの問題は、俊成の右の万葉語への慎重論そのものではなく、顕昭歌の「むつき立つ」の用語は許容しているにかかわらず、顕昭歌に関連していうべきことがらだろうか、ということである。

顕昭は、このような俊成の批判に対し、早速『陳状』で、

今案、此「むつきたつ」のことば、こはくをそろしかるべきにあらず。春宴に尤可二引用一侍る歟。「はなのうへを」といひ、「ゑひなきす」などいへること葉に可レ校にあらず。

と、二首の誹諧歌とは比べられない、そのような非難はあたらない、心外であると述べる。その上で、『万葉集』の池田朝臣の歌が俊成判詞では「山田朝臣」と書かれていることを指摘して「相二違万葉に一侍、如何」と皮肉を放ったあと、

又、故六条左京大夫〈顕輔卿〉被レ申侍しは、先親修理大夫〈顕季卿〉予に万葉集を講給し時云、「万葉集は只和歌の竈にて、納二箱中一て可レ持。常に披みて不レ可二好読一。和歌損ずる物也」と云々。

と、顕季以来の六条家の万葉本体説を開陳する。さらに、俊頼も「同様に諷諫」していたことを紹介、万葉歌語は「若心得ずよまば、あしざまになるべきか」と注意を促して、

但、今の「む月たつ」の詞は、強に其難に及べからざるにや。

と、最後に自分の当該歌に関しては非難はあたらないことを繰り返している。

顕昭としては、歌合開巻直後からこのような批判を受けようとは予想していなかったのではないか。「元日宴」題

に「とよのあかりといふことを詮にて」詠んだ点に顕昭の作意があって、そこに批判が来ることは想定していたであろうが、「むつきたつ」に『万葉集』戯笑歌まで引かれて批判されることは予想していなかったのである。予想外、かつ心外な批判で、顕昭は大いに憤慨したのではないか。「さま〴〵の吹毛の難をとりかづけられて侍るこそ、還而は興ありて思給侍れ」と意外感を隠してはいない。

顕昭にとって、心外な、不当な判であるとする主張は他にも見られる。たとえば、「雲雀」題の次の歌、

春日には空にのみこそあがるめれ雲雀の床は荒れやしぬらん　（雲雀・十七番左）

に対し、判者俊成が「雲雀の子細、をのがこゝろならず空にとびあがりて、床をあらしなどするにはあらざるべし」などと批判したのに対して、

大方、雲雀をば「あがる」とよみ、「水鶏」をば「たゝく」とよみ、鴫をば「はねかく」とよみならはして、「鳴」などはうちまかせてよまぬ事なれば、第三の句とがなし。此難はきはめたる小事也。不レ及二沙汰一歟。されど、判者、実事をたゞし、力を入て難ぜられて侍れば、所存を申侍なり。　（『陳状』雲雀）

と反論した。顕昭は、「此難はきはめたる小事也。不及沙汰歟」と心外に思うのだが、判者が「実事をたゞし、力を入て難ぜられ」たので「所存」を申したという。このあたりは前に引いた『陳状』跋文と同趣旨である。

あるいは、次のような例もある。「寄雨恋」題を詠むに「雨衣」という歌語を用いたことについて、判者に「「あま衣」も、只尼公などのきぬにこそ侍めれ」と揶揄されたのに対して、

「寄レ雨恋」に、雨衣つかうまつりたらんをば、あまぎぬかと一言は侍るべき物を、「尼公のきぬか」と侍るは、とかく申に不レ能侍り。　（『陳状』寄レ雨恋）

と憤っている。俊成の判詞は明らかに顕昭を愚弄したもので、それもどうかと思うが、それに正面から抗議するのも、

顕昭らしいところか。

また、俊成の批判の矛盾を衝く指摘もある。顕昭の大江以言の詩に基づいた歌を提示したのに対して、俊成が「以㆓詩破題句㆒歌の例には不㆑可㆑引事也」（『六百番歌合』寄遊女恋・判詞）と批判した。一方、以前の番で慶滋保胤の詩を証とするのを許容していたのに対し、

又以㆓詩歌㆒不㆑用也とて、已被㆑放㆓江以言之詩心㆒を、何可㆑擬㆓慶保胤之作骨㆒乎。自語相違之失、勿論顕然也。
（『陳状』寄㆓遊女㆒恋）

と指摘、顕昭としては俊成の「自語相違之失」を衝いて得意になったところかもしれないが、不当な判にはいささか感情的になっている。それほど俊成の顕昭に対する評価は厳しいといえるのではないか。愚弄するところもあるなど、悪意さえ感じられよう。このほかにも俊成は顕昭歌に次々と辛辣な批判を浴びせているが、煩瑣になるので省略に従いたい。

有名な発言であるが、

この頃の和歌の判は、俊成卿、清輔朝臣、さうなき事なり。しかあるを、ともに偏頗ある判者なるにとりて、そのやうの変りたるなり。俊成卿は、我も僻事をすと思へる気色にて、いともあらがはず、「世中のならひなれば、さなくてもいかゞは」などやうにいはれき。
（『無名抄』「俊成清輔が歌判皆有㆓偏頗㆒事」）

と顕昭が指摘している。顕昭が、右のように言った時、どの「和歌の判」を念頭に置いていたのかはわからないが、俊成の「我も僻事をすと思へる気色」を目撃しているので、『六百番歌合』のことではないだろう。しかし、「偏頗ある判者」というのは、判詞を読了し『陳状』を執筆した時の顕昭の率直な感想といえないだろうか。

『陳状』における顕昭の反発は、従来言われていたように、顕昭の側から「俊成の判に不満を叩きつけた」のでは

なく、顕昭に言わせてみれば、俊成が挑発したものということになる。

四　『六百番陳状』の門流意識

ここで視点を変えて『六百番陳状』にうかがえる「門流意識」を読み取ってみたい。これも後（第二章第五節）に簡略にふれる問題である。

田村柳壹氏は、「陳状の記述を具体的に読んでみることにしたい」という方針で、「最初にとりあげたいのは、客観的な批評原理を求める文脈の中に、〈家〉の意識、門流意識が介在している事実である(8)」と問題を設定している。

しかし、門流意識を顕在化させた、「一門の義」（蛙・寄煙恋）、「門弟の義」（九月九日）、「門徒の義」（寄海人恋）という語は三例のみで、『陳状』全編に横溢しているとはいえないし、「門徒」の語は俊成判詞にも見られ（寄海人恋）、先に門流の対立を仕掛けたのは俊成かもしれない。先後関係を問題にするのは不毛であるが、いずれにせよ、「家」「門流」の対立構図は一部にとどまるといえるのではないか。

ここでは、門流意識が現れたと思われる別の形として、『袖中抄』と『六百番歌合』『陳状』とで、顕昭が自説を変更しているものをとりあげてみたい。それは、「かひや」と「あまのまく（て）かた」の二語の釈義であるが、既に藤田百合子氏によって詳細な検討が加えられているので(9)、本稿では、二語とも、顕昭が自説を撤回し、『奥義抄』の清輔説に即いたことを確認するにとどめておきたい。

「かひや」は、まず顕昭がこのことばを自説である養蚕の「飼屋」の意で詠み込んだ歌を提出（春下・蛙・二十二番左）、のちに寂蓮が「鹿火屋」とする御子左家の説に基づいて詠んだもので（恋六・寄煙恋・三十番右）、激しい評定、俊成の厳しい判詞、顕昭の陳状と続くのである。詳細な経緯を辿るのは省略するが、顕昭は結局、相手方人の批判と俊成判詞の批判を受け、自説を変更、清輔の説であるふしづけの「かひや」説を主張することとなったものである。
「あまのまく（て）かた」は、本文異同を問題とし、『袖中抄』では「あまのまてかた」の本文に従って、海人の馬《ま》蛤《て》かたとする説を開陳したが（「アマノマテカタ」(69)）、『六百番歌合』ではこれを撤回、「あまのまくかた」の本文に拠り、蒔く潟（方）とする説に基づいて詠出したのである（恋十・寄海人恋・十五番左）。この場合は、顕昭は、評定での御子左家側からの批判を受けて自説の変更を余儀なくされたのではなく、歌の詠作直前に自ら変更したものである。[10]厳密には、『袖中抄』の段階では、「まてかた」を支持してはいるが「まくかた」も否定してはおらず、両様の本文があることは認めている。その上で、『六百番歌合』で、清輔説の「まくかた」に拠って詠んだ歌をあえて提示したということではないだろうか。この番では、顕昭が門流意識を自覚し、自身も六条家の一員であり、清輔の学説を継承していることを俊成、寂蓮らに誇示しようという意図によって詠出したとみることはできる。

しかし、やはりこの顕昭の意図が強烈な門流意識に拠るものと見ることはできないように思う。『陳状』において、「まくかた」本文の優位性を縷々述べたあと、「難につきて会尺をばまふけ、付レ答難をはかるこそ、互に心をも明らめ、才学も付事にて侍れ。只我之事をば目を塞て有、道の陵遅、只此事歟」と、難義をめぐって互いに「会釈」を明らかにして「難」をはかってこそ「才学」も身につくと言うが、このことが顕昭の意図するところなのである。ここはむしろ、顕昭の自己顕示と見るべきではないだろうか。

俊成の側から見ても、藤田氏の指摘によれば、清輔の著作をめぐっての俊成の発言について、「老俊成の六条家への反感は熾烈である」とあるが、それは必ずしもあたらないと思う。顕昭（および故清輔）にのみ手厳しいのである。たとえば、同じ六条家の季経に対しては、「殊に歌品なきに似たり」（秋下・蔦・三番左）「いかにも調子違ひて聞え侍り」（恋九・寄琴恋・八番左）という辛辣な批判や「「信太の杜の蟬」、何とか。郭公の心地やし侍らん」（夏下・蟬・二十八番左）などという皮肉まじりの評価もあるが、この程度の評語は息定家や寂蓮らに対しても見られるもので、特に季経に対して反感を持っているわけではない。六条家を攻撃するのならば、清輔、重家亡き後の六条家を代表していた季経こそ、その標的としてふさわしいはずである。顕昭は、歌書や家説の相承系譜からはずれた猶子にすぎない。しかし、俊成は、開巻冒頭から顕昭のみを標的にしていたようなのである。

なぜ、季経ではなく顕昭であったのか、その理由は判然としない。考えられるのは、この十年ほど前から、顕昭は、守覚法親王あてに次々と勅撰集注釈書や難義語注釈書（『袖中抄』）を献呈し、六条家の歌学者として急速に頭角を現してきたことがある。『古今集注』には自身の詠歌思想を取り上げられ批判されたようにも感じられた（本節冒頭参照）。顕昭も、『六百番歌合』に『袖中抄』における研究成果に基づいた詠作を数多く詠み込み、自身の学識を顕示している。(11)六条家の一員としては歯牙にもかけていなかった顕昭であるが、警戒感を持つべき相手として急激に浮上してきたと感じたのではないか。俊成としてはここで潰しておこうなどと考えたのかもしれない。

五　『六百番歌合』以後

しかし、『六百番歌合』以後の歌合には、俊成、顕昭の互いの対抗意識、敵愾心はあまり見受けられない。続く『民部卿経房歌合』では、たとえば、顕昭は、

雪ふればあしのうら葉に浪越えて渚もわかぬなはのつぶ　（深雪・七番右）

と「つぶらえ」を詠み入れて挑発したかに見えるものの、俊成の反応は、

右、蘆のうらばに波こえて、などは優に侍るを、末の句こそ少しおどろかれ侍れ、かかる姿に成りぬれば、初より一体なるこそ、ゆるす事に侍れ。

という程度で素っ気ない。挑発に応ずる意欲もなくなったのか、応じようとはしない。一方の顕昭の方も、難義語を詠み込んだのは、五首中右の一首のみで、戦闘意欲は失せたようにも思われる。ただし「つぶらえ」は、『袖中抄』をはじめとする歌学書類に言及されるところはない。

以後の歌合においても、両者とも、無難な詠みぶり、無難な批評を繰り返し、鋭い対立関係は見られない。『六百番歌合』においてのみ、俊成と顕昭、そして寂蓮は厳しい応酬を繰り広げたのである。(12)

『古来風体抄』では、『六百番歌合』には触れるが、『六百番陳状』は片鱗すら見せない。わずかに、「かひや」の釈義を述べる部分について、「顕昭はこの寂蓮の発言と俊成の鹿火屋説との若干の相違に対し、「大方は一門の義は一筋に通りて侍らばこそは心にくくも侍らめ」(『陳状』)と批難しており、俊成はこの点を考慮して、この部分を記述したのであろうか」という注(藤平春男校注・訳「古来風躰抄」(新編日本古典文学全集『歌論集』所収)頭注)がある。しかし、俊成は、顕昭が、『六百番歌合』における養蚕の「飼屋」説から『陳状』で柴漬けの飼屋説に変節した点にはふれておらず、むしろ、『陳状』にはふれることを周到に避けたということになろう。

また、『古来風体抄』には、「かはやしろ」(13)について、『六百番歌合』における顕昭との応酬を想起し「内大臣家に百首の歌を歌合に番はれて侍りしに、顕昭法師と申す者の、「かはやしろ」といふ事を詠みて方人に問はれて曰く」と顕昭の発言を引いて強く批判しているところもある。『陳状』において執拗に批判されたのをここで意趣返ししている感もあるが、(14)『陳状』そのものにふれることはない。

藤田百合子氏は、「「あまのまてかた」に関して言えば、俊成は完敗した。『古来風躰抄』に「まてかた」の記事がないことには、注目すべきである。俊成は反論もできず、閉口したのである」と述べている。(15)そのほかにも、いくつか間違いや無知を指摘されるなど、さまざまの局面で自身の非を衝かれている。まさに、俊成は、閉口し辟易したのであろう。『古来風体抄』に限らず、以後の歌合においても、顕昭に対して歌学上の論争に挑むことを避けているかのようだ。互いに、対抗心、敵対意識は押し殺してしまったかに見える。

俊成が『袖中抄』を見ていた可能性は考えられるだろうか。『古来風体抄』に、

　万葉集に常に詠める、はしきやし、よしゑやし、もとな、などやうの詞は、無下に絶えにける詞と見えたり。

（『古来風体抄』再撰本）

とあるが、ここに「無下に絶えにける詞」として取り上げている「はしきやし」「よしゑやし」「もとな」はいずれも『袖中抄』「ハシキヤシ」(16)「ヨシヱヤシ」(15)「モトナ」(205)に注釈が施されている語である（ただし、初撰本では二語目の「よしゑやし」は「しゑや」となっている）。これら三語は他歌学書にもあり、『袖中抄』を必ずしも念頭に置いていたとはいえないが、三語揃って加注している歌学書は『袖中抄』のみである。俊成が参照した可能性のみ指摘しておきたい。全くの仮定になってしまうが、俊成は『袖中抄』を見ていながらも無視したということになる。『陳状』以降、俊成は顕昭を徹底的に無視する戦術を採ったのではないだろうか。

そもそも、二人は、歌人としての立場も志向性も異なっていた。顕昭は詠歌の才能が全くなかったが、そのことを自覚し、仁和寺の蔵書を披見しうる境遇を活用して、学者としての研鑽を積み、いくつかの大部の注釈書を成すことができただけで、六条家の歌学伝受からははずれ、後継者もいなかった。俊成は、御子左家を歌道家としての確立をめざしつつ、やがて歌壇の第一人者となって、和歌表現のありようを求め、理念を深めていた。顕昭は、俊成の相手にはならなかったというべきであろう。『六百番歌合』と『陳状』においてのみ、厳しい対立関係を切り結んだのである。

ただし、顕昭のほうは、俊成からの影響はそれなりに受けていたといえよう。『古今集注』や『袖中抄』に俊成の

発言や実作を、批判的とはいえ引用しているし、『六百番歌合』の判詞から自分の歌学説の変更を余儀なくされている。『六百番歌合』以後には、定家らの新風にすり寄ってもいるようだ。[16]

この『六百番歌合』と『六百番陳状』をもって、実作と歌学（注釈）とがつかず離れず展開してゆく和歌史が終息し、以後、和歌表現の可能性を追求し技法の究極を彫琢する時代を迎えるという見通しを描けるように思う。

注

（1）安井重雄「表現・思想の基盤としての注釈――顕昭――」（山本一編『中世歌人の心――転換期の和歌観――』世界思潮社、一九九二・九）に指摘がある。また、谷山茂『藤原俊成――人と作品――』「第三章・業平と俊成」（谷山茂著作集二巻、角川書店、一九八二・七）にも言及されている。

（2）西村加代子氏も「袖中抄執筆当時の顕昭には、家門を意識しての御子左家への対立感情は顕著ではない」（『平安後期歌学の研究』「第三章・顕昭と清輔――学説の継承と対立をめぐって――」和泉書院、一九九七・九）と述べている。

（3）谷山茂『新古今時代の歌合と歌壇』「第三章歌合をめぐる六条家と御子左家」（谷山茂著作集四巻、角川書店、一九八三・九）に拠る。

（4）久曾神昇『顕昭・寂蓮』（三省堂、一九四二・九）、および川上新一郎『六条藤家歌学の研究』（汲古書院、一九九九・八）所収の「顕昭略年譜」、谷山茂『藤原俊成　人と作品』（谷山茂著作集二巻、角川書店、一九八二・七）所収の「俊成年譜」に拠って作成した。

（5）谷山注（3）著書に拠る。

（6）たとえば、浅田徹「六条家――承安～元暦頃を中心に――」（『平安後期の和歌』和歌文学論集六、風間書房、一九九四・五）、安井重雄『藤原俊成　判詞と歌語の研究』「Ｉ・第二章寂蓮と顕昭」（笠間書院、二〇〇六・一）などがある。本稿は、特に後者に多くの学恩を得た。

（7）『六百番歌合』の行事次第は、松野陽一『藤原俊成の研究』「第二章・第二節歌合判詞」（笠間書院、一九七三・三）、上

条彰次『藤原俊成論考』「第二章『六百番歌合』と藤原俊成」（新典社、一九九三・一一）に拠る。それらをまとめると、一夜に一部三十番の披講・評定が行われ、すぐに評定が記録され、その都度判者俊成に送られ加判されて、順次返送された。歌人たちは最終的に完成したものを一括して読んだ、という。

（8）田村柳壹『後鳥羽院とその周辺』「Ⅱ・二歌合のドラマ――『六百番歌合』と『顕昭陳状』をめぐって――」（笠間書院、一九九八・一一）に拠る。

（9）藤田百合子「『新勅撰集』と定家歌学――『六百番歌合』の「かひや」と「あまのまてかた」を中心に――」（桑原博史編『日本古典文学の諸相』勉誠社、一九九七・一）に拠る。

（10）久保田淳『中世和歌史の研究』「院政期の歌学と和歌の実作」（明治書院、一九九三・五）には「君子豹変の例」という。

（11）竹下豊「晩年の顕昭――『六百番歌合』を中心として――」（『国語国文』一九七六・五）に拠る。

（12）安井重雄「顕昭の新風摂取――『千五百番歌合』判詞二例について――」（『中世文芸論稿』一四号、一九九一・三）は、『千五百番歌合』顕昭判詞に「俊成・定家への対立意識」を読み取っている。俊成歌論や定家の「新風」からの影響（竹下注（11）にも指摘がある）が認められることから、「対立意識」があるにしても、家と家の対立意識ではないと思われる。『千五百番歌合』の段階では、既に決着がついている。

（13）「かはやしろ」については、佐藤明浩「「かはやしろ」の論争をめぐって」（『名城大学人文紀要』四六号、一九九三・一二）の好論がある。

（14）『古来風体抄』が従来説の式子内親王宛ではなく、守覚法親王宛であるとする五味文彦説（『書物の中世史』「Ⅱ・作為の交談　守覚法親王の書物世界」みすず書房、二〇〇三・一二）に従うのなら、この意趣返しはかなり強烈なものとなる。

（15）藤田注（9）論文に拠る。

（16）安井注（12）論文、「顕昭の新風に対する認識と姿勢」（『中世文芸論稿』一二号、一九八九・三）に拠る。

第四節　歌林苑の歌学論議

――登蓮法師の逸話から

一　「ますほの薄」をめぐる逸話と俊頼歌の「まそほ」

「ますほの薄」の故実を求めて周囲の制止も聞かず雨中を飛び出したという、『無名抄』に載る登蓮法師の逸話は、登蓮の数奇を伝えるものとして、鴨長明に称讃をもって書き留められている。一方、顕昭は『散木集注』に同じ逸話を載せているが、「わざとゆきてとぶらひき」などと簡略に記すばかりで、登蓮の芝居がかった行動に対してはむしろ冷淡である。長明と顕昭と、登蓮に対する二人の態度は対照的である。ただし、長明の筆も、ことさらに登蓮の行動を劇化してその数奇を強調、称揚し、そのことによって自身が「第三代の弟子」に連なることを誇示しようとしているかのようである。長明の和歌にまつわる自讃と屈折した自意識が表された典型的な逸話のひとつであり、『無名抄』の特質を探るうえでも常に重要視されてきた章段である。(1)

しかし、本稿で問題としたいのは、長明の屈折した自意識ではなく、二つの歌学書に見える「ますほの薄」の故実の諸説紛々たるありさまと、その火付け役となった登蓮なる人物の位相であり、また、そこからうかがえる当時盛んに行われたであろう歌学論議の実状である。まずは、「ますほの薄」の解釈を検証することから取りかかり、そこから、登蓮の人物像[2]を再検討してみたい。登蓮が活躍した歌林苑という場が持つ和歌史的、歌学史的問題の一端が改めて浮かび上がってくることとなろう。

長明、顕昭が引載する諸説にふれる前に、論議の発端となった俊頼の歌をあげておく。

　花すすきまそほのいとをくりかけてたえずも人をまねきつるかな　（『散木奇歌集』秋・四一七）

という作で、『堀河百首』に、秋の「薄」を題として詠まれたものである。

問題の「まそほ」は、『万葉集』の、

　麻可祢布久《マカネフク》　尓布能麻曾保乃《ニフノマソホノ》　伊呂尓弖弖《イロニデテ》　伊波奈久能未曾《イハナクノミソ》　安我古布良久波《アガコフラクハ》　（『万葉集』巻十四・三五六〇）

という歌の第二句にある「麻曾保《マソホ》」から取り用いたものである。『万葉集』の「まそほ」は、「主に水銀からなる鉱石。朱色の顔料にする」（『時代別国語大辞典上代編』）とあるように朱色の意味は明快である。ところが、俊頼が、「薄」題を詠むに際し、『万葉集』からこの「まそほ」を取って「花すすき」の「糸」を形容するのに用い、さらに下に「くりかけて」と続けたのであるが、その用法が問題であった。これでは、本来の朱色の意が機能してこないのである。[3]そのような俊頼の誤解（曲解）ともいえる用法が、登蓮や顕昭らが頭を悩ませ、さまざまな解釈を生む要因となったのである。

ちなみに、この時期の「まそ（す）ほ」を詠んだ、俊頼歌以外の実作を調べてみると、あまり例は多くはないが、

　すがるふすくるすのをの糸薄まそほの色に露や染むらん　（『長方集』すすき、七三）

　はなすすき月のひかりにまがはましふかきますほのいろにそめずは　（『山家集』秋、月前薄、三八六）

　しほそむるますほのこがひひろふとていろのはまとはいふにやあるらん　（『山家集』雑、一一九四）

などをあげることができる。登蓮と交流のあった西行に二首あるのが興味深いところではあるが、「ます（そ）ほ」の釈義をめぐって情報交換があったとは思えない。これら三首の「ます（そ）ほ」は、『万葉集』の「にふのまそほのいろ」の表現に基づいた、朱色を意味することばと解釈して使用したものであろう。このようなか細い詠作史の中で、俊頼の歌のみが特異な詠み方をしているのである。

二　「ますほの薄」の諸説と登蓮の〈今案〉

『無名抄』に載る登蓮の説と『散木集注』に解く顕昭説を対照して掲げてみる。

ますほの薄

雨の降りける日、ある人の許に思ふどちさし集まりて、古き事など語り出でたりけるついでに、「ますほの薄といふはいかなる薄ぞ」といひしろふ程に、ある老人のいはく、「渡辺といふ所にこそ、この事知りたる聖はありと聞き侍りしか」とほの〲いひ出でたりけり。登蓮法師その中にありて、この事を聞きて詞少なになりて、又問ふ事もなく、あるじに「蓑笠しばし貸し給へ」といひければ、あやしと思ひながら取り出でたりけるに、物語をも聞きさして、蓑うち着、藁沓さし履きて急ぎ出でけるを、人〲あやしがりて、そ

花薄まそほの糸をくりかけてたえずも人をまねきつるかな

まそほのいと、おぼつかなし。人々たづぬれど、たしかにいひきたれることなし。登蓮といふ人、そのかみ天王寺に此の事知る人ありときゝて、わざとゆきてとぶらひき。[C]真蘇芳と云ふことを略なり。承和菊を略してそが菊と云ふがごとし。薄のほは蘇芳色なれば如レ此よめるなりと云々。経盛卿云、[B]まそと云ふ苧あり。色の黄ばみたるなり。薄のほはいづるはじめ、件の苧の色に相似云々。或人

の故を問ふ。「渡辺にまかるなり。年頃いぶかしく思ひ給へりしことを知れる人ありと聞きて、いかでかたづねまからざらん」といふを、人〴〵、「さるにても雨やめて出で給へ」といさめけれど、「いで、はかなき事をもの給ふかな。命は我も人も、雨の晴れまでと待つものかは。何事もいましづかに」とばかりいひすてゝ往にけり。いみじかりける数寄者なりかし。さて、本意のごとくたづね合ひて、問ひ聞きて、いみじう秘蔵しけり。

この事、第三代の弟子にて伝へ習ひ侍るなり。この薄、同じさまにてあまた侍り。「ますほの薄」「まそをの薄」「ますうの薄」とて、三種侍るなり。[A]「ますほの薄」といふは、穂の長くて、一尺ばかりあるをいふ。かのます鏡をば、万葉集には「十寸鏡」と書けるにて心得べし。[B]「まそをの薄」といふは、真麻の心なり。これは、俊頼朝臣の歌にぞよみて侍る。「まそをのいとをくりかけて」と侍るかとよ。糸などの乱れたるやうなるなり。[C]「ますうの薄」とは、まことに蘇芳の薄

云、黄色といひつべし。万葉云、まがねふくにふのまそほの色にいでてと読り。このまがねをば真金といひて、金篇に類聚万葉には入れたり。然ばまそほの色をば黄色と可㆑得㆑意歟。

顕昭云、まがねふくきびの中山と云ふ歌につきて鉄とのみいひ伝へたり。金をいふべからず。金を真がねといふ事ぞおぼつかなき。而万葉歌は、にふは播磨の所名なり。然ば彼所のまそと云ふ歟。まその色さらにまがねの色によるべからず。[B]まそは苧なり。夫を糸といはむ事ぞおぼつかなきに、或人云、ゐなかのものは糸をまそといふと云々。其の事まことならば薄のほの糸に似たれば、糸をよりかけてまねくとぞよみたるにもやあらむ。

和歌の難義といふは、日本紀、万葉、三代集、諸家集、伊勢・大和両物語、諸家歌合、神楽、催馬楽、風俗等の詞などにある詞をぞ、むねと尋ね勘ふることにてあるに、このまそほの糸は件等書にまたく見えず。たゞ俊頼計よみたれば、とてもかくてもありぬべし。非㆓

といふべきを、詞を略したるなり。色深き薄の名なるべし。
　これ、古集などにたしかに見えたる事はなければ、和歌のならひ、かやうの古事を用ゐるも、又世の常の事なり。人あまねく知らず。みだりに説くべからず。
（『無名抄』）

大事㆒歟。
（『散木集注』四一七）

登蓮のいう三種の「ますほの薄」の解釈説について、『無名抄』に記された順によってA説・B説・C説と呼んで傍線を付し、対応する顕昭の紹介する説にもA・B・Cを付して傍線を施した。また、「ますほの薄」は『和歌色葉』にも解釈をあげているが、それを次に示し、これにも対応する説に傍線を付してみた。また、『和歌色葉』には、『無名抄』には見えない次のような説があるが、これらはD・Eとして区別して示した。

花すゝきとはほに出でたる薄也。[D]まそをの糸とはまことにしろき糸をいふ也。或云、[B]真苧をいふ也。或云、[C]蘇芳糸也。[E]薄はほに出たる、すなはち糸を物にまきつけたるやうにちぢかみたるをいふ也なんど、やう〳〵にいへり。

これらを見やすく対照してみたのが、次ページの表である。

登蓮のいうA説は、一尺（十寸）ほどもある長い穂の意とする独自説。根拠として『万葉集』に「十寸の鏡」と表記して「ますかがみ」と訓ずる例のあることをあげている。『万葉集』の現存諸本には、「ます（そ）かがみ」を「十寸（の）鏡」とする表記の本文は見られず、『類聚古集』にも見られない。ただし、清輔『奥義抄』には、

ますかゞみはますみのかゞみを略したるなり。万葉には十寸鏡とぞかける。又真澄鏡とかけり。

	意味・詠法	無名抄	散木集注	和歌色葉
A	十寸の長い穂	ますほ	―	―
B	真麻（苧）	まそを《ほ》	まそほ	まそを
C	真蘇芳の略	まそ《す》う《を》	まそほ	まそを
D	白い糸	―	―	まそを
E	巻き付け縮んでいる	―	―	まそを

（注）『無名抄』欄の本文には他本本文を並記してみた。底本を梅沢本（『歌論歌学集成』底本）とし、天理図書館本、書陵部本、蓬左文庫本の本文を、右三本の傍記も含め、一括して傍記した。したがって、正確な本文異同表記にはなっていない。なお『散木集注』『和歌色葉』には、主要諸本間において本文の異同は見られなかった。

とある。清輔が指摘する「十寸鏡」という表記本文は、現存しない当時の伝本、あるいは、やはり現存しない『類聚古集』の一本にあったのであろうか。(4) 登蓮は、『万葉集』の一本に当たり直したのかもしれないが、おそらくは『奥義抄』のこの記事を参照したのであろう。しかし、いずれにせよ、「十寸（の）鏡」の「十寸《ます》」を「ますほの薄」に適用して、「穂の長くて、一尺ばかりあるをいふ」とするのは、いかにも付会的な解釈ではあろうか。そもそも、『万葉集』『散木奇歌集』とも、本文は「まそほ」となっているのである。

B・C説は、「まそほ」の読み「マソオ」から発していて、本文上の問題はない。

B説は、真麻の糸の意とする説である。『散木集注』でも、顕昭の紹介する経盛説が「苧（からむし）」の意と解していてこれは真麻のことであり、B説となる。後半にあげる「或人」の「いなかのもの」の「糸をまそといふ」説も

B説になる。登蓮説と顕昭が引く経盛・或人説とは真麻説で一致している。しかし、その詠法は各説で相違する。登蓮によれば、麻糸の乱れているようすを詠むものとする。経盛説では穂の色の「黄色」を詠むのであり（或人説も同じ）、一方、顕昭は糸を縒って招く意とする説を提示している。以上のように、B説は、登蓮、経盛、或人、顕昭とも、真麻（苧）をさすとする説として一括できるのだが、その詠法には見解の相違が見られた。

C説は「真蘇芳」の語尾を略したとする説である。語源説としては誤りであるにしても、蘇芳色の意とする説として諸説異同はない。ただし、奇妙なのは、顕昭が書き記しているところでは、登蓮が天王寺の「此事知る人」から聞いたという説は、このC説のみであり、A・B説は含まれていない点である。すなわち、登蓮は、長明にA・B・Cの三説を伝えたのだが、顕昭にはこのC説しか教えなかったのである。

『和歌色葉』にあげるD・E説は、登蓮も顕昭も知らない説ということになる。おそらく後発の新説なのであろう。

ことに、「やうくにいへり」という状況であった。

なお、『無名抄』と『散木集注』とは、末尾にそろって和歌の用語の範囲やその詠法について述べている。重要な内容を含んでいて、本節末に取りあげることとしたい。

煩瑣な検証を試みたが、明らかになってきたのは、登蓮の説のいいかげんさである。登蓮が長明に伝えた三種の説のうち、朱あるいは赤色を意味するというC説が、語源説はともかくとして、前にあげた西行らの歌に用例もあるように、当時の通説であったといえる。すなわち、『万葉集』の「にふのまそほ」の解釈から発した説である（万葉語の朱色と蘇芳色とは厳密にいえば異なる色だが、当時の解釈として一括しておく）。B説も、俊頼歌の解釈から発生した解釈説であり、顕昭も支持していた。A説が、登蓮のみが唱えている独自説ということが改めて確認される。A説に基づいて詠まれた歌例も残っていないのである。それは、新規に創出した、登蓮得意の〈今案〉(5)であったのではないだろうか。次に取りあげるごとく、登蓮は「常陸国ノ風土記」にあると称する未詳本文や、「馬医書」なる架空の書を持ち出しては、それを根拠として〈今案〉を唱えていたことを顕昭に批判されている。この、『万葉集』の一本にあると『奥義抄』が示した「十寸鏡」の表記から思いついて「ますほの薄」の解釈に適用するのも、同じような〈今案〉の類であろう。

さらに、登蓮の所説が混乱しているのは、俊頼の「花すすき」歌の解釈である。要するに、長明が聞いた話と顕昭が聞いたのとは相違しているのである。長明が聞いたのはB説に基づき「糸などの乱れたるやう」を詠んだというのであるが、顕昭が聞いたのはC説の赤色を詠んだということとなっている（顕昭自身の解釈とはまた別である）。伝聞の過程で情報が混乱したのかもしれないが、皮肉な見方をすれば、二人に対して言うことを変えていたのかもしれない。

長明は、登蓮の三説を、「第三代の弟子」として「伝へ習」った「秘蔵」の説と誇らしげに書き記しているのだが、これら登蓮説の怪しさをどの程度察知していたのだろうか。あるいは、憶測になるのだが、歌学故実の知識の豊富な長明のことゆえ、わかっていながらも、あえて「秘蔵」の説を伝授されたと書き記したのではないだろうか。

長明は、三説それぞれに基づいた歌を詠んでいる。

日をへつついとどますほの花すすき袂ゆたげに人まねくらし　　――A説

しろたへのますほの糸をくりさらしまがきにさぼすはなのをすすき――B説

秋ふるす霜より後のきくの色をかねてますほのをばなにぞみる　　――C説　（『夫木和歌抄』四四二〇、一、二）

これらの詠も、ことさらに「第三代の弟子」に連なることを誇示しようとしたのかもしれない。晩年の長明の屈折した心境がうかがえるというものである。

三　登蓮の人物像

顕昭の歌学書に登場する登蓮は、〈今案〉を連発する人であった。著名な難義語「かひやがした」について、

登蓮法師云、常陸国ノ風土記ニ、アサクヒロキヲバ沢トイヒ、フカクセバキヲバカヒヤトイフトミエタリト申侍シカド、彼風土記未見バオボツカナシ。大様ハ人ヲドシ事歟。

又登蓮法師ハ、カヒヤトハ水下ノアナヲイヘバ、カヒヤガシタニヲシヅナクナルト人ノヨミタルハ僻事也トマウシキ。トカクイヒテヒトスヂナラヌハ不実ノ事歟。（『袖中抄』「カヒヤガシタ」（6））

という例がある。登蓮は、「かひやがした」の解釈について、川の「フカクセバキ」流れの所とする説と川の「水下ノアナ」とする説の、二つの異なる説を称えているのである。しかも前者の解釈には、その根拠として「常陸国ノ風土記」の真偽不詳の本文を持ち出して「人ヲドシ事」を仕掛けている。顕昭が言うまでもなく、「トカクイヒテヒトスヂナラヌハ不実ノ事歟」である。

また、「みにいたつき」について、

又登蓮法師トカクマウシテ、或時ハイタツキハ馬病也。屈シヌルトキニイタツキト申テ、イタツキト申ス矢ノ尻ノオホキサクボメルアナ身ニ入云々。馬医書ニミヘタリ。仍身ニイタツキノイルモシラズテトハ、彼馬病ヲ人ニヨセテ詠也。或時ハ人ニトコヅミト云病アリ。シヅミテ床ニ身ノ付也。ソレヲバ板付トモ云。ソレガ様ニ花ニナンヲモヒツキヌルトヨメル云々。此義等皆今案也。不可用之歟。（『袖中抄』「ミニイタツキ」（67））

という例もある。登蓮は、「みにいたつき」とは、ある時には「馬医書」なる実態不明の書物を根拠に馬の病であると言い、またある時には「トコヅミ」という人の病であると称し、異なる二説を持ち出してくる。顕昭は、ここでも

「トカクマウ」している登蓮を批判し、「此義等皆今案也。不可用之歟」と断じている。顕昭にとっては、登蓮は「トカクマウ」す人であり、僻事の〈今案〉を時に応じてあれこれ思いつきで連発し、歌学を攪乱する人なのであった。(6)院政期の言説状況の典型として〈今案〉がとりあげられるが、(7)登蓮はそれを発する代表的な人物の一人であった。

登蓮には「登蓮恋百首」なる作が存し、恋百首の嚆矢として位置づけられている。(8)しかし、この百首歌の特徴は、難義語を含む特殊な歌語が豊富に使用されていることであり、以降の恋百首と決定的に違うところである。和歌史的な評価は分かれるところであろうが、「技巧のための技巧に終始する歌、誹諧戯笑の類に近い歌によって充たされている」(9)という作風であるのは間違いないところであろう。また、歌合における詠歌を見ても、難義語や特殊な歌語を含む先行歌を踏まえての詠作を試みていて、「彼には用例の少ない（あるいは全くない）珍しい歌枕や用例をややずらして使う癖《へき》がある」(10)と指摘されている。登蓮は、歌学的な考証においても、実作においても、珍奇な歌語を好み、僻事の〈今案〉を連発するような態度なのであった。

登蓮の出自や経歴は未詳である。延慶本『平家物語』第二中には、登蓮が当意即妙の連歌の才能によって平清盛に見出され、「元ハ筑紫安楽寺ノ者ニテ候シガ、近年ハ近江ノ阿弥陁寺ニ住侍リ。登蓮ト申」と名告って、「入道其ヨリ扶持シテ、所領アマタトラセテ、不便ニシ給ケリ」と語られ、清盛が太政大臣の極位に昇進できたのも「是則登蓮法師ガ故トゾ覚エシ」と称讃されている。

この延慶本独自記事から、横井孝氏は、登蓮が大宰府の安楽寺を根拠とする遊行僧であり、「歌人としての盛名を表面にしながら、貴顕との結び付きを深め、天神信仰圏の拡大に努めた」と論じている。(11)また、牧野和夫氏は、登蓮が住したという「近江ノ阿弥陁寺」について考証、さらに、登蓮は比叡山で修学したが和歌に執して辞去、後に青蓮院に伺候したと伝える資料（彰考館蔵『扶桑蒙求私注』）を紹介している。(12)登蓮の学問形成の基盤がうかがえて興味深いが、横井論の安楽寺の遊行僧とする説と重なり合うのか不明としかいいようがない。登蓮は、晩年に筑紫に何度か下向しており（『禅林瘀葉集』『林葉集』など）、筑紫と関係ができたのは、あるいは、晩年に近い頃であろうか。いずれにせよ、後世の伝承であり、歌林苑の登蓮の経歴についてどの程度事実を伝えているのか、判断できない。

一方、山下宏明氏は、延慶本の登蓮に、「むしろ藤六のような、（中略）「咄の者」の色あいが濃い」と指摘している。[13]『無名抄』ほかに登場する登蓮には遊行の唱導僧の面影はうかがえないが、「藤六のような「咄の者」」という性格は、〈今案〉を連発する登蓮とはみごとに重なり合ってくる。

「咄の者」とはいえないが、弁舌巧みな僧といえば、瞻西上人や仲胤僧都に代表されるような、院政期の唱導僧たちの人物像が想起される。

瞻西は、説法の名手として知られ、雲居寺でたびたび歌合を催して歌人との交流も深い。『袖中抄』には、

　或人云、瞻西上人説法ニハ、鬼ノヨヒグサトゾシハベリケル。（『袖中抄』「オニノシコグサ」（2））

と、説法の場で、『万葉集』に出典のある、当時著名な難義語「鬼のしこ草」を「鬼ノヨヒグサ」と言い換えたという逸話がある。根拠不明の歌学的知識を自在に持ち出しては法を説くことがあったのであろう。ほかにも、当意即妙の和歌を詠んだ話（『袋草紙』）も伝わっている。[14]

また、仲胤も「能説」として知られる。『無名抄』では「ますほの薄」の前段の「歌風情比㆓仲胤説法㆒事」という章段に名があがり、

　かの仲胤の説法に「大身を現ずれば虚空もせばく、小身を現ずれば芥子の中にところあり」といへりけるが、いみじき和歌の風情にて侍るなり。

と祐盛法師に言わしめている。仲胤も「和歌の風情」の比喩を縦横に援用しながら、軽妙な話術を駆使して説法を行っ

ていたのではないかと想像される。『宇治拾遺物語』「仲胤僧都、連歌の事」（一二八）には、連歌の才を発揮し満座の笑いを誘った話が伝えられている。(15)

登蓮は、この二人に比べると僧位も低く、説法に関する記録や伝承も残っていないが、軽妙なことば使いや得意の歌学知識を交えた語りに共通する面があるのではないか。「ますほの薄」の故実を求めて雨中に飛び出すのを制止しようとした人に向かって、「命は我も人も、雨の晴れまでと待つものかは。何事もいましづかに」と言い捨てて出て行く姿には、唱導僧の面影が見えるし、〈今案〉を時に応じて連発する「トカクマウ」す態度も、そのような唱導僧として軽妙自在な語りの才能と技法の一面を表したものと考えられるのである。ただし、登蓮の場合は、唱導僧というより「咄の者」に近い。

四　歌林苑における歌学論議

はじめに取り上げた「ますほの薄」の逸話に戻り、『無名抄』と『散木集注』それぞれの末尾の、歌ことばの範囲と詠法を述べた記事について考察してみたい。

前に述べたように、「まそほ」は、『万葉集』歌のことばとしては語義明解であるのだが、俊頼が誤解（曲解）して歌に詠んだことが語義を混乱させて、論議の発端となったのである。その俊頼使用のことばの意味・用法をめぐって、登蓮を筆頭に経盛、渡辺の「聖」、複数の「或人」らが、解釈を試み新説・奇説を提出して、顕昭が整理し、逐一批判しなければならない状況となっている。さらに、それら論議の延長戦まであったことは、『和歌色葉』のD・E説のごとき新説が提出されていたことが示している。

それらの論議の過程を踏まえつつ、歌ことばの用法を論じまとめられたのが、『散木集注』『無名抄』末尾の記述である。まず、顕昭が俊頼の用語の出典・根拠の妥当性に疑義を呈した。それに対し、長明は、顕昭の主張への直接批判ではないが、顕昭の主張を知った上での反対意見を述べていると考えられている。長明の意見については「顕昭（ないしは同調する人）の姿勢、考え方への強い反発」[16]（小林一彦氏）を読み取る説がある。長明の感情としてはそのとおりだと思う。

ここで注意したいのは、この「ますほの薄」という俊頼用語の解釈の諸説に付随して、長明が、顕昭の考えを知っていて、それへの反論を書いたことである。それは、長明単独の顕昭への反対表明ではなく、俊頼の使用した見慣れない歌語の意味と根拠とを論議した経過がそれ以前にあり、その論議の経過をふまえての意見表明ではないかと思われるのである。顕昭の「たゞ俊頼計よみたれば、とてもかくてもありぬべし。非大事歟」という冷めた結論は、長明以前にも、自身の詮索的態度に反発する人がいて、その反発をふまえてのものであることを示しているし、長明の「和歌のならひ、かやうの古事を用ゐるも、又世の常の事なり」と確信的に発言できたのも、顕昭の意見に触発されただけにとどまるものではなく、論議の中で出たさまざまな意見を取り入れたからであろう。

このような、俊頼用語の根拠をめぐる意見の応酬に関連すると思われるものに、『顕注密勘』に、

〈顕昭注〉みがくれてとは、水に隠也。みごもりなど云も、水にこもれる心也。俊頼朝臣歌に、とへかしなたまくしのはにみがくれてとよめるぞ、わが身をかくるとよめる、其証歌おぼつかなきよし申侍しかば、俊恵は証歌なくはよもよまじなど申侍りしかど、えいだし侍らざりき。かれをまなびて後見の人よめらんは沙汰におよばず。俊頼朝臣より以前によめる証歌やあると、心にかけてみるべき也。

〈定家注〉みがくれ、みごもり、みぎは、みさになど申、同心。水によせずば、さらによむべからざる事歟。但、俊頼朝臣の歌より前の証歌はよも侍らじ物、たづぬべしとも思よらず。先達のことは恐あれど、そしるに

はあらず。人々のこのむ所のくせ〴〵を申也。俊頼朝臣はすべて証歌をひかへ道理をたゞして歌をよまぬ人に侍也。其身堪能いたりて、いひと云こと、皆秀歌之体也。帥の大納言の子にて殊勝の歌よみ、父子二代ならぶ人なきに似たり。又年老て後いよ〳〵此道に傍に人なしと思て、心の泉のわくにまかせて、風情のよりくるにしたがひてをぢず、はゞからずいひつゞけたるが、そしり難ずべきことわりも思つゞけられず、あなおもしろ、かくこそはいはめとみゆれば、時の人も後の人もゆるしつれば、やがて先例証歌になりて用侍也。（中略）されば基俊は歌は俊頼に損ぜられぬるぞ、まなび給な、真名の文字もかゝず、しりたる事なきまゝに、童べのかたる事につけて、無辺法界のいたづらごと、歌によみちらす物ぞ。歌の外道也とぞ常に申侍ける。亡父師匠金吾のいはれし事なれど、歌をよまむ人、俊頼をもどきては、三十一字は、いたづら事になりなむとぞ申され侍し。ならひたる人は其短をみる、後の人はこのみにしたがふなり。（『顕注密勘』五六五）

という俊恵の逸話と顕昭、基俊・俊成・定家の意見表明がある（顕昭注の部分は『古今集注』にもほぼ同文で載せる）。俊頼は「殊勝の歌よみ」であって、彼が詠んだ耳慣れないことばも「時の人も後の人もゆるしつれば、やがて先例証歌になりて用侍也」という厳然たる事実は、基俊が「歌は俊頼に損ぜられぬるぞ、まなび給な」と批判し、俊成が「俊頼をもどきては、三十一字は、いたづら事になりなむ」と弁護するに発展し、また、顕昭が「たゞ俊頼計よみたれば、とてもかくてもありぬべし。非大事歟」という諦観に至らしめた要因となったのである（第一節にもふれた）。

歌ことばの開拓と定着の問題に及んでしまうが、論点が拡散するのは避け、顕昭が書き記した俊恵の逸話に戻ってみる。俊頼が「みがくれ」を「身隠れ」の意に解して詠んだ根拠となる証歌の有無を問題にした逸話であるが、このような俊頼歌の用語をめぐる論議は、「みがくれ」に限定されたものではないだろう。顕昭の「其証歌おぼつかなきよし」の批判に対して俊恵が「証歌なくばよもよまじ」と弁明したという応酬に、顕昭と長明の意見を重ねてみると、俊頼用語の用法や根拠をめぐる論議が盛んに行われていたようすが浮かび上がってくる。その論議は三人にとどまらず、「ますほの薄」では、登蓮や経盛らも何らかの形で参加していた。そして、彼らの名からみて、それは、歌林苑の場における論議だったのではないか。そういう論議は、俊頼息の俊恵が主宰する歌林苑という場にふさわしい。

論議の対象になったのは、俊頼用語ばかりではないはずである。前節にあげた、登蓮が二種ずつの僻事の〈今案〉を放った「かひやがした」と「みにいたづき」は、いずれも『万葉集』や『古今集』に見える古語であるが、院政期に再発見され、それぞれ、公実と、清輔・為忠に詠作例がある。前代に詠まれた耳慣れない語を、歌林苑の場でとりあげ、その語義・詠法や正統性などを盛んに論議していたことであろう。

たとえば、『古今集』の「よこほりこせるさや（よ）の中山」なる難義語について、各人さまざまな意見を述べ立てているようすが、『古今集注』（一〇九七）や『袖中抄』「ヨコホリコセル〈ケ、レナク　サヤノナカヤマ〉」（108）からうかがえる。実際に現地に下向したことのある師仲がもたらした「さよの中山」とする土民説。それを支持し歌に詠み込んだ俊成。やはり、現地を通り土民らから聞いた頼政の「さやの長山」説。それを受け「（ふるの）長みち」と詠み失態を演じた俊恵。「よこほり」を「四郡」と解する、常陸配流の経験がある教長。これらに逐一、顕昭の批判的考証が加わる。いずれも歌林苑会衆あるいは彼らと交流のあった人であり、[17]白熱した意見交換のようすが伝わってくるではないか。もちろん、彼らが一堂に会して侃々諤々の論議を闘わせていたわけではないだろうし、顕昭が折に触れて提唱され詠作された諸説をここで集成し、列記したのではあろうが、それにしても、折々の論議が頻繁に行われたことが伝わってくる。難義語をとりあげては、その正統的な意味や用法を求め、時に捏造された奇説をまじえながら、議論を楽しんでいたのであろう。もちろん、以上のような歌学論議の場は、歌林苑に限られたものではないだろう。この時代、俊頼の次の世代が、さまざまな機会に盛んに行っていたというべきである。

ただし、俊恵は、父俊頼の用語に根拠が見あたらないことを弁護はしてはいるが、歌学論議の中心にはいなかったのかもしれない。『無名抄』に伝える俊恵は、「姿」を規範とした秀歌論を主に論じて（相手が弟子の長明であったからでもあろうが）、歌学的考証に熱心であった様子はうかがえないし、『林葉集』にはいわゆる難義語を詠み込んだ歌は多くはない。むしろ、登蓮のごとき人物が議論を仕掛け、その輪の中心にいたように思われる。顕昭は、僻事の〈今案〉を連発する登蓮の態度には苦り切っているが、登蓮は、論議の場を盛り上げるまさに「咄の者」だったのではないだろうか。

顕昭自身も、そのような歌学論議は好きで、「異義相論は、末代ともなく、和歌の興隆以外侍り。尤有レ興事也」（『六百番陳状』）ともいう。顕昭は、〈今案〉を連発するのではなく、僻事を否定していくのであるが、論議を楽しむという性向は同様である。この時期の和歌史のひとつの顕著な特質といえよう。

顕昭歌学書は、文献資料を基に実証してゆくことを旨としていたので、例は少ないのであるが、それでも、歌林苑などにおける活発な歌学論議の一端を垣間見ることができる。歌林苑における歌学論議の様相と、顕昭の歌学における歌林苑の議論の反映の様相と、本章はその両側面を明らかにしてみようとした試みである。

注

（1）松村雄二「『無名抄』の〈私〉性――『方丈記』との関連――」（『共立女子短期大学（文科）紀要』一九号、一九七五・一二）、木下華子『鴨長明研究――表現の基層へ』「第一部・第一章『無名抄』の再検討――「セミノヲカハノ事」から――」（勉誠出版、二〇一五・三）などに論じられている。

（2）登蓮については、その数奇について、木村健「終末期の「すきもの」登蓮法師」（『国学院雑誌』一九七六・四）、大野順一「風流と数奇――歌林苑をめぐって――」（『文芸研究』（明治大学）七七号、一九九七・三）などがある。また、松野陽一『鳥帚　千載集時代和歌の研究』「Ⅳ・(2)登蓮法師の作風――歌林苑歌会と漢詩句摂取歌――」（風間書房、一九九五・一二）は、登蓮を「歌林苑的理念を体現している」と位置づけ、その詠作について詳細に論じている。

（3）竹下豊氏は、俊頼の万葉摂取歌について、「俊頼の誤解あるいは独自の理解に基づくもの、さらには、俊頼自身どこまで理解出来ていたか疑わしいもの」の筆頭にこの「はなすすき」の歌をあげている（『堀河院御時百首の研究』「四・二源俊頼」風間書房、二〇〇四・五）。

（4）『和歌色葉』は「ますかがみ」を「十寸鏡《マスカヽミ》」とする清輔説を継承し、中世には「十寸鏡《マスカヽミ》」という表記もある程度流布していた。なお、『奥義抄』の『万葉集』本文については、寺島修一「『奥義抄』の『万葉集』享受――和歌本文の性格について――」（『文学史研究』三六号、一九九五・一二）に『奥義抄』は『万葉集』の引用に当たって『類聚古集』を用いていたと見られる。その『類聚古集』は現存本とはやや異なるもののようである」とある。

（5）〈今案〉については、小川豊生「〈本文〉と〈今案〉――院政期歌学のディスクール――」（『古典研究』一号、一九九二・一二）に「確かなもとのテクストに基づく「本説」に対し、架空の説を恣意的に作り出していくことに対して〈今案〉の用語をあてていることになる」と述べている。

（6）小川注（5）論文に「今案をもって秘説・本説をあみだすあり方は、（中略）むしろ院政期という時代の本質にかかわっているのではないか。〈今案〉を立てること――それは日常の振る舞いにいたるまで先例や本文・故実によって規範化された情況にある人々にとっては、自らの依ってたつ価値体系を違乱する極めてあやうく不遜な行為であったはずだ」とあり、大いに啓発された。

（7）浅田徹「秘府本万葉集抄について」（『和歌文学研究』五九号、一九八九・一一）にもふれている。また、『秘府本万葉集抄』の「注者」について「実証的手段を経ずに、即座に架空の典拠を借りて権威づけられ、秘説捏造の楽しみへと向かう」と述べているが、「秘説捏造の楽しみ」は本稿の論旨には多大の示唆を得た。

（8）笠暁子「『登蓮法師恋百首』攷」（『国文目白』二二号、一九八三・三）に拠る。

（9）久保田淳『新古今歌人の研究』「第一篇第三章第三節恋の歌」（東京大学出版会、一九七三・三）に拠る。

（10）松野注（2）著書「Ⅳ・(2)付、歌仙の実像」に拠る。

（11）　横井孝「延慶本平家物語と天神縁起説話——付・登蓮法師の役割——」（『駒沢国文』一四号、一九七七・三）に拠る。
（12）　牧野和夫『中世の説話と学問』「Ⅱ・孔子の頭の凹み具合と五（六）調子等を素材にした二、三の問題」（和泉書院、一九九一・一一）に拠る。
（13）　山下宏明『平家物語の生成』「四・4本文の読みかえ」（明治書院、一九八四・一）に拠る。ただし、「この応答・人物像から見ても、歌林苑の登蓮とは、やはり別人と見るべきであろう。あるいは実在の登蓮を説話化したのが、この延慶本の登蓮像なのかも知れない」という立場である。もとより、延慶本の伝える登蓮像も、ひとつの伝承でしかない。
（14）　小峯和明『院政期文学論』「Ⅳ・三『俊頼髄脳』の言説と説話」（笠間書院、二〇〇六・一）に言及がある。なお、瞻西上人については、宮地崇邦「実在人物の物語化——瞻西上人と『秋の夜長物語』——」（『国学院雑誌』一九六一・一）、小熊幸「瞻西上人とその周辺——雲居寺に集う歌人たち——」（『国文学論考』二三号、一九八七・三）がある。
（15）　仲胤僧都については、谷口耕一「仲胤と俊貞と法性寺殿と——宇治拾遺物語の成立事情について——」（『語文論叢』一六号、一九七三・三）、「宇治拾遺物語における仲胤僧都の位置」（『中世文学』一九号、一九七四・八）、清水宥聖「仲胤僧都について」（『群馬女子短期大学紀要』三号、一九七五・一一）、寺井淳「能説の法師のコトバのわざ——〈仲胤僧都〉をめぐって——」（『言語表現研究』一五号、一九九九・三）がある。特に寺井論文には、「〈能説〉性を広くコトバのわざと言い換えてみるとき、（中略）和歌的なものとの意外なほどの類縁が見えてくるようである」とあり、示唆を得た。
（16）　小林一彦校注「無名抄」（『歌論歌学集成』第七巻、三弥井書店、二〇〇六・一〇）の「補注」に拠る。
（17）　石川暁子「歌林苑をめぐる歌人たち」（『和歌文学研究』五〇号、一九八五・四）に拠る。

第二章　顕昭歌学の展開

第一節　文献引用の諸相

一　『袖中抄』歌学の基盤としての書物群

『袖中抄』が引用する文献資料は、二百以上の書目に及ぶ。歌書・歌学書はもちろん、和漢に亙る、字書・辞典、物語、史書、地誌、故実書から仏典、医書、本草まで、誠に種々の領域に広がっている。散佚した書や実態不明のものも多く、書目集成としての意義もあろうというものである。顕昭は、これら多種多様の文献類を自在に駆使して、博引旁証の実証的注釈を展開したのである。

顕昭が、どのようにしてこれほど多様な文献類を披見できたのか、もとより定かではないが、まず第一には自分自身が収集、所蔵した文書類がある。それらは「相当程度まとまった量のものと思われ」、顕昭没後は弟子の引雅さらに幸清へと伝えられ、その後散り散りになったという。(1) また、六条家の膨大な蔵書の存在が考えられる。その書物群は、清輔没後は季経さらに保季へと伝えられたが、(2) 顕昭は、六条家の一員とはいえ顕輔の猶子にすぎず、家の文書の伝受の系譜からは疎外されていて、蔵書を自由に利用できる状況にあったのかはわからない。

また、中年期以降に入った仁和寺の守覚法親王の蔵書の存在も考えられる。顕昭が引用している文献の中に「鷹相経」なる書があるが、この異色の書は守覚法親王の蔵書目録である『古蹟歌書目録』に記載されていることが、太田晶二郎氏によって指摘されている。この意義について、

　ここに目録された法親王の蔵書の中には顕昭が利用を許されたものも恐らく有るのではなかろうか。顕昭の和歌・歌学上の功績、多くの著述――殊にいくつかの著作はまさしく法親王の方から下命された――これらに対して此の目録の書籍は何程かの寄与・背景をなしているという意義があるのではなかろうか。

と述べ、顕昭の歌学の基盤として仁和寺蔵書の存在の可能性を指摘しているのである。(3)「鷹相経」のほか、顕昭が引用する書物の中には、『古蹟歌書目録』に記載されている書目と共通するものも数多い。ただし、それらが、守覚の仁和寺蔵書に接したものなのか、自身や家の蔵書を閲覧したものなのかは、明らかではない。(4)

　顕昭が、その注釈学において、帰納的、実証的な方法を究めることができたのは、いうまでもなく、多種多様の書物に接することができる環境にあったからである。(5)それは、以上のように、自身や六条家の蓄積、仁和寺文化圏が考えられるが、顕昭がそのような恵まれた環境を与えられた経緯やその具体的様相については明らかでなく、守覚が顕昭に諸注集成的な諸著作を執筆させた思想的動機も含め、今後の課題となろう。(6)

二　『袖中抄』の引用書目と『和歌現在書目録』

　本節では、『袖中抄』の引用文献の実態と引用の意図、方法を、いくつかの観点から検討していきたいと思う。

　まず、文献引用によって構成されている顕昭注釈の典型的な例として、冒頭近くの項目（「オニノシコグサ」（2））から、引用元の書名のみを順にあげてみる（行頭三段書き分けの書式によって示したが、以下の考察では書式は考慮に入れな

かった)。

項目（「オニノシコグサ」）

出典歌

顕昭云…

日本紀云…

万葉第二云…

万葉云…

無名抄〈俊頼髄脳〉云…

或書云…

今案云…

又万葉集云…

綺語抄云…

私云…

奥義抄云…

或人云…

或人云…

私云…

歌書・歌学書から史書まで、多くの書からの引用（「或人」の談話も含む）とそれに対する顕昭の批判的考証（「今案云」「私云」）によって構成されていて、『袖中抄』の諸注集成的な性格をよくあらわしているといえよう。

それらの引用書のうち歌学書に限定して引用のしかたを見ると、「無名抄〈俊頼髄脳〉云」「綺語抄云」「奥義抄云」のように出典の書名を明記して引用するものと、「或書云」などと出典の書名を伏して引用するものとがあることがわかる。前者には、『無名抄（俊頼髄脳）』『綺語抄』『奥義抄』のほか、『能因歌枕』『和歌童蒙抄』『和語抄』などがあげられる。これらのうち『俊頼髄脳』『綺語抄』『和歌童蒙抄』『奥義抄』の四書については、注釈を加える項目に、右の四書に注釈があれば、原則としてほぼ網羅的にとりあげ、かつ該当項目のほぼ全文を引用する（『能因歌枕』は注釈文が短いので、必ずしも網羅して引用しない）。引用文は歴博本で数行から長いもので十数行に及ぶ。一方、「或書」や「或抄」「或物」として書名を伏して引用する場合は、必要なものを適宜あげ、引用文も最小限で短い。もっとも、「或書」などは、文献としての実態がわからないので記事量については何ともいえないのだが、引用する時の扱いには歴然と差がある。

つまり、顕昭は、出典書名を明記し網羅的に全文引用する四書と、書名を伏せ「或書」などとし部分引用にとどめる文献とに選別しているといえよう。そのように選別する基準がどこにあるのか、顕昭自身に発言がないが、ここでは『和歌現在書目録』に記載されているか否かに求めたいと思う。

『和歌現在書目録』の「髄脳家」の項には十七の書目が記載されている。それらのうち、『袖中抄』が書名を明記して引用しているものは（『和歌現在書目録』記載の書名による）、

歌標

僧喜撰作式

綺語抄

能因歌枕
俊頼口伝抄
童蒙抄
奥義抄

があげられる。『歌経標式』『喜撰式』という和歌四式を除くと、右の選別された四書と『能因歌枕』に該当する。顕昭は、ここに記載されていることに基づいて、出典書名を記載する基準を定めたものと思われる。

一方、『和歌現在書目録』に記載されていて、『袖中抄』が書名をあげないものは、

孫姫式
石見女姫髄脳
勘解由安次官清行式
新撰髄脳
口伝集〈隆源〉
白女口伝
九品（和歌九品）
忠峯十体
道済十体
和歌初学抄

となる。これらは古い和歌式や歌体分類の書などで、『袖中抄』のような歌語注釈に参照するにふさわしい書ではな

いだろう。『口伝集〈隆源〉』は、よくわからないが、右のように『孫姫式』以下の書名の列に並んでいるのを見ると、『孫姫式』などと同じような和歌式ふうの書ではないだろうか。ただし、同書が現存の『隆源口伝』以上の大部の書であれば、本論の趣旨には背反することになる。[7]

逆に、『袖中抄』に書名を明示されていて『和歌現在書目録』に記載のない書目は、

歌論議

能因坤元儀

和語抄

となる。これらがなぜ書名を『和歌現在書目録』に記載されないのか、今はただちに答えは見いだせない。特に『和語抄』の場合は問題となるが、これについては後に検討することとしたい。

『和歌現在書目録』は、当時伝存していた歌書をすべて網羅して列記した総目録ではなく、編者による選別をへて記載された書目集である。編者は、清輔、経平、顕昭であることは既に明らかにされていて、[8] その序文（＝仮名序）に、編集方針として書目を選別する意図が提示されている。[9]

みるめをももとめんものは、ちひろの海のそこまでもかづけとて、花すゝきほのぐみたる物、もしほ草かきあつめて、かずの家をたて、あまたの事をこめて、和歌現在書目録となづく。たゞししづのおのいやしく、あづまめのかたくなにて、人しられぬたぐひをばかならずしもこれにつくさず。

とあり、書目を「ちひろの海のそこ」まで尋ね求め、「ほのぐみたる物」まで網羅的に収集し、「かずの家をたて」て分類するというものの、「いやしく」「かたくな」な「人しられぬたぐひ」、すなわち、内容的に程度が低く、流布状況も芳しくないものは収録しないという。該当箇所は「真名序」では、

抑辺鄙頑愚之輩、管見狂管之集、未㆓必記載㆒。難㆑取㆓準的㆒之故也。

となっていて、「辺鄙頑愚之輩」による「管見狂管之集」の書は必ずしも「記載」しないという。それは、「準的」（基準）が明確ではないからだというが、「仮名序」も合わせ考えると、取捨選択する時の線引きが困難という意ではなく、「髄脳」としての水準に達していないという意味ではないか。

『和歌現在書目録』の編纂について、五味文彦氏によれば、「このような目録を著したのは亡くなった二条天皇への記憶に発したもの」という。[10]「記憶に発した」というのはよくわからないが、「二条天皇の三回忌」を意識し、記載書目の何らかの権威化をねらったものではないか。清輔らは、「髄脳家」として、十七の書を価値あるものとして選別、記載して、権威化し、その一方で、他の多くの髄脳類は、「辺鄙頑愚」「管見狂管」の書と決めつけ「記載」しなかったのである。

『八雲御抄』巻一正義部には、「五家髄脳」として、

新撰髄脳（公任卿）　能因歌枕　俊頼無名抄　綺語抄（仲実）　奥儀抄四巻（清輔）

の五書をあげているが、これも、『和歌現在書目録』を踏襲しているのだろう。『新撰髄脳』は歌語注釈書ではないので、『能因歌枕』以下の四書が顕昭が名を明示して引用する書に一致する。

『八雲御抄』は、続けて、

此外、白女口伝、隆源口伝以下済々

と記し、「五家髄脳」以外の「此外」の書は二書をあげるほかは「以下済々」として省略する。ここにあげる「隆源口伝」は何を指すのか問題が残るが、今はふれない。ただし、最新の著作については、

近、範兼童蒙抄、清輔初学、一字、俊成古来風体等世皆以明鏡也。

という書名をあげている。『和歌童蒙抄』を除くと、『和歌現在書目録』以後の成立である。『和歌現在書目録』の選別基準の確かさが継承され、ここに記載された書目が、参照するに価値ある書とする評価が定着していたということになろう。そして、その結果として、逆に他の多くの「以下済々」の髄脳類はやがて散佚してしまったということであろう。

顕昭は、清輔らの選別意識と基準を受け継ぎ、権威化された歌学書を特化し、それらの所説を集成するという方針で『袖中抄』を執筆した。一方、それ以外の書は「或書」などと呼んで差別し、名を伏せて利用した。単なる諸注集成ではなく、価値と権威ある書物の所説の集成を意図したのである。

清輔が、『奥義抄』執筆の際に『俊頼髄脳』を大いに利用していることは既に指摘されている。(11) 俊頼説への賛否やその影響力については今は置くとして、ここで『袖中抄』との違いとして注目しておきたいのは、清輔は、「或抄云」として『俊頼髄脳』の書名を明示せず出典名を伏せて引用するものと、さらに引用であることすら示さずに利用しているものとがあることである。他の歌学書の場合も同じように書名を示さず引用する（ただし、歌学書以外の歌集や史書などは、出典書名を明示して引用する）。それは、『奥義抄』に限らず『綺語抄』も『和歌童蒙抄』も同様である。価値と権威ある書は、歌学書でも逐一書名を明示して引用する顕昭の引用態度とは明らかな相違がある。

顕昭以前の歌学書では、引用の際に出典となる先行歌学書の名を示すという先行研究利用の基本的態度がなかった。顕昭において、歌集や史書類と同様に歌学書についても出典を明示して引用する文献引用の態度が確立したのである。『和歌現在書目録』の成立を経て、歌学書類も他ジャンルの書目と並ぶ地位と権威を得たということになろうか。

顕昭が引用する書の名を明示したのは、『和歌現在書目録』の選別基準を踏襲し、そこに記載される書物への敬意を表したものであろう。それはまた、先学への敬意であり、学問への真摯な姿勢ともいえよう。そこには、自身の著作も、それらに連なるものとして、さらに批判的に検証し、凌駕するものとして位置づけたいという意図がうかがえるのである。

三　「或書」「或抄」と『口伝和歌釈抄』

逆にいえば、『袖中抄』で、書名を明示されなかった書は、「辺鄙頑愚」「管見狂管」の書ということになる。それらは、「或書」「或抄」「或物」「古書」などという、ある種、蔑視された呼称で示されつつ引用されている。

それらの「或書」「或抄」などの書名は、今となっては明らかにすることはできないが、一部は、『袖中抄の校本と研究』や『歌論歌学集成』四、五巻に指摘されているものもある。たとえば、

古書云、アヅマコトバニ云、アヅマノ国ニハ烏ヲバオホヲソドリト云也。物クヒキタナシト云心也。サテカラスト云オホヲソドリトハツヾクルナリ。マサデニモトハ、マサデモト云也。テトハヨロヅノ詞ニクハヽレル詞也。コロクト云モアヅマ詞也。人ヲコカシト云ヲバコロクト云也。コハコヨト云詞也。ロハ詞ノ助也。クハソレモ詞ノ助也。ヨロヅノ詞ノハテニロヲクハヘタリ。人ノコヲモコロトヨメリ。山ノネヲモコ《ネ歟》ロトヨメリ。サテ烏ノコカ〱トナクヲバコロクトナクト云也。

（『袖中抄』「オホヲソドリ」(81)）

とあるのは、「古書」からの引用である。これは、『万葉集抄（秘府本万葉集抄）』の、

アヅマコトバニ烏ヲバヲホオソドリト云也。モノイヒキタナシト云心也。コロクト云モアヅマコトバ也。コカシト云ヲバコロクト云也。サテ、カラスノコカトナクヲバコロクナクト云也。

とある[12]のに近いということが、『袖中抄の校本と研究』に指摘されている。他の項目では、『万葉集抄』は「或万葉抄」などと書名を朧化して引用しているので、この「オホヲソドリ」の項に引く「古書」は同抄そのものではないであろ

うが、何らかの関係を想定することができるのではないだろうか。さらに精査してゆけば、「或書」「或抄」の実態が明らかになってくるものも出てくるであろう。

ところで、近年『口伝和歌釈抄』という歌学書が冷泉家時雨亭文庫より発見されて、院政期歌学の研究において、大きな衝撃となった(13)。これまでの研究(14)によると、書名は近世中期の冷泉為久の命名であること、一一〇〇年前後の成立、注釈内容は『隆源口伝』に酷似していること、『綺語抄』にも大きな影響を与えていること、などが明らかになっている。同書の評価についてはなお今後の研究が待たれる。

同書の『袖中抄』に対する影響については、寺島修一氏が、両書の所説を比較、検討し、「顕昭はおそらく『口伝和歌釈抄』を見ていないのであろう」「直接参照することはしていない」と結論づけている(15)。

しかし、次のような例を見ると直接参照していたと認定せざるをえないのではないか。まず、

或古物云、此範永ガ哥ヲバ時ノ人ワラヒケリ。催馬楽、万葉集等ノ哥ヲシラザリケルニヤ。

（『袖中抄』「ハギガハナズリ」（292））

とある「或古物」からの引用文は、『口伝和歌釈抄』に、

百十九　はきの花すり　古万云

わかきぬはすれるにもあらすたかまのゝのをはせしかはゝきのすれるそ

はきは、手をもてころもすれるといへり。　範永哥云

けさきつるのはらのつゆにそてぬれぬうつりかしぬるはきかはなすり

これをときの人はら《ママ》いたり。万葉集をしらさりけるにや。かれを本文にしてよめるなるへし。

とあるのにきわめて近い。範永の歌が時の人に笑われたという記事は、『綺語抄』にも、

　此歌、ときの人わらひけり。しらざりけるにや。

とあるが、『袖中抄』は『綺語抄』ではなく「或古物」からの引用であることを明示し、「時ノ人」が万葉歌を知らなかったという一文も含み、顕昭は『口伝和歌釈抄』を見て、これを引用したといえるのではないだろうか。「或古物」と呼んでいるのは、蔑称に近い呼称ともいえ、逆にいかにも同抄からの引用であることを暗示しているように思われる。

　ほかにも、『袖中抄』（「イサヤガハ」（123））に、

　又古今《（ママ）》哥云、

　　ワガヽドノイサラヲガハノマシミヅノマシテゾオモフキミヒトリヲバ

　和語抄云、イサラヲガハトハヤリ水ヤイヅミノシリナドノ、ニハヨリアザヤカニテナガルヽヲイフナリ。マシ水トハヨクイヅルヲ云也。

　又或書云、マシミヅトハマコトニキヨキ水ヲイフ。

とあり、「イサヤガハ」に関連して「イサラヲガハ」の例歌をあげ、その中の歌語「マシ水」の「或書」の釈義「マコトニキヨキ水」をあげる。これは、『口伝和歌釈抄』の、

　百卌　ましみづ　　貫之

　　わかやとのいさらをはわ《（ママ）》のまし水のましてぞ思うきみひとりをば

　　　まし水とはまことにきよきみづといふ義也。

という注釈に拠るものではないだろうか。例歌も同じである。顕昭がまとめているように、「まし水」の釈義には、『和語抄』（この書については次節にふれる）のいう「益清水」説と『口伝和歌釈抄』の唱える「真清水」説があったわけである。『綺語抄』もその両説をとりあげ、

ま清水、せき入るゝ水をいふ。有二説。一は真清水なり。一は益清水なり。

と記しているが、仲実もおそらく両書を参照して二説を並記したのであろう。『袖中抄』も、『綺語抄』のこの部分を参照してはいるのだろうが、それにとどめず、改めて「和語抄云…。或書云…」と両説の出典をあげているので、孫引きを避け、両書に直接当たって右のように書き示したのであろう。顕昭は、やはり『口伝和歌釈抄』を見ていて、一部に引用もしたと認めてよいのではなかろうか。

四　「或書」「或抄」と『疑開抄』

『袖中抄』では、『疑開抄』も引用しているようである。『疑開抄』も、『口伝和歌釈抄』と同じく近年の発見になる。(16) 紹介された、『松が浦嶋』（伊達文庫蔵）所収の『疑開抄』と願得寺蔵『疑開和歌抄』は、残念ながらいずれも佚文や零本であり、注釈の書式や文章量を異にしているので、両書を同一の書として扱うことにはいささか躊躇される。両書の関係性は不明としかいいようがなく、これも今後の研究が待たれるのだが、今は並列的に取り上げることとする。いずれは、院政期歌学の一端を担う重要な書として、和歌史、歌学史上に定位されるであろう。(17)

『袖中抄』における『疑開抄』引用を証する部分として次のような例をあげることができる。『袖中抄』（「エヤハイブキノサシモグサ」(18)）の項において、「しめぢがはら」の語について、

又説、シメヂノハラ、シメヂトハ、下総国ニシメヅノハラトイフ云所也。ソノハラニサシモ草オホクオヒタリ。サレバシメヅヲシメヂト云歟。同事也。

又云、サシモグサトハヨモギヲイフ。又ヨモギニヽタルクサトモ。

又云、シメジトハ夏ノ一名也。サレバ夏ノ原トイフベキ也。

とあるのは、『疑開抄』（『松が浦嶋』所収本）の、

しめちがはらのさせもぐさとは、
そこと、さしたる所なし。にわなとのくさをひたる所をいふとも、
又下総にしめちがはらといふは、よもぎにゝたるくさ也、
又よもきのなともいふ。
又は、しめじとは夏の一名なり、されは夏のはらをいふべき也。これそ正きにてあるべきさたしわづらふ事となん申つたえたる。

とあるのと、ほぼ同文である。特に、「又（云）…又（云）…」と異説を並記していくところの類似性に注目しておきたい。

また、『袖中抄』「タケクマノマツ〈ハナハ〉」(213)に、「武隈の松」をめぐる伝承について、

此哥ハ、宮内卿藤原元良ガ陸奥ノ初任ニ件松ヲウエテ、後任ニヨメル哥ナリ。其松野火ノタメニヤケウス。其後満正ガ任ニウフ。其後又ウス。道貞ガ任ニウフ。其後孝義キリテ橋ニツクル。其後ウセヲハリニキ云々。或古抄説也。

と書き記しているが、この「或古抄説」は、『疑開和歌抄』（願得寺本）の、

うへしとき契やしけむたけくまのまつをふたゝびあひ見つるかな
宮内卿藤原元良が、みちのくにの守のはじめの任にうへて、後の任によめる也。其松の火にやけてうせにけるを、其後満正が任にうふ。其後またうす。道貞か任にうふ。しかるを孝義きりて、はしにつくりて後、うせおはりにけり。

とあるのに、ほぼ一致する。この元良の植栽以下の伝承は、他の資料に見られないものなので、『袖中抄』は『疑開抄』を見たとしてよいのではないか。顕昭は、それを書名を明示せずに「或古抄説」と名を伏せて引用したのである。『疑開抄』の残存部分が少ないので、多くの引用箇所を指摘することはできないが、名を伏せる引用のしかたは、『口伝和歌釈抄』の場合と同様である。

『口伝和歌釈抄』も『疑開抄』も、『綺語抄』や『和歌童蒙抄』に大きな影響を与えてきたことが確認されている。しかし、『和歌現在書目録』には書名を記載されず、顕昭も「或書」などと名を伏せての引用にとどめた。これほどの影響力を持っていた書を記載する価値のないものと決めつけてしまったのであるが、影響力が強かったということは、逆にいえば、『口伝和歌釈抄』『疑開抄』の所説は、仲実や範兼によって、厳しく吟味され、取捨選択されて、有意義な説は両書に吸収されているということになる。(18) 清輔や顕昭にとっては、研究史的には過去のものになってしまったという評価になるのではないか。「辺鄙頑愚」「管見狂管」の書とまでは言い過ぎなのかもしれないが、かつては影響力があったとしても、もはや繙くに値しない過去の書では、取り上げるまでもないと考えたのであろう。それが、『和歌現在書目録』に記載しなかった理由ではないだろうか。それゆえ、顕昭も、『口伝和歌釈抄』『疑開抄』の存在に大きな意義を認めず、論述上必要な箇所にのみ「或書」「或古物」などと名を伏せて引用したのであろう。

五　「或書」「或抄」のいくつかの特徴

引用された「或書」「或抄」の中で、右のような一部の例を除いては、書名を特定できるものはほとんどないが、それらの書の性格についてはいくつか指摘できる。

まず、俊頼の用いた歌語を注釈の対象にとりあげているものがある。俊頼の『堀河百首』の「恨」題の詠に「この

むとなみ」という語が詠み込まれているが、これについて「或書」は、

或書云、ムトナミトハ妻ヲイフトイヘリ。（『袖中抄』「コノムトナミハ」(97)）

と注している。『堀河百首』本文にも問題があるようであるが、ともかく、「このむとなみ」は他に用例が見えない語で、俊頼が使用したこの特異な語に対しいちはやく「或書」が注釈を加えたのである。

俊頼の詠歌の用語ばかりでなく、著作の『俊頼髄脳』の影響を受けているとおぼしきものもある。

或書云、コノ髄脳ニ、オニノコシクサトイフコトコマゴマトカヽレテ侍ドモ、ソノ草ヲイフナリトモナクテヤミニテ侍、マコトニタカラノ山ニイリテ手ヲムナシウシテカヘルゴトシ。コノ事ハ隆源阿闍梨ニオニノシコクサトハナニ草ヲイフゾトヽヒ給ケレバ、サル草コソシリハベラネト許答テヤミニキ。万葉集ニオニノシコ草トイフ草コソアレ、ソレヲヒガヾキシタリケルヲ、コノヒトハミタルニヤアラムトコソ阿闍梨ノ給ケルニアハセテ、イヒモハテタマハヌハシラヌコトヲアフナクフデニマカセテカキタマヘルニヤ云々。（『袖中抄』「オニノシコグサ」(2)）

という「或書」からの引用がある。「或書」は、「此髄脳」すなわち『俊頼髄脳』に「オニノコシクサ」とあるのに注目し、隆源阿闍梨に「オニノコシクサ」とは何かを尋ねたところ、隆源は、『万葉集』本文を「ヒガヾキ」したのを俊頼は見たのではないのかと推測したという逸話を掲載している。

また、

俊頼モガミガハヲ出雲トカケリ。出羽ヲアシクカキタル歟。或抄物ニモイヅモトカケリ。俊頼ガヽケルヲカキウツシタル歟。（『袖中抄』「イナフネ」(122)）

という「或抄物」からの引用もある。この「或抄物」は、俊頼の誤記をそのまま「カキウツシ」てしまったことを顕昭は指摘するのである（現存『俊頼髄脳』では、顕昭本、定家本とも「出雲」に作る）。もちろん、右の二つの「或書」と

「或抄物」は同一書ではないだろうが、書名不詳の「或書」のうちに、『堀河百首』あるいは『俊頼髄脳』以後の成立になる書があることになる。前者の例では、隆源の談話を載せているが、あるいは、この「或書」は隆源に近い人物の著作ということになろうか。

一方、大江匡房の説を引くものもある。

或物ニハ匡房卿ハ、イソノタチハキトイハレケリ。（『袖中抄』「マシコ」（135））

或書云、オホノビトハユタカニシヅカナリトイヘリ。是江声皆《都督》説也云々。（『袖中抄』「オホノビ」（195））

などとある。これらは、大江匡房に近い人物の著作ということになろうか。

『綺語抄』（異本）に近い説を記載するものもある。

綺語抄云、コナルトリヲハナツ也。

或抄ニハ、コナルトリヲハネキリテハナテルヲ云也。

或ハ、ニハトリヲハラヘニイダセルトモイフ。

或ハ、ヽネヲキリテハナチタルヲイフナリト云リ。（『袖中抄』「ハナチドリ」（288））

『綺語抄』の「コナルトリヲハナツ也」とする説（現存本の『綺語抄』（歌学大系本）も同じ）に続けて、「或抄」の、「コナルトリヲハネキリテハナテルヲ云也」という説を引く。この「或抄」について『袖中抄の校本と研究』は「「或抄」以下も綺語抄（異本）の引用か」と述べ、『綺語抄』の異本の存在を想定している。

『綺語抄』にどのような異本が流布していたかどうかは確かめえないが、たとえば、「あぢむらのこま」について、現存本『綺語抄』には、

あぢむらのこま、二説あり。あぢむらといふは、小さき鳥のむらがれてわたるやうに、多くつらなれるを駒とい

ふ事もあり。又は所の名にあぢむらといふまきなどもあるにやといふ。可尋。

と、馬説・地名説の二説が流通していたことをあげている。一方、『袖中抄』でも、この二説をあげているのだが、

綺語抄云、アヂムラコマトハアヂムラト云所名歟。（中略）

或物ニハ、アヂムラトイフ鳥ノヤウニオホクムレタルムマヲイフナリトハベレド、コヽロエズ。

（『袖中抄』「アヂムラコマ」（3））

と、「綺語抄」の説として地名説を引き（現存本とは本文も相違している）、「或物」に見える説として馬説を引用している。『袖中抄』に引用する本文の異なる「綺語抄」と「或物」と、現存本『綺語抄』とどのような関係にあるのかわからないが、ここでは、『袖中抄』に引く「或物」は、『綺語抄』の異本あるいは『綺語抄』に近い何らかの歌学書であることのみを確認しておきたい。

『袖中抄』に名を伏せて引用する「或書」「或抄」には、当然のことながら、さまざまな書が想定される。ここまで見てきたものは、俊頼の歌語に注釈を加えるもの、『俊頼髄脳』を引くもの、隆源の談話や大江匡房の説を引くもの、『綺語抄』に近いものがあった。

それらの書の成立は、俊頼や匡房らが活躍した、『堀河百首』や『金葉集』の時代になろう。その時代は、『万葉集』を始め、さまざまな資料から、珍しい歌語が発掘、再発見され、改めて新作歌に詠み込まれた時代であった。『堀河百首』に詠み込まれた珍奇な歌語をめぐってさかんに議論がなされた、そのことが『綺語抄』を始めとした歌学書を成立させる基盤となったことは既に指摘されている。[19]その過程で、現存するよりさらに多くの書が書き著されたであろうし、現存する本の異本類も多数存したであろう。[20]それらの多くは、散佚してしまったが、諸歌学書に吸収され、『袖中抄』には「或書」「或抄」などと名を伏せて引用されている。

『袖中抄』が、それらの書の名を伏せたのは、前節にとりあげた『口伝和歌釈抄』や『疑開抄』のように、研究史的に乗り越えられ過去のものになったという事情があろう。また、「或書」「或抄」の説には、顕昭によって「僻事」などと決めつけられるものが多く、取り上げるに値しないという顕昭の評価もあろう。

さらに、次のような試案も提示してみたい。『口伝和歌釈抄』が本来「口伝」「口伝集」というのみの書名でしかなかったことは明らかにされていて、[21]また、『万葉集抄（秘府本万葉集抄）』も特定の書名がなく、『俊頼髄脳』も「無名抄」であるなど、当時流布していた多くの歌学書も固有の名を持っていなかったという事情もあるのではないか。固有の書名がなく、著者名をあげることもできず、またその必要も感ぜず、顕昭は「或書」「或抄」などとして、引用したのではないだろうか。それらの多くは、『和歌現在書目録』にも無視され、やがて（あるいはそれ以前に）散佚してしまうのである。

六　『和語抄』について

『袖中抄』の引用書について右のように考えてきた時、例外的に、『和歌現在書目録』に記載せず、『袖中抄』には書名を明示して引用する書に、『和語抄』という散佚した書がある。

『和語抄』については、夙に久松潜一氏によって取り上げられ、[22]それをふまえて『袖中抄の校本と研究』にも考証が加えられている。それらによると、『袖中抄』には『和語抄』からの引用が十八箇所あること、歌語辞典のごとき書であったこと、成立時期は十一世紀中頃あたりと思われること、顕昭はその所説に批判的であること、などが指摘されている。十一世紀中頃の成立であるとすれば、『能因歌枕』に次ぐ、歌語注釈書としては最も古いものに属する、貴重な書であることになる。

本稿では、右の考証に付け加えるものはないが、一箇所、

或書《和語抄》ゝ、クレハトリトハ古哥枕ゝ、アヤヲイフ。又説ゝ、東大寺ニマダラナルミソキ也。アツサ三寸許歟云々。

（『袖中抄』「クレハトリ〈クレハクレシ　アナハトリ〉」(56)）

と、「或書」と名を伏せながら、「和語抄」の書名を傍記する事例がある点に注目しておきたい。とすると、他の「或書」からの引用のいくつかは、『和語抄』からの引用の可能性も出てくることになり、個々に特定はできないが、『和語抄』は思いのほか広く『袖中抄』に利用されていたことも想定されるのである。

右の『和語抄』の「くれはとり」の説であるが、『口伝和歌釈抄』に類似の説が求められる。

百四十二　くれは鳥《トリ》　後撰《ゴセン》云

くれはとりあやに心のありしかばふたむらやまもこえずなりけり

くれはとりとは、古哥枕云こわ（ママ）あやをいふ也。ある人云すゞめやをいふ。又説云くれはとりとは、とう大寺にまだらなるみそき也。あつさ三寸ばかりといふ。

「古哥枕」からの「あや」とする説の引用や、東大寺にある厚さ三寸ばかりまだらの御衣木とする説まで同じであり、これは『和語抄』からの引用である。

『和語抄』は、『疑開抄』にも引用されている。前にとりあげた、『袖中抄』「イサヤガハ」(123)の、

和語抄云、イサラヲガハトハヤリ水ヤイヅミノシリナドノ、ニハヨリアザヤカニテナガルヽヲイフナリ。マシ水トハヨクイヅルヲ云也。

は、『疑開抄』（『松が浦嶋』所収本）の、

いさらを川とは、

ありの水や、いづみのしりなどの、にはよりあざやかにてながるゝをいふ。
まし水とは、よくながるゝをいふ。

とほぼ同文であり。これは、『疑開抄』による『和語抄』引用である。また、挙例だけにとどめるが、

和語抄云、トモノミヤツコトハ、ウチツレテミカドニツカマツルモノヲ云也。（『袖中抄』「トモノミヤツコ」（86））

ともの宮つことは、
うちつれて、みかどにつかまつる物をいふ也。（『疑開抄』（『松が浦嶋』所収本））

という例、あるいは、

和語抄云、カノエビスハ女ハラミヌレバヲムナゴナラバワガメニセム、ヲノコヾモタルモノハワガヨメニセム、ヲノコヾナラバワガムコニセムナドヤクソクシテ、コノキヲカドニタツルナリ。ソノハラミタルトキヨリチギリテタツレバ、ニシコギトハイフナリトモイヘリ。又五色木トモイフ。（『袖中抄』「ニシキヾ〈アラテクム〉」（244））

にしきゞのかずはちづかになりぬらむいつかみたちのうちは見るべき

（中略）

又云彼国女はらみぬれは、男の我めにせむ吾こになさむと約束してこの木を門にたつるなり。そのはらみたるときより、ちぎりてたてるを、こぎといふなりといへり。（『疑開和歌抄』願得寺本）

という例がある。後者には脱文があるようであるが、いずれも『疑開抄』は『和語抄』を引用している。『和語抄』が広汎に流布し、利用されていたことがわかる。

また、『和語抄』は『和歌童蒙抄』にも影響を与えていると思われる。『袖中抄』における『和語抄』引用十八箇所のうち、『和歌童蒙抄』説と『和語抄』説とが同一、または近似しているものは、八箇所にのぼる。たとえば、前に

引いた「いさや川」について『和語抄』に、

和語抄云、イサラヲガハトハヤリ水ヤイヅミノシリナドノ、ニハヨリアザヤカニテナガル丶ヲイフナリ。マシ水トハヨクイヅルヲ云也。（『袖中抄』「イサヤガハ」(123)）

とあり、『和歌童蒙抄』には、

いさら小川とはやり水などのあざやかにて流る丶をいふ也。まし水とはよく出るを云。

とあって、『和語抄』の説を吸収していることがわかる（ただし、前に述べたように、この部分は『疑開抄』も引用しているので、『疑開抄』からの引用かもしれない）。『袖中抄』には「童蒙抄云、大旨如和語抄。仍略之」と同説であることを認定している。

ほかには、「さしも草」について、

和語抄云、（中略）サシモグサトハ差蒿也。（『袖中抄』「エヤハイブキノサシモグサ」(18)）

とカハラヨモギ説を提示し、『和歌童蒙抄』も、

又云、さしも草とはよもぎをいふ。又よもぎに似たる草ともいふ。

とほぼ一致する。また、「ゐもりのしるし」についても、

童蒙抄云、一条院ノ御時或人ノメニヨミテトラセケル哥也。世ノ諺ニ云ク、メノミソカヲトコスルトキニヌギヲククツカサナルト云。（中略）哥論義、和語抄等ヲホヤウヲナジヤウナレバ略也。（『袖中抄』「ヰモリノシルシ」(68)）

と、『和語抄』と『和歌童蒙抄』が「ヲホヤウヲナジヤウ」の説であると顕昭が認定している。もちろん、『和歌童蒙抄』の説が『和語抄』に拠ったのか、他の何らかの書に拠ったのかは判然としないけれども、『和語抄』に拠った可

能性は否定できない。

一方、『和歌童蒙抄』には、『和語抄』の説を批判している例もある。

和語抄云、イヅテフネトハカヂヒトツワ《ロ》ヨツアルフネヲイフナリ。（『袖中抄』「イヅテフネ」（120））

という『和語抄』の珍説に対し、『和歌童蒙抄』では、

いつ手舟とは梶一つ、艪四つある船をいふ也とぞいへど、なほ舟は伊豆国を本としたれば、伊豆手舟といふにや、伊豆より出来たる舟と心得られたり。

と、『和語抄』を参照し「梶一つ艪四つある船」の説を批判するものである（『袖中抄』はこの項目では『和歌童蒙抄』を引用していない）。また、はっきり「僻事」と決めつけて批判する例もある。これは『袖中抄』に引用された形で示す。

童蒙抄云、カヒヤハ古来難義也。岸ナドノクヅレタルトコロニシバノネナドサシオホシテ、イヤナルヲイフトゾ申メルハ、僻事ナメレ。タヾカハノ下ニナクトイフベキトゾ心エラレタル。（中略）岸ノイヤヲ云トイフ義ハ、和語抄ニハベメリ。サレドソレモコヽロユカズ。（『袖中抄』「カヒヤガシタ」（6））

『童蒙抄』は「岸の居屋」説を「僻事」と痛烈に批判するが、顕昭は、その「岸の居屋」説が『和語抄』から出るものであることを指摘し、当然のごとく「サレドソレモコヽロユカズ」と批判する。このように、『和語抄』は『和歌童蒙抄』に批判されてもいるが、いいかえれば、無視することのできない先行の学説として強い影響力を持っていたといえよう。

『和語抄』は、以上のように批判されることが多いが、それだけ諸書に大きな影響を与えている。とすれば、加注歌語も意外に多い相当量の注釈書だったことが想定される。先行歌学書の乏しい時代にあって、先駆的な注釈書として、注釈史上、重要な位置を占める注釈書であった。

本稿で述べてきたように、『和歌現在書目録』に記載されことによって権威化された書のみを書名を明示して引用するという『袖中抄』の方針があったが、この『和語抄』の場合は、本稿の考察に反することになってしまう。『和語抄』を例外的に書名を明示する理由はわからないが、『口伝和歌釈抄』などと比べても、格段に古く、初期の歌学書として敬意を払ったという理由が考えられるが、今のところ答えを見出しえない。

七　「髄脳」という名の通説群

「髄脳」と呼んで引用する書もある。しかし、それらは、特定の一書をさすものではなく、複数の古い書をまとめていう場合がほとんどである。たとえば、

顕昭云、故六条左京兆〈顕輔卿〉申サレシハ、左近馬場ノヒヲリノ日ハ天下第一ノ難義也云々。然者ニヤ、此事ヲ注セル髄脳等ニハカ〱シクアキラカニモイヒキラネバ、一番ニ注申也。（『袖中抄』「ヒヲリノ日」（1））

今云、サホヒメハ諸髄脳云、春ヲ染神也云々。但其声如何。サヲト上声可詠歟、サホト平声可詠歟。今案ニ、サホヒメハ佐保山ノ神ヨリヲコリテ、サホ山ノ霞ヲ詠哥等ニヨセテ春ヲ染神ト云歟。（「サホヒメ」（34））

顕昭云、コレハ神楽ノ譜ニ夏神楽ト云事アリ。ウチマカセテハ神楽ハ冬スルコトヲ、夏スルニ河ノ上ニサカキヲタテ、タナヲカキテスルコト丶トゾマウス。（中略）アマタノ髄脳ドモ、オホヤウハカヤウニゾ釈シテハベルメル。（「カハヤシロ」（50））

顕昭云、イナムシロトイフコト、フルキ髄脳ニサマ〲ニイヒテ、ヲロカナル心カヘリテマドヒヌベシ。ツタナキハカラヒニマカセテヒトツノ義ヲノベ申ベシ。（「イナムシロ」（60））

のように、「髄脳等」「諸髄脳」「アマタノ髄脳ドモ」「フルキ髄脳ニサマ〲ニイヒテ」などという例である。すべて

複数形で示しているのが特徴といえ、十把一絡げの扱いで個別に取り上げるまでもないというきわめて低い評価を与えられている諸書である。その所説に対しては、顕昭は常に批判的で、再吟味の対象としている。

そのような評価の低い書であるのにあえて引用するのは、顕昭が、「サホヒメハ諸髄脳云、春ヲ染神也云々」「アマタノ髄脳ドモ、オホヤウハカヤウニゾ釈シテハベルメル」と、複数の髄脳が難義語の釈義を提示し、それが通説となってきたという歴史を無視することはできなかったからであろう。諸髄脳が難義語注釈の世界を支配してきたことに注目したのである。『綺語抄』『和歌童蒙抄』以下の先行歌学書も、それらの通説に対して誤っていることを指摘、批判してきたのだけれど、顕昭にはまだ不十分に思われるところもあったのであろう。ひとつの使命感にかられたかのように、「アマタノ髄脳ドモ」をとりあげては否定してゆくのである。

「髄脳」といえば、『源氏物語』玉鬘巻のよく知られた例がすぐに想起される。

よろづの草子、歌枕、よく案内知り見つくして、その中の言葉を取り出づるに、詠みおきたる筋こそ、強うは変らざるべけれ。（中略）和歌の髄脳いとところせう、病避るべきところ多かりしかば、もとより後れたる方の、いとなかなか動きすべくも見えざりしかば、むつかしくて返してき。

「和歌の髄脳」とは、避けるべき歌病が数多く書かれた煩瑣な書で、光源氏は、自身は歌は「後れ」ていてそれらを見ると動きがとれなくなる、などと謙遜しつつ、「和歌の髄脳」を揶揄しているという場面である。[23]「よろづの草子、歌枕」は、歌語とその用法の一覧であろうから、「和歌の髄脳」とは区別されているようだが、実資料がないので、厳密な使い分けがあるのか不明である。

「髄脳」批判は、『俊頼髄脳』にも見られる。

うたの病おさる事、ふるき髄脳に見えたるごとくならば、そのかず《員》あまたあり。それをさりてよまば、おぼろけの人のよみゆ《う》べきにもあらず。たゞ、世のすゑの人の、たもちさる《べき》　ことのかぎりをしるしまうすべし。

「ふるき髄脳」には、やはりあまたの歌病が列挙されていて、世の人がそれらの歌病を避けて歌を詠むことは不可能であると言い、そこで、俊頼は「世のすゑの人」にふさわしい歌病のみに限定して記述してゆくというのである。ここにも、無意味な歌病をあげつらった「ふるき髄脳」への俊頼の痛烈な批判が見られる。

このような例から見ると、「髄脳」とは、ある特定の書をいうのではなく、歌病を中心に中国詩学をそのまま和歌に適用したような、無用な知識をあまた詰め込んだ書として、揶揄的に呼ばれる時に使用される語のようである。『源氏物語』の「髄脳」批判は、少女巻に戯画化されて描かれる漢学者たちへの批判と嘲笑に連動するものであろう。

顕昭がいう「髄脳」は、「ひをりの日」や「かはやしろ」など、難義語の釈義を述べたもののようで、『源氏物語』以下にいうように歌病を書き並べた煩瑣な書とは異なるようである。むしろ『源氏物語』にある「草子」「歌枕」と呼ばれる歌語注釈書の類に近く、「髄脳」という語が指す書のジャンルが、時代の変遷によって変わってきたということであろうか。ただ少なくとも、「髄脳」という語に対する軽蔑的な語感は変わっていない。

顕昭の場合も、「髄脳」の本文を実際に引用してはいない。どうやら、間違った通説が書かれているような古い書を漠然と念頭に置いて、総括的に「髄脳」と呼んだのではないか。今は散佚してしまった特定の書ではなく、古い通説の数々を掲載した書物群を指すのである。

顕昭は、僻事の多い通説を収載する書物群を「髄脳」と呼んで批判、訂正の対象とした。それだけ、顕昭から見れば間違った説を収載した書がはびこっていたということである。俊頼以下顕昭に至るまで、僻事を修正してきた注釈史が認められるが、それでも抹消することはできなかった。実はその結果ばかりしか、現代のわれわれは見ることができないのであり、その背後には多くの見えない正否の錯綜した説が通説として横行し、それらを記載した書物群が存在していたことに改めて想到されるのである。

八　多くの書を引用する意味

「髄脳」の類は多くの僻事が書き連ねられていたが、ここまで見てきたように「或書」「或抄」にも多くの僻事が書かれていた。それらは、短文で引用されては、所説は「僻事」として一蹴されていた。真摯にコメントを付けるに値しない書としての、顕昭の扱いである。

冒頭に『袖中抄』注釈における文献引用の典型例としてあげた、「オニノシコグサ」の項（2）にもう一度もどってみると、諸注集成的な方法の中で『俊頼髄脳』『奥義抄』以下の引用に混じって、「或書」の一節が引用されていた。この「或書」には、『俊頼髄脳』の「オニノコシグサ」とする説に対する隆源の批判が記されていた。隆源の批判はそれはそれで興味深いのだが、「鬼のしこ草」の釈義を論述していく過程においては、引用する必要性を感じさせない。むしろ、批判されるために引用されているというべきである。

別の例も見てみたい。

或書云、人ノ墓ニオヒタル松ヲイハシロノマツト云事アリトイヘリ。無所拠事歟。或ハツカニウフル松ヲムスビテヲクヲイフ。或ハ住吉ニ石代ト云所アリトイヘリ。
綺語抄云、岡本天皇ノ皇子ノ物ニイル《ク》ヒテムスビヲキ給云々。
今云、此事皆以無所拠事等也。斉明天皇四年戊午十月幸于紀伊国温泉《ノイデユニ》、有間皇子謀反被誅、皇子已於盤代結松。墓《ハカノ》義、住吉義不可有云々。　（「イハシロノマツ〈タムケグサ〉」（215））

「石代の松」の釈義をめぐる「或書」「或」の三書の説、さらに『綺語抄』の所説を「此事皆以無所拠事等也」と断じ、以下『日本書紀』の一節を引用して証拠づける。しかし、その前に、『無名抄（俊頼髄脳）』『万葉集』を引用し「石代の松」の釈義は明らかにできているはずなので、「或書」以下の引用は不要なはずであるが、ここでも無用の引用を重ねている。

ほかにも、

或抄物ニ、マロガタケトハ水クム桶也トイヘリ。カミヲカタニカクルハカタツト云也。サレバカノヲケニヨセテカミヲカタケト云也。

此義コヽロエラレズ。ヰツヽニカケシマロガ長《タケ》ト云也。桶ヲマロガタケトイハヾ、又カミヲカタニカクルヲカタケトノブベカラズ。ヨシナシ〳〵。（「ツヽヰヅノヰヅヽ」（37））

という例がある。「まろがたけ」を「水クム桶」とする珍説に対し、「コヽロエラレズ」「ヨシナシ〳〵」と否定する。これは実は『疑開抄』（『松が浦嶋』所収本）の、

まろがたけ○《とは》水くむをけなり。かみをかたにかゝぐるは、かたぐといふ也。されば、かのをもけによせて、かみをかたげとい《へ》つるなり。

という説の引用である。顕昭は『疑開抄』の珍説を「或抄物」と呼んであえて引用し、即座に否定したのである。顕昭は、「或書」たちの所説を引用してはことごとく否定しているわけで、「或書」たちは否定されるために引用されていることが確認できる。

「或書」までも網羅しようというのは、『袖中抄』の諸注集成的な意図に必ずしも合致しない。顕昭としては『和歌現在書目録』に記載され権威化された書ばかりを用いておけばよいのであり、基本的にはその方針であったはずである。しかし、なおも「或書」たちを無視し得なかったのは、横行する僻事の出典だったからであろう。自説の正当性

を主張するためには、ともかくも僻事を網羅して、虱潰しにしてゆく必要があったのであり、それだけ、まちがった通説は堅固に流通していたということである。
　顕昭は、流通するさまざまな所説をつかまえては僻事として、ことごとく叩き潰してゆく。そうすることによってのみ、自説が成立するかのようである。『俊頼髄脳』以下の歌学書の所説も多くは僻事として否定されているのは、前章で考察したとおりである。ひとつの語の釈義をめぐって多くの説が流通している中で、自説もまた、その中のひとつとして浮遊しているにすぎない。「正説」などという概念指標が存在しない中で（次節参照）、僻事を虱潰しにするしか、自説の存立する基盤はなかったのである。

注

（1）西村加代子『平安後期歌学の研究』「第三章・顕昭の古今伝授と和歌文書」（和泉書院、一九九七・九）に拠る。
（2）浅田徹「六条家――承安～元暦頃を中心に――」（『平安後期の和歌』和歌文学論集六、風間書房、一九九四・五）に拠る。
（3）太田晶二郎「「桑華書誌」所載「古蹟歌書目録」――「今鏡」著者問題の一徴証など――」（『日本学士院紀要』一二巻三号、一九五四・一二）に拠る。
（4）鎌田智恵「顕昭の歌学における『日本書紀』の受容について――『袖中抄』における「日本紀」の原拠――」（『国語国文』二〇一五・一二）は、『袖中抄』における「日本紀」引用の本文を調査、「「日本紀」引用の周辺にもこういった（仁和寺周辺＝引用者注）環境が影響していた可能性を指摘し」ている。近年の貴重な成果であると思う。
（5）西澤誠人「顕昭攷――仁和寺入寺をめぐって――」（『和歌文学研究』二八号、一九七二・六）に拠る。
（6）阿部泰郎「守覚法親王における文献学」（『守覚法親王と仁和寺御流の文献学的研究　論文篇』勉誠社、一九九八・二）に、「守覚における〝文献学〟とは（中略）書物を媒ちとしての世界形象の事業である」と述べた上で、「守覚の許での顕昭をはじめとする歌人・歌学者の歌書の注釈進講と、その所産としての注釈書進献という事跡も、こうした守覚その人の積極的な〃文献学〃というべき志向と活動の一環として捉えられるであろう」と顕昭の注釈書進講にもふれている。

（7）『和歌初学抄　口伝和歌釈抄』（冷泉家時雨亭叢書三八巻、朝日新聞社、二〇〇五・八）「解題」（赤瀬信吾氏執筆）には、『和歌現在書目録』の「口伝集〔隆源〕」について「現存する『隆源口伝』の数倍の内容をもち、『口伝和歌釈抄』より大部な歌学書であった可能性もある」とある。

（8）日比野浩信「『奥義抄』序と『和歌現在書目録』序」（『愛知淑徳大学国語国文』一七号、一九九四・三）に拠る。

（9）『和歌現在書目録』序の注釈には、鈴木徳男・北山円正『平安後期歌書と漢文学　真名序・跋・歌会注釈』『和歌現在書目録』真名序注」（和泉書院、二〇一四・一二）という有益な成果がある。

（10）五味文彦『書物の中世史』「Ⅰ・賢王の記憶　院政期の和歌と漢文学」（みすず書房、二〇〇三・一二）に拠る。また「真名と仮名の序が記されているところを見ると、あるいは後白河上皇が建立した蓮華王院の宝蔵に納めるべく著した可能性もある」という。『和歌現在書目録』は、王権への奉献を念頭に置いて編纂されたことは間違いない。

（11）寺島修一「『奥義抄』と『俊頼髄脳』——清輔の著述態度について——」（『武庫川国文』五〇号、一九九七・一二）に拠る。

（12）『金沢文庫本万葉集巻十八　中世万葉学』（冷泉家時雨亭叢書三九巻、朝日新聞社、一九九四・一〇）所収の『万葉集抄』に拠る。

（13）注（7）文献に拠る。「解題」は、同書の性格を明らかにした最初の優れた研究である。以下、引用は同書により、句読点のみ私に付した。

（14）注（7）解題のほか、濱中祐子「『口伝和歌釈抄』から『綺語抄』へ——初期歌語注釈書の形成——」（『和歌文学研究』九四号、二〇〇七・六）、「『口伝和歌釈抄』所引の『後拾遺和歌集』」（『和漢語文研究』五号、二〇〇七・一一）、「『口伝和歌釈抄』所引の『古今和歌集』」（『和漢語文研究』一二号、二〇一四・一一）、寺島修一「『口伝和歌釈抄』所引「万葉」歌の性格——『人麿集』との関係から——」（『国語国文』二〇一〇・一二）、「『口伝和歌釈抄』の性格——成立と享受の一面——」（『文学史研究』五一号、二〇一一・三）がある。濱中氏は、一連の研究において、同書の著者は隆源であった可能性が大きいと述べ、歌学書としての過渡的性格を指摘している。また、口伝和歌釈抄輪読会『口伝和歌釈抄注釈一、二』（私家版、二〇一〇・三、二〇一一・三）という優れた注釈があるが、まだ全体の三分の一ほどの注釈にとどまっていて、今回は十分に参照することはできなかった。

（15）寺島注（14）論文「『口伝和歌釈抄』の性格──成立と享受の一面──」に拠る。

（16）今井明「伊達文庫蔵「松か浦嶋」──散佚書『疑開抄』の手掛かりとして──」（『鹿児島短期大学研究紀要』四八号、一九九一・一〇）、「伊達文庫蔵「松か浦嶋」──散佚書『疑開抄』抄出部分を中心に──」（橋本不美男編著『王朝文学　資料と論考』笠間書院、一九九二・八）、村山識「願得寺蔵『疑開和歌抄』解題と翻刻」（『詞林』四四号、二〇〇八・一〇）に拠る。

（17）浅田徹「疑開抄と和歌童蒙抄（上）」（『早稲田大学本庄高等学院研究紀要』一五号、一九九六・三）などがある。

（18）寺島注（14）論文『口伝和歌釈抄』の性格──成立と享受の一面──」に「『綺語抄』が『口伝和歌釈抄』を吸収して、より大部な歌学書として流布したことが、結果的に『口伝和歌釈抄』の流布を妨げたという面があったかもしれない」とあり、啓発された。ただし、本稿では、研究史的評価により『和歌現在書目録』が意図的に排除したことを指摘した。

（19）鳥井千佳子「「堀河百首」とその背景──周辺の歌学書との関連における──」（『中古文学』三六号、一九八六・一二）、竹下豊『堀河院御時百首の研究』（風間書房、二〇〇四・五）など。

（20）『俊頼髄脳』に成立直後から多くの異本が発生していたことは、鈴木徳男『俊頼髄脳の研究』「第十章『袖中抄』所引の『俊頼髄脳』」（思文閣出版、二〇〇六・三）などに指摘がある。ただし、院政期の歌学書において、引用者が先行書を引用するに際し本文に忠実であったとは必ずしもいえない。

（21）注（7）赤瀬氏の解題に拠る。

（22）久松潜一『日本文学評論史　古代・中世篇』（至文堂、一九七六・一〇）に拠る。

（23）『源氏物語』の「髄脳」については、佐藤明浩「源氏物語の書かれた和歌」（小嶋菜温子・渡部泰明編『源氏物語と和歌』青簡舎、二〇〇八・一二）がある。

第二節　「あらまし事」の注釈

一　「正義」がない

『拾遺抄注』『古今集注』以来『袖中抄』に至る、顕昭の果てしない注釈を読み進めていくと、明快な解答が出てきたというより、迷妄して迷妄のまま終わっているものも少なくない。彼の情熱と苦闘が非常にむなしいものと思えてくるのである。『袖中抄』を中心に顕昭の注釈の内容や方法について考察を進めているのだが、ここで、改めて、顕昭が注釈する営為と注釈内容とはどのような位相にあるのか、考察しておきたい。

ここまで、顕昭の注釈は（特に『袖中抄』のおいては）、先行説を網羅し、それらの説くところに見出される「僻事」を逐一指摘して批判しながら自説を述べる、という方法をとるのが大きな特徴であることを指摘してきた。

たとえば、有名な難義語である「カヒヤガシタ」（6）の次のような注釈はその典型例である。他説を「僻事」として否定している部分に傍線を付して示す。

顕昭云、（略）

…トイフコトハキコエズ。
敦隆ガ類聚古集ニハ、…オボツカナシ。…心ニカナハズ。
奥義抄灌頂巻云、…此義イカヾトキコユ。…
又籞《イケス》ト云事アリ。…キコエズ。
又…ヨミガタシ。
又云、…如何。
堀河院百首公実卿氷哥云、…サレド其証不見歟。
登蓮法師云、…大様ハ人ヲドシ事歟。
又登蓮法師ハ、…僻事也トマウシキ。トカクイヒテヒトスヂナラヌハ不実ノ事歟。
童蒙抄云、…僻事ナメレ。…此義心エズ。…
岸ノイヤヲ云トイフ義ハ、和語抄ニハベメリ。サレドソレモコヽロユカズ。

顕昭は、敦隆の説や『奥義抄』の説以下、多くの説を逐一引用しては「オボツカナシ」「イカヾ」「其証不見」「不実」「心エズ」「コヽロユカズ」などと、ことごとく「僻事」と決めつけて批判してゆくのである。顕昭の学識が躍動する得意の筆致であるといえよう。

顕昭の注釈の目的のひとつはそこにあるのであって、

ヨロヅノフミニ、キヾスハキジノ異名トイヘリ。僻事也。此事ヲシラセム料ニ注付也。
（『袖中抄』「キヾス」（36））

と「僻事」が「僻事」であることを知らせるために注を付し、あるいは、二条院御時、或人湖上月トイフ題ニヰナノミヅウミトヨメリシヲ、其座ノ哥仙達ミナトガメラレズト承シ、口惜事也。仍注付侍也。

（『袖中抄』「ヰナノミヅウミ」(269)）

と、「僻事」に基づく詠歌に対して批判する「哥仙達」がいなかったことを「口惜事也」と憤慨し、先達の不備を補おうと「注付」したという。顕昭は、このような方針に従って、先行諸説に見られる「僻事」を逐一指摘、批判していったのである。

ところで、先の「カイヤガシタ」注釈の引用文に付した二重傍線部は、登蓮や『和歌童蒙抄』の説の引用文中に見える「僻事」であるが、これらの先行する諸説も他説の「僻事」を指摘しては自説を主張したものである。さらにそれが、顕昭によって「僻事」と決めつけられるという図式である。次々と生み出される「僻事」を否定して提示された説がまた「僻事」と否定され、またそれが否定され、という土竜叩きのような難義語注釈の果てしない循環構造が見て取れる。

それでは、「僻事」を虱潰しにしていってその先に何があるのかというと、「僻事」の対になる、正しい説を意味する術語がないのである。もっとも顕昭の著作をはじめ歌学書は、貴顕の人物に呈上するものなので、謙虚な著述態度をとるのであって、自説こそ正しいなどという強い主張はひかえるものなのであろうが、それにしても、正しい説という明快な概念が見当たらない。

近い概念としては、「正義」という語があげられようか。顕昭に、

両義おぼつかなければ正義さだめがたし。

（『顕注密勘』四七二番歌顕昭注）

という記述があり、この「正義」は「僻事」に対する正しい説をさす術語であるかのようにも見える。しかし、ここでは、「両義」のいずれが「正義」であるのか決しがたいという、むしろ「正義」の定めがたさ、不定性をいう語で

ある。

唯一、『古今集序注』の「平城天子」とは誰を指すのかを注した箇所に、

> 今注云、付二此平城天子一、其義非レ一、或聖武天皇、或桓武天皇、或平城天皇、或以二聖武・孝謙二代一共号二平城一。此中以二平城天皇一可レ為二正義一也。

という例が、正しい釈義を意味する用法といえようか。

これ以外は、『袖中抄』ほか『古今集注』など顕昭の著作にも、「正義」の用例はなく（『奥義抄』ほかの清輔の歌学書には少数ながら用例はある）、「僻事」が夥しく現れるのとは全く対照的である。「正義」を明らかにして提示するという注釈の本来の目的が、少なくとも表面には見えてこないのである。顕昭は、「僻事」が「僻事」であることを知らせるために注釈を執筆したというが、「正義」を伝えるのが注釈の目的であるとは明快に言っていない。「正義」を主張する注釈ではなく、「僻事」を徹底して否定する注釈、否定を媒介として成立する注釈といえる。

もっとも、清輔にも、俊成にも、顕昭にも、正しい説を追究していこうとする志向は認められはする。(1) また、提示されている説が「僻事」か否かを判断するには、判断基準があるはずだし、それは正しいか否かの判断基準であろう。しかし、「僻事」が次々と出没する注釈の循環構造を見ると、流動的、相対的な基準でしかないように思われる。「僻事」ばかりが前景に出て、「正義」がきわめて見えにくいという状況である。

このような状況について、院政期の注釈言説の特質を〈本文〉と〈今案〉というタームを軸に抉り出したのは小川豊生氏であるが、難義について次のように明確に断じている。(2)

> 難義となった言葉をふたたび詩的語彙として賦活するには、証拠（本説）を必要とする。だがそもそも「難義」となった言葉に、その使用を保証する根拠（本説）などあろうはずがない。

難義語に本説などあろうはずがないとすれば、顕昭らの注釈の営為はついには果てしない徒労に終わることとなる。顕昭自身も、難義語には本説とそれに基づく正義などあろうはずもないことを自覚していたのであろうか。注釈にひそむ大きな陥穽である。

二　「今案」について

ただちに「僻事」と批判されるような、次々提示される新説を院政期の注釈では「今案」と称している。「今案」について、小川豊生氏は、

　確かなもとのテクストに基づく「本説」に対し、架空の説を恣意的に作り出していくことに対して「今案」の用語をあてていることになる。

という(3)。前に確認した、次々涌き出てくる「僻事」をまた逐一つぶしてゆくありさまは、まさしく、小川氏が言う「今案」が恣意的に作り出されていく様相を表している。以下、小川論文に追随して、顕昭の「今案」について若干補足してみたい。

顕昭の「今案」の用例に従って再検討してみると、二種の用法があることがわかる。

まず、根拠（本説）なき、思いつきの説を「今案」と呼んで否定する例である。「ゆふつけどり」について、『童蒙抄』『綺語抄』と教長の説を引いて、

　私云、此三ケ説ミナコヽロエズ。無其証。四境祭ニヽハトリニユフツクル事ヲ不知也。就中鶏尾ノ長テ白ガ、木綿シテツケタルニヽタリト云義、以外ノ今案歟。遺恨之。（「ユフツケドリ」（287））

という。「此三ケ説」には「其証」がない、「四境祭ニヽハトリニユフツクル」とりわけ「鶏尾ノ長テ白ガ、木綿シテ

ツケタルニヽタリ」という説は、「以ての外」の「今案」であり、「遺恨之」と嘆いてみせる。「今案」は確かに、小川氏のいうように、本説・本文なき妄説にすぎない。

しかし、顕昭の「今案」の用例として圧倒的に多いのは、自説を提示する時に用いるものである。

顕昭云、コレハ古今集巻十三恋部哥也。奥義抄ニ此哥ヲバ書出ナガラ不釈之。心エガタキ哥歟。他書ニモ釈シタル事モミエズ。サレドヲシハカリニ今案云、世ヲウラミテ朝ニモツカヘズシテ、山ニモイリ船ニモノリテ避ヲバ逃名《ノガルナヲ》トカケリ。其人トイハレテツカフルニ、世ヲサリヌレバ、名モ世ヲノガルヽ心ナリ。除籍トテフダヲケヅラルヽモ、其名ヲハナルヽナリ。サレバ除名トモイヘリ。又名ヲトヾム、名ヲヽル、名ヲヽシムナド申モ、名ヲムネトスル事也。然者此歌ハ、ワガナモミナトコギイデナムトイフハ、ワガ身モ名モ皆トコギイデヽ、世ヲサリウセナムトヨメルナリ。ミナトヲ皆ニソヘタル也。（「ワガナモミナト」(10)）

明確な証拠となる本文・本説が見いだせないので、自身が見いだした「逃名」などの漢語を根拠として自説を提示したものである。確実な根拠とはいえないことは顕昭も承知で、「ヲシハカリニ」提示した「今案」であるという。もちろん「今案」と称するのは謙辞なのであり、その裏側には顕昭なりの不遜な自信があるのだろうが、それでも「ヲシハカリ」の「今案」にすぎないというのである。

また、同様に本説なき場合に、

今案ニ、此哥ニモヲグルマトイヒ、ヒモトカムトハイヒタレド、錦トイフ詞ハナシ。若キノヒモトカムヨヒトアルハ、ニシキノヒモトカムヲ文字ノ落歟。慥ニ本説ヲ可勘也。ヨヒトイフコトバモアリ。（「ヲグルマノニシキ」(155)）

と、本説が後に見いだされるのを期待しつつ遠慮がちに自説を「今案」として示した例があった。その自説には何らかの自信があるにしても、一方で、根拠なき説にすぎないことも自覚している。自身も否定的に用いているように、あらたな「本説」などの根拠が示されれば、今度は根拠のない思いつきの「今案」として葬り去られることになる。顕昭が示した説が後に俊成らによって「今案」として批判される実例は、小川氏が『六百番歌合』と『六百番陳状』の応酬においてあげている。[4]

顕昭は、いずれ否定されるであろう可能性も予測した上で「今案」と称して自説を提示したのではないか。難義語釈義の不確定性、難義語注釈の不可能性をよく自覚しているのである。

三　「実義」と「あらまし事」

ここで視点を変えて考えてみたい。次は、顕昭の歌学と実作に対する見識を披瀝した部分で、既に先学によって検討もなされているが、[5] 改めて注釈の問題としてとりあげる。

顕昭陳申云、先右方の難に、「上・中五字、共に聞にくし」とある、人の心不同なれば、さも思はれん、とがめ申べからず。但、初の「春日には」と読るは古語也。万葉に、

　うらゝにててれる春日に雲雀あがる心かなしも独しおもへば

此歌などを思てよみ侍けるにや。又、後撰集に、

　春日さす藤のうら葉のうらとけて君しおもはば我も資まん

か様にもよみ置て侍れば、初句の「春日」、あながちにとがなくや。第三句は、前歌にも「ひばりあがる」と侍る。大方、雲雀をば「あがる」とよみ、水鶏をば「たゝく」とよみ、鴫をば「はねかく」とよみならはして、「鳴」などはうちまかせてよまぬ事なれば、第三の句とがなし。此難は極たる小事也。不レ及二沙汰一歟。されど、

判者、実事をたゞし、力を入て難ぜられて侍れば、所存を申侍なり。やまとうたのならひ、風情をさきとして実義をたゞさぬ事おほし。春は空にのみあがりてみゆれば、「雲雀の床はあれぬらん」とよめる、あらましごとはさのみこそ侍れ。さのみ実事をたゞさばこそ、みくださんれうに「空にあがる」とのたまはせたる事も、さやは思侍らん。ひばりの心もしりがたし。叢にあらん子をみくださんれうならば、あまりに空につきてあがらでも侍れかし。

（『六百番陳状』雲雀）

自分が提出した歌「春日には空にのみこそあがるめれひばりの床はあれやしぬらん」が、「実事をたゞ」す見地から俊成によって否定されたことに嚙みついたものである。この歌は、家持歌の上句「うららにて（現訓・うらうらに）…雲雀あがる（現訓・あがり）」（『万葉集』十九・四二九二）から、雲雀が空高く上がっていくようすをイメージし、すぐに視点を下に転じてその巣床が荒廃してしまうと表現した歌である。雲雀の巣を「床」と表現する歌は、曾禰好忠にある（『詞花集』冬・一四二）。すなわち、顕昭歌は、古歌の表現から発想してみたものであって、そもそも雲雀の現実の生態をふまえたものではない。そこで顕昭は、「やまとうたのならひ、風情をさきとして実義をたゞさぬ事おほし」と原則論を述べ、「実義をたゞす」こと自体が不当であると反論したのである。「実事」「実義」とは、ことがらの現実性、合理性をいうのであろう。最後に、「風情」をめぐらした結果として詠まれたそのような非現実的なことがらを、「あらまし事」と呼んでいる。

しかし、そもそも、注釈とは「実義をたゞ」すことではなかったか。[6]冒頭に引いた、難義語「かひやがした」では、蚕を飼う小屋、ふしづけの飼屋、蚊遣火を焚く小屋、などの説が次々と提示されては「僻事」として否定されていたが、それらの説は、当否はともかく、各人が「実義をたゞ」そうとした結果提示された説ではないだろうか。諸文献の記載事項によって論証し、また時に現地情報や土民説[7]まで導入して到達した釈義は、すべて「実義をたゞ」して明らかになったことがらであったはずである。とすれば、「やまとうたのならひ、風情をさきとして実義をたゞさぬ事おほし」という和歌詠法の原則論は、逆に注釈を否定することになりかねないであろう。

同じような否定的発言は、「歌はかうまで世のことわりを尽して糺しうたがふべきにあらずとぞ覚侍」(『顕注密勘』四顕昭注)と繰り返している。顕昭は注釈作業を進める中で、注釈すること自体への疑念や疎外感を常に持ち続けていたのであろう(第三章第五節にもふれた)。

顕昭は、さらに『陳状』の右の文に続けて、「あらまし事」を詠んだ歌の例を執拗にあげて、自分の歌の詠法の妥当性を主張する。全文を引用するのは煩瑣になるので、「あらまし事」とそれに関連する語句を中心に摘記しておく。

まず、『古今集』歌「鶯のぬふてふ笠は梅の花がさ」について「鶯、誠に梅の花がさぬはねど、にせごとにぬはするなり」という。続く二首の歌について、時鳥が「をのが妻を恋ひて」鳴くはずはなく「たゞ、人の心によてよめるや」といい、「蛍を使にて秋の雁に風ふくと告ぐべき」はずはなく、それは「たゞあらましの事也」を詠んだものであるという。また、「機織」という虫が織り乱る声の綾を人に着せると詠んだ歌について「まことをたゞさば正体もなかるべし」と評し、禽獣にも、草木にも、さらに山にも「人のふるまひ、おもふ心をつけ」ている歌例をあげ、また「和歌には利口おほし」と述べて、発想や表現の大仰で極端な歌の例を並べてみせる。最後には、

然者、「和歌に法令難ずるは口惜事」と、法性寺入道殿はつねに被仰之由、伝承侍しか。

と法性寺入道忠実の発言を引いて自説の正当化と権威付けを図るという流れである。

このような重畳する挙例は顕昭の得意とする所であり、意気揚々と反批判しているように見えるが、注釈家顕昭としては、自縄自縛となりかねない発言ではないだろうか。「あらまし事」の事例が、極端な仮想ばかりではなく、各種の擬人法や「利口」という巧妙な詞づかいを含むものならば、和歌の表現方法一般にも拡張しうることとなろう。

すべての歌ではないにしても、「あらまし事」を詠むというのは和歌表現一般をいうに近い。「あらまし事」を詠んだ和歌について、注釈によって「実事をたゞ」すのはそもそも不可能であるということになる。

なお、「あらまし事」は『源氏物語』や『更級日記』の用例がよく知られていて、特に『更級日記』の例は、作者が浪漫的な若き日を悔恨をこめて振り返った時に用いたもので、『更級日記』を解く重要な鍵語となっている。(8) ここでは、「あらまし事」は「風情」を極端にめぐらした結果詠まれたことがらではあるが、「風情」が和歌表現の起点にあるのだから、「あらまし事」を詠むのは和歌の普遍的な特質であると言ったもののごとくである。注釈を否定しかねない「あらまし事」としての和歌に注目してみたい。

四　「あらまし事」の注釈

「あらまし事」を和歌批評や注釈の中で用いた例は多くないが、『袖中抄』においては、次のような例が見出される。

イニシヘノノナカノシミヅヌルケレドモトノコヽロヲシルヒトゾクム

顕昭云、ノナカノシ水トハ播磨ノ稲見《イナミ》野ニアリ。コノ哥ニハヌルケレドヽヨミタレド、件シ水ミタル人ノ申シハ、メデタクツメタキシ水也ト云ヘリ。但、考能因哥枕云、ノナカノシミヅトハモトノメヲイフトイヘリ。今案云、ソノユヘナクモトノメヲノナカノシ水トイフベキニアラズ。アラマシ事ニ野中ノシ水ハヌルクトモ、ヽトノシ水ヲ知タラン人ノクマンヤウニ、ムカシ心ヲツクシイミジクオボエシ人ノヲトロヘタランヲモ、ヽトノ有サマシリタレバナヲムスブヨシヲヨメリケルヲ本トシテ、モトノメヲ野中ノシ水トハイヒナラハシタルニコソ。（中略）

奥義抄云、野中ノシ水トハ此シ水ノ事ヤウアリゲニ申人モ侍レド、サセルミエタル事モナシ。此水ハハリマノ

野中の清水

イナミノニアル也。昔ハ目出キ水ニテ有ケルガ、スエニハワロクナリテ人ナドモスサメヌヲ、昔ヲ聞伝タルモノヽ、此ハ目出水有トコソキケトテ尋テミルニ、アサマシクキタナゲニナリテ有ケレドモ、此ハメデタカリケル水也、イカデカノマデスギムトテノメリケル事ヲヨメルトゾ申スメル。ソレヨリ本ヲシレル事ニ云伝ヘタル也。今ハカタモハベラヌニヤ。此ハ人ノカタリシ事也。ミタル所モナケレバタノミガタシ。
私云、実ニタシカニミヱタル事モナシ。此歌ニ付テイヘルニコソ。中ニモ彼シ水今ハカタモナシトカヽレタルイカヾ。猶目出キシ水ニテコソ侍ナレ。ハリマノイナミノ程トヲカラネバ人皆シレル事也。サレバアラマシ事ニヨメルト思フベシ。基俊ガ逢不逢恋哥ニ、

　イニシヘノノシ水クミニトタヅヌレバノナカフルミチシヲリダニセズ

コレハタヾ又モヱアハヌ心ニヨセタル也。シホリナドスベキ事ニハアラヌニコソ。

（「ノナカノシミヅ〈オボロノシ水　セガヰノシ水〉」（110））

『古今集』に詠まれた「野中の清水」は、既に播磨国の有名な歌枕となっていて、西行や寂蓮など実地踏査した人も多い[9]。「件シ水ミタル人ノ申シハ、メデタクツメタキシ水也ト云ヘリ」という現地情報は豊富にもたらされていたのである。歌句の「野中の清水ぬるけれど」は現地情報に反していて、現実を前提にする限り、この歌は理解できない。

そこで、顕昭は、『能因歌枕』の「ノナカノシミヅトハモトノメヲイフ」とする記述をもとに、もとの妻への思いを仮想的な比喩を用いて表現したものと解する。播磨にある現実の野中の清水に接していては成立しない、和歌世界にのみ成立する比喩表現である。そのような仮想的な比喩をここで「アラマシ事」と呼んだものである。逆に「アラマシ事」を詠んだ歌と解するしかこの歌を理解できないのであった。

顕昭が引く清輔『奥義抄』は、「人ノカタリシ事」に基づいて「野中の清水」の歌一首を解し、一方、野中の清水の現状については「今ハカタモハベラヌニヤ。此ハ人ノカタリシ事也。ミタル所モナケレバタノミガタシ」と述べていて、現地の実情についての明確な情報は持っていないようである。

顕昭は引用していないが、『和歌童蒙抄』には、

古今第七に有。野中の清水、河内国にあり。又播磨の国にも有云々。水とは妙清水とぞ本文には書たる。

とあるのみである。論点の中心は野中の清水の所在地である。(10)「水とは妙清水」と書いてあるという「本文」とは何を指すのかわからないが、『倭名類聚抄』にある「妙美井　之三豆」という記述を指しているのであろうか。野中の清水の現状について触れていないのは、清輔同様に情報を持たなかったのであろう。

その意味で、野中の清水の「メデタクツメタキシ水」という現状と『古今集』歌の「ぬるけれど」の措辞との齟齬の解明に挑んだのは顕昭が初めてであった。西行や寂蓮らによって現地情報がもたらされてきたので、この問題を避けることはできなくなっていたのであろう。その結論が、この歌が「アラマシ事」を詠んだものという解釈である。それは、ささやかな「野中の清水」歌の注釈史の中で、顕昭が到達した地点であった。

もうひとつ、例をあげる。

モロコシノヨシノヽヤマニコモルトモヲクレムトヲモフワレナラナクニ

顕昭云、モロコシノヨシノヽ山トハ、コノヨシノヽ山ハ大和国ニコソアレ、モロコシニアルベカラズ。タヾ、シタフ心ザシノセメテフカキヨシヲイハントテ、モロコシナランヨシノ山ニコモラムニダニヲクレズツキテユクベシ、マシテ我国ナランヨシノ山ニコモランニハヲクレナムヤト、アラマシゴトヲヨメルナリ。コノ心ヲシラズシテモロコシニアルベキヤウヲ云、又コノヨシノ山ニモロコシト云所アルベキヤウヲ申スハクチヲシキコ

ト也。

私考、承平二年二月十四日貞崇禅師《ガ》述金峯山神区云、古老相伝云、昔漢土《ニ》有金峯山。金剛蔵王菩薩住之、而彼山飛移泛海而来。是間金峯山《ハ》、則是彼山也。

カヽルコトハアレド、ソレニヨリテモロコシノヨシノヽ山ト云ベカラズ。サテハ哥ノ心モサセルコトナクナリヌベシ。但モロコシニ金峯山アリケリ。ソレヨリトビ来ル山ナレバ、カタ〲モロコシノ吉野ノ山ト云ツベシ。サテソレニコモルトモ我ハヲクレジト云心モヤ侍ルベカラン。但吉野山ニコモルトモイハンニハ侍ラジ。作者ノ大臣ノ心中ハ知ガタケレド、ナヲサキノアラマシゴトノ義ハ、イマスコシ哥ノ玉シヰヲカシクヤ侍ルベカラン。

又考日蔵伝云、天竺仏生国《ノ》巽、俄闕飛来云々。カヽル事ハサマ〲ニ申タレドイヅレトモタノミガタシ。是ハ天竺トアレバ、モロコシトハヨミガタクヤ。（中略）

タトヘバ此芳野ノ山ニ籠ランハコトモヨロシ。モロコシナラン吉野ノ山ナリトモヲクレジト読也。サレバコソ思モヨラヌ心アマリタルニヨリ誹諧ニハ入タレ、誹諧ニ入タランニテ心ヱンニヤスカルベシ。


（「モロコシノヨシノヽ山」（78））


この歌は、「シタフ心ザシノセメテフカキヨシ」を言うために、たとえ吉野の山が唐土にあったとしても、相手がそこに籠もるのなら「ヲクレズツキテユクベシ」と極端な仮定をしたのだと解説する。それは「アラマシゴト」といえるが、そこにこそ「哥ノ玉シヰ」が「ヲカシ」と評価できるところがあるという。

「歌の魂」とは絶妙な比喩であるが、顕昭の他の注釈書では、同趣旨のところは「歌ノ意趣」（『古今集注』一〇四九）、「此歌之本意」（『顕注密勘』顕昭注）とあり、ここでは、歌の作意をいったものと単純化して理解しておく。

「もろこしの吉野の山」は現実にはありえないけれど、和歌の世界だからこそ「アラマシゴト」として成立する、むしろ和歌の世界にのみ存する現実である。それを、「コノ心ヲシラズシテ」、もろこしに吉野の山があると解したり、逆に吉野に「モロコシ」という地名があると付会するのは、「クチヲシキコト」すなわち「僻事」となる。これらは、「モロコシ」を仮想ではなく現実的に解そうとしたもので、いってみれば「実義」をただそうとしたのであろう。「実義」をただすことは、注釈の本来の目的であるかのように思われるが、かえってこの歌の誇張した発想がうまく理解されず、表現の真意（「歌の魂」）を見失い、結果的に「僻事」を生み出すこととなった。

「野中の清水」も「もろこしの吉野の山」も、難義語のひとつではあろうが、語句そのものが意味不明というよりも、表現方法に問題がある歌句である。顕昭は、歌に込められた作意（「歌の魂」）に即し、歌の趣向・構想（「風情」）として仮構された非現実の空間（「あらまし事」）を明らかにして、語句の意義や用法の注釈を行った。その結果、ここでも顕昭は、「やまとうたのならひ、風情をさきとして実義をたゞさぬ事おほし」と注釈の限界と不可能性、無意味性に至ったのである。

「あらまし事」は否定的にも用いられる。

風吹バオキツシラナミタツタ山ヨハニヤキミガヒトリコユラム

顕昭云、是ハ古今哥也。注云、アル人此哥ハ、ムカシヤマトノクニナリケル人ノムスメニスミワタリケリ。此女オヤモナク成テイヘモワロクナリユクホドニ、コノオトコ河内ノクニヽ人ヲアヒシリテカヨヒツヽ、カレヤウニノミナリユキケリ。サレドモツラゲナルケシキモミエデ、河内ヘイクゴトニオトコノコヽロノゴトクニシツヽイダシヤリケレバ、アヤシト思テ、ナキマニコトコヽロモヤアルトウタガヒテ、月ノオモシロカリケルヨ、カウチヘイクサマニテ前栽ノ中ニカクレテミハベリケルハ、ヨフクルマヽニ、コトヲカキナラシツヽ、コノ哥ヲヨミテネニケレバ、コレヲキ、テイトアハレト思テ、ソレヨリ又ホカヘモマカラズナリニケリトナムツタヘタル。
今案ニ、オキツシラナミトハタツタヤマトイハントテイヒヲクナリ。シラナミトハヌスビトヲイヘバ、オソロシキモノタツタ山ヲヒトリコユラントヨメルヨシ、ヨロヅノフミニノセタリ。ヒトモミナソノヨシヲ申スハアラマシゴト也。

（「オキツシラナミタツタヤマ」（7））

これは「オキツシラナミタツタヤマ」の「シラナミ」を「ヌスビト」と解する説に対して、「アラマシゴト」と言って批判したものである。白浪を盗人の比喩とするのは漢籍に出典があるが、この「風吹けば沖つ白浪たつた山」歌の解釈に持ち込もうとする「ヨロヅノフミ」の説には無理があるという。その説を和歌表現の真意を考慮しない荒唐無稽な解釈であるとして「アラマシゴト」であると批判している。この場合、「アラマシゴト」はむしろ「僻事」に近い。「アラマシゴト」は和歌に表現されたことがらをいうはずであるが、解釈説を否定する用語ともなっている。

しかし、「ヨロヅノフミ」の著者たちは、和歌は「アラマシゴト」を詠むものという前提のもと、無理を承知のうえで、「白浪」を盗人の比喩とする解釈を作り上げたのではないだろうか。顕昭は、そのような極端な解釈を「アラマシゴト」と呼んで批判したのであるが、どのような歌でも「アラマシゴト」として解釈すると、場合によっては和歌表現の真意から離れ「僻事」の解釈を生成する結果をもたらしてしまう。「アラマシゴト」は否定的に反転し、正否両様の側面を持つ。

歌合判詞にも「あらまし事」の用例は少しばかり見られる。『六百番歌合』には、左右の難陳と俊成の判詞に計三例あり、『千五百番歌合』には顕昭の判詞に二例見られる。注釈ではなく、新作歌の批評に用いられているのは興味深いが、おおむね、風情や表現の非現実性を否定的に指摘したものである。右の用法の範囲を出るものではないので、これ以上はふれない[11]。

本論もまたとりとめもなく漂流してきたが、ここで出発点に戻って、顕昭注釈が到達したところを考えてみる。顕昭の考えるように、和歌が「あらまし事」を詠んだものとすれば、和歌に詠まれた語句の意義や表現方法は歌ごとに明らかにされることであって、そもそも普遍的な正しい説などありえないことになる。「実義」をただすことによって和歌表現の意味は明らかになるものではないし、逆に「実義」をただそうとするとかえって「僻事」を生じてしまう。

しかし、思えば、本来「実義」をただすことが注釈であるはずであり、「実義」を明らかにしない注釈などは注釈とはいえないのではないか。和歌注釈とはそのようにそもそも不可能性を内包するものである。『袖中抄』の、諸注を集成し「僻事」を是正するという、否定的媒介による注釈方法は、結局は不可能性に基づくものではないだろうか。「正義」に近づこうにも、ついには届かないのである。注釈家顕昭は、そういう注釈の迷妄と虚無の闇の中にいて、虚妄の「実義」と架空の「正義」を求めてさまよっていたのである。

注

（1）佐藤明浩「「かはやしろ」の論争をめぐって」（『名城大学人文紀要』四六集、一九九三・一二）に、清輔、顕昭らは「ひとつの正説を得ることが、至上の課題となった時代」にあったというが、おおむね妥当な見取りだと思われるし、実際には多くの難義語に「正説」が見出されていた。ただし、ここでは、実はその「正説」自体が相対的で、ついには見えないものであることを問題にしている。

（2）小川豊生「〈本文〉と〈今案〉――院政期歌学のディスクール――」（『古典研究』一号、一九九二・一二）に拠る。

（3）小川注（2）論文。

（4）小川豊生「院政期歌学のパラダイム――釈義の方法をめぐって――」（鈴木淳・柏木由夫責任編集『和歌　解釈のパラダイム』笠間書院、一九九八・一二）に拠る。

（5）たとえば、安井重雄「表現・思想の基盤としての注釈――顕昭――」（山本一編『中世歌人の心――転換期の和歌観――』世界思想社、一九九二・九）がある。教唆されることも多かったが、顕昭の実作のための「表現の基盤」を読み取ろうとしていて、本稿とは論点を異にしている。

（6）「実義」については、山田洋嗣「古寺の情景――「秘」が伝えられる時――」（『日本文学』一九九五・七）に「「実義」が和歌史の中で「本」となり共有される過程」について論じられていて、本稿においても示唆されるところが多かった。本稿は、「実義」と詠歌と注釈との互いに相剋する関係を論じてみたものである。

（7）「土民」の説が注釈に導入される機制については、小川注（4）論文参照。

（8）論究されること枚挙にいとまがないが、「あらまし事」の語義に絞った論考としては、関根慶子「「あらましごと」考」（『紀要』（お茶の水女子大学附属高等学校研究会）一四号、一九六八・三）、大坪併治「「あらましごと」原義考」（『訓点語と訓点資料』九〇輯、一九九三・一）などがある。

（9）歌枕「野中の清水」については、野中春水『歌枕神戸』「野中の清水」（和泉書院、一九八七・六）参照。

（10）『口伝和歌釈抄』にも「野中のし水、かうちのくにゝあり。又はりまのいなみのにあり」とあり、やはり所在地は不明確であった。あるいは、「野中の清水」が播磨所在とするのは、注釈の過程で確定していったのかもしれない。

（11）注釈に用いられた最初の例は教長の『古今集註』の「ヲモヒモヨラヌ、アラマシゴトヲヨメリ」（五三一）というものである。非現実的な風情を指摘したものである。

第三節　『袖中抄』の万葉学

一　『袖中抄』の万葉歌

『袖中抄』には、万葉歌語を標目とする項目が百三十三項目あり、全項目の半数近くを占めている。また、『万葉集』歌の引用は約五百首を数え、万葉歌語の注釈においては質量とも充実していて、この時期の万葉歌語注釈としては群を抜いた存在である。(1) 当時認知されていた難義語といえば、『万葉集』由来のものが多くなるので、しかるべきことではあろう。稿者は『万葉集』の諸本の伝来や訓の歴史についてはまったく疎いのであるが、先行研究の驥尾に付しながら、『袖中抄』研究の立場から、顕昭が使用した『万葉集』本文と訓について、また万葉観、万葉享受、訓や釈義の方法など、顕昭の万葉学について、断片的にではあるが、気づいたことをまとめてみたい。

従来、『袖中抄』に引用された万葉歌については、その本文および訓が、現存伝本のうちどの本に依拠しているのか、顕昭による創訓があるのか、すなわち、『万葉集』の校勘資料として有効か否か、という問題ばかりがとりあげられてきたように思われる。その結果、現在では、『万葉集』歌の引用には、『万葉集』伝本そのものではなく、『類聚古集』が使用されていたことが明らかにされ、[2]それが定説となっている。しかし、顕昭の先行資料の引用は、原典本文に基本的に忠実であるといえるにしても、『袖中抄』所引の『万葉集』歌は、現存の『類聚古集』のそれとは漢字本文や訓に相違があるところが見られる。この点については、『袖中抄』の依拠伝本や引用方法の問題ではなく、『類聚古集』の漢字本文と訓自体が「変容」したことの表れであると、景井詳雅氏によって論じられている。[3]確かに、『類聚古集』の編者藤原敦隆没時（保元元年（一一二〇））から、既に六十年以上が経過していて、『類聚古集』も多くの書写本が広く流布し、諸家が所有し、広く活用するところとなっていて（『古来風体抄』）、本文異同も多く存するだろうことが想定されるのである。顕昭も、大幅に本文が「変容」していた伝本を使用していたということになるのだろう。

一方で、顕昭は、『万葉集』の伝本そのものを参照していたのも確実である。自身で「此哥ハ万葉ニアリト時人《皆イ》マウスメレド、随分ニ見及本ニマタクミエズ」（『袖中抄』「二四八」（70））、「年来間をしはかりに、万葉集を伺見侍る事度々に成ぬる中に」（『六百番陳状』）などと書き記し、『万葉集』の多くの伝本を見てきたといい、実際『類聚古集』には省略されている、詳しい題詞や左注を『袖中抄』に引用してもいる。また、顕昭は、「此タムケグサトハ、手《タ》向《ムケ》草《グサ》トカキタルヲ、礼部《レイホウ》ノ本ニハスマヒグサトヨメリ」（『袖中抄』「イハシロノマツ〈タムケグサ〉」（215））とあるように、現存しない「礼部ノ本」も見ていた。「礼部ノ本」とは通俊本をさし、独自訓の存在がうかがえる本で、「現在確認できる伝来・所持の系統とは別の『萬葉集』であり、さらに「本文からはまったく想像もつかない仮名本文を有した伝来本」であった可能性もあるという。[4]誠に興味深い伝本といえるが、はたして『袖中抄』にどの程度利用していたかは、明らかにならない。

顕昭は、いずれも大部の『類聚古集』と『万葉集』の、しかも複数伝本とをともに座右に置いて、『袖中抄』を執筆していたということになる。それにしても、はたしてそのようなあまりに過重な作業を行っていたのだろうか、という素朴な疑問も湧いてくる。

『袖中抄』の万葉歌引用の特徴は、単純に仮名で訓を示すものばかりではなく、片仮名で訓本文を表記しつつ、一部の歌句については漢字本文を提示し片仮名で傍訓を付す歌があることである（歴博本・冷泉家本）。いわゆる漢字交じり片仮名表記である。このような表記法は他の歌学書にも見られるものであるが、『袖中抄』の場合はこの表記を採る歌の数がかなり多い。注意すべき漢字本文を明確にし、語義考証の根拠を示すため、正訓表記の部分を書き出すところが多いが、訓の正確さを示すため仮名表記部分を表示するところもある。

『袖中抄』の万葉歌の引用例を見ると奇妙なことに、『万葉集』の同一歌が『袖中抄』に二箇所以上引用されている例のうち、漢字本文あるいは訓に相違があるものが認められる。重出引用歌は二十六首ある（このうち三箇所に引用されている歌は一首。また、長歌の引用で引用部分が異なるものも含む）が、このうち、漢字本文の異なるものは三首、訓の異なるものは十五首になる（「オ」と「ヲ」など仮名遣いの違いは含めていない）。まずは、これらの重出引用歌の本文と訓の異同の検討[5]を糸口として、顕昭の『万葉集』歌引用の態度について考察を進めてみたい。

二　重出引用歌の漢字本文の問題

最初に漢字本文の異同の問題からとりあげる。

重出引用歌のうち漢字本文の異なるものとは、たとえば、次のような例である。以下『万葉集』歌の引用は、特に注記しない限り『袖中抄』（歴博本に拠り、校訂しない形で示す）に引用された形によって示し、『万葉集』の巻数・歌番号を旧「国歌大観」番号によって付記する。

まず、次の二四二九番歌の初句の漢字本文と訓に、引用箇所によって異同がある。

愛八師《ヲシエヤシ》アハヌニ《コイ》ユヘニイタツラニコノカハノセニモスソヌラヒツ《シ歟》（「ヨシエヤシ」（15）、『万葉集』十・二四二九）

早敷哉《ハシキヤシ》アハヌコユヘニイタツラニコノカハノセニモスソヌラシツ（「ハシキヤシ」（16）、同）

これを『万葉集』の現存諸本と比校してみると、

A　愛八師《ヲシエヤシ》（「ヨシエヤシ」（15））――万葉集現存本にナシ

B　早敷哉《ハシキヤシ》（「ハシキヤシ」（16））――万葉集のすべての現存諸本、類聚古集

となる。つまり、Aの本文および訓「愛八師《ヲシエヤシ》」は、『袖中抄』の独自異文および独自訓となるが、何らかの現存しない伝本の本文と訓に拠ったということであろうか。とすれば、『万葉集』からある一首（二四二九番歌）を二箇所に引用する際に、それぞれ異なる『万葉集』（あるいは『類聚古集』）の伝本に依拠していたことになる。「ヨシエヤシ」（15）と「ハシキヤシ」（16）という連続する項目を執筆する時でも（おそらく項目順に執筆していたと思われるが）、顕昭は『万葉集』（あるいは『類聚古集』）の異なる伝本を別個に参照していたということになろう。はたしてそんな過重な労働をしていたのか、という冒頭の素朴な疑問に戻るのである。

しかし、この例では、次のような引用時の転記の錯誤も考えられる。Aの本文・訓を持つ二四二九番歌は、「ヨシエヤシ」（15）の項においては、「或ハヲシエヤシトモヨメリ」と述べて、以下「ヲシエヤシ」の例歌を並べる箇所にあげているものだが、この二四二九番歌に並べて引用しているのは、家持の長歌、

ワカヤトニハナソサキタル　ソレヲミテコヽロモユカス　ヲシエヤシイモカアリセハ　ミカモナルフタリ双《ナヒ》ヰ
テ　タヲリテモミムマシモノヲ　（「ヨシエヤシ」（15）、『万葉集』三・四六六、大伴家持）

である。この四六六番歌の「ヲシエヤシ」は片仮名で訓を表示するのみで漢字本文は掲出していないが、その漢字本

文は現存諸本によれば「愛八師」となっている（ただし現訓「ハシキヤシ」）。顕昭は、二四二九番歌を引用する際に、次の四六六番歌の漢字本文の表記「愛八師」に引かれ、二四二九番歌にも「愛八師」とする漢字本文を提示してしまったのではないだろうか。あるいは当初から二四二九番歌の漢字本文を四六六番歌と同じであると思い込むような記憶違いがあったとも考えられる。何らかの錯誤によって結果的に本文を改変してしまった例である。

錯誤による本文改変の可能性を考えてみたが、次のような独自異文の例からもその可能性が指摘できる。

「サヽナミ」（118）の項に例歌として、

楽浪ノシカノオホワタヨトムトモムカシノヒトニマタモアハメヤモ　（『万葉集』一・三一）

という歌をあげるが、この初句は現存諸本すべて「左散難弥乃」に作る。この「楽浪」の独自異文発生の経緯についても、右にあげた「ヨシエヤシ」（15）の二四二九番歌Aの例と同様の理由が考えられる。すなわち、この三一番歌の前に引用する二首の歌、

サヽナミノクニツミカミノウラサヒテアレタルミヤコミレハサヒシモ　（『万葉集』一・三三、高市古人）

サヽナミヤヒラノ山風ウミフケハツリスルアマノソテカヘルミユ　（『万葉集』九・一七一五、槐本）

は、いずれも初句の本文を「楽浪」に作り（ただし漢字本文は引用せず）「ささなみ」と訓じていて、その前二首からの目移り、あるいは思い込みによって、三一番歌も「楽浪」と表記してしまったのではなかろうか。これも、きちんと本文を確認せずに引用した、転記間違いあるいは思い込みということになる。

しかし、次のような例もある。「ウケフ」（273）の項に、

アヒオモハヌキミニアルラシウハタマノユメニモミエス受《ウケ》日《ヒ》手《テ》宿《ヌ》跡《レト》　（『万葉集』十一・二五八九）

とある歌の結句は、現存諸本すべて「受旱宿跡」となっている。これも、その次に続けてあげる例歌、

サネカツラノチニアハムトユメニノミ受日《ウケヒ》ソワタルトシハヘニツヽ
（『万葉集』十一・二四七九）

の漢字表記に引かれ改変してしまったものであろうと推測され、やはり前の例と同様に目移りあるいは思い込みによる錯誤と考えるべきである。ただし、「受早」が確実に「ウケヒテ」に訓まれるために、意図的に「受日手」に改変したとも考えられないであろうか。それが認められれば、顕昭による「意改」(6)ということになる。しかし、ここまでの「ヲシエヤシ」以下で検討した例から見ると、顕昭による意改であるよりは、何らかの錯誤と考えたほうがよいだろう。顕昭の意改であることが明確に指摘できる例は多くはないと思われる。

二箇所に重出引用する例をもうひとつあげる。「くぐつ」の本文を「久具都」と「久具津」の二様に作る例である。

シホカレノミツノアマ人久具都《クヽツ》モテタマモカルラムイサユキテミム
（「イソナツムメザシ」（20）、『万葉集』三・二九三・角麻呂）

シホカレノミツノアマメノ久具津《クヽツ》モテタマモカルラムイサユキテミム
（「クヾツ」（201）、同）

これを現存本と比較してみると、

A　久具都《クヽツ》（「イソナツムメザシ」（20））――万葉集のすべての現存諸本、類聚古集

B　久具津《クヽツ》（「クヾツ」（201））――万葉集現存本にナシ

となり、Bの「久具津」が独自異文となる。この独自異文発生の根拠については、前の例とは異なり、『類聚古集』の部類に求められる。『類聚古集』では、この二九三番歌の第三句本文は「久具都」としているが、分類する項目名は「久具津」（人倫部）と表記している。『袖中抄』は、「イソナツムメザシ」（20）の項では、『万葉集』あるいは『類聚古集』のいずれかの伝本に忠実に拠る（A）一方、「くぐつ」の釈義を提示する「クヾツ」（201）の項では、現存しない伝本に拠ったのか、あるいは『類聚古集』分類項目名を歌本文と混同してB「久具津」に改変してしまったので

はないだろうか。後者とすれば、『類聚古集』に影響された、顕昭の錯誤による本文改変といえる。なお、右の歌の第二句には訓にも相違があるが、漢字本文は「三津之海女乃」に作り、現在も「みつのあまの」「みつのあまめの」の両訓があって定訓を見ず、『袖中抄』にも二様の訓がある根拠はわからない。

以上、煩瑣な考察を繰り返してきたが、『袖中抄』に見られる独自異文は、『万葉集』『類聚古集』の現存しない伝本に拠ったと考えられるほか、錯誤による結果としての改変を想定するほうがよいものもあった。しかし、いずれにせよ、現存本と比校してみた限りで想定できることであって、「礼部ノ本」などの現存しない本を参照していたことも考え合わせると、顕昭の引用した本文がどの程度もとの本に忠実であったかはわからない。むしろ、顕昭の引用本文の混乱は、『類聚古集』の「変容」に帰することではなく、顕昭のミスかどうかということも合わせ、当時の『万葉集』（『類聚古集』を含め）の本文の状況の混乱ぶりを反映しているということではなかろうか。顕昭の『万葉集』漢字本文の引用態度は、基本的には依拠本文に忠実であろうとしつつも、もとの資料群の混乱ぶりに適切に対応することができなかったということではないか。

三　重出引用歌の訓の問題

次に訓の問題に移りたい。訓には顕昭の考証が入るので、さらに問題を複雑にしている。

まず、次の重出歌であるが、第三句が「マヒハセム」と「ヌサハセム」と異なっている。

アメニマス月ヨミヲトコマヒハセムコヨヒノナカサイホヨツキコソ

（「マヒナシ」(24)、『万葉集』六・九八五、湯原王）

アメニマス月読壮子《オトコ》幣《ヌサ》ハセムコヨヒノナカサ五百夜《イフヨ》ツキコソ

（「サヽラエオトコ」(193)、同）

第三句の漢字本文「幣者将為」（諸本間の異同なし）に付す訓を現存本と比較してみると、

Ａ　マヒハセム（「マヒナシ」（24））――多くの現存本

Ｂ　ヌサハセム（「サヽラエオトコ」（193））――神田本、類聚古集、細井本「ヌサハセム《或マヒハセム》」、広瀬本「ヌサハセム《或マヒハセム》」

となる。九八五番歌を引用するに際し、現存本から見る限り、「マヒナシ」（24）の項を執筆する時には、『万葉集』いずれかの一伝本の訓（Ａ）により、「サヽラエオトコ」（193）の項を執筆する時には、また別の伝本を参照していた（Ｂ）ことになる。

別の例をあげる。これも第三句の異同が問題となる。

アマサカルヒナニイツトセスマヒシテミヤコノテフリワスラレニケリ
（「ミヤコノテブリ」（51）、『万葉集』五・八八〇、山上憶良）

アマサカルヒナニイツトセスマヰツヽミヤコノテフリワスラレニケリ
（「アマノナハタキ」（157）、同）

第三句漢字本文は諸本いずれも「周麻比都々」に作るが、その訓は、

Ａ　スマヒシテ（「ミヤコノテブリ」（51））――奥義抄にある。万葉集・類聚古集現存本ナシ

Ｂ　スマヰ（ヒ）ツヽ（「アマノナハタキ」（157））――万葉集・類聚古集のすべての現存本

となり、「ミヤコノテブリ」（51）の項を執筆する時には歌学書の『奥義抄』を参照し（Ａ）、「アマノナハタキ」（157）の項の執筆時には『万葉集』の一本または『類聚古集』によって引用した（Ｂ）こととなる。このような便宜的な引用も想定できる。

次のような例もある。

モノヽフノヤソウチカハノアシロキニイサヨフナミノユクヱシラスモ

モノヽフノヤソウチカハノアシロキニイサヨフナミノヨルヘシラスモ
（「モノヽフノヤソウヂガハ」(250)、『万葉集』三・二六四、柿本人麻呂）
（「イサヨフ月〈イサヨヒ　ユミハリ〉」(254)、同）

第五句漢字本文は「去辺白不母」である。また整理してみると、

Ａ　ユクヱ（ヱ）シラスモ（「モノヽフノヤソウヂガハ」(250)）――万葉集の多数の伝本、奥義抄

Ｂ　ヨルヘシラスモ（「イサヨフ月〈イサヨヒ　ユミハリ〉」(254)）――神田本、広瀬本「ヨル《ユク》ヘシラスモ」、古今和歌六帖・人丸集

となり、これも、項目ごとに違う伝本の訓に拠っていたこととなる。あるいは、これも、何らかの記憶違いや思い込みがあったものだろうか。

次も顕昭の錯誤が想定される例であるが、

神左振《カミサフル》イハネコキヒキミヨシノヽミツワケヤマヲミレハカナシモ　（「オキナサビ」(58)、『万葉集』七・一一三〇）

カミサフル磐根コリシクミヨシ野ノミツワケヤマヲミレハカナシモ　（「イハガネ」(99)、同）

の例では第二句の本文「磐根己凝敷」に対し、

Ａ　イハネコギヒキ（「オキナサビ」(58)）――現存本ナシ

Ｂ　イハネコリシク（「イハガネ」(99)）――現存諸本すべて（現訓は「いはねこごしき」）

となっているので、Ａ「イハネコギヒキ」は『袖中抄』の独自の訓ということになる。ただし、『和歌初学抄』に「いはねこぎしき」の本文で載せているので、あるいはこれを誤ったのかもしれない。

次の二例は一方が『袖中抄』の独自訓となる可能性のあるものである。まず、

サヽナミノクニツミカミノウラサヒテアレタルミヤコミレハカナシモ
（「オキナサビ」（58）、『万葉集』一・三三、高市古人）
サヽナミノクニツミカミノウラサヒテアレタルミヤコミレハサヒシモ
（「サヽナミ」（118）、同）
という歌では、結句の漢字本文「見者悲毛」に対し、
A　ミレハカナシモ（「オキナサビ」（58））――現存諸本すべて
B　ミレハサヒシモ（「サヽナミ」（118））――現存本ナシ
となり、Bが『袖中抄』の独自訓であり、『万葉集』の現存しない伝本に拠ったか、あるいは顕昭の創訓ということになろう。漢字本文からは、「サヒシ」になるはずはなく、由来、根拠は不明である。
ただし、これについてもまた錯誤の可能性も考えられる。三三番歌Bと同様に「さざなみの」と歌い起こし「みればさぶ（び）しも」で結ぶ歌句構成を採る歌に、
楽浪《ささなみ》之《の》志《し》賀《が》津《つの》子《こ》等《ら》何《が》罷《まかり》道《ち》之《の》川瀬《かわせ》道《のみち》見《をみれ》者《ば》怜《さぶし》毛《も》
（『万葉集』巻二・二一八。西本願寺本（新日本古典文学大系）による。異伝は略した）
という歌がある。この歌は、『類聚古集』を除く『万葉集』諸本すべてが結句が「みればさぶ（び）しも」の訓であるが、『袖中抄』は、初句と結句が同一構成の二一八番歌と三三番歌とを混同し（ただし『袖中抄』には二一八番歌は引用していない）、「サヽナミ」（118）の項の執筆時に、三三番歌も「サヽナミノ…ミレハサヒシモ」の形で引用してしまったとは考えられないだろうか。ちなみに、この二一八番歌は『類聚古集』では、
さゝなみのしかつのこらかゆくみちのかはせのみちはみれはかなしも《〈ミレハア〈ハレナルカモ（朱）》
と、結句を「みれはかなしも」の訓で別行にあげていて、漢字本文「見者怜毛」からすると誤訓となるが、逆に三三

番歌A「ミレハカナシモ」と同様の句構成である。以上のいくつかの例を総合してみると、初句を「ささなみの」と歌い起こす近江荒都懐旧の複数の歌をめぐって、それらの歌の結句の訓が錯綜し、漢字本文にかかわらず「みればさび（ぶ）しも」と「みればかなしも」とが入れ替わってしまうような伝来状況があったのかもしれない。顕昭は、この三三番歌を引用する際、『万葉集』や『類聚古集』を検索しながらも、漢字本文を確認せず錯誤を犯してしまったのではないだろうか。

いうまでもなく、この期の『万葉集』歌の訓の状況は錯綜、混乱している。[7] 以上のとおりの顕昭引用歌の訓の錯綜状況も、それを反映するものである。ここで見られた顕昭の独自訓について、顕昭の錯誤を想定してみたが、しかし錯誤かどうかの確証はなく、現存しない何らかの『万葉集』伝本や歌学書類にある訓に拠るものかもしれない。さらに、また顕昭の創訓である可能性もないとはいえないだろう。そこで次に顕昭の創訓の可能性について検討してみたい。

四　顕昭の創訓はあるのか

『袖中抄』にはいくつかの歌に独自の訓、あるいは先行の点本にはない訓が見られ、それらを顕昭の創訓（顕昭伝訓）とする可能性が指摘され、[8] 顕昭も次点者のひとりとして評価されてきた。ここで、それら創訓といわれる訓のうちのいくつかについて、気づいたことを摘記してみたい。

たとえば、次の例、

唐棣《ハネ》花色《スイロ》ノウツロヒヤスキコヽロアレハトシヲソヘフルコトハタエステ　（「ハネズイロ」（26）、『万葉集』十二・三〇七四）

について、この歌の初句「唐棣花色」は元暦校本・『類聚古集』とも「つきくさの」であるが、顕昭は「ハネスイロ」と訓を付し、これが顕昭の創訓とされてきた。

しかし、『袖中抄』同項にもあげているように、題詞を「唐棣花色歌一首」とする、

ナツマチテサキタル波祢受《ハネス》ヒサカタノアメウチヒラ《（ママ）》ハウツロヒナムカ　（『万葉集』八・一四八五、大伴家持）

という家持の歌があり、この歌句に「波祢受」とあるのに拠ったものであることは既に明らかにされている。題詞に「唐棣花色」と表記した家持の意図も合わせ、顕昭が「ハネスイロ」の訓を創始した詳細な経緯については和田一義[9]論文に明確にされている。

それに付言することもないのだが、『類聚古集』との関係に注目しておきたい。『類聚古集』では、三〇七四番歌を、初句を「つきくさの」と訓み、草部に「鴨頭草〈亦作鶏冠草　亦唐棣可考〉」と注記付きの項目を立て、その下に部類するが、その一方で、一四八五番家持歌は、夏部に立項した「波祢受」という部類に入れる[10]という矛盾した措置をとっている。顕昭は、このような『類聚古集』の措置に対し「然而部類ニ、夏歌ニハネズトテ一首入、如何」と不審を表明している。そこで、顕昭は、「ハネズ」なる花が実体不明であるにかかわらず「夏サルウツロヒヤスキ色アル花アリトコヽロウベシ」などと自ら納得し、一四八五番家持歌によって、三〇七四番歌の「唐棣花色」も「ハネスイロ」と訓んだのである。

この『類聚古集』の矛盾した措置とそれに対する『袖中抄』の不審は、『類聚古集』編纂以前の段階で、三〇七四番歌の初句「つきくさの」の訓に疑義が生じていて不安定化していたことを示すのかもしれない。顕昭も、『類聚古集』の混乱をふまえつつも、その部類項目を尊重して、「唐棣花」を「ハネズ」と訓むことに踏み切ったということではなかろうか。

このように、顕昭の創訓と指摘されてきた歌句のうち、顕昭が『類聚古集』の部類の混乱に関わって新訓を提示したと思われるものがある。

「あぢむらさわぎ」については、

ヤマノハニアチムラ駗《サハキ》《コマソハ引或》ハ去《ユク》ナレトワレハ左夫思恵《サフシエ》キミシニアラネハ

（「アヂムラコマ」（3）、『万葉集』四・四八六）

の歌の二句「味村駗」に対する「アチムラサハキ」が、顕昭の「創訓」であるとは阿蘇氏の指摘である。(11) しかし、早く経信に、

風さえてうきねの床やこほるらむあぢむら騒ぐ志賀のからさき

（『夫木抄』冬二・七〇二一）

という作があることも指摘されていて、(12) 経信の時代には、「あぢむらさわぎ」の訓が成っていたこととなる。

この四八六番歌について、『類聚古集』は、「あぢむらこま」と訓を付けているにもかかわらず、部類は「鳥」部の「味村」の項目のもとにあげる。これも部類と訓が相違していることとなるが、『類聚古集』編者は歌の訓を「あぢむらこま」としたまま、「鳥」部の「味村」（既に「あぢむらさわき」の訓が成立していた）の項に部類したということになる。顕昭は、その部類と経信歌とを参考にしつつ「アジムラコマトヨムハヒガコトナリ。アヂムラサハギトヨムベキ也」と判断したのではないか。「アヂムラ」とは、「この頃䳑は、万葉の知識の彼方に朦朧とたたずむ、実体不明の鳥」(13)であったが、顕昭は、『類聚古集』の「鳥」部への部類に示唆され、「尚味村トイフ鳥歟」と考え「アヂムラサハギ」の訓を支持したのである。

「なつげも」については、標題歌、

シカノアマノイソノカリホス名告藻《ナツケモ》ノ名ハ告テシヲナソアヒカタキ　（「ナツゲモ」（179）、『万葉集』十二・三一七七）

の第三句「名告藻」に「ナツケモ」と傍訓する。『類聚古集』は「なつきも」、『和歌童蒙抄』は「なつけも」となっている。しかるに、顕昭は、

此ナツゲモノ哥ハ、下ニ名ハ告テシヲトイヘバ、ナツゲモトヨムハイハレタレド、コレモナノリソノ哥ニ入タレバ、ナノリソトヨムベキ義モアル歟。名ヲ告ル名ノリト同事也。

と述べ、「ナノリソ」の訓を提唱する。

三一七七番歌は、『類聚古集』の部類では、「草」部の「名乗藻」の項にあり、これも訓と部類とが齟齬している。同項目にあげられている歌を、「ナノリソノ」の歌句の部分を漢字本文とともに引くと、

莫告藻乎（なのりその＝別提訓）　（一一六七）
莫告藻之（なのりその＝別提訓）　（一九三〇）
名告藻之（なつきもの＝別提訓）　（三一七七）
名告藻之（なのりその＝別提訓）　（三〇七六）
勿謂藻乃（ナノリソノ＝書入訓）　（三〇七七）
名告藻者（なのりそは＝別提訓）　（一三九五）
名告藻之（なのりその＝別提訓）　（一三九六）

となっている。「名告藻」に作る歌が四首あり、うち三首が「なのりそ」と訓むにかかわらず、三一七七番歌のみ「なつきも」となっているのは誠に奇妙な措置である。『類聚古集』が同歌のみ「なつきも」の訓にしているのは、『和歌童蒙抄』に見える「なつけも」のごとき訓が通用していてそれに従ったものかと思われるが、『類聚古集』の訓自体も混乱している。顕昭は『類聚古集』の部類と訓の混乱をふまえ、同項目の例歌の「名告藻」の訓によって、三

一七七番歌の「名告藻」も「ナノリソ」と訓じたのではなかろうか(14)。

「シラハギ」(270)も同様。出典歌、

ワカマチシ白芽子《シラハキ》《アキハキ》サキヌイマタニモニホヒニユカナヲチカタヒトニ　(「シラハギ」(270)、『万葉集』十・二〇一四)

の第二句「白芽子」を「是ハアキハギトヨムベキナリ」とするのが顕昭の創訓である。『類聚古集』は秋部「七夕」の項に二〇一四番歌を置き、第二句を「シラハギ」と訓んでいるが、続けて「白風」を「アキカゼ」と訓ずる二〇一六番歌並べているので、この『類聚古集』の配列から「アキハギ」の訓を着想したのではないか。もっとも、二〇一六番歌も『袖中抄』同項に引いているので、『類聚古集』を見たのではなく、直接『万葉集』によって考証した結果なのかもしれない。

以上、煩瑣かつ危うい考察であったが、顕昭の創訓といわれるもののいくつかは、『類聚古集』において部類と訓の齟齬に基づくものがあった。その『類聚古集』の混乱は、編纂が杜撰だったというよりむしろ、『類聚古集』編纂の時点で訓が不安定であった状況の反映であったろう。『袖中抄』は、『類聚古集』以降の訓の錯綜状況も引き受けながらも、最も妥当な訓をすくい上げようと苦闘したものと思われる。

この時期、『万葉集』歌を引用する歌学書は多いが、たとえば、『奥義抄』においても、『万葉集』および『類聚古集』の訓とは異なる独自の訓によって引用する歌が少なからず見られる。これについて、寺島修一氏は、清輔が改訓した可能性は考えにくく、現存本とは異なる『類聚古集』を用いて引用したかという(15)。これに対し芦田耕一氏は、それらは二条院御本や六条家本とも異なる訓であって、「清輔によって改変がなされた」訓なのであって、万葉歌の訓は、歌学書においては「著者が自由に手を入れることが当たり前であった」のだと主張している(16)。両者の結論は正反対であるが、私見では引用者による恣意的な改訓も十分にありうることと思っている。しかし、顕昭については、清輔らとはまた異なり、基本的には『万葉集』および『類聚古集』に忠実であろうとした。しかし、忠実であろうとすればするほど、当時の『万葉集』本文と訓の錯綜、混乱をまともに引き受けることになってしまうだろう。

漢字本文に関しては、問題の語「二四八」について「随分ニ見及本ニマタクミエズ」（「二四八」(70)）とあるよう、多くの伝本にあたって探り、正統的な本文を見いだそうとする。しかし、なにぶん大部の書ゆえ、錯誤を犯してしまうこともあったろう。

訓に関しては、右に見てきたように、『類聚古集』に見えるような当時通行の訓に無批判に依拠せず、妥当な訓を追究していた。訓に不審のある時には「此万葉沢字ヲソフトヨミタル本ハイマダミヲヨビハベラズ」（「エグ〈ソフイシミ〉」(202)）とやはり複数の本の訓を調べ、厳密な考証を心がける。それらの訓は、現代の目から見ると疑問のものもあろうが、そのような疑義も含め、妥当な訓を確定しようとした顕昭の苦闘の跡は認めてもよいであろう。

梨壺の五人による古点と仙覚の新点との間にはさまれた、平安中期から鎌倉初期にかけての『万葉集』訓読を「次点」と呼ぶ。しかし、次点者には「点」を付けるという厳格な意識はなかったのではないか。清輔以下の「創訓」を明らかにする試みもあるが、「創訓」の主を明らかにしようとすればするほど、創訓主は分裂し、逆にこの時期の『万葉集』歌の訓の錯綜、混乱状況が浮かび上がってくるように思われる。

五　万葉語の釈義を求めて

以上のような顕昭の万葉学の苦闘の跡をふまえ、顕昭が最も力を入れたとおぼしき、万葉語の釈義について考察してみたい。

顕昭が漢字本文の提示にこだわるのは、単に『万葉集』の漢字本文表記を典拠として示すばかりではなく、用字か

ら釈義を明らかにしようとする方法を採るものがあるからである。(17)

たとえば、「スガルナル野」について、「酢軽成野」（『万葉集』十・一九七九）とする本文に対し、

スガルナルノトハ酢《ス》軽《カル》成《ナル》野《ノ》トカケリ。草ノスノカレテカルクナルトイフ云歟。（「スガルナル野」(96)）

と漢字の字義から解してゆく。このような方法は、既に『奥義抄』にも見られ、(18) さらにさかのぼって、『俊頼髄脳』にも認められるが、顕昭も実証的で説得力ある方法として採用したのである。漢字本文を重視したゆえんである。

ほかにも、「小集楽」（『万葉集』十六・三八〇八）とする漢字本文について、

ヲヘラトハ、ヰナカノモノヽイデアツマリテアソブヲイフトゾマウス。（「スミノエノヲヘラヒ」(133)）

などと用字をもとに釈する例はあるが、この方法がうまく適用できる語句は多くはなかった。

『万葉集』歌や歌ことばの注釈作業は困難さを極めたようである。たとえば、「サデハヘシヽノユメ」(22)という語がある。これは、

網児《アコ》之山《シヤマ》五百重《イヲヘ》カクセル佐提《サテ》ノ崎《サキ》左手《サテ》蝿師子《ハヘシヽ》ノ夢《ユメ》ニシミユル　（『万葉集』四・六六二、市原王）

という出典歌に見える語であるが、まず「此哥ハ極テ心エヌヲ、万葉ノ哥ヲモヌキイデヽ、古物ニ釈シツヽ、ミルニ、此哥釈シタルフミハミエズ。コヽロミニヲシテコレヲ案ニ」と述べて、「極テ心エヌ」歌であるが、先行研究が見当たらないことが注釈を加える動機となったという。しかし、顕昭の釈義は、

下句ニサデハヘシヽノユメニシミユルトイフ事ハ心エズ。蝿トイフムシト師子トイフケダ物ノ王トヲ夢ニミユト云テ、恋哥ノ心ニナルベキ様ナシ。

とあるように、まず「サデハヘシヽノユメ」なる歌句に抱く不審を前置きし、続けて各語について「サデトイフハサレバト云詞也。ハヘハハユル詞也。シヾハシゲキ心ナリ。繁トカキテシジトヨメリ」と逐語的に解を提示するものの、

最後は、

コヒシキ人ノカクレタル歟、モシハ人ニカクサレタル歟ノアヒダニ、ハヘテシゲクユメニミユト詠歟。

と結論が出ず迷走している。続けて「一義」の説を紹介して、次に、表記について「又蝿トカキ、師子ト書事ハ、如此作字万葉定事歟」と批判、同様な戯書表記の例をあげる。最後は、

風《ソヘ》哥ノ心歟。人ヲカクサレテユメニミル心歟。吉々可斟酌。

と結ぶ。結局、明快な釈義は見いだせなかった。「コヽロミニヲシテコレヲ案」じてはみたが、注釈の目的を果たすことができず、考証をいたずらにもて遊んだにすぎないことになった。

『万葉集』は難解で不審点の多い歌集であった。「シナガドリヰナノ」(71)についても、「シナガドリ」と「ヰナノ」それぞれの漢字本文に恣意的で多様な用字があることを指摘、したがって、釈義も錯綜、混乱する状況となることを提示して、

ソレスラ万葉ハ文字ヲカヘテトカク書タルフミナレバ、信ジガタカルベシ。（「シナガドリヰナノ」(71)）

と断じ、漢字表記に不審を示している。

また、その訓についても、確定に苦闘している様は前に指摘したが、

万葉ノヨミハ、ヤウ〱ナルヲ能々見定テ可詠也。一説ニ付テヨミツレバ僻事ニナルナリ。（「カタチノヲノ」(30)）

と、訓は「ヤウ〱ナル」ありさまなので、「一説」にのみ従って自歌に詠み込むと、場合によっては「僻事」になる可能性が生じると結論づける。訓が不定であれば、釈義も確定しないからである。ここでは、「カタチノヲノ」という訓のひとつの説に拠って一首を詠んだ俊頼を暗に批判している。

結論として、

凡万葉集には如レ此本に書様、又読様難レ定歟。　（『散木集注』二六七）

となる。漢字本文の「書様」も訓の「読様」も「難定」という。『万葉集』は、不審な点のきわめて多い厄介な歌集であった。

そのように厄介な『万葉集』歌の注釈にあえて挑んだのは、俊頼らが広めていた「僻事」をただすばかりではないであろう。先行歌学書に一切の言及がないことばにも注釈を加えているのである。右にあげた「サデハヘシ、ノユメ」は、「古物ニ釈シツヽミルニ、此哥釈シタルフミハミエズ」と指摘し、「コヽロミニヲシテコレヲ案ニ」と述べて、注釈を加えてゆく。『袖中抄』巻二巻頭の「ワガナモミナト」（10）も、「奥義抄ニ此哥ヲバ書出ナガラ不釈之。心エガタキ歌歟。他書ニモ釈シタル事モ見エズ。サレドヲシハカリニ今案云」と述べ、『奥義抄』以下他書にも釈したところがないことを理由に「ヲシハカリニ」注釈を加えていくというものだが、この項目以下「イソノマユ」（14）まで五項目連続で、他書に注釈が見えないので「ヲシハカリニ」「コヽロミニ」注を加えたものという。これらは、顕昭独自の問題意識によって語句が選ばれて注釈が加えられている。先行研究のないものに注釈を加え、解答の得られないような語句や助詞の類にまで注釈の範囲を広げ、注釈を加えた語句を大幅に増やしてゆく。多くの用例や先行研究を逐一引用し批判を加えて考証の確実性を深める。いわば、学の充実をめざした、注釈のための注釈である。

最後に、顕昭の万葉観を確認しておきたい。

『万葉集』を歌の「本体」とするのは、六条家の歌学の根幹となる思想である。顕昭も、「やまと歌は万葉を本体と侍るに」（『六百番陳状』）という万葉本体観を継承している。ただし、

故六条左京大夫〈顕輔卿〉被レ申侍しは、「先親修理大夫〈顕季卿〉予に万葉集を講給し時云、「万葉集は只和歌の

寵にて、納㆓箱中㆒て可㆑持。常に披みて不㆑可㆓好読㆒。和歌損ずる物也」と云々。又、後日に俊頼朝臣、同様に諷諫仕き。但、此両人、ともに万葉の詞をとりて能詠ぜる人也。然共、此儀極不審也。若心得ずよまば、あしざまになるべきか。其たぐひおほかり」と云々。尤可㆓用意㆒事歟。

（『六百番陳状』元日宴）

と、養父顕輔の言を引用して、「若心得ずよまば、あしざまになるべきか」と万葉歌句の安易な使用は、「常に披みて不可好読。和歌損ずる物也」と戒めている。あえて大雑把な括りをすれば、万葉語を安易に詠み込んではならないという点では俊成も顕昭も同じ基本認識であって、俊頼、基俊、顕季、顕輔ら彼らの父祖や師の世代以来の共通する考えであったといえよう。ただそこを共通認識とはしていても、実作へ向かう思想や方法は各人さまざまであった。

顕昭が万葉語の摂取には慎重であるべきと述べる理由は、ここまで述べてきたところから、万葉歌の本文と訓と釈義の不安定性にあることは明らかであろう。しかし、それでも万葉語の本文と訓の安定をはかり、多くの僻事を排除し釈義の確定と充実をめざしたのは、『万葉集』歌の「本体」としての安定と拡充を図ろうとしたということではないか。訓や釈義が不明のままであれば、『万葉集』の歌語は、歌ことばの体系から疎外されてしまう。周到な注釈を加えることによって、『万葉集』の多様な歌句を王朝の歌ことばの体系の中に組み入れ、古代の歌ことばを末の世に再生しようとしたのである。

注

（1）『袖中抄』の『万葉集』研究についての先駆的成果に、吉永登「袖中抄における萬葉語の研究――特にその方法論的考察――」（『国文学』（関西大学）一号、一九五〇・五）がある。

（2）小島憲之「類聚古集考」（『国語国文』九巻一号、一九三九・一）、吉永登「袖中抄と類聚古集」（『萬葉』八号、一九五三・七）に拠る。

（3）景井詳雅「『類聚古集』の変容――『袖中抄』を中心に――」（『萬葉』一九〇号、二〇〇四・九）に拠る。

（4）新谷秀夫「礼部納言本と大中臣家――『萬葉集』伝来をめぐる臆見――」（『高岡市万葉歴史館紀要』九号、一九九九・三）に拠る。また新谷氏には、この時期の『万葉集』本文の伝来状況について論じた「平安・鎌倉の『萬葉集』――享受・伝来という視点からの素描――」（『国文学』二〇〇四・七）という興味深い論もある。

（5）同じような問題意識から『古今和歌六帖』における『万葉集』引用歌の重出歌をとりあげた論に、平井卓郎『古今和歌六帖の研究』（明治書院、一九六四・二）、青木太朗「『古今和歌六帖』における万葉歌についての一考察――題との比較を通して――」（久保木哲夫編『古筆と和歌』笠間書院、二〇〇八・一）があり、示唆を得た。特に後者は、編者による本文の「改変」を指摘している。

（6）「意改」の用語は、木下正俊「万葉集写本の意改」（『文学』四八巻二号、一九八〇・二）に拠った。なお、この時期の『万葉集』古写本や『類聚古集』に見られる独自異文については、さまざまな理由での本文改変の様相が明らかにされている。小島憲之「萬葉集原典批評一私考」（『国語国文』一三巻三号、一九四三・三）、井手至「類聚古集の換字をめぐって――敦隆本系万葉集の本文――」（『沢瀉博士喜寿記念　万葉学論集』一九六六・七）、「古写本の換字」（『万葉集研究』六集、一九七七・七）、北井勝也「類聚古集の本文改変――独自異文の検討から――」（『国文学』（関西大学）七三号、一九九五・一二）、同「類聚古集における意改」（『美夫君志』五二号、一九九六・三）など参照。

（7）院政期のいわゆる次点をめぐる最近の注目すべき研究として、廣岡義隆『上代言語動態論』「第一篇・第四章訓の独立」（塙書房、二〇〇五・一一）、および小川靖彦『萬葉学史の研究』「第二部・第三章かなの文化の中の萬葉集訓読――平安から中世へ――」（おうふう、二〇〇七・二）があげられよう。前者は、『類聚古集』を例に漢字本文に即していない訓を「訓の独立」と呼び、そのような現象が見られる根拠を書承に求める。後者は、かなの文化の支配力の中での独自の訓の成立を論じている。本稿は、両著の成果を十分に採り入れているとはいえないのだが、顕昭の場合は『万葉集』（および『類聚古集』）の本文と訓に比較的忠実に依拠していて、独自の本文改変や訓の創始はほとんどないものと考えた。

（8）上田英夫『萬葉集訓点の史的研究』（塙書房、一九五六・九）、前野貞男『万葉訓点史』（忍書房、一九五八・一一）、阿

蘇瑞枝「万葉集次点本『袖中抄』の万葉歌訓をめぐって」(『論集上代文学』二〇集、一九九三・一〇）など。阿蘇論文では、『袖中抄』が改訓したものとして七例をあげる。このうち、本稿では「アヂムラサワキ」「ハネズイロ」「ナノリソ」「アキハギ」をとりあげている。

（9）和田義一「万葉集植物語彙の表記と訓――ハネズとアシビを中心に――」（西宮一民編『上代語と表記』二〇〇〇・一〇）に拠る。

（10）『類聚古集』における「はねず」の取り扱いについては、阪口和子「藤原敦隆の『万葉集』享受――『類聚古集』の部類を通して――」(『大谷女子大国文』二八号、一九九八・三）を参照した。また、小島注（2）論文には、既に『類聚古集』の「分類の不備」の指摘がある。

（11）阿蘇注（7）論文に拠る。

（12）川村晃生「鳥の詠歌史（一）鶴（あぢ）」(『国語科通信』九九号、一九九七・九）に既に指摘がある。

（13）川村注（12）論文に拠る。

（14）阿蘇注（8）論文に拠る。

（15）寺島修一『奥義抄』の『万葉集』享受――和歌本文の性格について――」(『文学史研究』三六号、一九九五・一二）に拠る。

（16）芦田耕一『奥義抄』に見られる『万葉集』歌――その独自本文について――」(『国文論叢』二五号、一九九七・三）に拠る。

（17）乾善彦「古注釈の文章にみえる漢字の一用法――顕昭『古今集注』を中心に――」（吉井巌先生古稀記念論集『日本古典の眺望』一九九一・五）が論じている。

（18）寺島修一『奥義抄』古歌詞の『万葉集』享受」(『武庫川国文』四九号、一九九七・三）参照。

第四節　物語の生成と歌学

一　「歌につきて物語を作る」

『袖中抄』に、「哥ニツキテツクリイデタル物語也」「如此物語等ハ和哥ニツキテ作出、常事也」「和哥ニハヒトツコトバヲトカクカキナシテ、物語ヲツクリイダスコトオホカリ」などと、和歌から物語を作り出すことは常の事であって、そのようにして作り出された物語を歌や歌ことばの典拠としてあげつらうのを批判する言説がある。

『俊頼髄脳』以来あるいはそれ以前から、歌学において、歌が詠まれる事情や歌ことばの典拠として、さまざまな物語、説話、伝承などが取り上げられてきた。他の分野の資料には見られない物語類もあり、物語史や説話・伝承史に興味深い話題を提供してきたのである。しかし、そのような典拠としての物語類の中には、捏造されたものもあったことも周知のごとくである。顕昭が「哥ニツキテツクリイデタル物語也」とする指摘は、典拠とされる物語類の一部が捏造されたものであることを早くも見抜いたもので、今日の研究で明らかにされてきたことが[1]、既に顕昭によって暴き出されていたのである。

顕昭の意図は、そのような物語を和歌の規範から排除しようとしたものであった。典拠としての物語類への不審は俊頼らも持ってはいたが、顕昭に至って初めて明確に批判、否定したのである。顕昭には、歌ことばの典拠を「日本紀、万葉、三代集、諸家集、伊勢・大和両物語、諸家歌合、神楽、催馬楽、風俗等の詞」(『散木集注』)などという権威ある文献資料に限定しようとする、いささか硬直的な規範主義があり、その規範に基づく、顕昭としては当然の批判である。

顕昭の規範意識はそれとして、いくつかの物語について「哥ニツキテツクリイデタル物語也」などとする、顕昭の指摘が正しいとすれば、そこには確かに、和歌から「物語」が作られていくという、物語生成の機制の一端が見あわされているし、「物語」のあるものが歌や歌句の注釈という歌学にかかわって作り出されているという事情が明らかにされている。ここで、物語生成の意図や機制を、一人の歌学者顕昭の物語学に即して再検討してみることは意義なくもないであろう。

顕昭が「哥ニツキテツクリイデタル物語也」などと述べたところを、あらためてすべて次に列記してみる。

○もずの草ぐき

今云、綺語・奥義ノ説、タシカニミエタル事ナシ。万葉哥ニ付テ今案歟。(『袖中抄』「モズノクサグキ」(5))

○紀の関守がたつか弓

又俊頼ガ白鳥事、無指証文歟。木ノ関守ガタツカユミト云哥ニ付テ古人云事歟。如此事多々歟。

(『袖中抄』「アサモヨヒ〈イツサヤムサヤ〉」(54))

○このてがしは

大和国ノ風俗ニテオホドチヲコノテガシハト云事ハ、ヒトヘニコノナラ山ノコノテガシハト云哥ニツキテツクリ

イデタル物語也。（『袖中抄』「コノテガシハ」（77））

○宇治の橋姫

私云、同宇治ノハシヒメニ取リテ、橋姫ノ物語ハアマリニツクリゴトヽキコユ。姫大明神ノ事ハ二首ノ歌ニトモニカナヘリ。（歴博本ナシ＝冷泉家本による）（『袖中抄』「宇治ノハシヒメ」（82））

今案に、物語つくるには、さもことよりたる歌を本としてつくりても、其歌を書載する常事也。このちはやぶる宇治の橋姫の歌にて、其歌を書て橋姫の物語と名づけたる歟。（『顕注密勘』六八九）

○三輪山

如此物語等ハ和哥ニツキテ作出、常事也。（『袖中抄』「シルシノスギ」（91））

○しぢのはしがき

和哥ニハヒトツコトバヲトカクカキナシテ物語ヲツクリイダスコトオホカリ。（『袖中抄』「シヂノハシガキ〈シギノハネガキ〉」（239））

此歌二首を、一首に書かよはせる也とかきたれど、中〱さてはわろし。さきに申つるやうに下句は、同鴫のはねがきをしぢのはしがきとかきなし、百羽がきを百夜かきと書なして、かゝるあやにくの物語をつくり出したるといはむは、あしからずぞおぼえ侍。（『顕注密勘』七六二）

以上の六例である。中にはいわゆる「宇治の橋姫物語」「三輪山伝説」など、おなじみの歌物語も含まれているのは興味深い。

ただし、これら以外にも歌から作られた物語の例は無数にあるだろう。たとえば、志賀寺上人の恋物語（『俊頼髄脳』初出）は、京極御息所に懸想した老法師が御息所の手を取って、

はつ春のはつねのけふの玉はゝきてにとるからにゆらぐたまのを　（『俊頼髄脳』に拠る）

と詠んだという、よく知られた物語である。周知のとおりこの歌は『万葉集』（二十・四四九三）の大伴家持の歌で、物語は歌から作られたものと推定されている。(2) 俊頼は、この物語について「此哥は万葉集第廿巻にあれば、事の外のそら事にてぞ、ひとへに物語にいへばことの外のひが事と思べきに」（『俊頼髄脳』）と疑義を表明している。顕昭は、「非上人之新《所詠》作歟」と同意しつつ「将又上人詠古歌歟」と合理的に解そうとするのみで（『袖中抄』「玉ハヽキ」（228））、「哥ニツキテツクリイデタル物語也」などと明確に指摘していない。見抜けなかったのか、見落としたのか、無視したのか、明らかにはならないが、「哥ニツキテツクリイデタル物語也」とする認定が、また不十分なものであることも想定しなければならないだろう。

なお、用語について、物語、歌物語、歌語り、説話、伝承、伝説など錯綜している。本稿では、顕昭の用語に即して「物語」を基本的に使用することとするが、一方、文学史、研究史における通称や慣用もあるので、厳密な使い分けはしていない。

二　「しぢのはしがき」

まず「しぢのはしがき」の物語をとりあげてみたい。(3) この物語は、公任撰の『歌論義』の逸文によって知られているように、歌学の世界で語り伝えられていた。その文献上の初出は『奥義抄』であるが、『袖中抄』のほうが『歌論義』からの引用が正確であるように見えるので、長文に亙るが、これによって次に掲げる。

Ｉａアカツキノシヂノハシガキモヽヨカキキミガコヌヨハワレゾカズカク

顕昭云、シヂノハシガキトハ、フタツノ義アリ。一ニハ人ノ家ノモノヽ具ニ榻トイフモノアリ。人ノフマヘモシ、又キルモノナリ。コノゴロハタヾノトコロニハイトモミエズ。上達部モシハ僧綱ノ車ニヲリノルニゾフマヘニスルモノニテ、アルクニハアヒグシテモタセタル、ソノシヂニ百夜フスベキチギリシタルコトアリ。ソレニ此哥ハヨメルナリ。サテモヽヨガキトハヨムナリ。一ニハシギトイフトリハアカツキニトブハオトノコト鳥ヨリモシゲクキコユレバ、モヽハガキトイフナリ。此二ノ義トモニフルクヨリイヒツタヘタリ。

哥論義云、アヤニクナル女ヲヨバフヲトコアリケリ。コヽロザシアルヨシヲイヒケレバ、女コヽロミムトオモヒテ、ツネニキテモノイヒケルトコロニシヂヲタテヽ、是ガウヘニシキリテモヽヨフシタラムトキニ、イハムコトハキカムトイヒケレバ、ヲトコヤスキコトナリトイヒテ、雨モフレ風モフケ、クルレバマドヒキテソノシヂノウヘニフシケリ。シヂノウヘニヌルヨノカズヲカキツケタリケレバ、九十九夜ニナリケリ。コヨヒフシナバアスヨリハナニゴトモエイナビタマハジナドイヒヲキテイデヽ、トクヽレヨカシナムドオモヒケルニ、ヲヤノニハカニシニケレバ、ソレニサハリテトヾマリケリ。ソノトキニコノ女ノ許ヨリヨミテヲコセタリケル哥也。
此ハアダニ答申ニアラズ、ミナミナ古集ニイデタル事也。

又云、

Ⅱａアカツキノシギノハネガキモヽハガキヽミガコヌヨハワレゾカズカク

昔アダナルヲトコヲタノム女アリケリ。コヌヨノカズハオホクヽルヨノカズハスクナカリケレバ、カノコヌヨノカズヲカクコトナムアカツキノシギトイフ鳥ノハネカクヨリモオホカルトイフナルベシ。

次或秘蔵抄云、件歌ハ古哥二首ナリ。

Ⅱｂアカツキノシギノハネガキモヽハガキカキアツメテモワレゾモノオモフ《ナゲクコロカナ或》

Ⅰａアカツキノシヂノハシガキモヽヨカキヽミガコヌヨハワレゾカズカク

トイヘルヲ一首ニカキナシタルトイヘリ。

今案云、古今集第十五ニ此哥アリ。

Ⅱｃアカツキノシギノハネガキモヽハガキワレゾカズカクキミガコヌヨハ

サレバシギノハネガキモヽハガキニツクベシ。ソレヲシヂノハシガキトイヒナシテ、百夜フスチギリヲモ云ナス歟。慥ナル証モナシ。又アカツキノシギノハネガキコソイハレタレ。アカツキノシヂノハシガキハアカツキニカヘルニハカクベケレバ、シギヨリハコトノキテヤ。和哥ニハヒトツコトバヲトカクカキナシテ物語ヲツクリイダスコトオホカリ。サレド近来ハシヂノマロネナドヨミアヒタレバ、ヽジメテヒガコトヽイフベキニハアラネド、尚ウルハシキコトニハイカヾトゾオボエハベル。奥義抄ノオモムキ、大旨同也。

モヽハガキハネカクシギモワガゴトクアシタワビシキカズハマサラジ

貫之哥也。

（『袖中抄』「シヂノハシガキ〈シギノハネガキ〉」(239)）

私に歌に記号を付した。Ⅰは「暁の榻の端書き」の歌、Ⅱは「暁の鴫の羽掻き」の歌で、下句にａｂｃの異文がある。このうちⅡａが大半の現存本の『古今集』恋五（七六一）所収の歌本文である。この歌の本文は、後に示すものも含めると、ⅠⅡ合わせて五種（傍記を含めれば六種）が錯綜し流伝しているという状況であった。この本文の錯綜状況は、公任以前から顕昭に至るまで、歌学上の問題となってきているようであり、本文の問題を物語の創作過程に関わらせて論じられているのが特徴である。

また、ⅠａとⅡａのそれぞれに物語が付随していることにも注意しておきたい。Ⅰａの物語は、「アヤニクナル女ヲヨバフヲトコ」の、いわゆる「しぢのはしがき」の物語であり、Ⅱａの物語は、「アダナルヲコトヲタノム女」の物語であって、不実なほうが女か男かの違いがある。しかし、いずれの物語においても、歌は物語中の女の歌となっている。

公任『歌論義』の中の「或秘蔵抄」によれば、『古今集』所載のⅡａ歌は、Ⅱｂ歌とⅠａ歌の「古哥二首」を合わせて「一首ニカキナシタル」ものであるという。意図的な改変であることを指摘している。清輔『奥義抄』にも同箇所を引いて「哥論義と云物には、古歌二首を誤て書かよはせるなりと書たり」と記していて（『袖中抄』とは、引用元の『歌論義』の本文が異なっている）、ここでは二首の古歌を混同した誤写の結果であるという。つまり、『袖中抄』所引『歌論義』では意図的改変説、『奥義抄』所引『歌論義』では誤写説となる。図示すると次のごとくである。

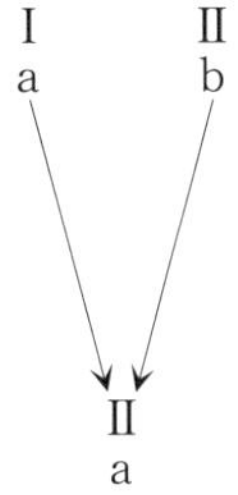

ここから物語の生成過程を明らかにすることは困難である。『歌論義』によれば、「アヤニクナル女ヲヨバフヲトコ」のしぢのはしがきの物語は、「古集」に見える「フルクヨリイヒツタヘタ」るひとつの古伝承であって、Ⅰａ歌はこの物語中の女の歌であることは明確であるという。しかし、もうひとつの「アダナルヲコトヲタノム女」の物語については、合成本文であるⅡａ歌がどのような経緯でその作中歌となるのかは明確になっていない。

これらの先行研究をふまえ、顕昭は、『古今集』所載のⅡａの本文が原初形態であり、Ⅱａ歌の本文「シギノハネガキ」をⅠａ「シヂノハシガキ」の歌本文へ「トカクカキナシ」そのうえで、「物語」を作り出したのであると明快に述べる。歌本文の変化する方向が逆方向である。これも図示すると次のごとくである。

和歌本文への意図的な操作、改変から、しぢのはしがきの「物語ヲツクリイダスコト」まで、一連の営為であるこ

とを見通そうとしている。

ちなみに、清輔『奥義抄』は、「先達の事をうたがふは恐れあれども、いかゞとおぼゆ」と誤写説に疑義を呈しながらも、明確に否定するに至っていないし、歌物語も「たしかにみえたることなし」とはいうものの、明確に虚偽の捏造であるとは考えていない。遡って、『歌論義』は、ひとつの古伝承があって、Ⅰ「榻の端書き」の歌も作中の女の歌として伝来してきたとして疑っていない。むしろ、意図的な本文改変に発する物語創作と断ずる顕昭の認識が、際立ってくる。

顕昭は、さらにのちに『千五百番歌合』判詞に、この物語の創作の方法と機構について具体的に解説している。

千二百九十三番　恋二　左　前権僧正

とにかくにうきかずかくやわれならんしぢのはしがきしぎのはねがき

（右歌略）

左歌は、しぢのはしがき、しぎのはねがきにつきて二の儀侍るべし。

一には古今の、Ⅱc暁のしぎのはねがきももはがきわれぞかずかく君がこぬ夜は、この歌につきて、Ⅰbあかつきのしぢのはしがきもも夜がきわれぞかずかく君がこぬよは、と申す歌はべり。それは別の歌にあらず、暁のしぎをしぢといひなし、はねがきをはしがきといひ、ももはがきをもも夜がきと、あひにたる詞につきてかきなしたることか。さて、しぢのうへにもも夜ねよといふものがたりをもつくりいでて、しぢのはしがきももよがきかずかくとはいへるなるべしと申す。この義は、別にしぢのはしがきといふ事も歌もあるまじき心なるべし。

一には、古今にしぎのはねがきの歌あるにても、しぢのはしがきといふことあらんにかたかるべからず。やまとうたのならひは、させる日本紀などにみえぬ事も、古歌ひとついできぬれば、それを本文にてやがてよみつたふる事おほかり。いかさまにても、しぢのはしがきといふことを世の人よみたちなんのちははじめてすつべきにあらず。（以下略）

『千五百番歌合』

顕昭は、問題の両句を並置している、慈円歌の挑発的な下句を受け、ⅡcとⅠb二首の歌の本文の異同としぢのはしがき物語の生成について問題点を二つに整理している。第一は、『袖中抄』で述べた、本文の改変から物語の作成まで一連の意図的創作であるとする見解と同じであるが、物語生成の構造を明らかにしている。歌本文を、

あかつきのしぎ→あかつきのしぢ
はねがき→はしがき
ももはがき→ももよがき

と、意図的に書きなしたものであり、書きなした本文をふまえて、「しぢのうへにもも夜寝よ」という百夜通いの「物語をも作り」出したと指摘する。ことばの簡単な操作によって、物語はたやすく作り出される。

第二点は、「古歌ひとついできぬれば、それを本文にてやがてよみつたふる事おほかり」という。意図せず、誤写など偶発的な理由で生じたある派生本文を「本文」として「よみつたふる事」すなわち物語が生成したという。しかし、顕昭自身としては『袖中抄』で述べた意図的改変説をやはり保持しているようである。意図的改変にせよ誤写にせよ、「榻の端書き」の本文が派生したとして、それでは「榻の端書き」とはいったいどのようなことなのか、その由来を解説する形で物語が創作されたということであろう。

顕昭がⅡ「鴫の羽掻き」を原形とすることにこだわったのは、右判詞中に「古今の、暁のしぎのはねがき」「古今にしぎのはねがきの歌」と二度繰り返すように、『古今集』に入集している本文がⅡ「鴫の羽掻き」であるからだろ

う。Ⅰ「榻の端書き」の物語を「日本紀などにみえぬ事」と否定しているのも同じ発想で、本節冒頭に確認した典拠を権威的な文献資料に限定する規範主義に基づくものである。Ⅱの本文が原形であると認定すると、Ⅰへの「書きなし」から物語創作へと至る道筋はすぐに想到する。顕昭の硬直的ともいえる規範意識が、歌に付きて物語が作り出されていく機制を暴き出したといえよう。

誤写本文から物語が作られたとする場合と意図的改変から物語が作られたとする場合とでは、物語創作の動機が違っている。誤写本文から物語が生成したとする場合には、「物語」は、派生した「しぢのはしがき」という語句の釈義や由来・典拠をしかるべく説明するために、本説としてのしぢのはしがきの物語が捏造されたということとなる。一方、歌本文の改変から物語の創作までを一連の意図的営為とする説は、創作のための創作、いわば純粋な動機による物語の創作といえよう。典拠や本説の捏造という動機とは異なる物語の創作であり、物語創作の方向性としては正反対である。必ずしも、典拠の捏造という後ろ向きの動機ではなく、純粋な動機で作られた物語が結果的に典拠・本説として扱われる、そのような経緯も顕昭は見いだしていたのである。

この物語を創作するに当たっては、次のような説話などに想を得たことであろう。しぢのはしがきの物語は、いわゆる百夜通いの物語である。「百夜」という歌ことばは既に『万葉集』に見られ、また、平安中期にはいわゆる百度参り（百度詣で、百日参り、百夜参りなど）が成立していたというが(4)（俊成に百度参りを詠んだ歌がある）、百夜通いの物語を制作するにあたっては、そのような仏教の儀礼形態がひとつの示唆を与えたであろうか。

恋の成就を目的として何日も通い続けるという話として先行するものに、「術婆迦説話」がある。これは、空海『三教指帰』の注釈（『三教指帰勘注抄』など）に引かれる説話で、平安時代には、静かに、しかし確実に流布していたもののようである。『源氏物語』「夕顔」巻への影響は不詳としかいえないようであるが、『童子教』にも採られ、また唱導の場に用いられるなど、平安時代にはよく知られた話であったことが先行研究で明らかにされている。[5] しぢのはしがきの物語と術婆迦説話との関連を明確に語る資料は『古今和歌集灌頂口伝』まで下るが、[6] 術婆迦説話の受容圏にしぢのはしがきの物語も入ってくるであろう。

三　「しるしのすぎ」「あさもよひ」

次に、物語創作の経緯ではなく、作られた物語にストーリーや話型の何らかの傾向があるのか考察してみたい。顕昭のいう、歌によりて作られた物語六例のうち四例は神話ふうの物語である。まず次の二話であるが、いわゆる白鳥処女説話の物語である。

まず、「しるしのすぎ」をめぐる物語をとりあげる。『袖中抄』「シルシノスギ」（91）では、出典歌を『古今集』雑歌（九八二）の、

　わがやどは三輪の山もと恋しくはとぶらひきませすぎたてるかど

とし、この歌の由来について以下のように考証している。

顕昭は、まずこの歌について、「三輪明神の御歌」とする説を取り上げ、『日本書紀』や『古事記』[7] から三輪明神および住吉明神について考証を加え、まつわる神話を引く。続けて『俊頼髄脳』からいわゆる三輪山神話を引く。『古事記』中巻所載の崇神天皇条に見える、有名な三輪山神話と同一ではないが、一変形として認められるものである。ただし、ここでは省略する。

さらに次に、顕昭は『和歌童蒙抄』に載せる次のような物語を引用する。『和歌童蒙抄』によって引用する。

昔伊勢国あふぎの郡に侍りける人の、深き山に入てしかまち侍けるほどに、風吹き雨降、けしきたゞならずして

来者あり。形黒くしてたけ高し。目はてれる星の如くして、いなづまの光にゝたり。猟師これをいてあてつ。とゞまらずしてなほきたり向ふ。又射あてつ。其たび風雨止て帰りぬ。夜のあくるまゝに、ちの跡につきて尋いたる。遙なる山中に、すこしはなれて野の中に塚あり。其内に入れり。つかの前に神女在て、此れふしをまねく。即弓に矢をはげてすゝみよる。神女恐るゝけしきなくて曰、汝が射たりつる者は、此塚に住む鬼也。我此鬼にとられて年比此塚に住めり。汝此鬼を殺すべし。此に猟師柴を刈て、其塚の口に入れて火をつけて焼殺しつ。其後此神女をぐして家に帰りぬ。相住こと三年に成、れふしとみ栄えぬ。又児ひとりを生しめたり。其時此男あからさまにあるきけり。そのまに此女うせぬ。帰来てみるに女はなくて、児ひとりあり。泣悲て尋ありけど行方をしらず。しばらく有て此児又うせたり。いよ〳〵泣悲む程に、此女つねに居たりける処をみるに、みわの山本杉たてるかどゝ計書付たり。是によりて大和国に尋至りて、三輪明神の社に参て、此女にあふべきよしを祈申ほどに、其社のみ戸をおしひらきてみえ給ふ。児も同くみゆ。此男の志切なることをみて、共にちかひて神になれりとみえたり。これによりて其神の祭をば、いせの国あふぎの郡の人おこなふ也。それよりしるしの杉とは云なるべし。諺に云く、おにゝかみとらると云はこれなり。

人間の猟師の男と「神女」との不思議な出会いと哀切な別れ、奇跡的な再会を描き、一読して『近江国風土記』の伊香小江の羽衣伝説を想起させる、いわゆる天人女房説話の話型の物語である。

顕昭は、これに対して、

コレハフルキ物語也。サレド彼明神ノ鬼ニトラレ給事モカタジケナクキコユ。又前説ニハヲトコガミトキコユ。後説ニハ女神トキコユ。極不審也。如此物語等ハ和哥ニツキテ作出、常事也。大和ヘカヨフ人ハ、ミワノスギニヨセテタヅヌルヨシヲヨミ、ツノクニ丶ヨスルニハスミヨシノキシニツケテ人マツヨシヲヨミキタレル、常事也。

コレスナハチ此哥ドモニヨリテ、アナガチニイカナリケル哥ト云事ハ、タヾシアキラメザル也。
『袖中抄』「シルシノスギ」（91）

と述べている。この「明神」が、三輪山神話では男神であるのが、この「フルキ物語」では女神であることから「極不審」を表明し、「如此物語等ハ和哥ニツキテ作出」したものと批判するのである。これらの物語は大和にも摂津にも交代しうる恣意性を理由に、典拠としては不審であると判断し、これらの歌どもが、どのような由来で詠まれた「イカナリケル哥」であるかということは、結局は明らかにできるものではないという。

しかし、『和歌童蒙抄』に引く「伊勢国あふぎの郡」に伝わる物語は、実際には在地伝承であるのかもしれない。現地の人によって両神の祭が今も行われているというから、その可能性は高く、在地の既存の伝承に「わがいほは」歌を女神の歌として組み込んで歌物語として再創造したものであろうか。事実性を詮索しても不明としかいいようがないが、顕昭は、既存の物語に歌を付会したものであっても、歌から物語が創作されたものとしてあえて批判したのである。ここでは、歌句の由来として制作、または付会された物語が天人女房説話の話型であったことに注意しておきたい。

右のような天人女房説話に類似した物語は、「あさもよひ」なる歌句をめぐる物語にもある。次の出典未詳歌、

あさもよひきの関守がたづか弓ゆるす時なくまづゑめる君
（『俊頼髄脳』所収）

がその出典ということになる。この歌句をめぐって、『俊頼髄脳』は次のような物語を収載している（『袋草紙』にもこれを収載する。また『今昔物語集』にも『俊頼髄脳』を出典として収録する）。

むかし男ありけり。女をおもひてふかくこめて愛しけるほどに、ゆめにこの女の我ははるかなる所にゆきなんとす。たゞしかたみをばおかんとす。われがかはりにあはれにすべきなりといひけるほどに夢さめぬ。おどろきて

みるに、をんなはなくてまくらがみに弓たてり。あさましとおもひてさりとてもいかゞせんとて、その弓をちかくかたはらにたてゝあけくれ手にとりのごひなどして、身をはなつことなし。月日ふるほどに又しろき鳥になりてとびいでゝ、はるかにみなみのかたにくもにつきていくをたづねゆきてみれば、紀伊国にいたりて人に又なりにけり。さて此哥はそのをりによみたりけるとぞ。あさもよひとは、つとめて物くふをりをいふなり。いつさやむさやとは、狩する野なりとぞ。おくゆかしくげにともきこえねども、ふるき物にかきたればのぞくべきことならねば、かきつくばかりなり。

天人女房説話としては、天女と人間の男との出会いの場面が書かれていないが、女が弓になりさらに白き鳥になって飛び去ってゆくところなどは、白鳥処女説話の典型といえるのではないか。ちなみに、『袖中抄』にはほかに「ヨゴノウミキツヽナレナム」(209)の項に近江国の羽衣伝説を載せている。それは『近江国風土記』逸文の伊香小江の羽衣伝説に近い。顕昭の関心の高さがうかがえる。

俊頼は「あさもよひ」の釈義と「あさもよひきの関守」歌の意を問題にし、出典となる物語を提示しているのだが、その出典としての信憑性については「ふるき物にかきたればのぞくべきことならねば、かきつくばかりなり」と不審も抱いていた。

これを『袖中抄』に引用した顕昭は、

私云、アサモヨヒ木ハ朝々ニ燎《ニシテ》炊《ク》二飯《ヲ》一木ト云義ノ外ハコヽロエラレズ。又俊頼ガ白鳥事、無指証文歟。木ノ関守ガタツカユミト云哥ニ付テ古人云事歟。如此事多々歟。

(『袖中抄』「アサモヨヒ〈イツサヤムサヤ〉」(54))

と指摘する。顕昭は、俊頼の不審をさらに明確化し、「木ノ関守ガタツカユミト云哥ニ付テ古人」が作り出したものと看破したのである。歌句や一首の歌を起点として典拠物語が制作されるのは、既に常道であり、俊頼や顕昭の不審は当然といえるが、その制作過程で導入されたのが、右のような天人女房説話ふうの物語であることに注目してみたい。

以上の二つの歌句・二首の歌の由来とされた物語は、いずれも、神女と人間の男との交流を描いた天人女房説話の神話ふうの物語になっていることを確認した。顕昭が典拠として「日本紀」を重視したように、典拠を創作、付会する人たちも、神話に代表される古代・始原への志向を持っていたであろう。創作、付会される神話ふうの物語が、正統性を謳い権威性を高めていくからである。いかにも「フルキ物語」を装うそれらの物語に、逆に顕昭は警戒感を強めていった。

四　「もずの草ぐき」「宇治の橋姫」

次にまた二つの物語を取り上げる。

まず、「もずのくさぐき」について、

問云、もずのくさぐきはなにぞ。

答云、むかしをとこ野を行に女にあひぬ。とかくかたらひつきてそのいへをとふに、女もずのゐたるくさぐきをさしていはく、わがいへはかのくさぐきのすぢにあたりたる里にある也とをしふ。おとこのちにかならずたづぬべきよしをちぎりて行さりぬ。そのゝち心にはおもひながらおほやけにつかうまつり、わたくしをかへり見るほどにいとまなくてゆかずなりぬ。つぎのとしの春たま〴〵ありし野に行て、をしへしくさを見るにかすみことぐ〵くなびきてすべて見えず。ひねもすにながめてむなしくかへりぬといへり。これ故将作のつたへ也。万葉云、

春さればもずのくさぐき見えずともわれは見やらむきみがあたりは

という物語が、『奥義抄』にある。「もずのくさぐきはなにぞ」という釈義を問う質問に答えて語り出されたものである。顕昭は、これを『袖中抄』に引用し、

> 今云、綺語・奥義ノ説、タシカニミエタル事ナシ。万葉哥ニ付テ今案歟。（『袖中抄』「モズノクサグキ」（5））

と、『万葉集』十・一八九七の歌から作り出した「今案」の物語であると論評している。このもずの草ぐきの物語は、ただちに『伊勢物語』四段や百二十三段を想起させる。消え去った女の正体はもずであろう。本来は「草潜《ぐ》き」であるはずの釈義を「草茎」に誤解あるいは意図的に曲解し、そこを起点に『伊勢物語』などに想を得て、人間の男ともずと化した女の出会いと別れを描く異類婚姻譚の物語を作り出したのである。

次に宇治の橋姫の物語である。『袖中抄』では、まず橋姫とは「姫大明神トテ宇治ノ橋下ニオハスル神」で、その神のもとへ「離宮神」が通っていて詠んだのが「さむしろに」歌であるという話を紹介する。これは『顕注密勘』によれば「彼辺に侍りし土民等の申侍りし」事であるといい、顕昭独自に収集した在地伝承であるという。これに関連して三輪や住吉の神についても言及する。

これに続けて、「橋姫の物語」を『奥義抄』から引く。ここでは『奥義抄』から引用する。

> 此哥は、橋姫の物語といふ物にあり。昔、妻ふたりもたりける男、もとのめのつはりして七磯の和布をねがひける、もとめに海へゆきて龍王にとられてうせにけるを、もとのめ尋ありきけるほどに、浜べなる庵にやどりたりける夜、をのづから此男にあひにけり。此哥をうたひて、うみべより来れりける也。さて事のあり様いひて、明ればうせぬ。此め泣々帰りにけり。今の妻、此事をきゝて、はじめのごとくゆきて此男をまつに、又此哥をうたひてきければ、我をば思ひすてゝもとのめをこふるにこそとねたく思ひて、男にとりかゝりたりければ、男も家も雪などの消るごとくにうせにけり。世のふる物語なればくはしくかゝず。集云、

ちはやぶるうぢの橋姫なれをしぞあはれと思へとしのへぬれど

とあり。是を此事を思てよめるにこそ。かのおとこ、もとのめをしたひたる物なれば、年ごろなりける人などを橋ひめによそへて読るとぞみゆる。ちはやぶるとは、かのおとこ女のむかしの世の事なれば、神にて侍けるにこそは。又よろづの物には、そのものをまもる神あり。いはゆるたましゐなり。されば、橋を守る神をば橋姫とはいふとも心得られたり。神はふるき物なれば年へたる人によそへたるにや。宇治の橋姫とさしたるぞ心えぬ。神をひめ、もりなどいふ事つねの事也。さほ姫、たつた姫、山姫、島もり、是等みな神也。（『奥義抄』）

いわゆる妬婦説話の物語である。ただし、「男も家も雪などの消るごとくにうせ」るところなど、神婚説話にも見える。顕昭は、この物語について、

私云、同宇治ノハシヒメニ取リテ、橋姫ノ物語ハアマリニツクリゴトヽキコユ。姫大明神ノ事ハ二首ノ歌ニトモニカナヘリ。（歴博本ナシ。冷泉家本による）（『袖中抄』「宇治ノハシヒメ」（82））

と「アマリニツクリゴト」と断じるのである。しかし、これに対し桑原博史氏は、橋姫伝説は、本来は水辺の地における漁業生活者の水死事件を基盤として、水死者とその妻の悲嘆を中心に生じてきた伝説であり、

橋姫伝説が、「さむしろ」の歌から生じたとは絶対に考えられないのである。

と強く批判する。(8) 顕昭としては、二首の歌は姫大明神の物語にこそふさわしく、橋姫物語では物語中の男の詠としては不自然であり、いかにも「ツクリゴト」であると判断したのであろう。

前に取り上げた二話は、白鳥処女説話ふうの物語であった。この二話は、異類婚姻譚と妬婦説話（神婚説話）であり、非常に大雑把な括りとなるが、四話はいわゆる神婚説話の類型に分類してもよいであろう。顕昭のいう「歌につきて作られた」いくつかの物語は、神婚説話になっているのである。歌や歌句の典拠として物語が制作されようとす

る時、「日本紀」へさかのぼる起源が求められ、そこで神婚説話ふうの神話めかした物語が捏造されていったのであって、ここからいわゆる「中世日本紀」に連続していくというのは見やすい構図である。(9)

ただし、顕昭がそのことに神経質であったのも確からしい。歌の由来として既存の物語に付会したと思われるのさえ、捏造であると決めつける。それほど多くの捏造された物語が流通していたという現実をふまえたものであろうが、顕昭の警戒感もいささか過剰といえる。歌につきて作られた物語として認定する基準が、偏向しているかもしれないと、本節冒頭に述べたとおりである。それを顕昭の偏狭な性向に帰するのは明快だが、顕昭自身が持つ、典拠として「日本紀」等を尊重することと、典拠物語の制作者たちの神話志向とは実は表裏をなしている、そのことへの危機感を反映するものといえよう。歌学の権威性を確保しようとしていることが、逆にその輪郭を消失させてしまうことになりかねないのである。

さらに視点を変えてみると、歌ことばや歌の起源を装う物語を制作する時に、神婚説話が導かれることが多いというのは、制作者の意識や作為を超えて、中世においてもなお和歌が神婚説話に親近性が強いという神話的位相を表していよう。和歌が神婚に関わって発生した痕跡を残したものと結論するのは、短絡的で牧歌的かもしれないが、歌人たちの起源志向、神話志向とも重なる、和歌の受容と流通の根源的な問題にかかわることがらであろう。今後の課題としておきたい。

五　「このてがしは」

歌学的関心に発する物語制作の例として興味深い話がある。

顕昭は、万葉語「このてがしは」の釈義について、「或万葉抄」からの引用として、範永朝臣ノ大和守ニテクダリケルニ、奈良坂ノ程ニテシロキ花ノイミジク多クサキタリケルヲミテ、クニノトネリノトモナリケルガトモニハシリケルガ、ユヽシクサキタルコノテガシハカナト云ケルヲキヽテ、馬ヲトヾメテイカニ云ゾト問ケレバ、コノサキタルハオホドチト申ス也。ソレヲバコノ国ニハコノテガシハト申也ト云ケレバ、イミジウ悦テ其男ニ物トラセケリ。年来《トシゴロ》オボツカナカリツル事也、イカニカクハイフゾト問ケレバ、葉ノチゴドモノテニ、ヽタレバ児ノ手ノカシハノヤウナリト申也ト云ケリ。

（『袖中抄』「コノテガシハ」(77)）

と、奈良坂で思いがけず在地の舎人から「このてがしは」の釈義を得た、範永の体験談を紹介している。これに対し、顕昭は、

大和国ノ風俗ニテオホドチヲコノテガシハト云事ハ、ヒトヘニコノナラ山ノコノテガシハト云哥ニツキテツクリイデタル物語也。

と批判している。範永が自分の体験談を捏造して吹聴した「ツクリイデタル物語」であると決めつけているのである。真偽のほどはもちろん未詳である。

この場合の「物語」とは、範永の短い体験談をいうのであって、まとまったストーリーを持つ事実めかした物語・伝承の類を意味する、ここまで見てきた用法とは異なっている。歌の典拠として語り出された神話的物語の権威性を相対化するような「物語」の用例といえよう。

この範永の「物語」に文学史的意義を見いだすとすれば、体験談のような軽い話でも、そこから他の物語や神話・説話をヒントにしこれに尾鰭をふんだんに付けてもっともらしい物語を創作し、流布、定着してゆけば、ひとつの権威ある「物語」となる可能性を持っているということではないか。このような逸話でさえ、ひとつの「物語」にも発展する可能性をはらんだ構造を持つということになる。裏を返せば、典拠としての物語も、まことしやかな体験談と

同様に、やすやすと捏造されるのである。この種の逸話は、歌学書や説話集などに数多く見いだされる。

注

（1）『俊頼髄脳』の歌語と説話――〈異名〉からの接近――」（『日本文学』一九八六・一〇）、「院政期歌学書の言語時空」（『日本文学』一九八八・六）をはじめ一連の小川豊生論文があり、本論もこれらに拠るところが大きい。また、「歌まなび」の観点から姨捨伝説の創作過程について考察した、三角洋一『王朝物語の展開』「Ⅱ・七歌まなびと歌物語」（若草書房、二〇〇〇・九）がある。

（2）小川注（1）論文、また神山重彦「説話と和歌」（『解釈と鑑賞』一九八四・九）に「歌から作られた」物語としてとりあげている。

（3）しぢのはしがきの物語については、小川注（1）後者論文にも言及がある。ほかに、長谷川薫「「しぢのはしがき」をめぐる難義と奥義――顕昭と俊成へ――」（『福岡大学日本語日本文学』一四号、二〇〇四・一二）がある。

（4）龍谷大学編『仏教大辞彙』（冨山房、一九七二・一〇～一九七四・一〇）、中村元ほか編『岩波仏教辞典』第二版（岩波書店、一九八九・一二）に拠る。

（5）西村聡「百夜通い説話考」（『國學院雑誌』一九八五・一一）、島内景二「術婆伽説話にみる受容と創造」（『汲古』一一号、一九八七・六）、三角洋一「歌ことばの語源談」（『礫』一五〇号、一九九九・四）、「空海『三教指帰』の影響史」（『礫』一八〇号、二〇〇一・一〇）、三木雅博『『童子教』の成立と『三教指帰』」（『梅花女子大学紀要　比較文化編』三一号、一九九七・一二）、大谷節子『世阿弥の中世』「第二章・第六節恋の奴の系譜――説話と能1」（岩波書店、二〇〇七・三）などがある。

（6）注（5）の西村、島内論文に拠る。

（7）吉海直人「『袖中抄』に引用された『古事記』」（青木周平編『古事記受容史』笠間書院、二〇〇三・五）は、『古事記』引用の問題性について論じている。

（8）桑原博史『中世物語の基礎的研究　資料と史的考察』「第一〇章宇治の橋姫伝説と橋姫物語」（風間書房、一九六九・九）

に拠る。

（9）「中世日本紀」をめぐる論考は数多いが、院政期歌学にかかわる論としては、小川豊生「院政期の本説と日本紀」（『仏教文学』一六号、一九九二・三）、「中世日本紀の胎動――生成の〈場〉をめぐって――」（『日本文学』一九九二・三）などがある。

第五節　『袖中抄』と『六百番歌合』

一　『六百番歌合』の難義語詠

『袖中抄』は、通説によれば文治三年（一一八七）の成立である[1]（この三年ほど後とする説もある。序章参照）。すると、建久四、五年（一一九三、四）の『六百番歌合』の披講・難陳・加判と『陳状』の提出までは六、七年、さらに建久八年の俊成『古来風体抄』までも十年程度と、踵を接して成立していることとなる。それゆえに、ひとまとまりの歌学論争として捉えることができ、個々の難義語注釈史研究に取り上げられてきた。俊頼・清輔から定家に至る難義語注釈史のちょうど中間の結節点において、『袖中抄』『六百番陳状』の顕昭注釈がそれらを相対化する位置にあるという見取りである。このように、『袖中抄』と『六百番歌合』とは密接な関係にあるのだが、それならば、難義語の個別注釈史における学説の比較のための格好の資料というばかりではなく、さらに多面的な関係が想定されてもよいのではないか。

『六百番歌合』は、他の百首歌や歌合に比べて、突出して難義語を詠み込んだ歌が多い。『袖中抄』に注釈された難義語に限ってであるが、『六百番歌合』前後の主な百首歌や歌合における難義語詠作歌の全歌における比率を調べてみると次のとおりとなる。

難義語用例歌集別集計表

歌集	判者	総歌数	用例数	比率%	顕昭	寂蓮	隆信	俊成	定家	季経	有家
重家家歌合	俊成	140	8	5・7	0	―	―	―	―	0	―
経盛家歌合	清輔	120	1	0・8	0	0	―	―	―	0	―
住吉社歌合	俊成	150	6	4・0	―	0	0	0	―	0	―
広田社歌合	俊成	174	6	3・5	―	―	0	0	―	0	―
別雷社歌合	俊成	180	22	12・2	1	0	0	0	1	1	―
歌合　文治二年	衆議	170	3	1・8	0	0	0	―	0	1	0
若宮社歌合	顕昭	96	3	3・1	0	―	1	―	―	0	1
六百番歌合	俊成	1200	117	9・8	22	13	9	―	6	10	9
民部卿家歌合	俊成	230	13	5・7	1	0	0	1	0	0	0
正治二年院初度百首	―	2300	168	7・3	―	3	7	13	6	2	1
石清水若宮歌合	通親	330	16	4・8	0	0	―	0	0	0	―
老若五十首歌合	衆議か	500	43	8・6	―	3	―	―	5	―	―
水無瀬恋十五首歌合	俊成	150	5	1・0	―	―	―	―	0	―	1
千五百番歌合	多数	3000	160	5・3	13	5	7	6	1	―	4

難義語が詠み込まれた歌の比率が『別雷社歌合』で高いのは、「みたらし川」の詠作が多いからであり、これを除くと『六百番歌合』が圧倒的に多いといえよう（比率として近いのは『老若五十首歌合』であるが、定家詠が多く、別途考察する必要があろうか）。顕昭についていえば、難義語詠は、『六百番歌合』以前にはほとんどなく、『六百番歌合』で突出して多くなっているのは、『袖中抄』の成果をふまえたものであろう。(2) 顕昭が多くなるのは当然としても、寂蓮も『六百番歌合』に難義語詠が突出して多くなっているが、それは、顕昭を何らかの形で強く意識したからではないか。『六百番歌合』以後はまた急速に少なくなるのである。季経や有家も『六百番歌合』では難義語詠が多く、以後減少する。難義語が詠み込まれた歌が多く提出され、議論されたというのも、『六百番歌合』の顕著な特徴のひとつである。

いま、『六百番歌合』に絞って、千二百首に詠み込まれている『袖中抄』項目の難義語を歌人別に集覧してみると、次のようになる（各項目に付帯して加注されている語句も含む）。顕昭の項目のうち、現存の『六百番陳状』でもとりあげているものには傍線をほどこし、両者で所説の異なるものには△印を付した。『袖中抄』所載の語句以外の難義語の類も数多く詠み込まれているのはいうまでもないが、ここでは掲出していない。

顕昭　二十二語
△かひやがした　きぎす　つつゐづつ　から人の船　かはやしろ　とよのあかり　△あまのまてかた　しほがま
そが菊　をろのはつをに鏡かけ　しひのこやで　かつしかわせ　志賀の山越　せみの小川　しぢのはしがき
にしきぎ　あらてくむ　そとも　いしぶみ　ゆきあひのわせ　心あひの風　ねやはらこすげ

寂蓮　十三語
かひやがした　おきつしらなみたつた山　さしも草　きぎす　つつゐづつ　おきなさび　宇治の橋守　しるし

の杉　たのむのかり　しののめ　志賀の山越　野守の鏡　しぢのはしがき

慈円　十一語

きぎす　くめのいははし　はしたか　あかしの浦　いそのかみふる　をばな　しのぶ草　しののめ　志賀の山越　みをつくし　もののふのやそ宇治川

季経　十語

きぎす　くれはとり　せりかは　はだれ　くめぢの橋　とぶひの　しるしの杉　ささなみ　すがはらやふしみ　志賀の山越

兼宗　十語

きぎす　いりぬるいその草　つくもがみ　とふのすがごも　しのぶ草　しののめ　いはしろの松　志賀の山越　たはれ

隆信　九語

もずのくさぐき　きぎす　つつゐづつ　せりかは　むばたまの　しのぶ草　志賀の山越　しのぶもぢずり　わかみづ

家隆　九語

きぎす　くめのいは橋　せりつみ　はしたか　ゐでの玉水　しのぶ草　志賀の山越　たまははき　末の松山

有家　九語

きぎす　はだれ　はしたか　さよの中山　いなふね　さいたづま　いそのかみふる　とふのすがごも　しののめ

定家　七語
きじ　から人の船　ささなみ　しのぶ草　しののめ　志賀の山越
経家　六語
さほ姫　きぎす　あかしの浦　しのぶ草　志賀の山越　みをつくし
良経　六語
きぎす　せりかは　橋姫　さよの中山　志賀の山越　末の松山
家房　六首
きぎす　すがはらやふしみ　をばな　しのぶ草　志賀の山越　たまかづら

「きぎす」や「志賀の山越」がほぼ全員に共通して見られるのは、歌題に「雉」「志賀山越」が設定されたからである。

顕昭が難義語を多く詠み込んでいる事情について、竹下豊氏が『袖中抄』は『六百番歌合』全体に、大きな影響を及ぼしている」と述べている。(3) 言葉尻をとらえるようであるが、むしろ、『袖中抄』の成果を誇示しようとしていたというべきであろう。特に、「ゆきあひのわせ」「ねやはらこすげ」など、『万葉集』以来実作例がない珍奇な語句や「いしぶみ」などの独自経路から得た情報(4)に基づく語句を詠み込んでいるのは、その典型的な例である。

一方、寂蓮らは、そのような顕昭の衒学的態度を見透かして、難陳で批判をしたり、それらの難義語をあえて自歌に詠み込んだりして、顕昭に対抗する。俊成も、判詞で、難義語の釈義をめぐり執拗に批判する。そのように、歌学的知識をめぐり緊迫した応酬が展開されるのが『六百番歌合』の大きな特徴であり、それは秀歌の多さ、多彩さよりも時に顕著に見える。

ところで、『六百番歌合』は、和歌史においては、御子左家と六条家とが激突し御子左家が勝利を収め、新古今新風への流れを決定づけた催しとして、位置づけられてきた。[5]『井蛙抄』に載る有名な伝説、

　左大将家六百番歌合の時、左右人数日々に参りて加㆓評定㆒て、左右申詞を被㆑書けり。自余人数不参の日あれども、寂蓮顕昭は毎日に参りていさかひありけり。顕昭はひじりにて独鈷を持たりける、寂蓮は鎌首をもたてゝいさかひけり。殿中の女房、例の独鈷鎌首と名付られけりと云々。　（『井蛙抄』）

とある、顕昭対寂蓮の「独鈷鎌首」の争闘がその象徴的な現れである。新古今新風の達成への序曲として、和歌史に印象的に位置づけるのは異を挟む余地がないところだが、『六百番歌合』の詠歌と評定に視点を限定してみると、単に御子左家と六条家との単純な対立図式には収まらないところがあることが、近年指摘されている（第三章第三節にもふれた）。

茅原雅之氏は、「対戦比率」を調査し「六条藤家側に与する旧風の歌人たちは、やはり歌風を同じくする旧風の歌人同士で、新進の御子左家側に傾く歌人たちは同じく新風同士でという具合に、番われる比率が全体として歪みながら偏っているのである」と述べつつ、顕昭には寂蓮が最も多く番われていることを指摘する。[6]番の組み合わせは偏向していて、明瞭な御子左家と六条家との対決では必ずしもないことを示している。これを受けて安井重雄氏は、顕昭と寂蓮の二人は「文治ころ以前の二人の間には、ともに旅をして詠歌し、和歌の難義を語り合う良好な交友関係が存していた」「家と家との対立意識よりも、もっと個人的な好敵手意識であったのではないか」と述べ、[7]『井蛙抄』の逸話も「親しいながらもその性格と立場故、歌合の場では口角沫を飛ばして論争」したものと論じている。両氏の論は、御子左家対六条家という単純な図式は見直されなければならないことを示唆している。従来の家と家との対立という図式は、『井蛙抄』の「独鈷鎌首」の記述や後の新古今時代の和歌史の状況から逆算しての結果論的判断ではないだ

ろうか。

以下、『袖中抄』の難義語が『六百番歌合』の実作に詠み込まれた例を検討することを通して、評定や判詞を読み直し、各歌人の詠歌の作意や評定に臨む意識と態度などを明らかにしてみたい。それは、この歌合の和歌史上の新たな位置づけを模索することにつながっていくことと思う。

二　「かひやがした」をめぐる顕昭と寂蓮

まず、「かひやがした」をとりあげたい。有名な歌学論争であり、先行研究も多い。『袖中抄』「カヒヤガシタ」（6）の所説の全文を煩瑣ながら次に掲げる。諸説の要点部分に順に①から⑩の番号を付けて傍線を施し、それらに対する顕昭の批判を波線で示した。

朝霞鹿火屋《カヒヤ》ガ下ニナクカハヅコヱダニキカバ我コヒムヤ方《ハ》《モ》

顕昭云、カヒヤガシタトハ、①ヰナカニコガヒスルニ別屋ノウチツクリモナキヲツクリテ、ソノヤニタナヲアマタカキテ、ソレニテコヲカフ。ソレヲカヒヤトイヘリ。ソノタナノシタニミゾヲホリタレバ、水タマリナドシテカハヅナクコト一定也。但馬ヘクダリタル人出雲ヘクダル人、ミチニテコレヲタシカニミタリト申ス。又別屋ナラデカフコトモアリ、オホクハネズミニオソレテ別屋ヲツクルトゾ申ス。コレハウチマカセテカヒヤトイフコトナレバ、サモトキコユ。②フシヅケノヲカヒヤトイフコトハキコエズ。

敦隆ガ類聚古集ニハ、此哥入夏部蚊火篇。此哥外ニ又載一首哥、

アサガスミ香火屋ガ下ニナクカハヅシノビツヽアリトツゲンコモガモ

此抄ノ趣ハ、③蚊火タツル屋ノ下ト云歟、オボツカナシ。蚊火タツル屋トテ別ニアラバコソサモヨママメ。惣ジテ

④ヤマガツノ屋ヲヨメリトハミエズ。又本集ニハ、③此哥ヲ秋部ニ入タリ。哥ニハアサガスミトヨメリ。旁蚊遣火ノ心ニカナハズ。

奥義抄灌頂巻云、②カヒヤトハヰナカニ魚トルトテスル事也。河モシハ江ナドニ、ストイフ物ヲタテマハシテ、クチヲヒトツアケテ、ソノウチニサヽノエダ、オドロナドヲトリヲキタレバ、アタヽマリニツキテ魚ノアツマルヲトル也。鳥ナド入ヌレバ、魚ノオドロキテウスレバ、ソノウヘニタカク屋ヲツクリヲホヒテ、マモリトテ人ヲスヘテ鳥ヲモヲハセ、又クヒ物ヲウチマキナドシテコノ魚ヲカヒツケサスレバ、コノ屋ヲカヒヤトイフ也。タトヘバフシヅケトイフ物ヲヒキツクロヘルナルベシ。

此義イカヾトキコユ。フシヅケトハ澱《ヨトミ》ニ柴ト云事也。⑤又簎《イケス》ト云事アリ。池水ノ中ニ編《アミテ》竹籬《ノマガキヲ》、養《フ》魚《ヲ》也云々。竹籬ヲアミテタツルコトアレドモ、屋ヲツクリオホフト云事ハ田舎人ニヒロクタヅヌレバキコエズ。⑥又フシツケハオホヤウ冬ナドサムキ時スル事也。カヒヤガシタニカハヅナクトヨミガタシ。⑦又ミモリトハ田ニ水マカスル也。如何。

堀河院百首公実卿氷哥云、

　マスラヲガモフシツカフナフシツケシカヒヤガシタハコホリシニケリ

此哥ノ心ハ、フシツケニカナヘリ。サレド其証不見歟。

登蓮法師云、⑧常陸国ノ風土記ニ、アサクヒロキヲバ沢トイヒ、フカクセバキヲバカヒヤトイフトミエタリト申侍シカド、彼風土記未見バオボツカナシ。大様ハ人ヲドシ事歟。

又登蓮法師ハ、⑨カヒヤトハ水下ノアナヲイヘバ、カヒヤガシタニヲシゾナクナルト人ノヨミタルハ僻事也トマウシキ。トカクイヒテヒトスヂナラヌハ不実ノ事歟。

童蒙抄云、カヒヤハ古来難義也。岸ナドノクヅレタルトコロニシバノネナドヲサシオホシテ、イヤナルヲイフナドゾ申メルハ僻事ナメレ。[10]タヾカハノ下ニナクトイフベキトゾ心エラレタル。ヒトハトハカヨフ音也。ヤハタヾヲケル文字也。ヤモジハジノタラヌ所ニヲク、歌ノ習也。アツブスマナコヤガシタトイフガゴトシ。此義心エズ。河ヤガシタトイハム事、マコトヽトモオボエズ。岸ノイヤヲ云トイフ義ハ、和語抄ニハベメリ。サレドソレモコヽロユカズ。コカヒノヤヲコソカヒヤトマウスナレバ、万葉ノ哥ニハカナヒタレ。

顕昭は、この段階では、養蚕の飼屋とする自説を打ち出している（傍線部①）。この自説に基づいて、顕昭は、『六百番歌合』において、

山吹のにほふ井手をばよそに見てかひ屋がしたもかはづ鳴くなり　（春下・二十二番・蛙・左、顕昭）

と「かひ屋がした」を詠み込み、これを機に激しい論議が交わされることになった。顕昭歌に対する右方からの批判と左方の陳弁があり、その難陳をふまえて俊成判詞が加えられる。

寂蓮も、後番に自家説である鹿火屋説をふまえた詠、

山田守るかひ屋が下の煙こそこがれもやらぬたぐひなりけれ　（恋六・三十番・寄煙恋・右、寂蓮）

を提出、また、難陳、俊成判詞が繰り返され、さらにその後に顕昭の『陳状』が提出されるという緊迫した展開をたどる。

『袖中抄』に戻って諸説と対照しながら、『六百番歌合』に至っての顕昭の作意を探ってみる。顕昭は、例によって、まず自説（①）を述べたあと、他の説を逐一引用しては批判を加えてゆく。まず、清輔の「フシヅケ」説（②）を批判、次に「敦隆ガ類聚古集」の説を、撰入・部類状況から「此抄ノ趣ハ、蚊火タツル屋ノ下ト云歟」（③）と推測し、「オボツカナシ。蚊火タツル屋トテ別ニアラバコソサモヨマメ」と批判してゆく。

ここで注意しておきたいのは、次の「惣ジテヤマガツノ屋ヲヨメリトハミエズ」（④）と引用し批判する説である。この「ヤマガツノ屋」説は『類聚古集』には見えず、また他の先行歌学書にも見えないもので、いかにもここに唐突に出てきている。しかし、この説は、『六百番歌合』の顕昭の「山吹の」歌（春下・廿二番・蛙・左）に対する俊成の判詞、

山田のいほに田を守る子等、本の住宅を離居して山中に令レ居之間、蛙の声を聞きて別居の慰めとせる心、相問の歌也。又、かひ屋といふ心は、彼廬の下に火をくゆらかし、煙を多からしめて、或令レ払二衆蚊一、若は令レ去二猿雄鹿一也。

という発言を想起させるのである。また、前に引いた寂蓮「山田もるかひやがしたの」歌（恋六・三十番・寄煙恋・右）やその評定の「山田に鹿をよせじれうに、かみなどくさき物どもをとりてやくを、雨にぬらさじれうに、舎をつくりおおふなり、これをかひやといふと土民も申しき」（同・右方陳云）という発言にも見ることができる。山田の庵とする説は、御子左家の説なのである。俊成には、『袖中抄』以後の詠ではあるが、

かはづ鳴くかひやにたつる夕煙賤がしわざも心すみけり　（『五社百首』二三二）

という詠作もある。

おそらく、顕昭は、御子左家説の情報を事前に入手していて、『袖中抄』にことさらにとりあげて批判し、さらに『六百番歌合』には自説に基づいた作を提出し、寂蓮、俊成らの反応を探ろうとして挑発し、得意の歌学論議に引きずり込もうとしたのであろう。これは顕昭からの仕掛けである。

『袖中抄』の記述からは、『袖中抄』以前にも「かひやがした」の解釈をめぐる論議が活発に行われてきたことがうかがえる。「奥義抄灌頂巻」の清輔説（②）を引用して、「此義イカヾトキコユ」と批判したあと、「又」ある人の三

つの説（⑤⑥⑦）を引用し、逐一批判を加えている。出典・主唱者不明のこれら三説は、「フシヅケ」説をめぐり複数の人が新説を提出するなどして、盛んな論議が行われていたことを示している。続けて、登蓮法師の二つの奇説（⑧⑨）を引き、「大様ハ人ヲドシ事歟」「トカクイヒテヒトスヂナラヌハ不実ノ事歟」と強く批判する。登蓮もこの論議に参加し、思いつきの奇説を放っては人々を惑わし、論議を攪乱して楽しんでいたのであろう。

このような難義語解釈をめぐり、多くの人が新説を次々提示し、論議が沸騰、混乱していたことがうかがえるが、それは、たとえば、歌林苑のような場において行われていたであろう（第一章第四節参照）。顕昭は、そのような活発かつ放恣な論議を受けて、『袖中抄』で逐一取り上げて批判し、さらに『六百番歌合』では自説を実作に披露してさらなる論議を誘発しようとしたというのが、『六百番歌合』での応酬に至る経緯ではないだろうか。そして、顕昭の思惑どおり論議は白熱する。

寂蓮も、ここに至るまでの歌林苑などでの論議の経緯を熟知しており、後の「寄煙恋」題で「かひやがした」を詠み込んだ歌を提出し顕昭に応戦した（前掲）。左方は早速「かひやに山田もるといはむ事、いかが」と応じ、論議は再び盛り上がることとなる。これは、寂蓮の側からの仕掛けである。

しかし、この番では顕昭は寂蓮の歌と説に対し強く批判するものの、自説は主張しようとしていない。前の番での相手方の強烈な批判を受け、自説の主張を控えているかのようである。その後の『陳状』でも、歌合における評定の記録が偏向していることや自分の真意が伝わっていないことに不満を述べつつも、ついに当初の養蚕の飼屋説を撤回し、清輔のふしづけの飼屋説に従っている。当初の強硬な姿勢からうってかわった態度である。(8)

最後に顕昭は、『六百番歌合』から『六百番陳状』に至るまでの「かひや」をめぐる論議を総括し、『陳状』の末尾を、如レ此まで委申べきにも侍らぬを、左右両方に此かひやを詠じて、人々の異儀も水火也。判者も殊に力を入て沙汰侍れば、存ずる事を申立之間、筆跡極見苦侍歟。所詮、ふしづけのかひやと、秋の山田の鹿の火の屋とを、慥に尋あきらめ可レ侍也。異義相論は、末代ともなく、和歌の興隆以外侍り。尤有二興事一也。

と結んでいる。このような歌学論議を、顕昭や寂蓮は、「和歌の興隆」を表すものとして、楽しんでいたのであろう(9)。歌林苑での論議を『六百番歌合』にまで持ち込み、あたかも延長戦を楽しむかのように、再燃させたのである。顕昭は、論戦に敗れ、自説の変更を余儀なくされたが、それも含め（負け惜しみもあろうが）「異義相論は…和歌の興隆」であり「尤有興事也」として楽しんでいたのであった。

もっとも、俊成の場合は「尤有興事也」などと楽しんでいた様子はうかがえない。判詞中に「近古之輩出異説」と清輔を「近古之輩」呼ばわりしつつ厳しく顕昭説を批判、その思いがけない姿勢は「已以本意相違也。尤遺恨事也」（『陳状』）と顕昭を憤慨させている(10)。さらに、俊成は『古来風体抄』にとりあげ、さらに自説を展開する。同じく御子左家といっても、寂蓮と俊成では、歌学論議に対する好尚や顕昭への感情は異なっている(11)。なお、俊成については後に述べるほか、第一章第三節でもふれた。

ほかにも、顕昭の側から仕掛けようとした例に、「そが菊」（秋下・十三番・九月九日・左）や「しひのこやで」（冬下・十四番・椎柴・左）などがあり、寂蓮や俊成から若干の反応はあった。また、「かつしかわせ」（秋中・六番・秋雨・左）「いしぶみ」（恋五・十六番・遠恋・左）の作は、顕昭が歌学の成果を誇示しようとしたものであったが、寂蓮・俊成らの反応はなかった。『袖中抄』などからは以前に論議のあった形跡は見られず、彼らの関心を引かなかったようである。

三　「もずの草ぐき」「筒井筒」と隆信・顕昭・寂蓮

次に、隆信も絡む例をとりあげてみたい。

まず、「もずの草ぐき」は、隆信が、

　面影をほの三島野に尋ぬれば行くへ知られぬ鴫の草ぐき　（恋八・十七番・寄鳥恋・右）

と「三島野」にあるものとして詠み込んでいる。早速、左方人が、

　左申云、「三島野」に「鴫の草ぐき」を詠まれたるはいかに。証歌の侍るか。証歌なくては如何。

と批判したが、俊成は判詞で、

　但、三島野に「鴫の草茎」の証歌あるべき由、如何。いづれの野に詠むべし、詠むまじといふ事やは侍る。

と応じ、隆信を弁護している。

「もずの草ぐき」の所在地は、『六百番歌合』に隆信が詠み込む以前に、長らく問題になってきたことのようである。『袖中抄』「モズノクサグキ」（5）では、まず、

　童蒙抄云、モズノトハ山代ノ国ニアル野ヲ云也。クサグキトハ草ノ茎ト云也。（中略）
又童蒙抄ニツキテ、モズノクサグキトイヒテハ其事トナシ。イヅレノヽニテモアリヌベシ。況モズノミ《野》ヽ《耳》ハラ《原》ハ河内也。山代トイヘル、如何。
　又登蓮法師、コノ義申侍シカド人モチヰズ侍キ。

と「童蒙抄」の山城説を紹介して批判、「イヅレノヽニテモアリヌベシ」という妥当な説を述べつつ、登蓮の山城支持説は誰も相手にしなかったと揶揄している。これも、登蓮が首を突っ込んでいることから見て、やはり歌林苑など

の場で論議があり、『袖中抄』はそれをふまえたものであろう。

顕昭、俊成とも、「もずの草ぐき」は特定の地にあるものではないとする説で一致しているが、顕昭が所在不定ゆえに特定の地名に詠んではならないとするのに対し、逆に、俊成は所在不定ゆえに任意の地名で詠んでもよいという。歌学知識とその実作に対する、二人の見解は正反対である。隆信があえて「もずの草ぐき」を「三島野」に詠み込んだのは、二人の考えの対立点をあぶり出そうと仕掛けたのではないか。

また、顕昭、隆信、寂蓮の競作もある。『伊勢物語』二十三段の第一歌の初句には「筒井筒井筒」と「筒井つの井筒」の両本文があるが、これについても『六百番歌合』でとりあげていた。顕昭は、自説の「筒井筒井筒」に基づき、

筒井つつ井筒にかけし丈よりも過ぬや通ふ心深さは　（恋五・七番・幼恋・左、顕昭）

と詠んだ。一方、隆信は、

筒井つにかけしためしをいかに我結び知らせん春の若水　（恋五・七番・幼恋・右、隆信）

と詠み、寂蓮も、

何となく遊び馴れぬる筒井つの影離れ行く音のみ泣かれて　（恋五・九番・幼恋・右、寂蓮）

と詠んでいた。この二人は、「筒井づの」の本文に基づいている。

これについて『袖中抄』「ツヽヰヅノヰヅヽ」(37)には、

顕昭云、ツヽヰヅノヰヅヽトハ、ヨノツネノ本如此。而或証本ヲミタマヘシカバ、ツヽヰヅヽヰヅヽトナムカキテ侍シ。ソレコソイハレタレ、イヅヽトイハム料ニツヽヰヅヽトイヒケル也。ツヽヰヅノトイヘルハコヽロエラレズ。是故ニ登蓮法師ハ、ツヽヰヘノトアルベキヲ、ツ文字ヘ文字相似故書タガヘタル也。アシベヲサシテタヅナキワタルトイフ赤人ガ哥ヲモ、アシタヅヲサシテナド、コヽロエヌ女ナドハヨムコトアリ。ソレモ相似モジナ

レバカキタガヘルナリ。其義イハレズ。ツヽヰノ辺ノヰヅヽトイフベカラズ。又或人ハ、ツヽヰトイフコトニツモジヲヒトツカキソヘタリ。ツトイフモジハヤスメ詞ナリ。カミツ、ナカツ、シモツ、オキツ、ナドイフガゴトシ。サテツヽヰヅトイフニモジノタラネバ、ツヽヰヅノト、ノ文字ヲクワヘタルナリトイフ人ハベリ。ソレモコヽロエラレズ。アマリニ任意ナル義也。

とある。ここでも、登蓮が「ツヽヰヘノ」の誤写とする珍説を提示し、「或人」も「ツトイフモジハヤスメ詞ナリ」という説を唱え、いずれも顕昭に痛烈に批判されている。この本文異同も、登蓮らも交えて、歌林苑の論議の俎上に乗せられていたのではないか。『六百番歌合』では、設定された「幼恋」題から『伊勢物語』がふまえられることは十分予想できたろう。この「筒井つの／筒井筒」の異同本文を詠み込んだのは、十二人のうちこの三人のみであり、示し合わせたかのようである。結果的には、論議としては盛り上がらなかったが、競作を楽しんでいたのではないかと推測する。

隆信には、以上のような仕掛けは少ないし、評定に積極的に参加して発言していたどうかはわからない。しかし、歌林苑の「経済的支援者」(12)として論議を楽しむ性向は持っていたであろう。隆信がいたからこそ楽しめた論議なのかもしれない。

難義語注釈をめぐる論議は、以前から登蓮も参加して歌林苑のような場で行われていた。顕昭と寂蓮に加え隆信は、そのことを蒸し返すかのようにして、『六百番歌合』の実作に詠み込み、論議を誘発したのであった。『六百番歌合』の評定の激しい論議は、御子左家対六条家との対立というより、歌林苑などの場における論議の延長というべきであろう。歌林苑の、いわばその残党たちが論議を重ねその余香を楽しんでいたかのようである。歌林苑が終息した後、ここで再び「異義相論」を「和歌の興隆」「尤有興事」として楽しむことができたのである。

四　「かはやしろ」をめぐる俊成と顕昭

次に、判者俊成について考察したい。以上の三人とはまた別の意識があった。これも有名な難義語であるが、「かはやしろ」をとりあげてみる。この語句も、顕昭が、

恋衣いつか干るべき河社しるしも浪にいとゞしほれて　（恋九・十九番・寄衣恋・左）

と詠み込んだ。ここから、議論が沸騰し、左右方の難陳と俊成判詞、『六百番陳状』『古来風体抄』、さらに定家の『僻案抄』に至る論議の経緯と帰結は、これも既に詳細に検討されているので、[13]ここでも『袖中抄』から『六百番歌合』への展開の問題に絞って考察したい。

『袖中抄』の「かはやしろ」解釈は、『奥義抄』説を引用して賛同、「ウチマカセテハ神楽ハ冬スルコトヲ、夏スルニ河ノ上ニサカキヲタテ、タナヲカキテスルコトヽ、ゾマウス」（「カハヤシロ」（50））と夏神楽の時に川の上に設置する祭壇とする説であるが、例によって『綺語抄』『俊頼髄脳』以下先行歌学書の説を引用し、「今付説々案之有不審」と批判する。文献引用のほかに、登蓮のごとき実名は示されていないが、「或人」らの説の引用が見られる。また、実作においても、顕昭も引く大江匡房の詠があるほかに、清輔、俊恵、重家にも「かはやしろ」を詠んだ歌がある。「かはやしろ」も、「説々」が提出され、論議の材料となっていた問題のことばである。

ところが、俊成にも「かはやしろ」を詠み込んだ歌二首があり、定家が、晩年この二首を引用し「密々」の俊成説を記している（『僻案抄』付載「かはやしろ」）。この経緯もよく知られていることであるが、確認しておく。まず一首目は、『頭中将資盛朝臣歌合』（散佚。『僻案抄』本文に拠る）の「五月雨」題の歌、

五月雨はくもまもなきを河社いかに衣をしのにほすらむ

という作で、俊成自身の判は、

判〈入道〉右歌、この河社の事、人たしかに申さざる事なるべし。あるいは夏かぐらといふ事也とも申ためるを、此歌にとりては、夏かぐらとはみえず。但、これ愚老所詠に侍けり。さだめてひが事にも侍らむ。又おもふ所あるにもや侍らむ。

となっている。「あるいは夏かぐらといふ事也とも申ためるを」とは清輔・顕昭の説をさし、俊成は、これをことさらに取り上げて批判するが、しかしその一方で、自身の詠については「又おもふ所あるにもや侍らむ」とはぐらかして、自説を明確にしようとしない。

二首目は、『五社百首』「賀茂社」の「五月雨」題の歌で、定家の注記とともに引用すると（やはり『僻案抄』本文に拠る）、

さみだれはいはなみあそぶきぶね河河社とはこれにぞありける

密々に被申含しは、河社、河のいはせにおちたぎつおとたかく、しらなみみなぎりて、つゞみ《鼓》などのやうにきこゆる所を、河社とはいふ也。

となっている。俊成説は、川の音高く白波みなぎり流れる所という解釈であり、それを「密々に被申含し」秘説として、定家に伝えていたのである。

この実作二首のうち、前者は、寿永元年を下らない時期の成立で『袖中抄』以前、後者は文治六年成立で、『袖中抄』以後『六百番歌合』以前の成立である。『袖中抄』から『六百番歌合』へと論議が活発となるこの時期に、俊成は「かはやしろ」の秘説を得ていたのである。後者の歌で、俊成が「かはやしろとはこれにぞ有ける」と揚言しているのは、「「河社」について一つの確信が得られたことをやや古風な身ぶりで語っている」[14]ということになるが、清輔

や顕昭らの説も知った上でのことだから、「これにぞ有ける」と言い切るのは彼らに対する挑発あるいはあてつけになる。

顕昭は、この俊成の挑発に早速反応したのだが、俊成の説を知らなかった（少なくとも『袖中抄』に取り上げていない）ので、探りを入れるべく、『六百番歌合』に自説に基づいて「かはやしろ」を詠み込んだ歌を提出したのではないだろうか。しかし、俊成は、判詞においても「いはゆる竜門の滝を、伊勢がなにやまひめのぬのさらすらんといひ、又布引の滝などいふ様なる事なり」というにとどめていて自説を明らかにせず、挑発を軽くいなしている。さらに『古来風体抄』にも明示しないまま、「密々」の秘説として定家にのみ伝えたのであった。顕昭の仕掛けは不発に終わったのである。

このように、俊成の、六条家に対する対抗意識はまことに強い。田村氏は、『六百番陳状』に顕昭の「〈家〉の意識、門流意識が介在している事実」の例として三箇所あげているが、(15)それらはいずれも俊成の発言を受けてのものであって、むしろ俊成の方に「門流意識」が強いことに注意したい。顕昭が「門流」を意識させられたのは、俊成の判詞の挑発に拠るのである。この問題については、第一章第三節にふれたので省略する。

五　季経・有家の難義語詠

一方、顕昭と同じ六条家の季経や有家はどうであったか。二人は、清輔・重家亡き後の六条家を顕昭とともに支えてきたのである。(16)

季経が『袖中抄』の難義語を詠み込んだのは、冒頭にあげたとおり十語であるが、注釈説を意に介さず詠み込むのが特徴である。

たとえば、「とぶひののもり」を、

うちむれて菫摘むまに飛火野の霞のうちにけふもくらしつ

（春中・二番・野遊・左）

と詠み込んでいる。「飛火野の霞」と詠んでいるので、ここでは「とぶひの」は、新大系校注者が漢字を当てているとおり「飛火野」なる地名をさすのであろう。

ところが、顕昭は、「とぶひののもり」について、

顕昭云、トブヒノヽモリト云詞ニ付テ両義アリ。一ニハ飛火《トブヒ》ノ野守《ノモリ》ト云。一ニハ飛火野《トブヒノ》ノ杜《モリ》ト云義也。ウチマカセテハ野守ハ人ナレバ、ソノ人ニワカナツムベキホドニヤナリタルト問コソイハレタレ。杜ニワカナヲツマバコソハ、杜ニワカナヤオヒタル、イデヽミヨトハイハメ。タヾ春日野ヲミヨトイヒテアリヌベシ。又誰ヲイデヽミヨトイフニカ。

（『袖中抄』「トブヒノヽモリ」(79)）

と述べているように、「飛火ノ野守」と解していて、「飛火野ノ杜」を否定しているし、清輔も『奥義抄』で同様に解釈している。これが六条家の説である。「飛火野」は「飛火野の杜」と誤解したことから発生した地名である。

「飛火野」という地名に解する前例としては、『堀河百首』に、

とぶ火野に今もえ出づるさわらびのいつ折るばかりならんとすらん

（『堀河百首』早蕨・一四〇、永縁）

とぶ火野にもえ出でにける早蕨を焼くとききてや人のをるらん

（『堀河百首』早蕨・一四二、肥後）

という二首の歌があるほかに数例散見され、顕昭が否定するものの「飛火野」なる地名もある程度は流布していたのであり、季経が「飛火野」を詠み込むのも証歌なきこととはいえない。季経は、おそらく自家の説が「飛ぶ火の（野守）」であると知りながらも、歌学説を守るよりも『堀河百首』歌の先行表現をふまえ、早春の「飛火野」で「霞のうちに暮らす」とする「野遊」題の風情を優先して詠作したものであろう。清輔や顕昭が厳密に歌学的な成果をふま

えそれを誇示して歌に詠み込む態度とは対照的である。(17)
もう一例をあげると「すがはらやふしみ」の詠作である。

明方に夜はなりぬとや菅原や伏見の田居に鴫も立ちける　（秋中・廿二番・鴫・左）

この「菅原や伏見の田居」であるが、これも顕昭が、

又フシミノタヰトハ、イマハオホヤウヤマシロノフシミノタヰヲヨメリ。伏見修理大夫俊綱朝臣、フシミノ田哥ナドツクリテウタハセタル故也。万葉ニモヤマシロノフシミノタヰヲヨメル哥アリ。

巨椋《オホクラ》ノ入江ヒヾクナリ射目人《イメヒト》ノ伏見《フシミ》ガ田井ニカリワタルラシ

宇治河作云々。　（『袖中抄』「スガハラヤフシミ」(121)）

と書き記し、「ヤマシロノフシミノタヰ」は用例があるが、大和の「菅原や伏見」に「田居」を詠むのは前例がないと主張する。歌合の評定においても右方から「「菅原や伏見」にも「田居」と詠める、証歌や侍らん」と疑義が提示されている（季経の反応は不明）。これについても、大和の菅原の伏見に「田居」を詠むのも俊恵らに先例があって、重大な誤謬とはいえないが、やはり歌学説に厳密に基づかねばならないとする意識は見られない。

もうひとりの有家には、歌本文に六条家証本とは異なる本文を採用する歌がある。まず、

旅寝する我をば床の主にて枕に宿る小夜の面影　（恋五・廿八番・旅恋・左）

という詠がある。これは、『古今集』「あづまぢのさやの中山なかなかに何しか人を思ひそめけむ」（恋二・五九四、紀友則）の歌をふまえたものであろう。結句本文は、これも新大系校注者が漢字を宛てるように「小夜」の意であるから、「さよの中山」とする『古今集』本文に基づくのが有家歌の作意である。しかし、六条家の『古今集』証本本文

は、「さやの中山」である。『袖中抄』(「ヨコホリコセル〈ケヽレナク　サヤノナカヤマ〉」(108))には、「師仲卿云、彼土民等サヨノ中山トイヘリ。其後俊成卿モサヨトヨメリ。然而証本等ミナサヤトカケリ」と記している。有家は、「旅恋」題に旅寝のはかない夢に面影を見るという趣向を表現するために、自家の証本の本文ではない本文を採用し、「小夜の面影」と結んだものである。

もう一例、

最上河人の心の稲船もしばしばかりと聞かば頼まん　(恋七・十五番・寄河恋・左)

という歌がある。「しばしばかり」という第四句の本文が問題で、有家が本歌としたのは、『古今集』東歌(一〇九二)の通行本文とは異なる、志香須賀文庫本(久曾神昇『古今和歌集成立論資料篇』による)の、

もがみがはのぼればくだるいなふねのいなにはあらずしばしばかりぞ

という異文の歌である。『俊頼髄脳』でも、定家本、顕昭本とも「しばしばかりぞ」とする本文で引く。しかし、『袖中抄』には、

コノツキバカリトイハムモアマリニヒサシ。シバシバカリトイフハ証本ノ説ニハアラズ。コノ哥ハ恋ノコヽロニテ、イナフネトイヒヲキテ、イナトニハアラズコノ月バカリエアフマジキゾ、月タチナバアハムトイフニテコソアレ。　(『袖中抄』「イナフネ〈モガミガハ〉」(122))

とあり、顕昭は「シバシバカリ」を否定し「コノ月バカリ」を「証本ノ説」と認定している。『古今集』現存本は、定家本はもちろん、清輔本・顕昭本とも「この月ばかり」である。

有家は、「寄河恋」題を処理するのに、『古今集』東歌から「最上河」に寄せ、「いな」と拒絶されながらも「聞かば頼まん」と期待する切ない恋心を表現する趣向を思いつき、あえて異文の「しばしばかり」を採用したのである。

むしろ、「しばしばかりぞ」の本文があることによって、この趣向を得たといえようか。

季経や有家は、難義語や異同のある歌本文を歌に詠み込むに際し、清輔や顕昭の所説にあえて反する説に基づいて詠作したのではなく、歌学の成果よりも趣向（構想）を優先して歌を詠んでいたといえるのではないか。その意味では、同じ六条家の顕昭とも、また寂蓮とも異なる態度で、詠歌と評定に臨んでいたのである。

二人は、清輔、重家亡き後の六条家を支えてきた。特に季経は、正治二年催行の後鳥羽院の百首歌で、通親に取り入って定家や家隆の参加を妨害するなど、御子左家に対抗した。『六百番歌合』に対しても、主家主催の大規模歌合ということで、それなりの熱意をもって詠歌に臨んでいたであろう。しかし、歌学においては、自家の説を厳格に継承しようという意識は稀薄だった。もっとも、家説の厳格な継承に執着しないのは、御子左家とは対照的で、六条家の特徴ともいえる(18)。ここで、季経や有家の歌人としてのアイデンティティについて論じることはできないが、主家において「恪勤」の人であって、歌道に人生を懸けるというような、清輔や顕昭と同じような意識は持ち合わせていなかったのであろう(19)。

六　『六百番歌合』の位相

『六百番歌合』といえば、定家はじめ良経、家隆ら新風歌人にふれるべきであるが、かれらの『六百番歌合』作品の意義については先行研究も多く、ここでは田村柳壹氏の論にふれるにとどめ、和歌史的、また歌学史的な位相について考察してみたい。

氏は、顕昭と定家・家隆らの詠歌態度を比べ、「顕昭が重視した「才学」に関わる問答の主要論点が軽視、または、無視され、省みられていない（中略）良経、および、良経を同志として新風を開拓した定家・家隆ら御子左派の歌人にとっては、「才学」は詠歌の重要課題たり得なかった」と述べている。[20]歌林苑の残党たちが、「異議相論は、和歌の興隆」として「有興事」として楽しんでいたのを尻目に、新風の実験を次々と試みていたのである。

世代の違いといえばあまりに単純な割り切りかもしれないが、詠歌に対する問題意識の相違は明らかである。俊成は、新風歌人らの試みに理解を示しつつも、むしろ抑制的な立場でもあったという。[21]判詞に込める力（『陳状』や『古来風体抄』への展開を見ると、むしろ六条家批判に熱心であったかのようにも見える（第一章第三節に論じた）。

また、家房や兼宗、慈円ら権門歌人も、御子左家や六条家の歌人とは異なる詠歌方法と意識で詠歌や評定に臨んでいたのであろうが、ここではふれえなかった。

『袖中抄』難義語の『六百番歌合』における詠作状況から浮かび上がってきたのは、参加歌人たちの、人間関係や思惑、あるいは詠歌の方法や評定に臨む態度の相違である。そこは、さまざまな詠歌意識や方法の多層的に交錯する場であった。和歌史的に位置づけるのならば、この歌合は、新風への道を切り開いたというばかりではなく、僻事や今案を連発しては論議を楽しみつつ、それを取り入れて歌を詠むという、歌学論議の時代の最後ともいえるはなばなしい催事であった。

注

（1）　久曾神昇『顕昭・寂蓮』（三省堂、一九四二・九）による。ほかに、岡田希男「袖中抄の著述年代に関する疑問（一）（二）（下）」（『国語国文』一九三二・四、五、一九三三・八）、橋本進吉「法橋顕昭の著作と守覚法親王」（『橋本進吉著作集』一二巻、岩波書店、一九七二・三）が言及している。

（2）　竹下豊「晩年の顕昭――『六百番歌合』を中心として――」（『国語国文』一九七六・五）に拠る。

（3）　竹下注（2）論文に拠る。

（4）久保田淳『花のもの言う――四季のうた――』（新潮社、一九八四・四）に拠る。
（5）谷山茂『新古今時代の歌合と歌壇』「第三章歌合をめぐる六条家と御子左家」（谷山茂著作集第四巻、角川書店、一九八三・九）など。
（6）茅原雅之「六百番歌合における結番の方法と構造」（『語文』（日大）九七輯、一九九七・三）。とりわけ、歌人別対戦表は有益であった。
（7）安井重雄『藤原俊成――判詞と歌語の研究――』「Ⅰ・第三章寂蓮と顕昭」（笠間書院、二〇〇六・一）に拠る。
（8）藤田百合子「『新勅撰集』と定家歌学――『六百番歌合』の「かひや」と「あまのまてかた」を中心に――」（桑原博史編『日本古典文学の諸相』勉誠社、一九九七・一）に、この論議の内容と展開、帰趨について詳述されていて、本論も拠るところが大きい。
（9）安井注（7）論文に啓発されたところが大きい。
（10）藤田注（8）論文に、「老俊成の六条家への反感は熾烈である」とある。
（11）簗瀬一雄『俊恵研究』（「著作集」一巻、加藤中道館、一九七七・一二）に拠る。
（12）松野陽一「古来風体抄」補注（『歌論集（一）』中世の文学、三弥井書店、一九七五・三）、川平ひとし『中世和歌テキスト論――定家へのまなざし』「Ⅰ・234『僻案抄』書誌稿（一）（二）（三）」（笠間書院、二〇〇八・五）、佐藤明浩「「かはやしろ」の論争をめぐって」（『名城大学人文紀要』四六集、一九九三・一二）、東野泰子「『奥義抄』の「かはやしろ」注について」（『大阪市立大学文学部創立五十周年記念　国語国文学論集』和泉書院、一九九九・六）など。
（13）川平注（12）論文に拠る。
（14）田村柳壹『後鳥羽院とその周辺』「Ⅱ・二歌合のドラマ――『六百番歌合』と『顕昭陳状』をめぐって――」（笠間書院、一九九八・一一）に拠る。
（15）浅田徹「六条家――承安～元暦頃を中心に――」（『平安後期の和歌』和歌文学論集六、風間書房、一九九四・五）に詳しい。
（16）佐藤注（12）論文には、俊頼・清輔・範兼・顕昭・俊成・定家の注釈に、「歌学上問題になっている事柄に関する自らの見識を、自説に密着した歌を詠むことで示そうとすることがあった」とする。
(17) 西村加代子『平安後期歌学の研究』「第三章・顕昭と清輔――学説の継承と対立をめぐって――」（和泉書院、一九九七・九）参照。
(18) 谷山注（5）著書および、浅田注（15）論文に拠る。
(19) 田村注（14）論文。
(20) 山本一『藤原俊成――思索する歌びと――』「Ⅱ・第十一章伝統を志向する「幽玄」――『六百番歌合』の場合――」（三弥井書店、二〇一四・七）など。

第三章　歌ことばと歌学の周辺

第一節　「くものはたて」の注釈と実作

一　「雲のはたて」と「雲のはて」

夕暮れはくものはたてにものぞ思ふあまつ空なる人を恋ふとて（『古今集』恋一・四八四、よみ人しらず）

この『古今集』の歌一首をめぐって、注釈史と詠作史の問題を考えてみたい。第二句「くものはたて」は難義語には違いないが、「かはやしろ」などのように難義語中の難義語として論争が交わされたわけではなく、秘伝の一つにもならなかったが、かえって注釈史と詠作史の相関関係の一端を垣間見ることができるであろう。

この歌の「くものはたて」の語義に関して注釈史上大きな問題になり、さまざまな説が提示され混乱の様相を示してきた。それは大きく分けて、「雲の果たて」「雲の旗手」または「蜘蛛の機手」と解する諸説である。

ただし、現在ではその問題は落ち着いてきているように思われる。すなわち、竹岡正夫氏が、「「旗手」説は右で知られるように独断にもとづくもので到底妥当とはいえない。（中略）雲の果てに向かって物を思うのである[1]」というように、「雲の果たて」と解する説が有力になってきているのである。その根拠としては『万葉集』歌の「敷きませる国のはたてに咲きにける桜の花の」(巻八・一四二九)などの用例があげられてきた。

さらに、近年は、

美人在二雲端一　天路隔無レ期　(『玉台新詠』「蘭若生春陽」)

という詩句の「雲端」の翻訳語と理解され、こちらのほうがより強固な根拠としてすっかり定着している。さらに片桐洋一氏は「雲端」の用例を他にもあげ、「「雲端」の翻訳語として用いられていたことは間違いない。(中略)恋を空に託する表現は『古今集』には多かったのである[2]」などと述べている。近年公刊されている注釈書類では「新編日本古典文学全集」を除いて、「雲の果たて」説は現在ほぼ定説となっており、疑義をさしはさむ余地はないように思われる。稿者にも、現在の通説に異議を称えようという用意はないのだが、気づいたことがあるので、それらをまず指摘しておきたい。

「雲のはたて」が「雲の果たて」であるならば、他方で同義の「雲の果て」という歌語もある。両者に棲み分けはないのだろうか。主な用例は次のとおり。

思ひいづる時ぞかなしき世中は空行く雲のはてをしらねば　(『後撰集』雑二・一一九〇、よみ人しらず)
あきの夜はそらゆく月にさそはれてくものはてまで心をぞやる　(『肥後集』一一五)
君がへん年のかずをばいく千代もいさしら雲のはてしなければ　(『久安百首』慶賀八三二、顕輔)
くものはてなみまをわけてまぼろしもつたふばかりのなげきなるらん　(『長秋草』一八四)
下燃えに思ひきえなむけぶりだに跡なき雲のはてぞかなしき　(『新古今集』恋二・一〇八一、俊成卿女)

「雲の果て」は、右のうち『肥後集』『長秋草』の例を除くと、「しらねば」「なければ」「跡なき」など、否定的にとりあげられる例が多いのが特徴である。『後撰集』『久安百首』の例のように、終わりがないことの比喩に用いられていたり、『新古今集』俊成卿女の歌では火葬の煙がついに消失してしまう地点を指していたりするように、「雲の果て」は、雲が尽き果てることによって抽象的、観念的な極点、末端を表している。それに対し、「雲のはたて」は、「恋ふ」対象である「天つ空なる人」は、手は届かないものの、もの思いがもの思いとして辛うじて成り立つ範囲内、現在地から連続する、遙か最も遠い地点である。「雲のはたて」の用例がある一方で「雲の果て」が並行して用いられているのは、意味・用法の区別があるのではなかろうか。抽象的、観念的な終末点・消失点と、具象的な末端部、という棲み分けが考えられる。

『古今集』の歌より古いと思われる歌にこんな例がある。

天の原はるばるとのみ見ゆるかな雲のはたても色濃かりけり　（『新撰万葉集』夏・二八二）

この歌の「雲のはたて」も、現在の通説では『古今集』「夕暮れは」歌と同様に雲の果てと解することとなろう。しかし、それでは明解に割り切れないようにも思われる。「雲のはたて」が「はるばると」見えるというのは、雲の果ての解でよいとして、「雲のはたて」が「色濃」いというのは、「雲の果て」の抽象的な終末点という意味では十分理解できない。「雲のはたて」の色に気づきその美しさに感動しているのだから、「雲のはたて」は抽象的な概念ではなく、視覚的に捉えられる実体をあらわすものであろう。特に「雲のはたて」の「色濃」さに注目しているところがこの歌の眼目である。後述する『俊頼髄脳』の「雲の旗手」とする解釈をここにさかのぼって適用することはできないが、といって、「雲の果たて」の解釈のみでは、この歌が表現する雄大な風景を見逃すように思われるのである。

歌ことば「雲のはたて」は、なおも不明瞭な点を残していることのみ指摘して、ここでは、疑義を呈するにとどまる。

二　「蜘蛛の機手」と「雲の機手」

「くものはたて」は次のように、詠み換えられた。

　　みちのくにのかみのははぎみに、いひはじめに

　ささがにのいとすぢならばあらぬみのくも《を》のよそにはおもひはなちそ

　　又、こせしの君のらうにて、くものてひとつおちたるが、二三日までうごくを

　ささがにのくものはたてのうごくかなかぜをいのちにおもふなるべし

（『重之集』一八六、一八七）

「くものはたて」を「蜘蛛の機手」に置き換えて詠んだものである。風に動く蜘蛛の手を、機を織って忙しく動かす手にたとえたもの。重之の贈歌に対し、「みちのくにのかみのははぎみ」（陸奥守母君＝実方の母）が答えた歌である。「一八六の求婚に対し、ＯＫサインと思われる」(3)という興味深い読解もあるが、それはともかく、老年に近い男女の機知を弄したやりとりといえ、その過程で、同音に基づく巧妙な置き換えが試みられたのである。それは、一語に二義を持たせる掛詞ではなく、歌ことばを同音の別語に強引に置き換え、新しいことばを諧謔的に創出してみせたのであろう。このような強引な読み換えが可能だったのは、「くものはたて」の意義が不安定であったことを表すのではないか。

　重之から少し後に、

　　これやさは雲のはたてにおるときくたつことしらぬあまの羽衣

（『新古今集』離別・八六四、寂昭）

という歌がある。これは、長保五年（一〇〇三）年の寂昭入宋時の作。餞別に贈られた旅衣を「雲の機手」によって織られた「あまの羽衣」にたとえ、謝意を表す。寂昭が、右の重之歌を知っていたかどうかはわからないが、重之の

ように強引に置き換えたのではなく、「はたて」を「機手」と理解した上で詠んだものであろう。これも「くものはたて」の語義の不安定性を示す。

「くものはたて」の意義はこのように揺れている状況にあったが、そこに、解釈に諸説入り乱れる余地があったといえよう。

三　「くものはたて」の諸説と実作（1）

平安時代の解釈の諸説入り乱れている状況を整理してみると次のようになる。（　）内は「ものぞ思ふ」への接続のしかたを私に解してみたもの。

一、「雲の旗手」説

1雲が定めなく移り変わる――俊頼髄脳

旗が風になびき乱れるように、雲が定めなく移り変わる（そのように、私も定めなく思い乱れている）。

2夕焼け雲が広がっている――顕注密勘・顕昭注

戦陣の赤い旗が広がっているかのように、雲が夕焼けに染まっているが、その夕焼け雲は尽きることなくわき出てくる（そのように、私も尽きることなくもの思いをしている）。

3夕日のいくつもの光りの筋がさしている――僻案抄

夕日が入る山の稜線から光の筋が雲間からさしのぼっているが、それは雲の旗のように見える（そのような遙か遠い空に向かって、私はもの思いをしている）。

二、「蜘蛛の機手」説――奥義抄

蜘蛛が巣を作るようすが機を織る手に似ている（その手の動きように、私は落ち着かないもの思いをしている）。

三、「雲の将手」説——袖中抄

「はた」は「将」で広いという意味で「雲の将手」とは空が広いという意味である（広い空に向かって、私はとりとめもないもの思いをしている）。

先学の研究も既にあるが、時代を逐い、改めて各注釈者の実作と合わせて順次検討してゆく。まずは、俊頼の注釈と実作から。

わたつみのとよはたぐもにいり日さしこよひの月よすみあかくこそ

夕さればくものはたてにものぞ思ふあまつそらなる人こふる身は

とよはたぐもといふも、くものはたてにといふもおなじことなり。日のいらんとするときに、にしの山ぎはにあかくさま〴〵なるくものみゆるが、はたのあしのかぜにふかれてさはぐににたるなり。はたといふはつねにみゆる仏の御まへにかくるはたにはあらず。まことの儀式にたてゝ、たゝかひの庭などにたつるはたなり。そのはたににたるくものたへまよりいり日のさしていりぬれば、三日斗は雨ふらずして、そらもこゝろよくてるなり。さればこよひの月はすみあかからんずらんとよめるなり。つぎの哥は、そのさだめなくさはぎかはりゆくがやうになんおぼゆるとよむなり。そのくものそらにある物なれば、うはの空なる人をこふるによそふるなり。これをまたくもといへるむしの手八あれば、そのくものいへ《イ軒》は手にみゆる手をくみたるやうにみゆれば、それによそえてよむなり。これも事のほかのひがごとはなきにや。重之がしにたるくものゝけざまにふしたるに風のふきければ、いきたるやうに手のはたらきけるをみてよめる哥、

さゝがにのくものはたてのさはぐ《イうごく》かな風こそくものいのちなりけれ

これをみれば、むかし《虫歟》の手をもくもでと云はんにとがなし。

（『俊頼髄脳』）

俊頼は、『万葉集』の著名歌の「豊旗雲」と合わせて「雲のはたて」を理解しようとしていて、そこに俊頼の注釈方法の特徴がある。今日的に見れば強引な解釈ともいえるが、「雲の旗手」説を初めて提唱したもので、以後の注釈に大きな影響を与えた。

俊頼の実作のうち、「雲のはたて」を詠み込んだ歌が一首ある。

　　観無量寿経文十六想観、入らんとする日をみて仏のみくにをおもふ

色色の雲のはたてをかぎりにている日や弥陀のひかりなるらん

（『散木奇歌集』悲歎・九〇四）

「色色の雲のはたて」とあるから「雲の旗手」と解しての作と考えられる。注釈にある「日の入らんとする時に、西の山ぎはに赤く様々なる雲の見ゆる」という色彩鮮やかなイメージをそのまま用い、それを「弥陀のひかり」と観想しているのである。「雲のはたて」を仏教儀式における「幡」の縁から導入したとする説[4]の当否には留保せざるをえないが、重視したいのは、『古今集』の「夕暮れ」の「雲のはたて」の印象的な風景をふまえての作である点である。自身の注釈より、『古今集』歌から直接の想を得て詠まれた歌なのである。

次に清輔の解釈と実作をとりあげる。ただし『奥義抄』では、Ⅰ類本とⅡ類本[5]とでは注釈内容が大きく異なっていて、両本の関係も含めて問題が残る[6]のだが、ここでは両本を並記してみたい。まずはⅠ類本（歌学大系本に拠る）では、

四十三　夕ぐれは雲のはたてに物ぞおもふあまつそらなる人こふる身は

　くものてをくものはたてとはいふ也。きぬ布などおるやうなれば、よそへていふなり。くもといふにつきてそらのくもによそへて、天つそらなる人こふる身とはよめり。くものはたてに物思ふとは、くものすはとかくかきたれば、一すぢならず、とかくなむ物を思ふと云ふ心也。或物にはたゝかひのにはにたつるはたに似たるく

もの、夕暮にたつがさだめなくなるをいふともはべめり。いかゞときこゆ。順が仮名の序にも思ふ心くものはたてにありながら、おりたちていはむかたなしとかけり。これもとかく云ふこゝろ也。

となっている。前半において「蜘蛛の機手」とする説を提唱し、後半は「或物」として『俊頼髄脳』の説を引用、「いかがときこゆ」と否定している。「蜘蛛の機手」説は、他書には見えない、清輔の独自説のようである。

一方、Ⅱ類本（『磯馴帖　松風篇』所収本に拠る）であるが、

四三 夕暮は雲のはたてに物ぞ思ふあまつ空なる人こふる身は

くものはたて、両説也。一は、くものいかきたるをいふ也。きぬ布なとをる様なれば、よそへていふにや。この義ならば、蜘蛛を雲にそへて、天つ空なる人こふる身はとよめるにこそ。くものはたてに思ふとは、蜘のいは、とざまかくざまに乱たる物なれば、一方ならずかく物を思ひみだるゝと云心也。くもでに物を思ふ比かなといふ哥も同心にこそ。一説には、たゝかひの庭などにたつるはたの様なり。雲の夕暮にたつを豊はた雲とも、雲のはたてともいふ也とも申す。此儀につかば、雲は、はかりもなく尽せぬ物にいへば、雲のごとくになんおもふと読るにこそ。順がかな序にも、思ふ心、雲のはたてにありながら、おりたちていはむかたなしと書り。

又古哥にも、

天の原春はことにも見ゆる哉雲のはたても色まさりけり

とよめり。是が正義にてあるにや。又《重イ》貫之がくものしにたるをみてよめる哥、

さゝがにの雲のはたてにさはぐ哉風こそくもの命成けれ

是も此儀にかなへり。

と、両説を並記している。前者の説は、「蜘蛛の機手」と解する独自説をここでも示すが、後者は『俊頼髄脳』の

「雲の旗手」説を継承したもので、Ⅱ類本ではこの説を「是が正義にてあるにや」と支持している。

このように、Ⅰ類本とⅡ類本とは、支持する説が正反対なのである。清輔も『奥義抄』を何度か追補を施していて、両系統本の先後関係は依然として不明である。独自に提唱した説についてもⅡ類本では否定的で、今のところ清輔も迷っていたとしかいいえない。

実作では、

たなばたのくものはたてに思ふらん心のあやもわれにまさらじ
（『清輔集』秋・（七夕言志）・一〇四）

という一首がある。『奥義抄』に示した独自説「蜘蛛の機手」に基づく歌で、七夕姫の乱れる心を、蜘蛛の機を織る（巣を作る）手が激しく動くようすにたとえている。Ⅰ類本に即していえば、『俊頼髄脳』の「雲の旗手」説を強く否定する意図によって詠作されたもの。佐藤明浩氏は、「俊頼説は誤りで、自説こそ正しいのだという自負」がこの実作に「籠められている」[7]と述べる。

注釈との関係でいえばそのとおりだが、清輔は、前節にあげた寂昭の「これやさは」歌を念頭に置き、寂昭歌の「あまのは衣」から連想して七夕の歌に適用したのではないか。『奥義抄』説は「蜘蛛の機手」と「雲の機手」の両説で揺れているのだから、清輔は、自身の注釈説の主張や俊頼説の否定のために「たなばたの」歌を詠んだのではなく、寂昭歌に構想を得て詠んだものと考えられる。実作と注釈との連動は、むしろ稀薄な例といえるのではないだろうか。

同時代で、同じく『古今集』注釈もある教長には次のような歌もある。ただし、「夕暮れは雲のはたてに」歌の注釈は、現存『教長古今集註』には見られない。

いそげどもこよひはこえじおとはやまくものはたてにほととぎすなく
（『教長集』夏・暮山時鳥・二四五）

これだけでは、「雲の果たて」か「雲の旗手」か判別しにくい。題意の「暮」を表すべく、「こよひはこえじ」とともに、音羽山の上方に浮かぶ夕暮れの雲を「雲のはたて」ということばによって「暮」を表そうとしたのであろうか。理屈をいえば、「雲の果て」では、ほととぎすの声が聞こえないではないか。

院政期では、「雲の旗手」説と「蜘蛛の機手」説の両説が通用し、現代の通説である「雲の果たて」説は、歌学においては見られない。注と実作とが、必ずしも密接ではない様相も見てとれた。

四　「くものはたて」の諸説と実作（２）

次に、新古今期の、顕昭と定家の解釈と実作を検討する。さらに様相は複雑になっている。

まず、顕昭の注釈。

夕ぐれは雲のはたてに物ぞおもふあまつそらなる人こふる身は

夕ぐれの雲の幡手とは、たゝかひの場、御即位の時、諸陣なんどに立る旗の様なる、あかき雲の夕ぐれに立をば、雲のはたてと云なり。旗の手の様におびたゞしくひろごりて、夕日の空にまがひて夕日やけする也。然に雲はつきもせぬ物なれば、つきせず物を思ふ心にもよめり。又浮雲はあとさだまれる事もなきよしにもかなへり。順が仮名序にも、思ふ心雲の旗手にあるものから、おりたてゝいはむ方も無とかけり。雲はおり居る物なれば、それにそへて空にうきたる事を思て、おりたちていはん方なしとも書るにや。又古歌云、

あまのはら春はことにもみゆるかな雲のはたても色まさりけり

とよめり。万葉に、

わたつうみの豊旗雲にいりひさしこよひの月よすみあかくこそ

とよめるも、豊旗雲とよめるは、豊は広く大きなる旗とよめるは、此雲の旗手と同心なるべし。雲のはたて春

の色まさるといふも、かすめる空に入日さしたるは常よりも赤き色とみゆる物也。月のあかゝらんとては夕日かげの空の色ことなるべし。されば此歌につけて、絹布織る機手と云事あるべからず。又蛛の手と云べからず。あまつ空なる人こふるよしなどあれば、思かけぬ蛛の手をよしなどあるまじき事也。（『顕注密勘』顕昭注）

このように、「雲の旗手」説であるが、雲は尽きせず湧いてくるように、思う心も尽きないという。雲は尽きない思いの比喩と解している。俊頼説に基づきながら独自説を示そうとしているのである。

ところが、『袖中抄』では、

ユフサレバクモノハタテニモノゾオモフアマツ空ナル人コフルミハ
顕昭云、クモノハタテトハ、ソラノヒロキコヽロナリ。ハタハ将トイフ心也。手ハ、ヨロヅノコトニワタルコトナリ。ツネニハユフベノ雲ノ旗ノ手ニヽタルヲ、雲ノハタテトハイフト、アマタノフミニ申シタレド、万葉集ノ長哥ヲミルニ、国ノハタテニサキニケルサクラノハナトヨミタレバ、国ニハ旗手アリトイフベクモナケレバ、ソラノヒロキヲバ、クモノハタテトイヒ、地ノヒロキヲバクニノハタテトヨメルニヤト、ナズラヘテオモフナリ。タトヒ雲ノハタテトイフベクハ、花ノイロ〳〵ニサキミチタルヲ旗手トイフベキニヤ。ソレハ、ナヲコヽロユカズ。古哥ヲバ、哥ヒトツニツキテハイミジク釈スルホドニ、アマタノ哥ヲミルトキニタガフ也。
（下略）　　（『袖中抄』「クモノハタテ」（8））

という新説を提示している。「はた」とは「将」の訓であり、「雲のはたて」とは空の広いことを表しているという。広大な空に向かってあくがれゆく思いを詠んだ歌なのである。『顕注密勘』から大きく説を転換したことになるが、「はたて」の「はた」に「将」の字を宛てるという妙案を思いついたことに拠るものであろうか。「将」を「はた」と訓ずるのは、『日本書紀』に例がある。顕昭は『日本書紀』研究と訓読の過程で、この訓を想起し、歌語注釈に適用したのかもしれない。[8] ある意味では学問の広がりではあるが、かえって本文から離れている。「ツネ」の「アマタノフミ」を否定し、なお独自説を追究、提示しようとする。顕昭の学のすべてが奇説の提示を目的としたものではないし、むしろ実証的で堅実な学として定評があるが、その中でも、既説を越え新しい説を示そうとする力学を常に持ち、その過程で妥当性の枠をはみ出すものもあったのである。

一方、実作ではこんな歌も詠んでいる。

見わたせば雲のはたてに織りかけて空にぞさらす布引の滝　（『御室五十首』眺望・六五二、顕昭）

「はたて」を機手に解し、布引の滝を蜘蛛の機手で織り空にさらした布と見立てたものである。これは、旗手説を採る『顕注密勘』とも、将手説を採る『袖中抄』とも違う解釈によって、実作を試みているのである。これも、前にあげた、寂昭の歌の発想を採り入れた詠作ではないだろうか。実作では注釈を無視し新しい趣向の歌を追求する。顕昭には「自己の研究成果に基づいた語を使用している」[9] という性向が指摘されているが、「かはやしろ」や「あまのまくかた」などの難義語は、自己顕示的に自説に基づいて実作に詠み入れる一方、そうでない場合は、注釈で説いた説とは無関係に実作を詠むこともあったのであろう。

さて、定家である。『顕注密勘』の段階では、

付㆓雲説㆒用㆑之、不㆑用㆑蛛。　（『顕注密勘』定家注）

と、雲説を支持し蜘蛛説を否定するだけで、「はたて」をどう解するのか、何も言っていない。しかし、顕昭注釈に異論があるのならばそれを言うだろうから、顕昭説に同じと理解しておく。

ところが、晩年の『僻案抄』では、

夕ぐれは雲の旗手にものぞ思ふあまつ空なる人をこふとて

雲のはたてとは、日の入ぬる山に、ひかりのすぢすぢたちのぼりたるやうに見ゆる、くものはたの手にもにたるをいふ也。又蜘の手のよしにかきたるものもあれど、あまつそらなるなどよめるうた、雲ならでうたがふべきことなし。重之、蜘とよみたるも、雲のはたてなれど、蜘によそへよまむ、なかるべきことにあらず。

（『僻案抄』）

夕日の光が筋状になってさしている様子が、「雲のはたて」であると解している。新説である。定家も、顕昭と同じように、自説を転換しているのである。正しい説を追究、確立しようという学究的態度よりも、和歌解釈の多様な可能性を模索しているといえようか。

定家の「雲のはたて」を詠んだ歌は次のとおり。

きのふけふ雲のはたてをながむとてみもせぬ人の思ひやはしる

（『拾遺愚草』春日同詠百首・恋・一三七二）

あはれ又けふも暮れぬとながめする雲のはたてに秋風ぞ吹く

（同・御室五十首・秋・一三七五）

たれと又雲のはたてに吹きかよふ嵐のみねの花をうらみん

（同・仙洞句題五十首・暮山花・一八四〇）

たつた姫雲のはたてにかけておる秋の錦はぬきもさだめず

（同・道助法親王五十首・夕紅葉・二〇三七）

たちまよふ雲のはたての空ごとに煙をやどのしるべにぞとふ

（同・建仁三年和歌所歌合・羇中暮・二六七七）

いずれも『古今集』「夕暮れは」歌の本歌取であるから、定家が「雲のはたて」をどのように解釈して本歌として新しい一首を創造したか、という定家の解釈や意図が問題になってくる。四首目の二〇三七番歌は、「たつた姫」が織る紅葉の錦という見立てだから、「はたて」は明らかに「機手」であろう。二六七七番歌は、民家の煙に接続する空の雲の「はたて」の意であり、雲を視覚的に捉えているのだから「はたて」は「旗手」であるように思われる。また、「たち」の縁で「機手」を掛けているとも解しえよう。他の三首は、「旗手」か「機手」かまた「果たて」として詠んだものか、明確にしがたい。

　さまざまな説に拠って詠んでいるようすが確認できるのだが、ここで注目すべきは、『僻案抄』にいう「ひかりのすぢすぢたちのぼりたるやうに見ゆる」というイメージで詠んでいる歌は見当たらないことである。『僻案抄』は、最晩年の著作で、右五首のうち、最も遅い作である二六七七番歌より二十年も後に著されたものであるから、その間に、学説を変更することはむしろ自然である、と理解することは可能である。そうかもしれないが、少なくとも、定家注釈学は、自作を顧慮することなく進展していったとは、いってもよいであろう。

　一三七二・一三七五番歌などの実作は、ことばの意味の何たるかの次元を超えて、『古今集』歌の世界に寄り添い、重ね合わせて詠作しているように思われる。(10)

　以上五首のうち、四首目の「たつた姫」詠は、前にあげた、寂昭や清輔の歌を念頭に置いたものであろう。定家の「雲の機手」のことばの活用は、寂昭、清輔、顕昭らの詠作の系譜に位置付けることができるのである。

五　歌学と実作、再考

　注釈と実作との相関関係については、諸先学による研究が蓄積されてきている。(11)それらは、各歌人（歌学者）ごとに検証されてきたものであり、それぞれ意義あるものであるが、視点を変えて、いくぶん巨視的に通時的に検証してみると、別の様態が見えてくる。

　各注釈は、前代の注釈を批判的に継承しつつ、常に新しい説を提示しようとしている。実作は実作で、古歌にたちもどり、あるいは近い時代の歌の表現の影響を常に受けながら、新しい発想と表現を求めて詠作されている。時に、注釈説を無視しながら詠作されることもある。注釈も実作も、それぞれに縦の関係のほうが強いといえる。それぞれに別個に歩んでいたのである。

注釈は実作のためにある、実作に取り入れるため注釈を加える、というのが、この時代の注釈のひとつの目的であろう。実際、清輔や顕昭には、自説の正当性を強調するために自詠に詠み込む性向があり、確かに、注釈と実作とは一致していることも多い。注釈と実作との一致は、歌人（＝歌学者）にとっては、本来意図すること、理想のありかたであったろう。しかし、常に新しいことばと表現を模索する和歌詠作と、古歌に解釈を与えて古歌の正統性を証拠立てるとともに、新しい解釈を提示して歌語に新しい可能性を付与しようとする注釈とは、常に方向性が一致するものではないであろう。

ひとつの歌ことばを切り口とした、非常に限定的な視点からではあるが、本稿で見てきたのは、すべての局面において注釈は実作に奉仕してはいないというありようであった。相互に利用できる時には大いに利用するというように、時に密接な連関を持ってきたのは改めていうまでもない。しかし、基本的にはそれぞれが自立的な論理をもって展開していったと考えたい。その上で、詠作史（和歌史）と注釈史（歌学史）とを、自立性を保ちながらも常に接点を持とうとした錯綜した連関の相において、たどってみたいのである。

注

（1）竹岡正夫『古今和歌集全評釈』下巻（右文書院、一九七六・一一）に拠る。
（2）片桐洋一『古今和歌集全評釈』中巻（講談社、一九九八・二）に拠る。
（3）目加田さくを『源重之集・子の僧の集・重之女集全釈』私家集全釈叢書四（風間書房、一九八八・九）に拠る。
（4）佐藤明浩氏は、「「雲のはたて」が「仏」に縁あるものとして詠まれている」として、注釈が「旗」であり実作は「幡」であることについて、「注説と実作の間にズレを認めることができる」と述べている（「源俊頼の歌学知識と和歌実作」

『詞林』一四号、一九九三・一〇）。稿者は、夕暮れの雲の色鮮やかなイメージに注目して解した。

（5）『奥義抄』の諸本分類は、川上新一郎『六条藤家歌学の研究』「第二部第一章第一節奥義抄」（汲古書院、一九九九・八）に拠る。Ⅰ類本とⅡ類本との関係については保留している。

（6）旧稿では、Ⅱ類本を参照せず、流布本たるⅠ類本（歌学大系本）のみによって考察してしまった。不明を恥じるほかないのだが、論旨については、問題は残るものの、最小限の補訂にとどめることとした。

（7）佐藤明浩「「かはやしろ」の論争をめぐって」（『名城大学人文紀要』四六集、一九九三・一二）に拠る。

（8）『日本書紀』巻二十一、崇峻天皇即位前紀に「将、敗らるること無からむや」という用例があり、「将」は現行諸注「はた」と訓んでいる。ただ、この部分は、現存本の顕昭著『仮名日本紀』には欠脱しているので（川上新一郎「京都大学文学部国語学国文学研究室蔵『仮名日本紀』翻刻」（『斯道文庫論集』三五輯、二〇〇〇・二）に拠る）、顕昭の訓は不明である。しかし、いずれにせよ、「将」を広いの意味に解することは難しい。

（9）竹下豊「晩年の顕昭――『六百番歌合』を中心として――」（『国語国文』一九七六・五）に拠る。

（10）三木麻子『『顕注密勘』と定家の和歌表現」（片桐洋一編『王朝文学の本質と変容　韻文編』和泉書院、二〇〇一・一一）に「古今集歌の世界と一首の心とが重なることが、定家にとっての本歌取りということになるのではないか」に述べるのに拠る。同論文は、拙稿（「実作と注釈との往還」鈴木則郎編著『中世文芸の表現機構』おうふう、一九九八・一〇）の批判となっているが、本稿はそれを機に再考してみたものである。

（11）佐藤明浩注（4）（7）論文、竹下注（9）論文、三木注（10）論文ほか、加藤睦「藤原清輔の『久安百首』について」（『東京水産大学論集』二四号、一九八八・一二）、西村加代子『平安後期歌学の研究』「第二章・筑波嶺の「このもかのも」の論争、歌合判詞と和歌の創作――歌語「みがくれて」の論争を中心に――」（和泉書院、一九九七・九）、芦田耕一『六条藤家清輔の研究』「第二章・藤原清輔の詠歌と難義」（和泉書院、二〇〇四・三）など。本稿はこれらに多くの示唆を得ている。

第二節　歌語誌の試み
――「うたかた」の考察

一　「うたかた」の歌語誌

標題の「歌語誌」なることばは、稿者の思いつきの造語であって、特に厳密な意味はない。「言葉の起源や意味・用法の変遷を歴史的に記述したもの」（『広辞苑』）という「語誌」を、歌語に適用したものにすぎないが、加えて和歌における用法と歌学において提示された学説や論評を特に重視してみようという試みである。

例としてとりあげる「うたかた」なる歌語は、泡沫の意を表すものとして、はかないものとする比喩的な用法も含め、今ではすっかり定着している。それは、『方丈記』の有名な冒頭文を引くまでもなく、確定しているといえよう。しかし、『万葉集』には陳述の副詞の「うたがた（も）」が四例あって名詞の用法はなく、平安中期頃になって名詞の泡沫の意として定着している。この間、その意味・用法にさまざまの曲折があったろうことが想定されるのである。『倭名類聚抄』の「沫雨　和名宇太加太」という記載がなお問題を複雑化している。ただし、現代の日本語学の研究成果によれば、「うたかた」の語誌はいまだに不明確なところがあるものの、先に陳述副詞の用法があり、そこから泡沫の意の名詞へ、意味・用法が大きく変移していったとするのがおおかたの見方ではなかろうか。(1)本稿は、その語誌を確定しようとするのではなく、歌学と和歌実作とのかかわりから、「うたかた」の意味・用法の移りゆくさまを追い掛けてみたいと思う。

二　初期の歌学の問題性

「うたかた」が実に多義的なことばであったことは、『袖中抄』「ウタカタ」(115)に「古哥ノヨミヤウサマ〴〵ナリ」「カヽルサマ〴〵ノコヽロニカヨヒタレバオモヒガタカリケルニヤ」などとあるように、歌学でも明確に認識されていた。

歌学書の記載を確認しておくと、まず、『喜撰式』には「異名」(2)の項に、

若詠不忘物時　うたかたのと云。

船、うたかたと云。

とあり、現在通行の泡沫の意はなく、ふたつの奇妙な説をあげている。『能因歌枕』には、

うかべる物を、うたかたの、うつたへのといふ。

うたかたとは、ふりやめば跡たえみえぬうたかたのえだはかなきよをたのむ〈本のまゝ〉

舩《フネ》をば、にはたづみ、うたかたといふ。

忘ぬものを、うたゝね、うたゝねの友、うたかたといふ。

泡をば、にはたづみ、うたかた、はやたえとも云。

もの忘をば、うたかたといふ、うたゝねといふ。

雨のあわをば、うたかたといふ、にはたづみといふ。

などとあり、『喜撰式』にいうふたつの「異名」のほかに、泡沫の意も記載する。また、『俊頼髄脳』の「異名」の項には、

不忘物《わすれざるもの》、うたかたのといふ。

船、うたかたのといふ。

とあって、これは『喜撰式』の記述を踏襲したものであろう。

以上、『喜撰式』『能因歌枕』にあげる釈義をまとめてみると、おおむね次の三とおりとなる。

A忘れざるもの

B船

C泡沫

これらのうち、Cは現代に至るまで定着している釈義であって、平安中期以降の和歌の実作例も数多い。これに対し、AとBはまさしく珍説・奇説の類であるといえよう。この釈義に基づく歌の用例もおよそ見いだせそうにないし、現代の日本語学・和歌研究の視点からは顧みるに値しない説ではある。しかし、珍説・奇説であっても、それらが出現する経緯に何らかの根拠や意味があるとすれば、そこに歌学のひとつの問題性が浮かび上がってくるであろう。

時代は下り『奥義抄』には、「うたかた」について、「うたかたは、水のうへにつぼの様にて浮たるあわ也」とC泡沫の意を押さえたあと、奇説のAを紹介する（以下、引用和歌には出典歌集名と歌番号を補った）。

又詞にうたかたといふ事あり。それにそへて読る也。そのことばゝ忘ぬことをいふとぞ、古き物には書て侍る。

万葉云、

はなれそにたてるむろの木うた方も久しき時を過にけるかな　（『万葉集』十五・三〇〇六）

後撰哥云、

思ひ川たえずながるゝ水の淡のうたかた人にあはで消めや　（『後撰集』恋一・五一五、伊勢）

是は、此心にかなひてきこゆ。万葉集云、

鶯の来なく山ぶきうたかたも君が手ふれず花ちらめやも　（『万葉集』十七・三九六八）

これは、叶ひても聞えず。

「古き物」に「忘ぬことをいふ」とする釈義が記載されていることを指摘、その用法を「詞（ことば）」としての用法と呼び、それに「かなひてきこゆ」る例歌として『万葉集』と『後撰集』の二首をあげている。この二首は、現代の古語辞典に照らしてみると、たとえば、『岩波古語辞典』の副詞「うたがた」の項に、「①真実に。本当に。②《打消や推量と呼応して》㋑決して。㋺かりそめにも。何としても。」と語義解説があるうち、①の意の用例として『万葉集』の「はなれそに」の歌、②㋑の用例として『後撰集』の「思ひ川」の歌が示されているのが注意される。このような用例の共通性から見ると、『奥義抄』にいう「詞（ことば）」としての用法とは、『岩波古語辞典』にいう副詞の用法と重なっている。つまり、「詞（ことば）」とは副詞的用法のことであり、その副詞としての意味を、「古き物」では「忘ぬこと」と言い表したということになる。あえて現代語に置き換えれば「忘れられずに」などとなろうか。「古き物」の「忘ぬこと」とする釈義は現代から見れば珍妙ではあるが、切実感は、『岩波古語辞典』が「真実に。本当に」や「決して。かりそめにも。何としても」と解する意味に通じているといえるのではないか。なお、三首目「鶯の来なく山ぶき」の歌は、副詞用法には「叶ひても聞えず」と否定しているが、この歌については次項にあげるように『袖中抄』では副詞用法の歌例としてあげていて、清輔と顕昭の解釈は異なっている。

副詞としての「うたがた」の釈義は、定家の『僻案抄』に至っても、

うたかたと云詞は、真名には寧などつかへる詞のやうに思ひよることかは。さなくてはいかでかと云由の詞也。

などと、「寧」と「いかでか」とで揺れており（なお後述する）、現代の日本語学でも確定しがたいことは前にふれたとおりである。

『喜撰式』などの初期の歌学の論理を辿ってみると、『万葉集』や『後撰集』の歌を解釈しようとし、名詞ではない副詞的用法であることに気づきながら、解釈の歴史が浅くて十分な釈義を得られないまま、A忘れざるものとする釈義が導き出されたということではないだろうか。「忘ぬこと」も釈義を追究する過程で提示されたひとつの説と位置づけられよう。結果的には珍奇な謬説となったが、そのような説が現れてくる経緯に、『万葉集』『後撰集』の難解な歌を何とか解釈しようとした、（好意的にみれば）真摯な試みがあると考えてみたい。珍説・奇説の類ではあっても、思いつきの恣意的な謬説として葬り去るべきものではなく、注釈史における過渡的な意義を有しているのではないか。

三　副詞から名詞へ

次に『袖中抄』「ウタカタ」(115)の記述をとりあげたい。泡沫の意の名詞用法を説き、続けて「詞」としての用法（副詞的用法）について、

又詞ニウタカタトイフ事アリ。アマタノ哥ニテコヽロヲウルニ、ウタヽトイフ心カトミユ。カモジヲヒトツクハヘタルナリ。

と、「アマタノ哥」の用例を検討した結果、「ウタヽ」と同義であり、「ウタヽ」に「カモジ」を加えて語形変化したものかとする説を提示する。『角川古語大辞典』は、「うたがたも【未必も】」の項に「「うたた」などと同根か」と

『袖中抄』の説を採用しているが、顕昭説は今なお有効性を保っているといえよう。『袖中抄』では副詞的用法について、『奥義抄』の「わすられぬことをいふ」と解する説や『喜撰式』などのA忘れざるものとする奇矯な説は退け、独自説として「うたた」の変化形と解する説を提示したのである。

『袖中抄』は、右の記事に続け「古哥ノヨミヤウサマぐ\ナリ」と言って、用法ごとに分けて例歌を並べる。始めに、「或ハヒトヘニ水ノアハノ心ニテヨミトホセリ」と泡沫の意のみで用いる（掛詞とはしない）歌例を二首あげている（以下、『袖中抄』に引く本文を孫引きする形で引用する）。

ニハタヅミヽモアヘズキユルウタカタノアハレカナシキアメノシタカナ　（『綺語抄』所収、出典未詳）

ウキコトハヨニフルモノヲタキツセニマサルウタカタタエムモノカハ　（『古今六帖』二七二）

二首とも、泡沫の意の「うたかた」の用例として的確である。

続けて「或ハ水ノアハニヨセテ、詞ニソフルウタ」として四首あげる。名詞「水ノアハ」の意と副詞用法（「詞」）との掛詞の歌例（「ソフルウタ」）である。

オチタギツカハセニナビクウタカタモオモハザラメヤコヒシキモノヲ　（元永本『古今集』所収）

オモヒガハタエズナガルヽミヅノアハノウタカタヒトニアハデキエメヤ　（『後撰集』恋一・五一五、『伊勢集』三〇四、四五六）

ニハタヅミコノシタガクレナガレズハウタカタハナヲナミトミマシヤ　（『兼輔集』二二）

ウタカタモイヒツヽモアルカ我シアラバツチニハオチジソラニキエナマシ　（『万葉集』十二・二八九六）

右のうち、はじめの三首は、「うたかた」を掛詞として用いていることは確かに認められる。ここで問題となるのは四首目の歌で、初句「ウタカタモ」は、現代の『万葉集』諸注釈書では副詞とのみ解し、掛詞であることは認めていない。顕昭の掛詞認定は誤認というべきである。しかし、この誤認には「うたかた」の語誌において、顕昭の気づかない重要な意味があった。

この『万葉集』二八九六番の「ウタカタモ」歌に関連し、田中直氏は上代の副詞的用法から平安初期に泡沫の意が派生する経緯について、

中古語「うたかた」は上代語の副詞「うたがたも」と連続しつつも、その語義を大きくずらしつつ登場したものと考え得る（下略）

と述べて、右の「ウタカタモ」歌を引用し、

万葉歌に対する誤読という事情が与っている可能性もあろう。正述心緒歌に部類されるこの歌の下句は、地面に積もることなく消え去る「沫雪」をイメージしての表現と考えられるからである。（中略）語義のみならず、かような品詞としての不安定な性格も、この語が上代文献の誤読から発生したと仮定すれば納得し得る結果であって、「うたかた」とは、それ自体が日常言語とは隔絶された文献解釈の過程において発生した全き歌語であったと推察されるのである。

と述べていたのを想起したい(3)。当該歌下句の「「沫雪」をイメージしての表現」から「うたかた」を泡沫に「誤読」したことによって、「うたかた」の語に泡沫の意が発生したと述べるのである。『袖中抄』の場合も、「うたかた」を雪のイメージに縁あることばと解して、副詞的用法との掛詞と誤読したのであって、田中氏が「仮定」した「誤読」のまさしく実例ということができる。顕昭の誤読が、「うたかた」に泡沫の意が発生した平安初中期に通用していた解釈（誤読）なのかは検証できないが、顕昭の誤読は結果的に田中説の正当性を証明しているかのようである。

「上代文献の誤読」を見抜いたのは鋭い指摘というべきであるが、これをふまえ、和歌表現の実例と顕昭の解釈

（誤読）に即しながら、もう少し問題を深めてみたい。

また、『袖中抄』の挙例に戻ってみる。右の挙例の次に「或ハヒトヘニ詞ニモチヰル」、すなわち専ら副詞としての用法を採る（掛詞とはしない）歌として次の四首をあげる。

ハナレソニタテルムロノキウタカタモヒサシキトキヲスギニケルカナ　（『万葉集』十五・三〇〇六）

ウグヒスノキナクヤマブキウタカタモキミガテフレバ、ナチラメヤモ　（同十七・三九六八）

アマザカルヒナニアルワレヲウタカタモヒモトキサケテオモホスラメヤ　（同十七・三九四九）

ウタカタモオモヘバカナシヨノナカヲタレウキモノトシラセソメケン　（『古今和歌六帖』一七二六）

前の三首の「ウタカ（ガ）タモ」は現代の注釈でも陳述副詞と認定されている。顕昭の「ヒトヘニ詞（＝副詞）ニモチヰル」とする判断も妥当なところである。

ここで特に注目したいのは、四首目の「ウタカタモ」歌である。『古今六帖』では「うたかた」の項に収める五首のうちの一首である。この歌は、「ウタカタ」に泡沫（比喩的に派生した短い時間）の意と陳述副詞の用法を掛け、この縁として憂きと浮きの掛詞の「ウキモノ」を導いてくる、という構成を発想の眼目としている。しかし、顕昭の理解では、この歌も掛詞ではない（泡沫の意を掛けない）陳述副詞の用法のみの歌とするのであり、これも顕昭の誤読ということになろう。

ここでも、試みとして顕昭の誤読が辿った論理に即して「うたかた」の語義を考察してみる。初句の「ウタカタモ」を「オモヘバ」を修飾する副詞のみの（泡沫の意を掛けない）用法とあえて仮定すると、下句の「ウキモノ」は、必ずしも泡沫の縁としての導き出されたと解さなくてもよいことになる。浮かぶ物であれば何でもいいわけで、たとえば「船」でもよいこととなろう。「ウキモノ」が船をイメージさせるのであれば、やがて「ウタカタ」も船に結びつく。

こうして、「うたかた」を船などとする解釈が現れて、『喜撰式』『能因歌枕』などにB船説として登載されていったのではないか。『能因歌枕』には、「うかべる物を、うたかたの、うつたへのといふ」とあり、「うたかた」は必ずしも泡沫に限定してはいない、浮遊するものであればよいとも述べている。牽強付会な道筋であることを承知であえていっているのだが、「うたかた」を船の意とする奇妙なB説も、右の『古今六帖』の「ウタカタモ」歌のいささか粗忽な誤解から生み出されてきたのではないかと考えるのである。その好例として顕昭の誤認をあげることができる。

逆に、この歌の「ウキモノ」が浮かぶ物であれば何でもよいとすれば、「うたかた」の泡沫の意もここから発生していったのかもしれない。右歌のように「うたかた」と「うきもの」のようなことばが組み合わされた歌が詠まれたとして、その歌を解釈する過程で両語を縁あるものと結びつけ、「うたかた」とは浮かぶ物であり、そこで船でも泡沫でも、いずれの意でも解したのではないかということである。『喜撰式』などの記述と『袖中抄』の解釈とを合わせ考えると、右のような粗忽な誤解を起点として「うたかた」のB船の意もC泡沫の意も発生したのではないかという試案である。ただし、ここでも放恣な解釈ではなく、古歌解釈史の積み重ねが乏しく、真摯な釈義の追究が試みられる中で、正誤さまざまな釈義が発生したと好意的に受け止めておきたい。このような解釈史から「うたかた」なる「全き歌語」が生成してきたのである。

四　実作への影響

「うたかた」の釈義のうち、ＡＢの奇説が、古歌を不十分、粗忽に解釈する過程で生み出されたものであったとすれば、多くの和歌実作における用法とは結びつかないはずである。しかし、いくつかの実作例は、右の歌学の影響を受けたかと思われるものがある。

たとえば、

ちたびともしられざりけりうたかたのうき身はいまや物忘れして　（『小町集』六五）

という歌がある（同集には、この六五番歌の重出類歌として八六番歌、書陵部蔵御所本甲本一二四番歌があるが、ここでは六五番歌で代表した）。(4) 穏当な理解に従えば、第三句「うたかた」はC泡沫を意味することになろうが、「うき身」の序詞としての用法であるのなら、B船の意であると解することも可能であろう。しかし、むしろ注目すべきなのは、第四句「うき身はいまや」から結句「物忘れして」に唐突に続いていく措辞である。そこに、この歌の詠作時に『喜撰式』以下の「うたかた」の釈義A忘れざるものという説が参照された可能性を考えてみたい。

『喜撰式』と『小町集』の先後関係は明らかではなく、(5)『喜撰式』の説が『小町集』の歌に影響を与えたとは断定できない。逆に『小町集』歌が先行するとすれば、同歌を解釈する際に、「うたかた」が「物忘れして」に縁あることばと解し、「うたかた」の釈義として提示されたものかもしれない。しかし、下句の唐突な措辞からは、やはり『小町集』歌が『喜撰式』の釈義を参照して詠作されたと考えるのが妥当なところではないか。少なくとも、「うたかた」に、B船またはC泡沫に加え、A忘れざるもの→もの忘れの意も合わせ持つことを発想の起点として詠まれている。

また、次のような例もある。

みるめあらば恨みんやはとあまとはばうかびてまたんうたかたのまも　（『小町集』四一）

この歌の場合も、「うたかた」の泡沫の意の比喩的な派生意義としての短い時間と解するのが妥当なところであろう。ただ、「みるめ（海松布）」「あま（海人）」「うかびて」のことばが海を想起させるところから、「うたかた」が船の意を響かせていると解することも可能とはならないだろうか。歌語「船」にも、

心からうきたる船に乗りそめて一日も波にぬれぬ日はなし　（『後撰集』恋三・七七九、小町、『小町集』一二）

などと、はかなさを象徴する用法があり、その用法を共有しているであろう。右の四一番歌では「うたかたのま」とあるので成立しない暴論かもしれないが、縁として響き合う可能性はないのだろうか。ともかく、これも、『喜撰式』のごとき歌学が『小町集』にあるような実作歌に影響を与えた可能性を想定してみたい。

ところで、右に例歌をあげたように、「うたかた」の意義の変転過程の重要なポイントに『小町集』のいくつかの歌が現れていることには注意される。小町歌の流伝や小町説話の伝承圏において、「うたかた」なることばが、小町的なるものを象徴的に表すひとつのキーワードになっていたとは考えられないだろうか。小町歌や小町説話に揺曳する海のイメージに「うたかた」の持つはかないニュアンスがうまく適合したように思われる。(6)

平安初中期には古式や髄脳などの歌学書が数多く流布していたらしい。それらの実態は必ずしも分明ではないが、およそ取るに足りないものと評価されてきた。『源氏物語』にも批判があることはよく知られているし、おおむねその評価は変わることがないだろう。しかし、それらの中には、一部であるにしても、実作に影響を与えるものもあったのではないか。古歌や古語への解釈史の蓄積がない中で、ひとつの釈義を示したものとして一定の影響力があったものと再評価すべきではないだろうか。

五　釈義の収斂

「うたかた」は、やがて泡沫の意に収斂してゆく。(7)『後撰集』に、

おもひがはたえずながるる水のあわのうたかた人にあはできえめや　（恋一・五一五、伊勢）

という歌があり、歌学書類のほかに『定家八代抄』や『時代不同歌合』にも採られ、後世にも評価が高かった。この「うたかた人」については、定家が『僻案抄』で前項引用部分に続けて、

それを此哥ひとつをみてうきたる人と云由に、うたかた人と六字つゞけてよめりと云説は、ふかくみわかで知がほばかりにのべやる謬説也。人につゞけてはいはず、たゞ四字の詞也。（『僻案抄』）

と、一語に解する説に反論し、副詞説を主張する。家隆に「うたかた人」の用例があることを念頭に置いたものであろう。現代の諸注釈では、解釈が分かれているが、このあたりまで、副詞の用法が残存していたとすべきであろう。同様な副詞的用法の「うたかた」を詠む歌は、『源氏物語』にも見え、平安中期にまで下ることとなる。

同じ『後撰集』に、

ふりやめばあとだに見えぬうたかたのきえてはかなき世をたのむかな（恋五・九〇四、よみ人しらず）

とある「うたかた」は明らかに泡沫の意である。『後撰集』前後の頃は、副詞的用法（A忘れないもの説も含む）やあるいはB船とする説も含め、「うたかた」の意味は渾然としていた。しかし、それでもやはり、この頃から「うたかた」は泡沫の意に収斂してくる。

あしがものはかぜになびくうたかたもさだめなきよをたれたのむらむ（『大中臣能宣集』二八）

あめふればみづにうかべるうたかたもひさしからぬはわが身なりけり（『赤染衛門集』四五六）

誰もさぞ思ひながらにとしはふる水のうへなるうたかたのよに（『能因法師集』九八）

その経緯や理由は明確に跡づけることはできないが、右の歌々のような実作が積み重ねられて、人の心のうつろいやすさ、人の世のはかなさを詠むに格好の素材として定着することとなったのではないか。

ちなみに、有名な『維摩経』方便品の一節、

この身は、泡のごとく、久しく立つことを得ず。

を踏まえた歌としては、

ここにきえかしこに結ぶ水の泡の浮き世にめぐる身にこそありけれ　　（『千載集』釈教・一二〇二、公任）

があるが、これらは水泡が生起し消滅するさまであり、はかなく消える性質をもっぱら詠む「うたかた」の詠作史とはやや異なる。西行にも右のような生成消滅する「うたかた」を詠み込んだ歌はあるが、数少ない例である。『方丈記』冒頭部のような「うたかた」のイメージは和歌詠作史においては意外に乏しい。

初期の歌学書に示された、古い歌語の正誤織り交ぜた多様な釈義がひとつの方向に収斂してゆこうとするのは、実作例が少しずつ提出され、用例が積み重ねられていくことが大きな要因となった。当初は多様な釈義に基づく歌が提出されたとしても、釈義としての妥当性や合理性、あるいは詠作者の好みや流行に拠って、次第にひとつの釈義に収斂してゆく。わずか一例を検討したばかりで明確なことはいえるはずはないが、歌学的考証と実作例とが交錯しながら和歌史が展開してゆく様相の一端を明らかにしようとした試みである。

注

（1）「うたかた」の語誌研究としては、大坪併治「萬葉集の「うたがたも」について」（『大谷大学国文』五号、一九七五・五）、森重敏「「常しへに」と「若くへに」――付けたり、「うつたへに」「うたがたも」など――」（『国文学』関西大学、五二号、一九七五・九）、小野寛「「うたがたも言ひつつもあるか」考」（『駒沢国文』三九号、二〇〇二・二）がある。また、歌語研究の立場から、田中直「雨水と泡（一）〜（四）――「にはたづみ」と「うたかた」――」（『銀杏鳥歌』四、五、六、七号、一九九〇・六、一九九〇・一二、一九九一・六、一九九一・一二）の先行研究がある。このうち、大坪論文、森重論文とも名詞の「うたかた」から副詞的用法が発生したと論じているが、ここでは、用例の先後を素直に尊重し、名詞的用法が後発であるとする、小野論文、田中論文の説を支持したい。

（2）白井伊津子『古代和歌における修辞』「前篇・第五章枕詞の変容――「萬葉集」から王朝和歌へ――」（塙書房、二〇〇五・九）に、枕詞・被枕詞関係から「異名」に取り込まれたという。また小川豊生『俊頼髄脳』の歌語と説話――〈異名〉からの接近――」（『日本文学』一九八六・一〇）参照。

（3）田中注（1）論文に拠る。

（4）角田宏子『「小町集」の研究』「第一編・第二章「小町集」の成立と伝来」（和泉書院、二〇〇九・三）参照。

（5）小沢正夫『古代歌学の形成』（塙書房）、および片桐洋一『小野小町追跡――「小町集」による小野小町説話の研究――』（改訂新版、笠間書院、一九九三・一二）、角田注（4）著書による。

（6）角田注（4）著書「第二編・第二章・第四節「小町集」和歌の様式」は、「うたかた」を含む歌に言及、「移ろい易さという後世的な意味が「うたかた」に込められているとすれば」あるいは「「うたかた」に、打消の語と呼応する万葉の「うたがた」の意味が彷彿されるように」と述べ、語義変化の結節点であることを示唆している。『小町集』歌に感得される海のイメージについては同著に示唆を得た。また、片桐注（5）著書も「ちたびとも」（六五）歌に言及するが、「うたかた」の語義については明確にしていない。

（7）「収斂」の用語は、松野陽一『鳥帚　千載集時代和歌の研究』「Ⅲ・〈余滴〉住吉社歌合の俊成判詞の歌語「いなむしろ」をめぐって」（風間書房、一九九五・一一）に倣ったものである。

第三節　歌学における東国と陸奥

一　実方中将の「あこやの松」探訪説話

『平家物語』巻二「阿古屋之松」には、実方中将が歌枕「あこやの松」を探訪した説話が見える。[1] 成親配流説話の中で備前・備中の国境策定に関連して引かれたもので、実方が、阿古屋の松を尋ねかねていたところ、老翁に教えられて、出羽国に越えて阿古屋の松を見ることができたという。

されば実方中将、奥州へ流されたりける時、此国の名所に、阿古屋の松と云所を見ばやとて、国のうちを尋ねありきけるが、尋ねかねて帰りける道に、老翁の一人逢たりければ、「やゝ御辺はふるい人とこそ見奉れ。当国の名所に、阿古屋の松と云所や知りたる」ととふに、「まッたく当国のうちには候はず、出羽国にや候らん」。「さては御辺知らざりけり。世は末になッて、名所をもはや呼びうしなひたるにこそ」とて、むなしく過んとしければ、老翁、中将の袖をひかへて、「あはれ君は、

みちのくの阿古屋の松に木がくれていづべき月のいでもやらぬか

実方中将の墓

といふ歌の心をもッて、当国の名所、阿古屋の松とは仰られ候か。それは両国が一国なりし時、読侍る歌也。十二郡をさきわかッて後は、出羽国にや候らん」と申ければ、さらばとて、実方中将も、出羽国に越えてこそ、阿古屋の松をば見たりけれ。

（『平家物語』巻二「阿古屋之松」、新日本古典文学大系）

この説話は、延慶本などには見えないが、『古事談』に同話が収載されていて、覚一本などはこれを取り入れたものであろうか。

実方、奥州を経廻る間、歌枕を見むが為めに、日毎に出で行く。或る日あこやの松みにとて出でむと欲ふ処、国人申して云はく、「あこやの松と申す所、この国の中に候はね」と申す時、老翁一人進み出でて申して云はく、「君は「いづべき月のいでやらぬかな〈此の歌、みちのくのあこやの松にこがくれて〉」と申す古歌を思し食して仰せ下され候ふか。然れば件の歌は、出羽・陸奥未だ堺はぬ時読む所の歌なり。両国を堺はれて後は、件の松、出羽国の方に罷り成り候ふなり」と申しけり。

（『古事談』巻二―七一、新日本古典文学大系）

『平家物語』所収話とほぼ同じであるが、相違点は、実方は「歌枕を見むが為めに、日毎に出で行」って陸奥国をめぐったこと、「あこやの松」まで出かけたとまでは書かれていないこと、『平家物語』ほど老翁とのやりとりが劇化されていないこと、などであろうか。逆に、歌枕探訪への志向がより強いとはいえよう。

この説話は、実方の陸奥守赴任をめぐる有名な説話、

一条院御時、実方、行成と殿上において口論する間、実方、行成の冠を取りて、小庭に投げ棄てて退散すと、云々。（中略）主上小蔀より御覧じて、「行成は召し仕ひつべき者なりけり」とて、蔵人頭に補せらる〈時に備前介、前兵衛佐なり〉。実方をば「歌枕みてまゐれ」とて、陸奥守に任ぜらると、云々。任国において逝去す、と云々。（下略）

（『古事談』巻二―三二、新日本古典文学大系）

と関連していることもよく知られている。「歌枕みてまゐれ」と命じられて陸奥守に任ぜられたという説話は、この『古事談』が文献上初見であるが、歌枕探訪・発掘の先駆者としての実方の人物像は、もう少し早く『袖中抄』に、

　但カノ中将ハ、トコロ〴〵ノ哥枕ミムガタメニ中将ニカヘテ任也。仍号陸奥中将。サルトコロナレバ、菖蒲ナクハアサカノ沼ノカツミヲフケト申サレケン。任国ノアヒダ余吾将軍ガ合戦出来テ国中散々水駅云々。又彼国逝去畢。旁以遺恨、然而数奇ノ名ヲトヾムル、ヤサシキ事也。

（『袖中抄』「カツミフキ」(73)）

とあって、歌枕を探訪した「数奇」の人実方の人物像は平安末期には形づくられていた[2]。さらに限定してみると、歌林苑会衆の間で歌枕探訪の旅が試みられるようになっていく中[3]で、その先駆者としての実方像が形づくられ、称揚されていったのではないだろうか。『袖中抄』に載せる、歌枕を見るために自らの意志で「中将ニカヘテ」陸奥守に任ぜられたという伝承は、そのような歌林苑での実方のイメージ形成を受けて書かれたもので、実方中将の「あこやの松」探訪説話も、平安最末期から鎌倉初期にかけて成立したものということになる。

　この実方の「あこやの松」探訪説話には、当時の歌学の歌枕の所在地考証において、陸奥と出羽の国境の認識が混乱していたことが背景にあると思われる。

　顕昭云、イナフネトハ、イネツミタルフネヲ云也。モガミガハヽ出羽国ニ最上《モガミノ》郡アリ。ソノコホリヨリナガレタレバ、モガミガハトハイヘリ。カノ国ノ舘《タチ》ノマヘヨリナガレタリ。（中略）
　コノカハヽ出羽ノ国ヨリミチノクニヘナガレイデタレバ、陸奥哥ニモヨメルナルベシ。

（『袖中抄』「イナフネ〈モガミガハ〉」(122)）

とあるように、最上川は出羽から陸奥へ流れ出ているという。この錯誤は、最上川を詠んだ「最上川のぼればくだる稲舟の」の歌が、『古今集』巻二十東歌の「陸奥歌」の項目下にあることを合理的に説明しようとしたことに拠るの

であろう。国境に関する明快な認識の不足が、陸奥の歌枕（他の地の歌枕も同様のものもある）の所在地を特定する時に、混乱を招いている。冒頭にあげた実方の説話は、次に述べるごとき「あこやの松」の実態の不明性に、このような国境についての認識不足と実方の歌枕探訪の先駆者としてのイメージが重なって成立したものであろう。

歌語「あこやの松」は、『袖中抄』はじめ院政期の歌学書で取り上げられることはなく、以後の歌学書でもほとんど取り上げられない。『堀河百首』の古注釈類には次の顕仲歌の注釈において取り上げられるが、いずれも、『古事談』の実方説話をふまえたものであり[(4)]、顕仲歌とは整合しない。

その顕仲歌とは、

おぼつかないざいにしへの事とはんあこやの松と物がたりして　　　（『堀河百首』松・一三〇六、顕仲）

という『堀河百首』の「松」題の詠で、現存資料に見る限り和歌史上「あこやの松」の初出である。顕仲歌の「あこやの松」は、いかにも「説話的イメージをもって流布していたこと」（『歌ことば歌枕大辞典』同項目（阿部圭一執筆））を思わせるが、どのような説話をふまえているのか全くわからない。木船重昭注釈も実方の訪問説話をあげているが[(5)]、この説話は、右に述べたごとく、院政期末期以降に成立したものである。

歌を虚心に解釈すると、伝えられている「いにしへの事」について「おぼつかな」いので、「あこやの松と物語」をして、その「いにしへの事」の如何を問いたいという意となる。とすると、作者顕仲は「あこやの松」をめぐる「いにしへの事」の内容を知らず、「あこやの松」という名前だけを知っていて、そこでそれを「事とはん」と詠んだことになろう。顕仲歌には、『古事談』や『平家物語』所載の「みちのくのあこやの松に木がくれて」の歌をふまえた形跡はなく（先後関係も不明である）、陸奥あるいは出羽の名所という認識すらなかったのではないか。憶測を恐れずにいえば、顕仲は、実態不明の耳慣れぬ「あこやの松」なることばをあえて詠み込む奇抜な趣向により、さらには自身でその実態をよく知らないと白状するような諧謔性をもねらって一首を詠んだものと思われる。顕仲歌以降には、追随して詠む歌人は非常に少なく、歌学書でふれることがないのも、「あこやの松」をめぐることがらがよくわからなかったからではないだろうか。

珍しいことばを意味がよくわからないまま詠み込む人は、時としていたようである。たとえば、

はなかつみといへる事をある人のよみたりけるを、いかにいふことぞとたづねければ、ようもしらぬ事をしりがほにいふと聞えければ心のうちに思ひける

しぎのゐるたま江におふるはなかつみかつよみながらしらぬなりけり　（『散木奇歌集』雑下・一三七〇）

とあり、俊頼によれば、「はなかつみ」を「ようもしらぬ事をしりがほに」詠んだ人がいたという。また、公実が「二四八」という耳慣れないことばを詠んだ歌を『堀河百首』「郭公」題の一首として提出したところ、堀河院から「二四八ノ詞可注進之由」を「仰下」され、別の歌に差し替えたということがあり、「サレバ彼作者モタシカニシラザリケルニヤトゾ申サレシ」といぶかしがられたという話が伝えられている（『袖中抄』「二四八」(70)）。

院政期以降、異境としての陸奥への幻想や憧憬を背景に、陸奥の名所や特産品とおぼしきことばや表現が詠み込まれてきた。[6] それらの中には、「壺の碑」のように、ある程度の確かな情報にもとづいて詠まれたことばもあったろうが、[7]「あこやの松」や「はなかつみ」などのように実態不明、意味無理解のまま詠まれるものも多かったことであろう。顕昭らの歌学は、それらのおびただしい難義語を整理し、いたずらな拡散を防ぎながら、一方で、釈義や用例を明らかにして、歌ことばの体系の中に組み入れようとする営為であるといえる。顕昭らの歌学が、どのように陸奥・東国の歌枕をとりあげ考証しているのかを検討し、歌学が捉えようとした、陸奥・東国の名所や特産品から見えてくる、和歌史や歌学の問題性を考えてみたい。

ところで、陸奥の歌枕に関しては、金沢規雄氏が、

「歌枕」とは、元来は作歌のレトリックの問題である。たとえば陸奥国の歌枕は、陸奥国にあるということが重要なのであって、その具体的な所在を云々しても意味があるとは思われない。それ以上は好事的な詮索にとどまる。むしろ陸奥国の歌枕は、エキゾティックな幻想と憧憬の中に詠まれるべきものであって、それが本歌取り的に頻出と継承されることに意味があるのだ。

などと繰り返し述べている。(8) そのとおりなのかもしれないが、一方、歌学というのは、歌枕の所在地を特定し特産品の実態を明らかにするものであった（「好事的な詮索」であるにしても）。むしろ、レトリックにすぎないことばを、歌学がどのように実体化したのか、かえって、そこから歌枕や歌語の特質が見えてくるであろう。

また、生澤喜美恵氏による、次のような興味深い発言がある。

それらの地名は、蝦夷以来の伝統的なものではなく、おそらく都から下向した人々が命名したものであろうことも注意しておきたい。／歌枕の成立は、勅撰集の担い手である都人が土地の地名を理解したときに起こると言ってはどうであろう。(9)

これは、誠に鋭い指摘であると思う。確かに、和歌に詠まれる陸奥の地名や特産品には、アイヌ語起源と思われるものは全くないし、『万葉集』東歌に豊富に見られるような東国方言も、平安和歌には詠まれないのである。右の生澤論文に「歌枕の成立は、勅撰集の担い手である都人が土地の地名を理解したときに起こる」とあるが、「土地の地名を理解した」の内実はよくわからないし、この説明が妥当なのかも今は判断することはできない。しかし、そこには、歌枕というものの本質がうかがうことができるような問題性がある。少なくとも、何らかの先入観や期待感をもって、陸奥の歌枕の在地性を現実的に解釈することは不可能であることは自戒しなければならないと思う。

二　みちのくの不可知性

「あこやの松」のように、実態不明なものが歌によまれていく事例について検討してゆく。まず、「とふのすがごも」をとりあげたい。

『俊頼髄脳』以下『綺語抄』『和歌童蒙抄』『袖中抄』などの歌学書では、

みちのくのとふのすがごもなゝふにはきみをねさせてみふにわれねん　（『俊頼髄脳』に拠る）

という出典未詳の古歌をあげていて（ただし『俊頼髄脳』は「こゝろざしをみせんとよめるうた」の例歌として引くのみ）、「とふのすがごも」がいかにも「みちのく」特産の菅薦であるように思わせる。しかし、顕昭はその点に疑問を持ったのか、

又ミチノクノトツヾクルハ、此ヒロキコモノ奥州ニアルナメリ。コレハヒトヲオモフコヽロニテ、ナヽフニハキミヲネサセ、ミブニハワレネムトヨメルナリ。ソレヲ童蒙抄・綺語抄ナドニ、ミチノクニヽトフノ郡ヨリトフアミタルコモノイデクルヨシヲイヘル、コヽロエラレズ。奥州ノ郡ノ名ニマタクトフノコホリナシ。又トフアミタラバサテハベリナム。トフノコホリヨリトフアミタルコモイデクトイフコト、ゲニトキコエズ。又トフノコホリトイフトコロニ、ヲフルコモノトフシアルトイヘルモイハレズ。コモノフシイカヾトフシアルベキ。タヾトフアミタルコソイハレタレ。又トフシアルスヂトコソイフベケレ。コモトイフイハレズ。コノトフノコホリノトフアメルコモノ義ハキハメテヽヅヽナリ。又トフアマムコトハホカニモアリナムトイフ難ハイハレズ。ナニゴトモヤスキコトナレド、国々ニコノムコトカハリタレバ、ミチノクニヽトフノスガゴモヲコノムニコソ。マタアナガチニコノマネド、サヤウニヨミイデタル哥アレバ、ヤガテソレヲミチノクノトフノスガゴモトヨムナリ。

（『袖中抄』「トフノスガゴモ」（158））

という注釈を加えている。「とふのすがごも」とは陸奥の特産品であるが、その名の由来として、「とふ」を陸奥国の郡名と解する『綺語抄』『和歌童蒙抄』の説があった。それに対し、顕昭は、「とふ」郡は陸奥にはなく、「コヽロエラレズ」と否定し、その上で、顕昭は、「ミチノクニ」では「トフノスガゴモ」を「コノム」ので、「ミチノクノトフノスガゴモ」と定型化した歌が詠まれ、やがて、あたかも特産品であるかのように理解されるようになったという。

「とふのすがごも」は、和泉式部に、

ときどきくる人、畳あつう敷きておきたれといひたるに

たまさかにとふのすがごもかりにのみくればよどのにしく物もなし

（『和泉式部続集』二七五）

という用例がある。和泉式部は「とふ」に「問ふ」を掛け、単なる敷物の一種として詠んでいて、右の「みちのくのとふのすがごも」の古歌とは先後関係も不明である。ほかに、『堤中納言物語』「よしなしごと」に「とふのしがごもなたまひそ」という例がある。そもそも「とふのすがごも」は、陸奥の特産品なのであろうか。金沢規雄氏ははっきりと「普通名詞」と断定している。(10) 顕昭が暴き出してみせたのは、「とふのすがごも」が陸奥の特産品であるかどうかではなく、珍しい品物が、「ヤガテソレヲミチノクノトフノスガゴモトヨム」というように、やがて陸奥の特産品へと限定され、特殊化されてゆく過程である。というよりむしろ、「とふのすがごも」は都人にとってはそのことばが指し示す実態のない、「ことば」そのものにすぎない。(11) 歌学によって、ことばにすぎないものが陸奥の特産品として実体化されてゆくのである。

院政期には、陸奥の地名や名産品が和歌に詠み込まれることも多くなった。しかし、「けふのほそぬの」について、能因法師フタタビ奥州ヘクダリ、又出羽ヘモマカレルヨシミエタルニ、錦木、ケフノホソヌノヲヨミタレバ、ソ

ノアリヤウハクハシクキヽワタリテハベリケム。サレドケフノホソヌノヽコトクハシクシルシヲカネバ、人く
トカク申ニコソ。　　　　　　　　　　　　　　　　　　　　　　　　　　　　　　　　　　（『袖中抄』「ケフノホソヌノ」（245））

とあるように、現地訪問者によっても詳細な情報は残されず、もちろん文献には記述がなく、陸奥の歌枕や産品の釈義や由来は諸説紛々たる状況であった。それらは、あたかも名所や特産品のごとくであるが、実態がない以上、都人にとってことばにすぎないものだった。

陸奥の特産品に対しては、その名の由来がわからない場合には、地名として理解することがよくあるのは、前にあげた「とふのすがごも」について、「とふ」をみちのくの郡名とするがごときである。同様の発想は、「けふのほそぬの」について「みちの国のけふの郡より出くる布也」（『奥義抄』）と解し、また、「をぶちのこま」でも「みちの国をぶちと云所より出くる馬をいふなり」（『奥義抄』）と釈しているところにも見られる。しかし、このような方法は、陸奥の地名に限ったことではない。たとえば、「あぢむらこま」について「アヂムラトハ所名也」とする例（『万葉集抄（秘府本万葉集抄）』冷泉家本）や、「そつひこまゆみ」について、

ソツヒコマユミハ、或ハコツヒコマユミトモヨメリ。所名歟。ミチノクノアダヽラマユミトイフガゴトシ。然者カツラキ山ニソツヒコトイフ所ノアルニヤ。　　　　（『袖中抄』「ソツヒコマユミ」（286））

という例など多数ある。実態不明のことばを地名に付会して説明するのは、地名の持つ安定的な認識をもたらす性格を利用したもので、手っ取り早い便法だっただろう。地名は『延喜式』に明示されているように王権の秩序に取り込まれて安定している。王権によって権威的に認定されているといってもよい。意味不明の歌ことばを地名として理解しておくことは、歌ことばを王権の体系の中に取り込み、秩序化してゆくことでもある。

「とふのすがごも」のように実態不明のことばが、陸奥のものとして付会された経緯を端的に示す例として、次の

「にげみづ」がある。ただし、陸奥ではなく東国であるが。

アヅマヂニアルトイフナルニゲミヅノニゲノガレテモヨヲスグスカナ

顕昭云、ニゲミヅトハアヅマヂニアリ。人ノクマムトスレドモ、オホカタクマレデニグル水ナリトゾイヒツタヘタル。是ハ俊頼朝臣詠也。此モサル事ヤハアルベキトオモヘド、人ノイヒヲキタル事ナレバシルシノスルナリ。
（『袖中抄』「ニゲミズ」（263））

「ニゲミヅ」は、現代のアスファルト道路でもよく見られる光の屈折現象であるが、俊頼や顕昭は、これを見たことがなかったのだろうか。俊頼は、『古今集』の「みちのくにありといふなる名取川」（恋三・六二八、忠岑）の措辞をふまえ、「アヅマヂニアリトイフナル」ものとして「ニゲミヅ」を認定したものであろう。『夫木抄』には「にげ水　武蔵」と武蔵に特定して俊頼歌を載せているので、俊頼には武蔵に見られる現象とする何らかの情報があったのかもしれないが、むしろ、「にげみづ」のような不可思議な現象は、都周辺にはなくとも、陸奥や東路にはきっとあるに違いないという幻想[12]を抱いていて、「東路にありといふなる」と詠んだものと考えるべきである（顕昭はやや懐疑的ではあるが）。そのような幻想や憧憬によって、「ニゲミヅ」は東国固有の現象として呼び込まれた。

顕昭が、確実な文献と論拠によって明らかにしたのは、陸奥や東国の歌枕や特産品の釈義や由来ばかりではない。むしろ、語義や由来の不分明なことばは、陸奥や東国のものとして付会され、場合によってはそれを証拠立てようとする歌が新たに詠まれ、やがて陸奥や東国の地名・特産品として定着する、しかしそれでも語義や由来がわからないままなので、陸奥の地名として付会して納得する、などという筋道であったろう。冒頭にあげた「あこやの松」も、これは全くの憶測になってしまうのだが、語義や由来が不明なので（顕仲は陸奥の地名とする認識がなかった）、やがて陸奥に付会され、さらに「みちのくのあこやの松」の歌（『古事談』『平家物語』所収）が後付けで詠み加えられたということではないか。

こうして、ことばがことばを呼び、陸奥や東国に結びつけられていく。それは、陸奥や東国の拡大であり、また、和歌が表現できる領域の拡大であるともいえる。顕昭以前（あるいは顕昭も含む）の歌学が目指したのは、そのような和歌表現の可能性の拡張でもあった。

三　「珍しき節」の源泉としての東国

陸奥への幻想や憧憬といったが、顕昭の歌学は、その根拠を具体性をもって捉えている。

たとえば、「すがるなる野」について、

或人ノ関東ヘクダリテ侍シハ、アヅマニハ蜂ヲスガルト申トゾ。サヽリ蜂トマウセバ、ハチ、サヽリハ同物也。文書ニアヒカナヘリ。然者サソリヲモシカヲモトモニスガルトマウスニコソ。スガルトイフ詞ニ付テ、スガルナル野トイフ万葉ノ詞ヲ、奥義抄ニサソリト釈シタルイカヾトキコユ。スガルナル野トイハンコト如何。

（『袖中抄』「スガルナル野」（96））

とあり、「関東へクダ」って行った「或人」によって、東国では蜂を「スガル」と呼んでいるという情報がもたらされた。その情報が文献類とも齟齬しないことを確認して、『奥義抄』のさそり説を否定する。『万葉集』には見えるが、今では都周辺には廃れてしまった「すがる」なる古語が、関東にはまだ残っていたのである。

「をそのたはれを」についても、

たはれおとは遊士とかけり。好色と云心也。おそとはきたなしといふ也。色ごのみときけど、我をとゞめぬ、きたなき色ごのみなりと読り。いまもゐ中人は申詞也。或人云、東の国の物は、空事をばをそごとゝ云也。さればそら色ごのみとよめるにやこそとも申めり。但、是もきたなしと云心也。

（『奥義抄』）

とあるように、「或人」からの情報によって、『万葉集』にあることば「をそのたはれ」は、東国においてそら事を意味する「をそごと」として残っていることが判明したのである（『袖中抄』「ヲソノタハレ〈ヲソノタハレヲ〉」(252)も右の『奥義抄』を引く）。

また、「さくさめのとじ」についても、

アヅマノ古語風俗ニシウトメヲサクサメト云事ノアレバ、ソレニカナヘル詞ヲ用ルベシ。

（『袖中抄』「サクサメノトジ」(83)）

と釈している。「サクサメ」は「シウトメ」を意味するあづまの古語であると「アヅマノ古語風俗」なる書物に出ているのだという。

都周辺では廃れてしまった古語が、東国には今なお生き残っている。それはあたかも柳田国男の方言周圏説のごとくである。顕昭には、そのような考えまではなかったであろうが、東国は、古歌の難義語を正しく解釈するための根拠となる情報に満ちている地でもあった。

『源氏物語』でも有名な「ははきぎ」について、『俊頼髄脳』では、ひととおり解釈を加え、続けて、

このごろみたるひとにとへば、はゝきゞとみえたる木もみえず。さる木のみえばこそ、ちかくよりてもかへれめとて申す。昔こそはさやうにもみえ候覧。

と述べ、昔と「このごろ」とを比較し、昔は見えていた不可思議な現象が、最近は見られなくなったことを嘆いている。

『袖中抄』にも、

遠《トヲク》テハミユレド近《チカク》テハミエズハコソ、アヤシキタメシニハイハレメ。諸国ニ此《コレ》ニヲトラヌ事ドモ多《オホ》カリ。タトヒ此比《コノゴロ》コソサル事《コト》ナクトモ、昔《ムカシ》ハ云《イヒ》ヲキタル事多《コトオホ》カリ。
（『袖中抄』「ハヽキヾ」（248））

とある。東国諸国には、「ははきぎ」のような不思議な現象があり、近来はそうではないのかもしれないが、それでも昔から伝えられてきたことがらがなおも数多く残っている。それらは、和歌伝統を彩ってきた現象やことばである。都周辺には枯渇してしまったような、魅力的な素材や発想、ことばや表現、すなわち「めづらしきふし」（『俊頼髄脳』）がまだ豊かに残っていたのである。東国や陸奥に対する幻想や憧憬は、単に遙か遠い未踏の異郷というばかりではなく、和歌の詩想の源泉として、古き良き時代の和歌表現の残存する地として、歌人たちの心を引きつけていた。前に見た、さまざまなことばの陸奥・東国への付会は、その延長線上にある。その裏側には、当代の和歌に対する末の世の意識と危機感、古代和歌への郷愁があったといえよう。それは、俊頼から清輔、俊成、定家、長明に至るまで、問題意識の差異はあるにしても、当代歌人に通有の思想であった。[13]

　現地情報は、「アヅマノ古語風俗」（未詳）のような書物のほか、現地に下った人物から直接、間接にもたらされる。右の「をそのたはれ」や「すがる」に関する情報も、「或人」によってもたらされている。顕昭の著作においては、実名のわかる人物としては、保元の乱で常陸に配流された教長や、平治の乱で下野に配流された師仲らがいる。顕昭は、彼らが収集した情報に（おそらく歌林苑のような場で、間接的にではあろうが）接し、難義語の注釈に利用しているのである。かれらのもたらした現地情報は必ずしも信憑性があるものとは評価されていないが、それでも、歌人やその周辺人物による情報は大きな意味を持っている。陸奥の場合は、顕昭の時代においてもなお、実方や能因のような、伝説的な人物による情報が主体なのであった。その限りにおいて、陸奥は、不可知であり続ける。逆説的ながら、それゆえに幻想や憧憬が増幅する。

四　土民説・現地情報の問題性

現地情報のうち、東国下向者による見聞情報ばかりではなく、『袖中抄』には「土民」や「田舎者」らから得た情報が数多く引かれている。『俊頼髄脳』や『奥義抄』にはまだ土民情報をもとにした注釈は見られない。顕昭の歌学は、土民の在地情報を難義語解釈に積極的に取り入れた最初の歌学として注目されている。小川豊生氏は、顕昭の歌学書や『六百番歌合』難陳・陳状において土民説の採用が顕著に現れることを確認し、

歌語解釈の根拠としての土民説、あるいは証言者としての土民、こういったものがここではまさに「本文《ほんもん》」や「本説《ほんぜつ》」の位相を担って登場しているわけだ。

と述べている。[14]さらに「オーラルなものの採集を難義解釈のひとつの方法として身につけていった」ことが、六条家歌学、特に顕昭歌学の特徴として指摘するが、逆に、そこに顕昭の文献実証主義とのジレンマと顕昭歌学の限界も存することを見とどけている。

稿者は、顕昭の歌学における土民説の重要性は十分に認めなければならないと思うが、土民説が「本文」や「本説」となりうるという評価をもって引用され論拠とされているものは、むしろ少ないように思う。たとえば、小川氏も引用する「よこほりこせるさやのなかやま」について、

付此山テ二ノ不審アリ。一ニハ師仲卿云、彼土民等サヨノ中山トイヘリ。其後俊成卿モサヨトヨメリ。然而証本等ミナサヤトカケリ。又遠江ニサヤト云郡アリ。又サヤニミベキニトイヒヲケルモ、末ニサヤノ中山トイハンズル料ト聞タリ。古歌ノフルマヒ也。土民等ガ説ハ、和哥ニハカナハズトミユル事ヲオシ。二ニハ頼政卿云、下総へ下向之時彼土民等ノ申シヽハ、サヤノ長山トイヘリ。コレ又イカヾト聞ユ。如此キビノナカ山、キサノナカヤ

マナドイヘルハ皆中山也。長山トイヘル事ハナシ。後撰哥云、
　アヅマヂノサヤノナカ山中〳〵ニミズハコヒシトオモハマシヤハ
中山ナレバコソ中〳〵ニトハイヘ。古今ニ、イソノカミフルノナカミチ中〳〵ニトイヘル歌ヲコソ、俊恵ハ長ミチトヨミテ侍シカ。中〳〵ニト云詞ニテ難ジ侍シカバ閉口仕リキ。コノ長山モ其体也。教長卿モ四郡ワタリタル山ナレバ、長山ト云也ト釈セリ。諸国ニ二三ケ国ニワタル山アレド長山ト云事ナシ。又此哥ヲ釈スルニ、タカキトコロニテヨクミユルモノナレバ、如此ヨメリトイヘリ、イカヾトキコユ。此哥ニハタヾサヤノナカ山ノカヒノシラネヲカクシタル心ヲヨメリ。ミム人ノタチドコロハイヅコトモキコヱヌヲヤ。此卿モ常陸国ヘ下向人也。而師仲卿ハサヤヲサヨト読テ、中山ハ常ノ如シ。俊成卿同之。教長頼政両人ハサヤハ常定ニテ長山トイヘリ。然バ土民説ニモ不同アレバ不可信歟。

（『袖中抄』「ヨコホリコセル〈ケヽレナク　サヤノナカヤマ〉」（108））

という注がある。「さやのなかやま」について、師仲のいう土民説は「サヨノ中山」、父仲正に伴い上総にも下向したことのある頼政のいう土民説は「サヤノ長山」、常陸に配流された教長の説は「四郡コセルサヤノ長山」と、諸説乱立するありさまである。顕昭は、諸説を整理して、「然バ土民説ニモ不同アレバ不可信歟」と述べ、「土民等ガ説ハ、和哥ニハカナハズトミユル事ヲホシ」と切り捨てている。顕昭自身は、『後撰集』の「アヅマヂノサヤノナカ山中〳〵ニ」（恋一・五〇七、源宗于、ただし下句は現存本とは異なる）の歌を論拠として、『古今集』証本本文に従った「サヤノ中山」とする、きわめて妥当な自説を導き出している。師仲らの土民説は、今日の目から見ても、牽強付会の奇説の類であろう。むしろ、土民らがほんとうに証言したことなのかという疑問も含め、土民説は僻事に満ちている、というのが顕昭の認識、評価なのではなかろうか。土民説は、結局は否定するために引き出されてきたものなのである。

「いなむしろ」についても、

顕昭云、イナムシロトイフコトフルキ髄脳ニサマぐニイヒテ、ヲロカナル心カヘリテマドヒヌベシ。ツタナキハカラヒニマカセテ、ヒトツノ義ヲノベ申ベシ。イナムシロト申ハヰナカニハヲノヅカライネヲシクコトアレバ、ヰナカヲバイナシキトモイヒ、イナムシロトモイフナリ。（中略）又田舎者云、イネコクトテシケル莚ヲイナムシロトハ云也。雖然此哥等儀ニ不叶歟。（下略）

（『袖中抄』「イナムシロ」（60））

と注し、「ヰナカニハ（中略）イナムシロトモイフナリ」と田舎情報を採用している一方で、「イネコクトテシケル莚ヲイナムシロトハ云也」という「田舎者」の情報は「此哥等儀ニ不叶歟」と否定している。田舎者の在地情報をそのまま信用するわけにはいかない。

前にあげた、「すがる」や「をそのたはれ」は、「或人」から提供された情報であり、信用していた。それは、「文書」によって裏付けられていることとはいえ、信憑性の序列としては、下向した歌人の情報のほうが、土民らのそれよりも高い。顕昭の引く土民説は、論拠のひとつとして利用するにしてもあくまでも文献資料を補完するにすぎず、「本文」や「本説」となりうるような信憑性を認めているわけではない。小川氏も引用しているが、「土民等ガ説ハ、和哥ニハカナハズトミユル事ヲオシ」という認識は、文献とのジレンマではなく、文献中心主義の再確認として理解すべきと思う。

しかし、顕昭は、殺到する現地情報を拒否しない。むしろ、積極的に活用しようとする。現地情報には信憑性のあるものも出てくるとすれば、自己の文献実証主義とはおのずから矛盾するところが出てくるのではないか。現地情報採用の問題は根が深いように思う。

たとえば、「いにしへの野中の清水ぬるけれど」（『古今集』雑上・八八七）という古歌に対し、

顕昭云、ノナカノシ水トハ播磨ノ稲見《イナミ》野ニアリ。此哥ニハヌルケレドヽヨミタレド、件シ水ミタル人ノ申シハ、メデタクツメタキシ水也ト云ヘリ。（中略）

私云、実ニタシカニミヱタル事モナシ。此哥ニ付テイヘルニコソ。中ニモ彼シ水今ハカタモナシトカヽレタルイカヾ。猶目出キシ水ニテコソ侍ナレ。ハリマノイナミノ程トヲカラネバ人皆シレル事也。サレバアラマシ事ニヨメルト思フベシ。

（『袖中抄』「ノナカノシミヅ〈オボロノシ水　セガヰノシ水〉」（110））

と、実際には「メデタクツメタキシ水也」という現地情報が紹介されている。それは、「ハリマノイナミノ程トヲカラネバ人皆シレル事也」と周知のことであるのを確認し、古歌の「ぬるけれど」は「アラマシ事」に詠んだものと説明づけている。現地情報と和歌との辻褄が合わない、現実と古歌のことば、表現が齟齬することもありえることを認識し、ついに、歌枕さらには和歌の詠法の本質にたどりついた。そのことは、さらに、和歌の「アラマシ事」を詠むという本質は、顕昭の文献主義的歌学をも相対化し、限界をつきつけてしまうことにもなってゆくだろう。

「あらまし事」については、第二章第二節に述べたのでここでは繰り返さない。顕昭のいうように、「野中の清水」については、播磨が都に近くより確実な情報が得られる。これに対し、陸奥は遠いので、確実な情報が入ってこない。距離の問題ではないだろうが、不可知であるからこそ、幻想や憧憬が増幅し、詠歌のための「珍しき節」の豊富な源泉となる。とすれば、逆に歌学の処理できる範囲から遠くなるということでもある。歌学の逆説性の問題がここにも存している。

注

（1）当地をめぐる論としては、菊地仁『職能としての和歌』「第三章第二節歌枕〈あこやの松〉をめぐる在地伝承」（若草書房、二〇〇五・五）、原田香織「『阿古屋の松』試論」（『山形女子短期大学紀要』二八集、一九九六・三）、浅見和彦「アコヤノ松」のことども」（『成蹊国文』三七号、二〇〇四・三）がある。

（2）目崎徳衛『漂泊――日本思想史の底流』「第六章「歌枕ミテマイレ」」（角川書店、一九七五・四）、小林一彦「歌枕見て参れ――実方説話を遠望する――」（『魚津シンポジウム』一一号、一九九六・三）、仁尾雅信「実方の説話――陸奥左遷説話の発生原因憶測――」（稲賀敬二・増田欣編『中古文学の形成と展開――王朝文学前後――』和泉書院、一九九五・四）など参照。

（3）金沢規雄「歌枕の伝承過程――みちのくの歌枕行脚――」（『山形女子短期大学紀要』三二集、二〇〇〇・三）に、「十二世紀末になると、歌林苑の人々によって、古人ゆかりの地を訪ねるのを風雅とする風潮が生まれる。容易に赴くことのできない「みちのく」に対する憧憬が生まれる。鴨長明『無名抄』には、その風潮が色濃く反映している」とあり、歌枕探訪の旅は歌林苑に始まると指摘している。

（4）橋本不美男・滝沢貞夫『校本　堀河院御時百首和歌とその研究　本文・研究篇』（笠間書院、一九七六・三）、『同　古注・索引篇』（和泉書院、一九九七・三）に拠る。

（5）木船重昭『堀河院百首和歌全釈』（笠間書院、一九九七・二）に拠る。

（6）小島孝之「中古から中世へ――陸奥・蝦夷地への関心」（鈴木日出男編『ことばが拓く古代文学史』笠間書院、一九九九・三）など参照。

（7）久保田淳『花のもの言う――四季のうた――』「第三章・壺の碑」（新潮社、一九八四・四）には、侍従信家が「壺の碑」に関する情報をもたらしたという記事（『袖中抄』「イシブミ」(258)）がある程度信頼できそうなことを示唆している。

（8）金沢規雄『歌枕への理解――歌びとに与ふる書――』（おうふう、一九九五・一〇）に拠る。

（9）生澤喜美恵「陸奥の歌枕」（片桐洋一編『歌枕を学ぶ人のために』世界思潮社、一九九四・三）に拠る。

（10）金沢規雄「歌枕意識の変貌とその定着過程――「おくの細道の山際に十符の菅有」――」（片野達郎編『日本文芸思潮

論』桜楓社、一九九一・三）に拠る。

（11）「けふのほそぬの」について、佐藤晃「記憶の想起と定着――鹿角の言説時空と狭布・錦木塚――」（『文学』二〇〇六年五、六月号、二〇〇六・五）に、「その実体は知られず、イメージだけが伝えられていた可能性が大きい」とある。

（12）菊地仁『職能としての和歌』「第一章・第二節院政期の〈歌枕〉幻想――東国の自然はどう認識されたか――」（若草書房、二〇〇五・五）に「ミヤコビトが〈歌枕〉を通して見い出した東国とは、実にかくのごとき神話的な幻想にみちみちた異境世界だったのである」とあり、本稿はこれに大いに示唆を得ている。

（13）藤平春男『新古今とその前後』（笠間書院、一九八三・一）、芦田耕一『六条藤家清輔の研究』「第一章・『袋草紙』における「末代」――書述意図と関わらせて――」（和泉書院、二〇〇四・二）など参照。

（14）小川豊生「院政期歌学のパラダイム――釈義の方法をめぐって――」（鈴木淳・柏木由夫責任編集『和歌　解釈のパラダイム』笠間書院、一九九八・一一）に拠る。

第四節　俊成『古今問答』考

一　『古今問答』の問題

『古今問答』は藤原俊成の古今集注釈書として知られているが、「本書の程度はあまり高くなく、したがって特に学説上の特色も見られない」（『和歌大辞典』片桐洋一担当執筆）などと評価は高くはない。確かに、注釈といっても、一問一答の非常に簡略な内容であり、「しかなり」や「不力及」「無答」などといった、回答にならぬ回答も多く見られ、そのような評価もゆえなしとしない。

この書は、周知のごとく天理図書館所蔵本が孤本となっている。ただし、同じく天理図書館所蔵の『古今集為家抄』にこの『古今問答』を引用する箇所が多数あって、墨や朱によって書き入れられている。引用本文は、現存の『古今問答』とは大きな違いがないものの、表記上の微妙な異同があり、現存本本文の乱れを補訂する参考とはなろう。

注意すべきなのは、現存本欠脱部分（仮名序注の後半と巻一、巻十七以下）からの引用があることで、まず、

堀河二品忠定卿家ノ古今問答ニハ、此哥撰以㆓後延喜御末㆒ノ哥ト云リ。（朱）　（第九冊、一〇〇〇番歌傍注）

私云此事
忠定卿所持ノ古今問答ニ載タリ。但不審ノ事共ナリ。（朱）
此哥事ハ先師基俊公被レ申事侍キ。秘事云々。（墨）
（第十冊、一〇四九番歌頭注）

というのがある。これは谷山茂氏もとりあげて、問者と伝来についての推測の根拠としている引用[1]であるが、『古今問答』が仮名序と全二十巻にわたる問答であったことを裏付ける。また、「古今問答云」などと典拠を明示していない引用もあり、たとえば、

問云ヒクテアマタノ心歟。然ナリ。
（第十冊、一〇四〇番歌頭注）

などは、いかにも『古今問答』における問答を思わせる。『古今問答』の完本は、為家以降も伝存していたものと思われる。[2]

成立については、諸説あって定説を見ない。それらを大雑把にまとめてみると、上限は、本文中に「崇徳院」という呼称が出てくることから、その諡号が贈られた治承元年（一一七七）七月以降であることは確実であるとして、下限は、おおむね『古来風体抄』成立の建久八年（一一九七）ころといったところであろうか。[3]とすれば、成立諸説においては、上限から下限まで約二十年もの開きがある。この二十年間は、ただの二十年ではなく、和歌史上、また古今集注釈史上重要な期間であることはいうまでもなかろう。俊成にとっても、『千載集』の奏覧や『六百番歌合』の判者を務めるなど充実した時期であるし、この間の治承三年に、俊成から定家への古今集注釈の伝授が行われ、御子左家の古今集注釈学の始発期にあたっている。

この二十年間の始めのころの成立であるのか、終わりのほうの成立であるのかによって、『古今問答』の持つ意味が大きく違ってくるし、逆に、その注釈内容を考察し、俊成歌論史や古今集注釈史に位置づけようとすると、まず、こ

の書の成立を見定めることが不可欠のことであろう（なお、問者についても諸説あるが、本稿ではこの問題にはふれえない）。

二　仮名序注

まず、仮名序の注釈問答から特徴ある部分をとりあげてみたい。多くは、問に対していわゆる古注をそのまま用いて安直に説明しているものであるが、その中で、『万葉集』の成立について述べているところだけは妙に詳しい。「ならのみかど」を聖武天皇とし、『万葉集』を聖武天皇勅、橘諸兄撰とする結論は、『万葉集時代考』『古来風体抄』などの晩年の著作と変わらない。ここで注目したいのは、その論述のしかたである。そうすると、『古今問答』の論述に近いのは、俊成自身の『万葉集時代考』などではなく、顕昭が『万葉集時代難事』で強く批判する勝命の説である。両者を上下二段に並べ、類似するところを傍線で示した。以下『古今問答』については、私意によって返り点を付した。

『古今問答』

かのとしよりこのかた、としはもゝとせあまり世ハとつぎあまり（他本ニ余字不見歟）ニなんなりける。

ならとは　聖武歟。

これは無㆑疑、奈良帝とハ聖武天皇を申也。但貫之仮名序ニハ年ハもゝとせあまり、世はとつぎあまりになんなりにけるとかけり。淑望真名序にハ、自㆑爾以来時歴㆓十代㆒数過㆓百年㆒とかける也。しかる

顕昭『万葉集時代難事』

一　時更十代事

勝命云、自㆓聖武㆒至㆓延喜㆒、雖㆑歴㆓十六代㆒、付㆓大数㆒略㆓余数㆒。仍捨㆓六代㆒書㆓十代㆒歟。A文筆常習也。十二余ヲ十五六ニテハ号㆑十也。其証拠多々也。

（例略）

を大同より延喜御宇ハ及㆓十代㆒、としハ百年ニいますこし不㆑足也。又、聖武より延喜までは十五六代、年は百年ニ多すぎたり。然而、[A]文章のならひ十代ニ四五代すぎたりと、十代をへたりとかきつべし。[B]たとひ年は百せ八十年なりたりとも百年ニすぎたりとはかきつべし。たらざるをすぎたりとハかくべからず。十代ニみたんをもすぎたりとハいふべからず。いはんや聖武御譲位、孝謙御時被㆑撰歟。[C]大同は在位三年、毎㆑事物忩歟。随文屋有保歟《如本》○哥ニ名におふみやのふることぞこれとよめるは、大同ハ近世の事也。五六代の事也。さまでたづねとはるゝにおよぶべからざる事也。よりて聖武の御時撰、橘大臣撰といへるニあひかなへるものなり。

一　数過百年事

勝命云、自㆓大同㆒至㆓延喜五年㆒、九十七年也。[B]可㆑書㆑及㆓二百年㆒也。何書㆑過㆓百年㆒乎。自㆓聖武五年㆒、百七十九年也。過㆓百年㆒之句有㆓其謂㆒歟。

一　大同年中撰事

勝命難云、諸撰集者、在位大積治天下時事也。[C]大同四年之間、毎㆑年不㆑閑。初年ハ受禅御即位、八月洪水、十月先皇改葬。（中略）如㆑此連々不㆑閑。以㆓何隙㆒有㆓撰集沙汰㆒乎。

まず、「ならのみかど」を聖武天皇とした場合、醍醐天皇まで十六代を数え、仮名序の「世はとつぎ」という記述に矛盾することは、聖武説の大きな難点となっていて、逆に、顕昭の平城天皇説の最大の根拠となっていた。このことに関して、傍線部A、俊成は、『古今問答』では概数を示すのは「文章のならひ」であると説明づけている。勝命説も、傍線部Aのとおりで、『古今問答』と同様の説明となっている。もっとも、この部分は『袋草紙』の次の記述、

ただし文書の習ひ、もしくは過ぎもしくは減じ、皆大数の儀を存じ、余数を棄てて「十代」を取るか。（中略）

かくの如きは文花に付きて、必ずしも定数を称さざるか。もしくは「十代」は字の誤りか。

ともほぼ同じである。清輔も、「文花」つまり文章のあやであると言っている。

また、傍線部Bについて、百八十年でも百年に過ぎたりと書く、九十七年の場合は書かない、の部分は、勝命の批判的な口調（B）は顕昭の批判を意識したものであろうが、俊成の記述もそれによく類似している。

さらに、大同勅撰説を否定する根拠として、俊成は、大同の三年間は「毎事物忩」と世情の混乱をあげ勅撰集編纂どころではなかったことを指摘する（C）。これも勝命説に「毎年不閑」と言って、実例をあげるものと同様である（C）。

このことに関連して、顕昭『古今集序注』でも、勝命・道因の説を引いて批判を加えているが、そこに勝命らの説をあげる中に、次のとおり『古今問答』と同じ「毎事物忩」ということばが出てくる。

今注云、

（中略）又大同四年之間、毎レ年物忩、何暇有二撰集一乎。（中略）

又私考云、（中略）勝命云、万葉第廿巻之奥歌者、孝謙御代藤真楯撰加レ之。仍付二万葉一有二広略両本一云々。此義共以非也。其証無レ之歟。其理不レ当歟。詳見二第廿巻之前後一。又十代者、十六代中取レ十棄レ六云々。又俊恵云、取二仁明以前十代一也云々。共以非也。然者何、古今序可レ書三数及二百年一乎。又以二百八十二年一、何可レ書レ過二百年一乎〈上件条々委載二万葉時代両度勘文一〉。

この部分で興味深いのは、俊恵をも同様にやり玉にあげていることで、歌林苑で万葉集成立論争があったことを思わせる。その論争は、顕昭が関わっていることから、歌林苑という場が存続していた終わりの頃、治承に近い頃に行われたろう。俊成がその論争に参加していた可能性は低いと思うが、『古今問答』に披瀝する万葉集成立説は、まさに同時代かそれに近い頃のホットな論争を何らかの形で反映したものと思われる。

俊成は、その後『万葉集時代考』で、仮名序の解釈にふれることなく、聖武天皇とする論拠を、「世つぎ」（『栄花物語』）の記述と『万葉集』の内部徴証に求めるのみの穏当な論述に落ち着いている。末尾で、

人のつかさ世のありさまにて、あらはに聖武御時のこととは見え候へども、さまざまろんじいさかひ申あひて候。とことさらな議論を挑む顕昭の態度を批判して終わる。『古来風体抄』では『古今集』仮名序を引かず、先にあげた代数の矛盾については言及していない。

このように、俊成の聖武勅撰とする説は、基俊から伝え受けたものであろうか、その根幹を変えることはなかったが、その論述のしかたは揺れている。『古今問答』では、歌林苑での万葉集成立論争を反映した記述になっているが、そこで述べ立てていた「文章のならひ」や「(大同は)毎事物忩」という論拠、顕昭に批判的なことばは、後の『万葉集時代考』では引っ込めている。それは、説を同じくする勝命説をことごとく論破した顕昭の説に何らかの形で接したからではなかろうか。俊成の歌学に対する顕昭の影響の一端がうかがえるが、それは後にふれるとして、当面問題にしている成立に関していえば、仮名序注からは、『古今問答』の成立は、顕昭の『万葉集時代難事』成立の寿永二年（一一八三）以前であることになる。(4)

三　歌注と定家注釈

次に歌の注釈について検討する。

俊成の『古今問答』と定家の『顕注密勘』『僻案抄』とで加注歌が重複するのは百九首である。このうち、言いまわしの相違など判断に難しいものも多いのだが、おおむね二十一首程度、注釈内容が相違しているものが見られる。これらを一覧表として次ページに示した。

俊成説と定家説とが相違するもの

歌・ことば	古今問答	顕注密勘（顕昭注）	顕注密勘（定家注）	僻案抄	その他の歌学書
九八 つねならば	人のつねなき事もあらましかばと云也	世のつねとよめる	世中の花のごとくつねならましかばと云	つねならばとてこそ心もあらはに聞えめ	マタハルゴトニハサクヤウニ（教長）
一五二 やよやまて	只誰に謂と無れども有愁之由也	我も人なむずる也と、事付やらんといふ心	今はさそへとあつらへたる心	我をとくさそへといふよしのことづてなり	セメテヨノ中ニスミワビヌ、コレニモスギテ、ヤヨヤトヨメリ（教長）
一六〇 よただ	終夜之心也	夜さわぎなく義也	是又同	夜もしづまらずさはぎなくと云心也	夜騒ぎなく（童蒙抄、奥義）
二二三 枝もとををに	枝ごとにと云心也	枝のたわみたる心歟	已上一同	枝のたはみなびけるよし也	タワム也（和歌初学抄）
四〇六 ふりさけみれば	とをくみるにや	ふりあふぎてみる也	（無不審）		フリアフギテトイフナリ（教長）
四五四 いささめ	いさゝかのほどなどいふ心也	かりそめ也	かりそめのよし同	いさゝめとはかりそめの心也	かりそめ、いさかかのほど（能因歌枕）ただしばし（俊頼髄脳）イササカノコト（初学抄）かりそめ（綺語抄）かりそめ、しばし（童蒙抄）
四九〇 松の葉のいつとも	毎日ニさせばいつともわかぬといふ也	松はときはの物なれば、いつともわかずとつゞくる也	（一同）		マツノトキハナルニ、タトエテ（教長）
四九二 いはきりとほし	水の早き心をいはんとて	外よりもはやくおともたかければ	（一同）		
五〇八 大舟のゆたのたゆた	陽の多心なるべし	舟の浪にうきて、ゆたひたゆたひ、とかくもの思ふ心也	ゆたのたゆた、此説一同。舟のかく手のたゆき事、聞およぴ侍らず	只とかくたゆたひてものおもふよしとぞ聞侍し	浪にうきてとかくゆるぐ也（奥義抄）
五四四 夏虫の	あをき小虫事也	飛蛾とぞ申	（不可有説々）		身をいたづらになすものにたとふ（能因歌枕）蛍、青き虫（童蒙抄）
六〇四 めもはるに	春めぐむをいへるなるべし	めもはるかにと云也	此事一同		
六三七 ほがらほがら	曙形也	夜のあけ行心也	如此説		あけゆく心也（奥義抄）
六九〇 いさよひに	十六日月也	やすらふ心也	やすらふ、通用の詞也		十六日の夜の月をいふ（童蒙抄）
六九一 まちいでつる	まちでつる月ヲ待出ツルト云歟	在明の月のいづるまで人を待とよめり	月来まつ程に秋もくれ月さへ在明になりぬとぞ		
六九四 もとあらの小萩	本ニは花の少き也	ふるき枝より花のさくをば木はぎとて、こはぐしき也	（一同）		みやまよりは外にはよまず（能因歌枕）たけの高くてもとのあがりたる（綺語抄）
六九六 とはにあひみむ	とくあひみんと云也	常にと云詞をばとはといへば	（一同）		常也（初学抄）
七一一 ことのみぞよき	事吉く物をと歟	言のみぞよきと云也	（所存同）		心ハコトバニハニズ（教長）
七五四 はながたみ	籠中ニ花ノ色くなる也	あまたの人目をならべてあればと云也	目ならぶ人を用		アマタノヒトニアヒニケレバ、ワレハワスラレニケム（教長）
七七三 いましは	いまはこじとの心也	今しばしと云べきに	今しは、今しばしと云詞には侍を	今はといふべきをいましとよめる証哥也。今しばしといふこゝろにはあらず	シバシガホドモ、マツハワビシキニ（教長）
七八四 あま雲の	あまぐもは雨の雲也	あま雲とは天の雲也	（無不審）		天雲また雨雲（初学抄、奥義抄）
八二三 くずのはのうらみ	いちじるしくみゆる也	ことにかぜにうらがへる物也	（無指相違）		

俊成の古今集注釈の特徴を考察してゆくのには、まずこの二十一首が考察の糸口となりうるだろう。ただし、定家は、俊成から受けた庭訓の説をそのまま祖述しているように両書で述べながら、必ずしもそうではなく、俊成からの庭訓を自説に基づいて改変して記述していることは周知の通りで(5)、俊成の説であるのか、定家の説であるのか峻別しがたい。

そのうち、定家の古今集注釈の中で「庭訓に…」「…と聞き侍りし」など、俊成の発言の直接引用であることを明示する形で記述する部分に限っては、俊成の庭訓をそのまま記述しているところと判断してもよいであろう。すなわち治承三年時点の俊成説そのものであると考える。その部分に、俊成『古今問答』と注釈内容が相違しているものがあるのである。それらは、およそ三首ほどあげることができる。

まず、「やよや待て山郭公ことづてむ我世の中に住みわびぬとよ(6)」(一五二)の歌に関して、俊成は、

やよやまて山ほとゝぎすことづてん
只誰に謂と無れども有〻愁之由也。

と述べるのに対し、『顕注密勘』には、

〈顕昭注〉やよやまてとは、良しばしまてと云心也。やよやに付て、あらぬさまの事どもかきしるしたるは、みなひが事也。ことづてんとは、事づてせんと云心也。郭公は山より出て山へ帰る鳥なれば、我身世中にすみわびぬれば、我も入なむと、山に入てすむ人に、我も入なむずる也と、事付やらんといふ心なるべし。

〈定家注〉やよやまて、又同。郭公はしでの田をさと云ふに付て、此世にすみわびぬ、今はさそへとあつらへたる心とぞきゝ侍し。

とある。俊成は『古今問答』では「誰に謂と無けれども有愁之由」と回答している。「ことづてん」とはいうが、そ

の対象がもはや「山ほととぎす」しかいないという、言づて訴える対象をも喪失した、やり場のない愁いを読み取ろうとする。一方、定家の記憶によれば「今はさそへとあつらへたる心」と俊成から聞いたというが、この解釈では、山郭公に遁世への誘いを頼むという意味となる。どちらが正答であるかはともかくとして、俊成の解釈は、『古今問答』と定家への庭訓では、微妙な違いがあるといえよう。

また、俊成は、「いで我を人なとがめそ大船のゆたのたゆたにもの思ふころぞ」（五〇八）について、

いでわれを人なとがめそ

大船は陽の多心なるべし。

と述べるのに対し、定家は『顕注密勘』『僻案抄』で、

ゆたのたゆた、此説一同。舟のかく手のたゆき事、聞および侍らず。（『顕注密勘』定家注）

万葉集に、我心ゆたのたゆたにうきぬなはへにもおきにもよりやかねまし、此哥の心もうきぬなは浪にゆられてたゆたふ心と聞ゆ。或は舟にいる水をかく手のたゆきと云説あれど、それは不〻用。只とかくたゆたひてものおもふよしとぞ聞侍し。（『僻案抄』）

と述べている。俊成の「陽の多心」というのはよくわからないが、天理本『古今為家抄』の引用では「大舟は湯の多き心なるべし」とあり、この「陽」を「湯」の誤写とすると、これに近いのは、『袖中抄』「ユタノタユタ」(165)に引く隆縁の説、

但此哥ヲ隆縁ガ釈シ侍シハ、船ニイル水ヲバ湯トイフ。フナユ是也。ソノユヲクミスツルヲバ、ユカクトイフ。ソレカク手ヲバユタトイフベケレバ、大舟ノユハオホカラムズレバ、ユカクテタユシト云心也。（中略）私云、此抄ノ湯手ノ事隆縁ガ義ニタガハズ。カヽル義ノ侍歟。但古今哥ハ大フネノユタノタユタニトアレバコソ、

フナユカクテタユシトモイハメ、（中略）又古今ハユタノタユタトアレバ、湯カク手ノタユキニモヨムベシ。

である。これは、「此抄」（『万葉集抄（秘府本万葉集抄）』）の万葉歌語の解釈のみに見られ、古今集歌語の解釈としては他の歌学書には見られない、いわば奇説というべきものである。その奇説を俊成は支持していたのである。顕昭は、強く批判しているし、定家も右のごとく「不用」と言い切っている。定家の引用は、『古今問答』とは正反対なのである。

三首目「今しはとわびにしものをささがにの衣にかかり我を頼むる」（七七三）の歌について、『古今問答』では、

いましはとわびにし物をさゝがにのころもにかゝりわれをたのむる

此心如何。

いまはよもとおもひわびにしに、さゝがにの衣にかゝり、たのむるといへる、如レ詞。

いましはと読様心不審。

いまはこじとの心也。

さゝがにの衣ニかゝりはいかなる事哉。

待人ノ来心つねの事也。

と述べるのに対し、『顕注密勘』では、

〈顕昭注〉さゝがにとは蛛也。蜘蛛ともかけり。くも也。蜘蛛さがりて待人来といへり。衣通姫の御門をこひ奉てよめる歌、

わぎもこがくべきよひ也さゝがにのくものふるまひそらにしるしも

又摩訶止観にも蜘蛛降雨而有二喜事一といへり。いましはといへるは、今しばしと云べきに、しはと云に字をすて

たり。わびにし物をとは、待はわびしかりし物をかく物をたのむると読り。おもひはなちたるに、くものかゝる

わびしさをおどろかすにてある也。

〈定家注〉おもひたえつるに蜘のかゝる中くなるよし所存に同じ。今しは、今しばしと云詞には侍を、此歌

にてぞ猶心えがたく、うたがひおもへど、師説にあらざれば定がたし。

という。「今しは」について、『古今問答』における俊成説は「今はこじ」である。一方、『顕注密勘』に引く俊成説は少しわかりにくい。定家の記述は、「今しは」を「今しばし」と解するのが俊成の庭訓説であり、自分（定家）は不審に思っていたが、師説（基俊説）にはなかったのでよくわからない、という意味であろうか。定家の「疑ひ思」ったのは顕昭説への疑義とも解することもできるが、顕昭への批判ならば、もっと単純に否定するはずであり、今は「今しばし」と解した俊成説への不審と解しておく。しかし、定家はその後、「疑ひ」を解消し、「今はといふべきを、今しとよめる証哥也。今しばしといふこゝろにはあらず」（『僻案抄』）と断定的に書き付けて、結果的に『古今問答』の説に回帰している。

三箇所しか指摘できず、いずれも微妙な違いでしかないが、俊成は、『古今問答』における回答と定家への庭訓とでは、古今集注釈の説は相違している。他家の某の質問への回答と、息男の定家に授ける庭訓とでは、違う説を講じたとも考えられるが、『古今問答』の問者は身分の高い人物と思われ、その人物の問に対して、旧説、異説の類を交えて回答するとは考えがたい。とすれば、俊成は、自説を変更したのであろう。変更したとすれば、『古今問答』から庭訓へ、であって、その逆ではないであろう。

もう一度、以上の三首の注に戻ってみると、一五二、五〇八番歌の解釈に関しては、定家が書き付けている庭訓説が、顕昭説も同説であり、定家に支持されている、いわば通説、正説である。

七七三番歌の「今しは」の解釈については複雑な経緯が想定されたが、自説を変更して定家に授けたのは、顕昭らの説があるのを知ったことに拠るのではないだろうか。三首いずれも、さらに仮名序注も含め、俊成は、顕昭の説を知って変更したものと思われる。

『古今問答』から定家への庭訓へと自説を変更したとすれば、『古今問答』の成立は、治承三年二月の定家への庭訓以前の成立であることになる。上限は治承元年七月であるから、このわずか一年半余ほどの間に『古今問答』の問答は行われ、その直後、俊成は、自説の一部を変更して定家に授けた。期間が短く、心もとない限りであり、さらに、質問者を中山兼宗とすればまだ十代半ばで、古今集注釈に関する問答を俊成に仕掛けるには若すぎるという大きな問題もあるが、仮説として提示しておきたい。

この仮説が認められるかどうかはともかく、俊成は、定家に古今集注釈を授けるにあたって、治承年間前後に相当の猛勉強をしたものと考えられる。問者の鋭い質問にしばしば難渋し、「不力及」などとも回答せざるをえなかった自身の学識の浅さを思い知らされたのでもあろうか。

四　俊成説の特徴

以上をふまえ、さらに俊成説の特徴を考えてみたい。成立については、危うい立論でしかなかったが、少なくとも、俊成は治承あたりの何らかの時期に自説を見直すことを迫られたとはいえるのではないだろうか。変更する前の説に注目すると、同説の人としてここまで名前があがってきたのは、勝命や隆縁らであった。そのことを念頭に、ここまでと同様、やはり俊成の説と顕昭や定家の説とが相違しているものから検討してゆきたい。

まず、次の歌「折りて見ば落ちぞしぬべき秋萩の枝もたわわ（とをを）に置ける白露」（二二三）の注釈からとりあげたい。

この歌の「枝もたわわ（とををを）」について、俊成は、[7]

枝もとをゝにとは　枝ごとにと云心也。

と解している。それに対して、顕昭は、

枝もとをゝとは、万葉には枝もとをゝとよみ、又枝もたわゝともよめり。たわゝとは、枝のたわみたる心歟。とをゝ、たわゝ、ととたと同五音也。をとわと同五音也。（『顕注密勘』顕昭注）

と、枝がたわんだようすを意味する語と解し、定家も、

已上、一同。（同、定家注）

と賛同している。

他の歌学書を見ると、『和歌初学抄』に、

たわゝ　タワム也

とをゝ　木草ノ枝ノタワミノク也

とある。俊成を除いては、ほかはすべて枝がたわんでいるとする説であり、これがいわば通説だったのであろう、俊成説のみが異説ということになる。ちなみに、現在の通説もたわんでいるほうである。

俊成のみが異説を唱えているとはどういうことか、次に実作例から考察してみる。

「たわわ」「とををを」の実作における用例としては、

いづれをかわきてをらましむめのはなえだもたわわにふれるしらゆき（『躬恒集』三七一、『新勅撰集』春上・三四）

その国のうゐきは花もときはにて枝ごとにひかりをさすといへる事を
さまざまのうゐきは花もときはにて枝もとををにひかりをぞさす　（『散木奇歌集』悲歎・九〇七）
こひのうたとてよめる
露をおもみたわわににほふはぎのえのえもいひしらぬ恋もするかな　（『散木奇歌集』恋下・一一六五）
同院（讃岐院）位の御時のはぎの歌
あきはぎのえだもたわわにおくつゆをいとふものからはらはでぞみる　（『教長集』秋・三三九）
風ふけば枝もとををにおく露のちるさへをしき秋はぎの花　（『拾遺愚草』初学百首・秋・三三）
神まつる卯月まちいでてさく花のえだもとををにかくるしらゆふ　（『拾遺愚草』建仁元年後鳥羽院五十首・夏・一七九一）
花似雪
みよし野に春の日かずやつもるらん枝もとををの花の白雪　（『拾遺愚草』院句題五十首・一八三七）
あさみどり玉ぬきみだる青柳の枝もとををに春雨ぞふる　（『拾遺愚草』建暦二年十二月院二十首・春・一九六八）

などがあげられる。このうち、俊頼の九〇七番歌は詞書に「枝ごとに光をさすといへる事を」とあるので、明らかに枝ごとにと解しているのであろう。躬恒の歌は、枝ごと、たわむのいずれとも解しうるが、初、二句に「いづれをかわきてをらまし」とあるので、「木ごとに花ぞ咲きにける」（『古今集』三三七、紀友則）と同じ発想と見て、枝ごとにの意味で用いているものと解しておく。俊頼一一六五番歌と教長の歌、定家歌四首はどちらとも判断がつかないが、やはりたわむ説に基づいて詠んでいるのであろう。

俊成の枝ごとに説は、躬恒や俊頼など、俊成以前の世代の歌人が支持している。つまり、俊成の説は清輔らよりも古いのである。ひと時代前の説を保持していたのである。

俊成説が古いということについて、もうひとつ例をあげておく。「いささめに時待つまにぞ日はへぬる心ばせをば人に見えつつ」(四五四)の「いささめ」について、俊成は、

いさゝめにとは　いさゝかのほどなどいふ心也。

と、いささかのほど説である。これに同説なのは、まず、『俊頼髄脳』に、

いさゝめといへるは、たゞしばしといへる詞なり。

とある。『和歌童蒙抄』では、

いさゝめとは、かりそめといふ歟。

いさゝめとは、しばしと云事なり。

と両説併記である。二説両様が通行していたようである。

清輔は、『和歌初学抄』では、

いさゝめ　イサヽカノコト也

と書いているが、後に『奥義抄』で、

いさゝめとはかりそめ也。万葉に云、

いさゝめに思し物をたこの浦にさける藤浪一よへにけり

又しばしと云ふ儀もあり。同心なり。

と改めている。顕昭も、清輔説をふまえ、

いさゝめとは、かりそめ也。　　　　　　　　(『顕注密勘』顕昭注)

と述べる。定家も、これに同調しているほか、

いさゝめとはかりそめの心也。　（『僻案抄』）

と重ねて説き、『万葉集』の用例もあげる。

図式的に整理すれば、しばし説とかりそめ説の二説があったが、早い時期にはしばし説がやや優勢で、俊頼や俊成もそれに賛同していたという状況があり、清輔は初めはいささか説であったのが『奥義抄』でいささか説からかりそめ説にやや傾き、やがてそれが顕昭や定家に支持されたという推移をたどり、それが定説になったということであろうか。俊成はここでも古い説を支持していたといえるのである。

五　揺籃期としての俊成説

俊成の古今集注釈説の特徴は、一口にいえば古いということであった。しかし、俊成説とは元をただせば基俊から受けた説であり、基俊は俊頼と同世代で、その説が古いのは当然であった。もっとも、俊成は、基俊からすべての古今集歌の注釈説を受けていたわけではないにしても、治承以前はそういう古い説が通行していて、俊成も多くそれに依拠していたのであろう。清輔や顕昭らが出て、用例を実証的に検討して旧説を批判し、新たな説を打ち立ててそれが通説となる、その前の説である。

俊成は、基俊からの師説について「偏信㆓仰之㆒。至㆓于此事㆒不㆑可㆑背㆓彼命㆒。仍用㆑之」（『三代集之間事』）と言っていたというが、定家に授ける時には一部変更してもいる。実は俊成も「偏信仰」していたのではなかったということになる。

一覧表にあるように、『古今問答』の俊成と定家との説が違うものが、二十一あった。それらは、俊成が変えたの

か、定家が変えたのかわからないが、一覧表からは、多くは顕昭の説から影響を受け賛同する形で変更されているのがわかる。俊成も、正負両面で、顕昭の歌学から学ぶことが多かったのではないか。

その意味で『古今問答』は、俊成が自身の古今集注釈を形成してゆく過渡期の、まだ混沌とした様相を示す書である。俊成から定家へ古今集注釈が伝えられ、御子左家歌学が、本格的に鍛え上げられて行く以前の、揺籃期の様相を見せているのが、俊成の『古今問答』といえる。

注

（1）谷山茂『藤原俊成　人と作品』「第三章・貫之と俊成」（谷山茂著作集二巻、角川書店、一九八二・七）に拠る。

（2）『古今集為家抄』について、片桐洋一氏は「為家の著作ではなく、後代の二条家末流の手になったもの」と述べているが（『中世古今集注釈書解題』一巻、赤尾照文堂、一九七一・一〇）、『古今問答』からの引用の書き入れがいつの時点でなされたものかはわからない。

（3）『古今問答』の成立に関しては、谷山注（1）著書ほか、秋永一枝「「古今問答」私見」（『国文学研究』二二集、一九六〇・一〇）、松野陽一『藤原俊成の研究』「第一篇・第二章・第一節・二古今問答」（笠間書院、一九七三・三）、片桐洋一「古今問答　解題」（『和歌物語古註続集』天理図書館善本叢書和書之部五八巻、八木書店、一九八二・一二）らの説がある。ほかに『古今問答』にふれるものに、浅田徹「俊成の古今問答をめぐって――問者の知りたかったこと――」（『国文学研究』一一五集、一九九五・三）、山本一『藤原俊成　思索する歌びと』「Ⅰ・七直感を導く古歌――俊成歌論における和歌史――」（三弥井書店、二〇一四・七）などがある。

（4）松野陽一氏は、「万葉成立に関する本書の問いも答えも、道因、勝命対顕昭の論争の後の叙述としては、あまりにも簡単すぎる。これも論争以前の執筆であるからなのではないだろうか」と述べ、『古今問答』は「成立期が治承初年からそれほど時を経ていないらしい」と推測している（注（3）著書）。

（5）定家の師説（基俊説）や庭訓（俊成説）に対する意識については、川平ひとし『中世和歌テキスト論――定家へのまなざし』「Ｉ１『三代集之間事』読解」（笠間書院、二〇〇八・五）、大野久枝『顕注密勘』と『僻案抄』の比較」（『王朝文学史稿』一四号、一九八七・三）、深津睦夫「僻案抄について――注釈過程における定家の意識をめぐって――」（『皇學館論叢』二四巻四号、一九九一・八）、片桐洋一『古今和歌集の研究』（明治書店、一九九一・一一）、東野泰子「定家歌学と六条家説――『僻案抄』をめぐって――」（『文学史研究』三三号、一九九二・一〇）、上野順子『僻案抄』攷――御子左家「家説」の改変――」（『国文学研究』一二一集、一九九七・三）、島村佳代子「『三代集之間事』にみられる定家の「説」」（『清心語文』五号、二〇〇三・七）などを参照した。

（６）　標目としてあげた『古今集』歌の本文は、通行の定家本による。以下同じ。

（７）　この部分の主な伝本の本文は、昭和切・永暦本俊成本・雅経本（崇徳院御本）が「たわわ《とををイ》」、建久二年俊成本は「とをを《たわわイ》」、清輔本・顕昭本は「とをを」となっている。

第五節　俊成『古今問答』続考
——「不力及」から見えること

一 『古今問答』注釈における「不力及」

前節にひきつづき藤原俊成の『古今問答』における俊成注釈の問題について考察する。同書は俊成のただひとつの古今集注釈として知られているが、内容は、問者の質問に対し一問一答で回答する非常に簡略なものである。簡略なだけではない、中には、語義や歌意についての問に対し、「しかなり」「さてこそ」また「無由緒」「無別事」とのみ記す回答や、「不及不審」「不力及」と注釈する行為を投げ出すもの、また問者（記録者）に「無答」「五条此答は不審」と書き付けられるものもある。『古今問答』のこのような注釈のありようは、『千載集』の撰者となり、歌壇の指導者の地位を確立し、新古今の新風を領導した俊成晩年の実績からは、とても想像できない。

しかし、この「さてこそ」「不及不審」や「不力及」こそ、俊成の『古今問答』を最も印象づける注釈といえるのではないだろうか。片桐洋一氏は、「問者が答者を圧倒してしまっている」ようすを推測したうえで、答者俊成のこのような答え方を、問題の核心をそらす態度として批難することも勿論出来よう。しかし、考証中心の清輔ら六條家の学風に対して、古典の表現をとにかくそのままに受け入れようとする態度は、一つの見識ある学問的姿勢である。一見消極的に見える答者の姿勢の中に、御子左家の学問的姿勢の原点がまざまざと感じられるのである。

と評している。(1) さらに、消極的な回答を否定的に受け取るのではなく、俊成の和歌注釈や批評における何らかの思想を積極的に読み取ろうとする、右のような視点は、論点を変えながらも、浅田徹氏や山本一氏らにも踏襲されている。すなわち、浅田氏は、古今和歌の表現の背後にあると想定していた「由緒」を執拗に求める問者に対し、「それを抑圧して普通のことを教えようとする師匠」たる俊成の態度を見る。(2) 山本氏は、「古今歌に対する疑問自体を封ずるような言い方」から、「古今集歌の価値を疑わないと「決める」ことで、和歌をめぐる価値基準を再編する選択肢を採った」と述べている。(3) いずれも、『古今問答』の俊成回答に、俊成ならではの見識や姿勢を読み取っていて、その意味で、前に引いた片桐氏論は『古今問答』評価の原点といえよう。

しかし、これらの消極的な回答の意味するところは一様ではない。「さてこそ」「不及不審」「無由緒」などは、語句に特別な意味や背景はないことを強調し、「由緒」をことさらに詮索する問者の姿勢を戒める回答であるとしても、「不力及」は、後述するように、要するに学識不足で分からない、という意味ではないか。問者（記録者）による「無答」「五条此答は不審」の記述も、俊成に対する不信感が現れたところであろう。とすれば、消極的な回答から俊成の思想や主張を積極的に読み取ろうとするのは早計であろうし、それらは、俊成晩年の称讃すべき和歌活動から逆算しての評価であると思われる。まずは、これらの消極的回答の持つ問題性を、先入観を排して虚心に読み取っていくべきであろう。「不力及」を小さな窓として、治承時点での俊成の古今集注釈の一様相を明らかにし、さらに広く当時の歌学史のひとつの課題を再検討してゆく視野も開いてみたい。

二 「不力及」の具体相

以上のごとき多様な問題性を含み持つ消極的回答のいくつかをとりあげ、意味・用法を検討していきたい。

まず、意味解釈が明白である例。「不及不審」「不及口説」「不及沙汰」や「しかなり」など用例は多い。仮名序の注釈に、

　あだなるうた、はかなきことのみ
　　ことばのごとし。不レ及二不審一歟。

とある。「あだなる…」は、「ことばのごとし」であり、別の解釈はありえない、意味明白なことばである。そのことをさして、「不及不審」と言う。

歌の例では、

　みまくほしさにいざなはれつゝ（六二〇）
　　向二女許一て被レ返たる歟。不レ及二不審一。
　いざなはれつゝとは、心の身をいざなふ歟。
　　しかなり。

などがある。この「不及不審」は、歌が詠まれた状況に関する質問に対する回答で、意味するところは明白であるといい、「しかなり」も、「いざなはれつゝ」の語義に異義の入る余地はないことを示している。質問そのものも同語反復的ではある。以上は、解釈明白の例であり、その意味では、問者の質問も単純で、何らかの由緒を求めてはいない。このような例は数多い。

問者が「由緒」を強く求める例として（浅田氏論の追認になってしまうが）、

　こまのあしをれまへのたなはし（七三九）

　　たなはし、何なるを申哉。駒足折事、若有二由緒一事哉。

たなはしとは、たゞいたなどをうちわたしたるはしなるべし。こまのあしをる、無二由緒一。たゞいまとまらでゆくがくちをしければ、こまのあしおれといへるなり。

というものがある。「駒の足折れ」に由緒があるかという質問に対し、「無由緒」と答えているが、俊成は、何らかの「由緒」を求めようとする問者の姿勢を冷徹に非難しているのである。

　次の例もやはり問者の過度の詮索を掣肘するものである。

　しまがくれゆく舟をしぞ思（四〇九）

　　をしは寄レ船テ仕へる詞歟。船ヲ思トは如何。

人麿第一哥。いたく無二口説一て只仰信じて可レ候也。船をこそはおもひ侍けめ。

は、問者が、「をし」に「寄レ船テ仕へる詞」だろうかと特別な意味を求めようとしているものである。この質問は奇矯なものに見えるが、問者単独の思い付きではなく、

　或人云、舟ヲシゾオモフトハ、舟ヲ丶スコ丶ロニソヘタル歟。此尋《イ歌》イハレズ。前哥ノナギサヲバナニテハヲストハ、イカニソフベキゾ。（『袖中抄』「アカシノウラノシマ」(127)）

と顕昭が記しているごとく、舟を押す意であるとする「或人」の奇説が一部で行われていて、当時の歌人の間で話題になっていたようである。問者はそれを聞き知って俊成に問うたものと思われる。俊成は、「船をこそ」を意味するにすぎないのだと断言した上で、そのような奇矯な「口説」をことさらに求める歌壇の風潮をも念頭に置いて、問者

の態度を戒めたものと思う（「人麿第一哥…」の『古今集』尊重の思想については後述したい）。このあたりは浅田氏が説くとおりである。氏は、この時期の口説や由緒を求める風潮とそれを抑制しようとする歌学者の対立という、歌学の様相を動態的に捉えているのだが、それをふまえ、本稿は俊成の歌学のありようを考察しようとするものである。

しかし、次の例はどうだろうか。

ちはやぶる神なび山のもみぢばにおもひは――（二五四）

何神坐哉。

神なびの御むろの山と許ぞ知給て候。何神と未ㇾ知也。

惣テ此哥不審、これもいと心えずながら、たゞさて候なり。不ㇾ及ㇾ難也。古今哥難ズルニ不ㇾ及事也。

問者から「神なびの三室の山」の祭神を尋ねられ、俊成は、単なる山名とばかり理解していて祭神は「未知」と答えるのだが、奇妙なのは続く文で、この歌には「不審」が多くよくわからないが、「たゞさて候なり」、つまりそのまま これ以上詮索しない、わからないことをことさらに詮索するのは不毛な行為である、「古今」の歌は不審があってもそのままに受容すべきであるというのである。由緒を詮索することによって、『古今集』歌の大事なところを見失ってしまうという思いがあるのだろうが、その裏には、わからないことは放置してもかまわないという、どこか中途半端な、煮え切らない態度がうかがえる。

問者は、このような俊成の態度に不信感を抱いたのか、この「神なびの三室の山」の祭神について、後の歌で、

神なびのみむろの山（二九六）

神なび、みむろ一山名歟、いかなれば、かみなびトは云哉。

不㆓力及㆒。

と、重ねて追及し、俊成は、ついに自身の学識不足を「不力及」と白状しているのである。すると、前の二五四歌の回答において、俊成が「神なびのみむろの山」を「不及難也」と断じたのは、『古今集』歌の絶対的価値ゆえではなく、実は「不力及」であったということになってしまう。『古今集』歌のことばの由緒を詮索することを戒め、その価値を尊重しようとする態度と表裏する形で、学識不足の自覚があったといえるのではないか。俊成としては、由緒を問われて「不力及」としか回答できないことに忸怩たるものを感じていただろうが、同時に、（おそらくまだ若いであろう）問者の態度に多少の危惧を感じたものであろう。俊成の思いは複雑であったが、それは、俊成個人の内面の問題にとどまらず、当時の和歌史、歌学史が抱えていた課題をも浮かび上がらせている。

俊成がわからないと認めている「神なびの三室の山」の祭神についてであるが、顕昭は「神がきのみむろの山のさかき葉は神のみむろに茂りあひにけり」（一〇七四）の歌の注釈で、

神がきのみむろの山は神のます山也。かみがき山ともよむ、みむろの山とも云、かみのみむろとは社をいへば、神がきやみむろの山ともつゞくる也。かみなびのみむろの山とも云、かみなびのみむろのきしとも読り。（下略）

（『顕注密勘』顕昭注）

と述べている。祭神は誰であるのか明確な答はないが、「神のます山」であり「社」であるという。俊成は単に山名としか認識していなかったのだが、顕昭は俊成より知識があったのである。俊成の「不力及」は、正直な告白といえようか。

俊成の「不力及」はほかにも、例がある。

ふして思ひおきてかぞふるよろづ代は（三五四）

かずふるとは如何。

かずふるにこそは。其上善悪は力不レ及。素性よもあしくは不二詠侍一じ。

これは、本文の善悪は判断が難しいというのであろうが、素性の名声に頼り「よもあしくは不詠侍じ」というばかりで、どこか逃げ口上ではある。

「力不及」に近いものに、「未決」「不分明」というのがある。

をぐらの山になくしかのこゑのうちにや秋はくるらんとは（三一二）　声の内ニくるゝにてこそ侍らめ。

此哥は、ゆふづく夜こそ不審にては侍れ、それは未決也。

宮こいでてけふみかのはらいづみ川川かぜ（四〇八）

かせ山、何処哉。衣は今只読付歟。

泉河雖レ不レ可レ及、三ケ日其辺ニ逗留しけるニこそ、みかのはら其辺歟、不分明。

というものだが、やはり、わからないことはわからないと正直に吐露しているところであろう。

これらについても、顕昭には知るところがあった。前者三一二番歌について、俊成は、暮秋の歌なのに「夕月夜」と詠むのは「不審にては侍れ」でそれは「未決」であると自ら言うのだが、顕昭は、

ユフヅクヨトハ暮ノ月夜也。ユフサリ西ノ山ノハニミエテイリヌル月也。ツゴモリニハアルベクモナキヲ、此歌ハヲグラノヤマトイハムトテ、ユフヅクヨトハツヾケタルナリ。ヲグラヤマハ大井チカケレバヨム也。

（『顕昭古今集注』）

と述べていて、「此歌ハヲグラノヤマトイハムトテ、ユフヅクヨトハツヾケタルナリ」と序詞と解し、正否はともかく、顕昭には顕昭なりの明解な答が用意してあるのである。後者の四〇八番歌の「泉河」「みかのはら」「かせ山」についても、

是は泉川につきて、みかのはら、かせ山など侍れば、三の所をとりあはせて、みやこ出てけふみかのはら、いづみ川、かは風さむし、衣かせ山とよみつゞけたるなり。
（『顕注密勘』顕昭注）

と、三地名の関係とそれらの詠法を明解に述べているのである。俊成の「未決」「不分明」では、注釈としては不十分で、顕昭と比較しても俊成の学識の不足を認めざるをえない。

俊成に対しては皮肉な見方になってしまったが、むしろこの時の彼の複雑な胸中を感じ取ってみたいのである。

三　清輔・顕昭らの「不力及」

俊成が「不力及」と正直に答えるのは、『袋草紙』にも伝えられている。『古今集』仮名序の「延喜五年三月十八日」が、奏上の日か下命の日かの重要問題について、清輔が俊成に尋ねたところ、俊成は、師の基俊から聞いた話として、それは「奏上日也」と返答するが、清輔はさらに質問を重ねる。

予重ねて問ひて云はく、「会尺尤も然るべし。ただし不審二つ有り。一は、上奏本の流世間より見えざるは何ぞ然るべきや。次に、優美なるに堪へず追つて秀歌を入るるには、同じく亭子院歌合の貫之が「桜散る」の歌これを入るべし」。答へて云はく、「件の歌は古今集に承均法師の「桜散る花の所は春ながら」と云ふ歌に同じ意なり。仍りてこれを入るべからざりしか」。今予重ねて云はく、「この儀ならば新撰集に件の両歌を入るるの条は如何」。答へて云はく、「件の条においては力及ばず」と云々。新撰集は貫之一人玄中の玄を撰ずるなり。而して古今に入らざる歌を多くもつてこれを入るるは、貫之が意秀逸に存ずるの由か。然れば件の歌等進みてこれを入るべし。この儀なほもつて指南とし難きか。

貫之の「桜散る」の名歌が入集してないことを不審として問うたところ、両者の間で応酬があった後、俊成は結局

「力及ばず」と答えたという。清輔はその問題について、「追ってこの事を案ずるに」と続け、「「桜散る」の歌追って入れざるは、あるいは自歌の故なり」と自分なりの解答を既に用意していて、清輔の執拗なあるいは陰湿な態度が窺えるが、俊成もわからないことはわからず、「力及ばず」と答えるしかなかったのであろう。この清輔と俊成との問答が行われたのはいつかは不明であるが、清輔生前の、学識がまだ十分に備わらない時期の俊成の正直な告白であったといえよう。

しかし、「不力及」は顕昭にもある。「雪のうちに春はきにけり鶯のこほれる涙いまやとくらむ」(四)の歌の「鶯のこほれる涙」について、「涙おつべきにあらねど、なくと云によせてよめる也」と解した後、あれこれ諸説を紹介して、

歌はかうまで世のことわりを尽して糺しうたがふべきにあらずとぞ覚侍。其有さまさきに委申つ。昔よりさま〴〵人々のあやしむ事なれば、世の末のためにこまかに申のぶる也。この上をなほ心えずして難ぜられんは不㆑及㆑力。又鶯のなくは囀也。わびて鳴にはあらず。涙あるべからずと申人もあり。其疑只同事也。鳴と云によせて涙をよむとだに心えつれば、たがふまじき也。わびしからねど、何事にもいたれる事には涙おちずやはと申べきにもおよばずや。

(『顕注密勘』顕昭注)

と、「この上をなほ心えずして難ぜられん」と追及されて、やむをえず「不及力」と言い放つ。わからないものはこれ以上どうしようもないのだと述べていて、居直り発言とも受け取られかねないが、ここで注意すべきは、顕昭も「歌はかうまで世のことわりを尽して糺しうたがふべきにあらずとぞ覚侍」と述べていることである。歌は必要以上に詮索してはならないというのは、『古今問答』の俊成と同意見ではないか。もちろん、顕昭は、「世のことわりを尽して糺しうたがふ」ってきたのであってどうしても解答が見つからない時の逃げ道なのかもしれず、詮索し尽くそうと

する程度と執念は俊成と顕昭とは比べものにならないが、ことさらに詮索することによって、和歌の大事なところを見失うというのは、俊成・顕昭ら歌学者たちの共通認識であったろうか。文学研究ひいては学問というものの持つ、時代や分野を超えた本質的な問題性を指摘しているかのようである。この時代の歌学も、ある意味で健全性を備えていたというべきだろうか。

四　歌学の課題

『古今問答』においては『古今集』尊重の思想も、『古来風体抄』の『古今集』本体説につながるものとして注目されているが、これについても簡略ながら触れておきたい。その思想は、前々節にあげた「人麿第一哥。いたく無二口説一て只仰信じて可レ候也」（四〇九番歌）、「不レ及レ難也。古今哥難ズルニ不レ及事也。」（二五四番歌）の如く表明されているように見える。

また、同じような例をもうひとつあげれば、

　いまこんといひしばかりになが月のありあけの月をまちいでつるかな（六九一）

　　まちでつる、月ヲ待出ツルト云歟。

　然而此哥は廿日余月也。究竟秀哥也。不レ及二沙汰一。

という例もある。「まちでつる」に何らかの意味を追求しようとしているかに見える問者に対し、「究竟秀哥」なのだから、ことさらに「沙汰」してはならないと戒める。

しかし、この発言は、『古今集』歌の絶対的価値を一般論として述べたのではなく、たとえば、二五四番歌の「不レ及レ難也。古今哥難ズルニ不レ及事也。」は、「神なび山」の祭神を回答できなかったものの、一方で、問者が由緒をこ

とさらに追求して和歌の大事なところを見失うのを危惧したことによるもので、由緒の追求を戒める根拠として提示されたものである。右の「いまこんと」の歌についても、これは『古来風体抄』にも撰入されている俊成の評価の高い歌であり、その歌を「沙汰」することを牽制しようとして、「究竟秀哥也」という発言になったのではないか。あくまで、これら問者の個々の問に即しての発言なのである。『古今問答』における俊成は、古今集注釈（歌学）においても、まだ学識不足の点があり、和歌の規範という歌論の根幹についても一般理論を提示する用意はまだなかったと思われる。

『古今問答』の問答において俊成が痛感させられたのは、自身の学識の不足であり、同時に、問者の問に現れていたような、『古今集』歌のことばの由緒をことさらに詮索しようという風潮であろう。そこで「不及不審」あるいは「不力及」などという回答を連発せざるをえなかったのだが、そこに、自身の学識不足に対する忸怩たる思いと、その一方で、当時の歌壇における『古今集』とその注釈の混沌とした現状に対するたじろぎやとまどいや嘆きやらの、俊成の複雑な感情がうかがえるように思う。究めれば究めるほど、抒情の創造という和歌の本質から遠ざかる歌学の限界であり、学的探究の度合いをどこで線を引くか、実作とどこで調和させるかという、学のありようへの迷いでもある。そして、それは、俊成において鋭敏に感得されたことではあったが、顕昭を含め、当時の歌人・歌学者の共通の思いであり課題であったのではないだろうか。

『古今問答』の「さてこそ」「不及不審」「不力及」の回答にならぬ回答に、重い思想を読み取ることはまだできないと思う。むしろ、俊成の歌学や歌論思想の形成途上の様相が見て取れる。既に歌学と実作とが分裂しようとし、学が自己目的化しようとしている、和歌をとりまく状況を俊成は体感し、複雑な思いを抱えていたのだと思われる。このような思いを経て俊成の思想は形成されていったのであって、俊成歌論・歌学の未完の過渡的様相を呈しているのが、『古今問答』における俊成の回答であるといえよう。

注

（1）片桐洋一「古今問答　解題」（『和歌物語古註続集』天理図書館善本叢書和書之部五八巻、八木書店、一九八二・一一）に拠る。

（2）浅田徹「俊成の古今問答をめぐって――問者の知りたかったこと――」（『国文学研究』一一五集、一九九五・三）に拠る。

（3）山本一『藤原俊成　思索する歌びと』「Ⅰ七直感を導く古歌――俊成歌論における和歌史――」（三弥井書店、二〇一四・七）に拠る。

あとがき

本稿は、全編書き下ろしを目指したが、次の既発表の論文、および発表内容を取り込み、また一部は切り出して先行発表している。

第一章第四節　「歌林苑の歌学論議――登蓮法師の逸話から――」（『文教大学国文』三九号、二〇一〇・三）をもとに一部加筆修正して収録した。

第二章第二節　「「あらまし事」の注釈――顕昭歌学の陥穽――」（『文教大学国文』四六号、二〇一七・三）として発表、一部加筆削除して収録した。

第五節　日本文芸研究会　第六十二回総会・研究発表大会（二〇一〇・六・二〇、福島大学）において『袖中抄』と『六百番歌合』と題して発表した内容をもとに文章化した。

第三章第一節　「「くものはたて」の注釈を実作とをめぐって」（『文教大学国文』三四号、二〇〇五・三）をもとに一部加筆修正して収録した。

第四節　「俊成『古今問答』考」（『和歌文学研究』九三号、二〇〇六・一二）をもとに一部加筆修正して収録した。

第五節　「俊成『古今問答』続考――「不及力」から見えること――」（『文教大学国文』三六号、二〇〇七・三）をもとに一部加筆修正して収録した。

その他の章節は、新たに稿を起こしたものである。書き下ろしといえばもっともらしいが、この数年書きためていたもの、また新たに構想したものをただ集めたにすぎない。既発表の文章をまとめて一冊の著書すればよいのだが、稿者の場合は、一書にまとまるほどの統一性や一貫性はなく、自分のこれまでのささやかな研究をまとめるにも、書き下ろすしかなかったのである。結果的に、書き下ろしとしての流れるような構成や叙述の統一感はなく、逆に重複や混乱もあって、思いつきの課題を単発的に考察したような雑稿集のごときものになっているが、私としてはやっと辿り着いた地点ではある。顕昭の博学には私は及びもつかないのである。残された課題も多いのだが、このあたりでひとまず狷介な顕昭から解き放たれたいと思う。

末筆ながら、東北大学在学中にご指導いただいた、故菊田茂男先生、鈴木則郎先生、そして何より松野陽一先生には、衷心より感謝申し上げたいと思います。何らの恩返しもできていませんが。今は亡き父や義父にも、遠く地上から謝意を送りたいと思います。また、新典社、とりわけ編集部の小松由紀子様にはお世話になりました。深く感謝申し上げます。

二〇一七年十月

紙　宏　行

索　　引

項目索引　…………2 (333)
和歌索引　…………6 (329)

項 目 索 引

凡 例

1 『袖中抄』に項目として取り上げられている語句（難義語）の索引である。
2 表記は『袖中抄』本文によらず、歴史的仮名遣いに改めた。

あ 行

アカシノウラノシマ(127)
……36, 75, 219, 220, 314
アケノソホブネ(9)……39, 40
アサモヨヒ(54)……196, 207, 208
アヂムラコマ(3)
……40, 140, 141, 185, 193, 282
アナハトリ(56)……143
アマノナハタキ(157)……58, 180
アマノマテカタ(69)
…17, 19, 81, 97, 100, 103, 218, 239, 254
アラテクム(244)……144, 218
アラヒトガミ(164)……70
イサヤガハ(123)……135, 143, 145
イサヨヒ(254)……181
イサヨフツキ(254)……181
イシブミ(258)……218, 220, 227, 291
イシミ(202)……188
イソノカミフル(131)……219
イソノマユ(14)……40, 191
イツサヤムサヤ(54)……196, 208
イヅテフネ(120)……146
イナフネ(120)……139, 219, 236, 276
イナムシロ(60)……147, 289
イハガネ(99)……181
イハシロノマツ(215)……150, 174, 219
イハヽシ(64)……219
イリヌルイソノクサ(49)……70, 71, 219
ウケフ(273)……177
ウタカタ(115)…15, 259～268, 270～272
宇治ノハシヒメ(82)
……36, 197, 210, 211, 214, 218, 220
エヤハイブキノサシモグサ(18)
……136, 145, 218
オキツシラナミタツタヤマ(7)…170, 218
オキナサビ(58)……181, 182, 218
オニノシコグサ(2)
……37, 40, 67, 114, 126, 128, 139, 150
オホノビ(195)……140
オボロノシ水(110)……70, 166, 290
オホヲソドリ(81)……133

か　行

カタチノヲノ(30)　……………………190
カチ人ノワタレドヌレヌエ(47)　………35
カツシカワセ(212)………………218, 227
カツミフキ(73)………………70, 276, 278
カハヤシロ(50)…100, 103, 147, 171, 218, 231〜233, 239, 243, 254, 258
カヒヤガシタ(6)…19, 26, 40, 81, 97, 100, 103, 112, 118, 146, 155, 157, 162, 218, 222〜227, 239
カミヨリイタ(46)　…………………35, 90
カラヒトノフネヲウカベテアソブ(41)
………………………………218, 220
カリノツカヒ(63)………………………70
キヾス(36)　……………39, 156, 218〜220
クヾツ(201)　…………………………178
クメヂノハシ(64)　……………………219
クモノハタテ(8)………15, 243〜255, 257
クレハクレシ(56)　……………………143
クレハトリ(56)　………………143, 219
ケヽレナク(108)
………………33, 36, 85, 118, 236, 288
ケフノホソヌノ(245)………281, 282, 292
コヽロアヒノ風(285)…………………218
コノテガシハ(77)　……196, 197, 212, 213
コノムトナミハ(97)　…………………139
コノモカノモ(167)　……………………85

さ　行

サイタヅマ(125)………………………219
サクサメノトジ(83)　…………………285
サクラアサ(112)　………………54, 55, 64
サヽナミ(118)………………182, 219, 220
サヽラエヲトコ(193)　……………179, 180
サデハヘシヽノユメ(22)　……………189
サホヒメ(34)　………37, 85, 147, 148, 220
サヤノナカヤマ(108)　……32〜34, 36, 85, 118, 219, 220, 236, 287, 288
シガノヤマゴエ(216)　…………218〜220
シギノハネガキ(239)　……197, 199〜203
シヂノハシガキ(239)
………………197〜204, 214, 218, 219
シナガドリヰナノ(17)　………………190
シノヽメ(190)……………………219, 220
シノブグサ(169)…………………219, 220
シノブモヂズリ(246)…………25, 75, 219
シヒノコヤデ(142)………………218, 227
シホガマノウラ(85)　…………………218
シラハギ(270)……………………186, 187
シルシノスギ(91)
………………197, 205〜207, 218, 219
スガハラヤフシミ(121)
……………………36, 219, 220, 235
スガルナル野(96)　…………189, 284, 286
スミノエノヲヘラヒ(133)　……………189
スヱノマツヤマ(243)……………219, 220
セミノヲガハ(227)………11, 89, 119, 218

セリカハノヘベ(59)　……………219, 220
セリツミシムカシノヒト(66)　……85, 219
ソガギク(124)……………………218, 227
ソツヒコマユミ(286)　…………53, 54, 282
ソトモ(251)　…………………………218
ソフ(202)　……………………………188

た　行

タケクマノマツ(213)…………………137
タノムノカリ(111)　………10, 70, 73, 219
タマクシ(163)…………………61, 62, 116
タマハヽキ(228)…………………198, 219
タムケグサ(215)…………………150, 174
タラシヒメ(174)　……………………41
ツクモガミ(145)………………………219
ツヽヰツノヰヅヽ(37)
……………………151, 218, 219, 229
トフノスガゴモ(158)　……219, 280〜282
トブヒノヽモリ(79)…………70, 219, 234
トモノミヤツコ(86)　…………………144
トヨノアカリ(53)　……………92, 93, 218

な　行

ナツゲモ(179)……………………185, 186
ニゲミヅ(263)…………………………283
ニシキヾ(244)……………………144, 218
二四八(70)　…………………174, 188, 278
ニホノウキス(139)　……………………70
ネヤハラコスゲ(294)　……………218, 220
ノナカノシミヅ(110)
……………164, 166, 167, 169, 172, 290
ノモリノカヾミ(237)　…………………219

は　行

ハギガハズナリ(292)　…………………134
ハシキヤシ(16)　……………101, 176, 177
ハシタカ(93)　…………………………219
ハダレ(62)　……………………………219
ハナチドリ(288)………………………140
ハナハ(213)　…………………………137
ハネズイロ(26)　……………182, 184, 194
ハヽキヾ(248)……………………285, 286
ヒヂカサアメ(4)　………………………40
ヒナノワカレ(157)　……………………58
ヒヲリノ日(1)
……………27〜29, 40, 70, 75, 147, 149
フジノナルサハ(74)……………………86
ホガラホガラ(190)　……………………41
ホヤノスヽキ(261)　……………………70

ま　行

マシコ(135)　…………………………140
マヒナシ(24)　…………………179, 180
ミガクル(163)　………61, 62, 64, 116, 117
ミタラシガハ(137)……………………218
ミニイタツキ(67)　………………112, 118
ミヤコノテブリ(51)………………70, 180
ミヲツクシ(249)…………………219, 220

ムバタマノヨル(114) ……………………219
モガミガハ(122) ……………………236, 276
モズノクサグキ(5) …37, 40, 61〜63, 67, 196, 209, 210, 219, 228, 229
モトナ(205) ………………………………101
モノヽフノヤソウヂガハ(250) …181, 219
モロコシノヨシノヽ山(78) ……167〜169

や 行

ヤマカヅラ(88) ………………………………86
ヤヨヤマテ(298) ……………………………300
ユキアヒノワセ(267) ……………218, 220
ユタノタユタ(165) …………………36, 301
ユフカヅラ(88) ………………………………70
ユフツケドリ(287) ……………………159
ユミハリ(254) ………………………………181
ヨコホリコセル(108) …………………33, 36, 85, 118, 235, 288
ヨシエヤシ(15) ……………101, 176, 177
ヨトデノスガタ(183) ……………………86
ヨリベノミヅ(46) ………………35, 75, 90

わ 行

ワガセシガゴトウルハシミセヨ(27) …69
ワガナモミナト(10) ……39, 40, 160, 191
ワカミヅ(276) ………………………………219
ヰデノタマミヅ(146) ……………86, 219
ヰナノミヅウミ(269) ……………………157
ヰモリノシルシ(68) ……………………145
ヱグ(202) ……………………………………188
ヲグルマノニシキ(155) ………………160
ヲソノタハレ(252) ………………219, 286
ヲソノタハレヲ(252) ……………284, 285
ヲバナクズバナ(134) ……………219, 220
ヲブチノコマ(271) ……………………282
ヲロノハツヲニカヾミカケ(126) ……………………………37, 59, 67, 218

和　歌　索　引

凡　　例

1　本書に引用されている和歌の初句索引である。初句を同じくする異歌は二句まで採った。
2　歌の一部だけを引用しているものも採った。初句を示さず二句以下の語句を引用している場合は、初句も（　）に入れて示した。
3　表記は『袖中抄』本文によらず、歴史的仮名遣いに改めた。

あ　行

あかつきの　しぎのはねがき ……199, 200, 202, 203
あかつきの　しぢのはしがき……198, 202
あきかぜに……56
あきのよは ……244
あきはぎの ……306
あきふるす ……111
あけがたに ……235
あこしやま ……189
あさがすみ ……222
あさかやま……69
あさみどり ……306
あさもよひ　きのかはゆすり……208
あさもよひ　きのせきもりが……196, 207
あしがもの ……270
あしたつる……49
あづさゆみ……69
あづまぢに ……283
あづまぢの ……32, 33, 288
あはれまた ……255
あひおもはぬ ……177
あまざかる　ひなにあるわれを……266
あまざかる　ひなにいつとせ……180
あまのはら　はるはことにも……250, 252
あまのはら　はるばるとのみ……245
あめにます ……179
あめふれば ……270
(あをやぎの)　うぐひすの……163
いざここに……36
いささめに ……307
いそげども ……251
いそのかみ……33, 288
(いたづらに)　みまくほしさに……313
いづれをか ……305
いでわれを ……301
いにしへの　しみづくみにと……166
いにしへの　のなかのしみづ……164, 290
いまこんと ……320, 321
いましはと ……302
いろいろの ……249
うきことは ……264

うぐひすの ……………………262, 266
うたかたも　いひつつもあるか…264, 265
うたかたも　おもへばかなし…………266
うちむれて ……………………………234
うづらなく　いはれののべの………52, 53
うづらなく　くまののいりえの……52, 53
うららにて ……………………161, 162
うゑしとき ……………………………137
おちたぎつ ……………………………264
(おほかたは)　わがなもみなと ………160
おほくらの ……………………………235
おぼつかな ……………………………277
おもかげを ……………………………228
おもひいづる …………………………244
おもひがは ………………262, 264, 269
おもひきや……………………………58

か　行

かぜさえて ……………………………185
かぜふけば　えだもとををに…………306
かぜふけば　おきつしらなみ……169, 170
かづらきの……………………………53
かはづなく ……………………………225
かみがきの ……………………………316
かみさぶる ……………………………181
かみまつる ……………………………306
かむなびの ……………………315, 316
きのふけふ ……………………………255
きみがへん ……………………………244
きみすまば……………………………67
きみなくて……………………………53
きみやこし……………………………78
くものはて ……………………………244
(くらきより)　はるかにてらせ……50, 51
けさきつる ……………………………134
ここにきえ ……………………………271
こころから ……………………………268
こひごろも ……………………………231
これやさは ……………………………246

さ　行

さくらあさの……………………………55
さくらさく……………………………90
さくらちる　このしたかぜは…………318
さくらちる　はなのところは…………318
ささがにの　いとすぢならば…………246
ささがにの　くものはたてに…………250
ささがにの　くものはたての……246, 248
ささなみの　くにつみかみの……177, 182
ささなみの　しがつのこらが…………181
ささなみの　しがのおほわだ…………177
ささなみや ……………………………177
さねかづら ……………………………178
さまざまの ……………………………306
さみだれは　いはなみあそぶ…………232
さみだれは　くもまもなき……………231
(さみだれは)　ふぢのなるさは ………86
さむしろに ……………………210, 211
しがのあまの …………………………185
しぎのゐる ……………………………278

したもえに　……………………………244
しほがれの　……………………………178
しほそむる　……………………………105
（しらくもに）　かげさへ／かずさへみゆる
………………………………………69
しらずやは………………………………61
しろたへの　……………………………111
すがるふす　……………………………105

た　行

たちまよふ　……………………………255
たつたひめ　……………………255, 256
たなばたの　……………………………251
たびねする　……………………………235
たまさかに　……………………………281
たれとまた　……………………………255
たれもさぞ　……………………………270
ちたびとも　……………………………268
ちはやぶる　うぢのはしひめ…………211
ちはやぶる　かむなびやまの…………315
つきやあらぬ　…………………46〜48, 83
つつゐづつ　……………………………229
つつゐつに　……………………………229
（つのくにの）　こやともひとを……50, 51
つゆをおもみ　…………………………306
つれなきを………………………………65
ときかへし………………………………85
とにかくに　……………………………202
とぶひのに　いまもえいづる…………234
とぶひのに　もえいでにける…………234
とへかしな…………………………61, 116

な　行

ながきねも………………………………28
なつまちて　……………………………184
なにとなく　……………………………229
ならやまの　……………………196, 213
にしきぎの　……………………………144
にはたづみ　このしたがくれ…………264
にはたづみ　みもあへずきゆる………264
ねぎかくる………………………………90

は　行

はしきやし　……………………………176
はつはるの　……………………………198
はなすすき　つきのひかりに…………105
はなすすき　まそほのいとを
…………………………59, 105, 106, 111
はなれそに　……………………262, 266
はねずいろの　…………………………182
はまかぜに………………………………53
はるされば　……………………………209
（はるしあれば）　もずのくさぐき…37, 67
はるひさす　……………………………161
はるひには…………………………95, 162
ひをへつつ　……………………………111
ふしておもひ　…………………………316
ふりやめば　……………………………270
ふるさとの………………………………56

ふるゆきに……………………………………49
(ほとけつくる)　いけだのあそが …92, 93
ほのぼのと……………………………………36
(ほのぼのと)　しまがくれゆく ………314

ま 行

まがねふく　きびのなかやま…………107
まがねふく　にふのまそほの……105, 108
ますらをが ………………………………223
(まてといはば)　こまのあしをれ ……314
まぶくだが……………………………………85
みちのくに ………………………………283
みちのくの　あこやのまつに
…………………………273, 275, 283, 277
みちのくの　とふのすがごも…………280
みやこいでて ……………………………317
みよしのに ………………………………306
みるめあらば ……………………………268
みわたせば ………………………………254
むつきたつ ……………………………92, 94
もがみがは　のぼればくだる……236, 276
もがみがは　ひとのこころの…………236
(もだをりて)　さけのみて…………92, 93
もののふの ………………………………180
ももつての　いそしのささふ …………53
ももつての　いはれのいけに …………54
ももつての　やそのしまわを …………54
ももはがき ………………………………200
もろこしの …………………………167, 168

や 行

やまだもる …………………………224, 225
やまどりの　はつをのかがみ …………59
やまどりの　をろのはつをに………37, 67
やまのはに ………………………………185
やまのべの……………………………………54
やまぶきの ………………………………224
やよやまて ………………………………300
ゆきのうちに ……………………………319
ゆきふれば　あしのうらばに …………99
(ゆきふれば)　きごとにはなぞ………306
ゆふぐれは　くものはたてに
…………………243, 249, 250, 252, 254
ゆふぐれは　またれしものを …………66
ゆふされば …………………………248, 253
(ゆふづくよ)　をぐらのやまに………317

わ 行

わがかどの ………………………………135
わがきぬは ………………………………134
わがまちし ………………………………187
わがやどに ………………………………176
わがやどの ………………………………135
わがやどは ………………………………205
わぎもこが ………………………………302
(わすれぐさ)　おにのしこぐさ……37, 67
わたつうみの ……………………………252
わたつみの ………………………………248

わびぬれば……………………………65
をしえやし ……………………………176
をちこちに……………………………89
をふのうらに…………………………55
をりてみば ……………………………304

紙　宏行（かみ　ひろゆき）
1957年10月23日　京都市に生まれる
1981年 3月　東北大学文学部国文学専攻卒業
1985年 4月　東北大学大学院文学研究科博士後期課程退学
学位　文学博士
現職　文教大学文学部教授
主著・論文
『中世文芸の表現機構』（共著，1998，おうふう）
「親句・疎句説の形成と展開」（『和歌文学研究』49号，1984）

新典社研究叢書296

袖《しゅう》中《ちゅう》抄《しょう》の研《けん》究《きゅう》

平成29年12月1日　初版発行

著者　紙　宏行
発行者　岡元学実
印刷所　惠友印刷㈱
製本所　牧製本印刷㈱

発行所　株式会社　新典社
東京都千代田区神田神保町一―四四―一一
営業部＝〇三（三二三三）八〇五一番
編集部＝〇三（三二三三）八〇五二番
ＦＡＸ＝〇三（三二三三）八〇五三番
振替　〇〇一七〇―〇―二六九三二番
郵便番号一〇一―〇〇五一番

ISBN 978-4-7879-4296-8 C3395
http://www.shintensha.co.jp/ E-Mail:info@shintensha.co.jp

新典社研究叢書

（本体価格）

256 庭訓往来 影印と研究 高橋忠彦・高橋久子 一八四〇〇円

257 石清水物語の研究 ——第三系統伝本の校本と影印—— 宮﨑 裕子 一八四〇〇円

258 古典論考 ——日本という視座—— 前田 雅之 一二六〇〇円

259 和歌構文論考 中村 幸弘 一二〇〇〇円

260 源氏物語続編の人間関係 付 物語文学教材試論 有馬 義貴 一〇六〇〇円

261 冷泉為秀研究 鹿野しのぶ 一六〇〇〇円

262 源氏物語の音楽と時間 森野 正弘 一四二〇〇円

263 源氏物語〈読み〉の交響Ⅱ 源氏物語を読む会 九九〇〇円

264 源氏物語の創作過程の研究 呉羽 長 一一〇〇〇円

265 日本古典文学の方法 廣田 收 一二六〇〇円

266 信州松本藩崇教館と多湖文庫 山本英二・鈴木俊幸 九二〇〇円

267 テキストとイメージの交響 ——物語性の構築をみる—— 井黒佳穂子 一一五〇〇円

268 近世における『論語』の訓読に関する研究 石川 洋子 一五〇〇〇円

269 うつほ物語と平安貴族生活 ——史実と虚構の織りなす世界—— 松野 彩 八八〇〇円

270 『太平記』生成と表現世界 和田 琢磨 一四二〇〇円

271 王朝歴史物語史の構想と展望 加藤静子・桜井宏徳 二〇〇〇〇円

272 森鷗外『舞姫』 本文と索引 杉本 完治 七七〇〇円

273 記紀風土記論考 神田 典城 一四〇〇〇円

274 江戸後期紀行文学全集 第三巻 津本 信博 八〇〇〇円

275 奈良絵本絵巻抄 松田 存 八二〇〇円

276 女流日記文学論輯 宮崎 莊平 二六八〇〇円

277 中世古典籍之研究 ——どこまで書物の本姿に迫れるか—— 武井 和人 一九八〇〇円

278 愚問賢注古注釈集成 酒井 茂幸 一三五〇〇円

279 萬葉歌人の伝記と文芸 川上 富吉 一二〇〇〇円

280 菅茶山とその時代 小財 陽平 一四二〇〇円

281 根岸短歌会の証人 桃澤茂春 ——『庚子日録』『曾我蕭白』—— 桃澤 匡行 一二〇〇〇円

282 平安朝の文学と装束 畠山大二郎 一二五〇〇円

283 古事記構造論 ——大和王権の〈歴史〉—— 藤澤 友祥 七四〇〇円

284 源氏物語 草子地の考察 ——「桐壺」～「若紫」—— 佐藤 信雅 一〇二〇〇円

285 山鹿文庫本発心集 神田 邦彦 一二四〇〇円

286 古事記續考と資料 ——影印と翻刻 付解題—— 尾崎 知光 六五〇〇円

287 古代和歌表現の機構と展開 津田 大樹 一二四〇〇円

288 平安時代語の仮名文研究 阿久澤 忠 一二六〇〇円

289 芭蕉の俳諧構成意識 ——其角・蕪村との比較を交えて—— 大城 悦子 一五一〇〇円

290 二松學舍大学附属図書館蔵 奈良絵本 保元物語 平治物語 小井土守敏 一〇八〇〇円

291 未刊 江戸歌舞伎年代記集成 倉橋・桑原・小池・齋藤・光延 二八〇〇〇円

292 物語展開と人物造型の論理 ——源氏物語〈二層〉構造論—— 中井 賢一 一一五〇〇円

293 源氏物語の思想史的研究 ——妄語と方便—— 佐藤勢紀子 七八〇〇円

294 春画論 ——性表象の文化学—— 鈴木 堅弘 一七六〇〇円

295 『源氏物語』の罪意識の受容 古屋 明子 一二六〇〇円

296 袖中抄の研究 紙 宏行 九七〇〇円